Nina Blazon
Faunblut

DIE AUTORIN  Nina Blazon, geboren 1969 in Koper bei Triest, aufgewachsen in Neu-Ulm, las schon als Jugendliche mit Begeisterung Fantasy-Literatur. Selbst zu schreiben begann sie während ihres Germanistik-Studiums – Theaterstücke und Kurzgeschichten – bevor sie den Roman »Im Bann des Fluchträgers« schrieb, der 2003 mit dem »Wolfgang-Hohlbein-Preis« und 2004 mit dem »Deutschen Phantastik-Preis« ausgezeichnet wurde. Inzwischen hat sie zahlreiche erfolgreiche Jugendbücher geschrieben, darunter den großen Fantasyroman »Faunblut«. Nina Blazon lebt und arbeitet in Stuttgart.

Weitere lieferbare Titel von Nina Blazon
im cbt-Taschenbuch:

Die Magier der Winde (30566)

Nina Blazon

Faunblut

cbt ist der Jugendbuchverlag
in der Verlagsgruppe Random House

Verlagsgruppe Random House FSC-DEU-0100
Das für dieses Buch verwendete
FSC®-zertifizierte Papier *Super Snowbright*
liefert Hellefoss AS, Hokksund, Norwegen.

1. Auflage
Erstmals als cbt Taschenbuch Januar 2011
Gesetzt nach den Regeln der Rechtschreibreform
© cbt/cbj Verlag, München, 2008,
in der Verlagsgruppe Random House GmbH
Umschlaggestaltung: Hauptmann & Kompanie
Werbeagentur, München – Zürich,
Hanna Hörl, unter Verwendung einer Abbildung
von Sarah Davison
KK · Herstellung: AnG
Satz: Uhl + Massopust, Aalen
Druck und Bindung: GGP Media GmbH,
Pößneck
ISBN: 978-3-570-30708-3
Printed in Germany

www.cbt-jugendbuch.de

Jade blickte in die grünen Augen und
betrachtete die Verästelungen,
die sich wie Risse in einem alten Gemälde
über die Wangen zogen.
Kein Körper, flüsterte das Mädchen ihr zu.
Wasserblut rann aus der Wunde. *Kein Blut.*

FÜR TIM, der mich auch bei diesem Buch
mit viel Geduld, Humor und
Unterstützung auf die dunkle Seite begleitet hat.
Und für Susanne Evans, mit einem
innigen Dankeschön!

Inhalt

Jäger und Gejagte 9

Das Herz des Hauses...................... 35

Sonne und Mond 49

Verborgene Kammern..................... 77

Ungebetene Gäste 89

Blutzoll................................. 117

Schwarzes Feuer 135

Die Augen des Suchers 159

Schädel und Dornen 175

Mitternachtsaugen....................... 193

Die andere Seite des Flusses............... 237

Totentanz............................... 265

Prinzen und Narren...................... 285

Asche im Wasser 303

Die Seele der Flammen................... 335

Die Könige der Stadt..................... 353

Kirche und Kerker........................ 379
Hinter den Spiegeln...................... 399
Die Entscheidung 417
Das Fest................................. 423
Wasserblut 449
Der Glanz der Fremde 467

Jäger und Gejagte

Auf den ersten Blick sahen sie erschreckend menschlich aus. Soweit Jade von ihrem Platz im Schatten der Mauer erkennen konnte, waren es nur zwei Gestalten. Sie standen mitten auf dem alten Rathausplatz und starrten nach oben, zu den gezackten Ruinenrändern der Häuser, die in den wirbelnden Wolkenhimmel ragten. Beide waren von Kopf bis Fuß verhüllt, aus dem Saum troff schmutziges Wasser. Sogar die Köpfe hatten sie bedeckt – der eine mit einem lumpigen Fetzen, der andere mit etwas, das ein Stück von einem feinmaschigen Fischernetz sein mochte. Im fahlen Licht des Frühsommermorgens lagen ihre Gesichter im Schatten, sodass es aussah, als stünden auf dem verlassenen Rathausplatz körperlose Wesen – Gespenster der ehemaligen Bewohner, die vor ihren zerstörten Behausungen warteten, wo Fensterhöhlen, so leer wie ihre unsichtbaren Gesichter, erbarmungslos gleichgültig zurückstarrten.

Jade drückte den Rucksack an ihre Brust und wich zur Mauer zurück. Obwohl der Morgen so kühl war, dass sie ihren Atem sehen konnte, fühlte sie sich plötzlich, als würde sie vor Fieber glühen. Sie atmete tief durch, um die Furcht nicht übermächtig werden zu lassen. Sie wusste, sie sollte, so schnell es ging, von diesem Ort verschwinden, dennoch blieb sie stehen, unfähig, den Blick abzuwenden. Gegen ihren Willen fasziniert, verfolgte sie die geschmeidigen Bewegungen, die den beiden Gestalten die Anmutung von Tänzern verliehen. Sie verrieten sich allein schon durch die Art, wie sie sich umsahen und einige Schritte weiterglitten, wie sie das Ausmaß der sie umgebenden Zerstörung in ihre Gesten und Haltung aufnahmen und spiegelten. Etwas Fließendes lag darin, zu flink und flüchtig, um menschlich zu sein. Vor dem ehemaligen Rathaus, von dem nur noch die von Einschusslöchern durchsiebte Front stand, blieben sie abermals stehen und sahen nach oben.

»Komm, weg hier!« Lilinns kräftige Hand legte sich auf ihre Schulter.

»Das ... das sind Echos!«, wisperte Jade atemlos.

»Ich weiß. Sie dürfen uns nicht entdecken.«

Jade schluckte. Natürlich nicht. Nur zu gut erinnerte sie sich an den übel zugerichteten Leichnam eines Mannes, den Martyn und die anderen Flussleute vor einigen Wochen aus dem Hafenbecken geborgen hatten. Und auf dem Schwarzmarkt erzählte man sich, dass vor wenigen Tagen zwei Wächter der Lady aufgefunden worden waren – vor den Gittern des Goldenen Tores, mit Wunden im Genick und einem Ausdruck des Entsetzens auf den erstarrten Gesichtern.

Langsam zog sich Jade zurück, einen tastenden Schritt nach dem anderen, geduckt und so vorsichtig, dass nicht einmal der zerbröckelte Marmor unter ihren Schuhen knirschte. Noch vier Schritte, noch drei bis zum Ende der Mauer. Immer noch hielt sie ihren leeren Rucksack wie einen Schutzschild vor ihrer Brust. Ihre Nackenhärchen stellten sich auf bei dem Gedanken, dass tote Augen sie vielleicht längst im Schatten erspäht hatten und jede ihrer Bewegungen verfolgten. Jedenfalls hieß es, sie hätten tote Augen. Die Geschichten, die man den Kindern zuflüsterte, wenn sie nicht folgsam waren, erzählten von Bestienfratzen, Fangzähnen und einer Zunge, die so lang und scharf war wie ein Dolch und den Tod brachte. Andere beharrten darauf, dass die Echos Mumiengesichter hatten, nur die Augen, klar und grün wie die Wasser der *Wila*, würden leben und jeden lähmen, der zu tief hineinblickte.

Obwohl Jade vor Angst und Anspannung kaum Luft bekam, konnte sie einfach nicht anders: Kurz bevor sie hinter Lilinn um die Ecke huschte, warf sie einen raschen Blick zurück.

Die Echos waren verschwunden. Nur das Wasser, das aus den nassen, lumpenähnlichen Umhängen geflossen war, glänzte noch auf dem Steinboden.

»Lilinn! Sie sind fort!« Ihr Flüstern war kaum wahrnehmbar gewesen, doch die Köchin fuhr herum und runzelte besorgt die Stirn. Sie hatte nicht oft harte Augen, aber hier, im Schatten, glichen sie mehr denn je hellblauen Habichtaugen, ein Eindruck, der durch die Umrandung mit schwarzer Schminke noch betont wurde.

»Verdammt«, stieß sie zwischen zusammengepressten Zähnen hervor. Jade wusste, dass sie in diesem Moment dasselbe dachten. Sie wechselten einen stummen Blick, dann drückten sie sich an die nächste schützende Mauer und hielten den Atem an. Doch es war zu spät, um sich zu verstecken: Marmortrümmer knirschten unter schnellen Schritten. Und die Schritte kamen genau auf sie zu.

Dort entlang!, bedeutete Lilinn mit der Hand. *Zur alten Schule!*

Jade war schon oft geflohen – vor den Leuten der Lady, die den Schwarzmarkt aufgespürt hatten, vor Dieben und Betrunkenen. Und nicht zuletzt vor den Jägern, die sie selbst für eine Diebin hielten. Doch diesmal musste sie schneller sein – und leiser. Es wäre leicht gewesen, Lilinn zu überholen, die einen Rock trug und längst nicht so schnell war wie Jade, aber heute legte es Jade nicht darauf an, an ihr vorbeizuziehen. Lilinns langes Haar, das sie in einem kunstvoll gedrehten Zopf trug, tanzte bei jedem Schritt wie eine goldene Schlange. Lautlos schlüpften sie unter einem mit Efeu bewachsenen Türstock hindurch und huschten den breiten Flur entlang, über den einst Schüler gelaufen waren. Schon vor Jahren hatten Kletterpflanzen damit begonnen, die Mauern zu überwuchern, und selbst die eisigen Winter hatten sie nicht aufhalten können. Das Gebäude hatte kein Dach mehr, und wenn man nach oben blickte, konnte man die blassen, schlierigen Wolken sehen, die über den weißen Morgenhimmel zogen.

Jade kannte jeden Winkel der verbotenen Stadt, von der Halle, in der die Schüler an langen Tischen gesessen und gegessen hatten, bis hin zu der prächtigen, mit schwarzem Marmor gepflasterten Hauptstraße. Und auch den kleinen Marktplatz, die verwinkelten Gässchen und die Ruinen der Tuchhallen und Kontore, in denen die Händler früher Seidenstoffe und Pelze gehortet hatten. Geschwungene Steinbrücken führten über die Kanäle, die vom Stadtfluss Wila abzweigten. Schlingpflanzen hatten sich unter den Brücken verfangen und streckten ihre blassgrünen Finger nach den bemoosten Treppen aus.

Jade und Lilinn hasteten durch einen Hinterhof und von dort aus über die hoch gewölbte, schmale Brücke, die die Flussleute den »Katzenbuckel« nannten. Sie umrundeten eine halb zerfallene Kirche und liefen auf einen prächtigen Stadtpalast zu, dessen zwei Marmorfiguren in Form von bärtigen Riesen nicht mehr das Dach, sondern nur noch den Himmel trugen.

An der Hausecke des Palasts verharrte Jade, hastig atmend, bemüht, kein Geräusch zu machen, obwohl sie das Gefühl hatte, ihr Herzschlag müsse in den Gassen widerhallen. Echos, so sagte man, hatten ein gutes Gehör, besser als Katzen.

Angespannt lauschte sie. Kein Scharren, kein Geräusch, aber dennoch – da war etwas, ein Blick, den sie als Gänsehaut spüren konnte. Sie zuckte zusammen, als Lilinn sie warnend mit dem Ellbogen anstieß, aber längst hatte sie es auch wahrgenommen: Hundegebell, dumpf und weit entfernt, doch schnell lauter werdend. Die Leute der Lady. Das hatte gerade noch gefehlt! Hatten sie die Echos bereits entdeckt? Oder war es die Spur der Menschen, die die Jagdhunde aufgenommen hatten?

Lilinn und Jade wechselten einen gehetzten Blick und sahen sich um. Es war die ungünstigste Stelle für eine Flucht. Von einem kleinen Sternplatz neben dem Haus zweigten Gassen und Wege ab. Welche Richtung sie auch wählten – sobald sie sich vom Haus entfernten, würden sie möglicherweise gesehen werden. Vielleicht lauerten die Echos bereits hinter der Ecke und warteten nur darauf, dass die beiden Menschen ihnen in die Fänge liefen?

Jade schielte nach oben. Ein Marmorriese starrte grimmig auf sie herunter. Im Schatten der gewaltigen Steinmuskeln hatte eine Taube ihr Nest in seiner Armbeuge gebaut. Ein sicherer Platz in der Stadt voller streunender Katzen und Köter. Und ganz bestimmt ein guter Aussichtspunkt.

Lilinn runzelte fragend die Stirn, als Jade ihren Rucksack auf den Boden legte und sich ihrer Schuhe entledigte. Doch als sie erkannte, was Jade vorhatte, schnappte sie entsetzt nach Luft. Sie sprang vor und wollte sie am Ärmel packen, doch Jade war schneller. Längst hatte sie mit den Fingern einen Mauerspalt ertastet. Rasch hangelte sie sich an der Wand des Stadtpalastes nach oben. Hier zu klettern, war nicht besonders schwierig, in der Mauer fehlten Steine, und selbst das Bein des Riesen war voller Scharten, die ihren Zehen als Kletterschwellen dienen konnten. Jetzt war sie froh, dass sie an diesem Tag die weiten Leinenhosen angezogen hatte, die ihr genug Bewegungsspielraum ließen. Als sie einen kurzen Blick über die Schulter zurückwarf, sah sie Lilinn. Sie war eine auffallend ruhige, kühle Schönheit, jetzt aber glühten ihre Wangen rot und die Augen funkelten vor mühsam verhaltener Wut. *Runter!*, befahl ihre herrische Geste, aber Jade schüttelte den Kopf und kletterte weiter. Hand über

Hand zog sie sich hoch, wobei sie darauf achtete, im Sichtschutz des Marmorriesen zu bleiben. Rauer Stein kratzte über ihre Handflächen. Ihre Muskeln pochten bereits nach wenigen Metern, und an ihren bloßen Zehen spürte sie, wie scharfkantig der Stein an manchen Stellen war. Mit einer gewaltigen Kraftanstrengung zog sie sich über den marmornen Rand einer Gewandfalte des Riesen, wobei sie sich den Fußknöchel aufschürfte. In letzter Sekunde verkniff sie sich einen gezischten Fluch und ertrug den brennenden Schmerz, ohne einen Laut von sich zu geben.

In der Falte des Riesengewandes konnte sie sitzen wie in einer steinernen Hängematte. Für den Bruchteil eines Augenblicks genoss sie den Triumph, das Pochen und Ziehen in ihren Armen und das berauschende Gefühl der Höhe.

Die Taube beobachtete sie mit schräg gelegtem Kopf, bereit, bei der kleinsten Bewegung davonzuflattern.

Jade beugte sich vorsichtig nach vorne und spähte zu den Straßen hinunter. Von hier oben wirkte die tote Stadt wie ein Labyrinth mit blinden Gängen, Toren und Nischen. Wie blasse Adern zogen sich die Kanäle durch die Ruinen. In der Ferne leuchtete das breite kristallgrüne Band der Wila. Jenseits des Flusses stieg die neue Stadt aus den Morgennebeln: Der Regierungssitz der Lady erhob sich wie ein glatter hellgrauer Monolith am Nordufer. Früher war das Gebäude ein

Palast gewesen – ein verwinkeltes, prächtiges Gebäude mit Bogenfenstern –, und obwohl es mit den neu erbauten Außenmauern eher an eine Festung gemahnte, nannten die Stadtbewohner es immer noch den »Winterpalast«. Unweit davon standen die Glaskirche und die Häuser der reichen Lords. Viele davon hatten helle, neue Fassaden, doch es gab auch eine lange Reihe alter Gebäude mit neuen Herren direkt am Fluss. Und ein ganzes Stück stromaufwärts, an der Grenze von Gestern und Heute, lag Jades Heim.

Ein Windstoß fuhr Jade in den Kragen und wehte ihr das dichte Lockengestrüpp ihrer Haare vor die Augen. *Schwarzes Feuer* – so nannte ihr Vater Jakub ihre Mähne gerne. *Mit Silberfunken.* Ungeduldig drehte sie die Locken zu einem Strähnenknäuel zusammen, das sie sich in den Kragen stopfte. Die Echos waren nirgendwo zu sehen. Das Hundegebell war nun ganz nah, es kam von Norden. Natürlich – die Leute der Lady mussten über die große Drachenbrücke gekommen sein, vielleicht wussten sie nichts von den Echos, vielleicht waren sie nur auf einer Patrouille oder suchten den Schwarzmarkt, zu dem Jade und Lilinn unterwegs gewesen waren. Mit klopfendem Herzen spähte sie in die Gassen, suchte nach den Echos, einer Bewegung, irgendeinem Hinweis. Als sie einen kurzen Blick nach unten warf, bemerkte sie, dass Lilinn nicht mehr neben der Mauer stand, vermutlich hatte sie sich versteckt. Jade wusste, dass die Köchin vor Wut schäumte. Sie konnte sich auf Vorwürfe gefasst machen, aber das spielte nun keine Rolle. Wo waren die Echos? Jade kniff die Augen zusammen. Dort, in der alten Färbergasse am Kanal: Pfützen auf dem Boden, eine Spur von Tropfen! Und – sie duckte sich unwillkürlich – eine gleitende Bewegung, der Faltenwurf eines Lumpens. Schon war das Phantom hinter einer Häuserecke verschwunden. Die Echos waren also stadtauswärts nach Süden unterwegs. Offenbar wichen sie vor dem Hundegebell zurück und hatten Jade und Lilinn aus den Augen verloren. Erleichtert atmete sie auf. Jetzt galt es nur noch, den Jägern der Lady zu entkommen. Soweit sie von ihrem Aussichtspunkt erkennen konnte, kamen sie im Bogen auf den Stadtpalast zu. Es waren etwa ein Dutzend, jeder von ihnen führte einen Hund. Die Galgos – braunweiß gestromte, schlanke Jagdhunde – warteten nur darauf, von den Leinen gelassen zu werden. Jade ließ sich über den steinernen Bogen gleiten, hangelte sich nach unten und warf einen prüfenden Blick zur Straßenecke. Lilinn hatte auch ihren Rucksack und ihre Schuhe in Sicherheit gebracht. Gut!

Mit einem geschmeidigen Satz landete sie auf dem Boden, federte den Schwung des Aufpralls mit den Händen ab – und fühlte Nässe an ihren Fingern. Erschrocken schoss sie hoch und starrte ihre Hände an. Die Echos waren nicht nur in der Nähe gewesen, sondern direkt am Haus! Bestimmt hatte Lilinn sich deshalb so schnell in Sicherheit gebracht.

»Komm raus!«, flüsterte Jade in den Schatten. »Die Echos sind weg, aber die Jäger kommen genau auf uns zu!«

Keine Antwort. Jade versuchte, das Sirren in ihrem Magen zu ignorieren. Getrappel ertönte in der Nähe, heiseres Bellen, Steinschlag und Geprassel, als würden Mauerreste in sich zusammenstürzen. Dann ein verwaschener Ruf – und ein Schuss.

Jade prallte so heftig zurück, dass sie sich den Kopf an der Mauer stieß. Ein weiterer Schuss verhallte in den Gassen, dann hörte sie Geschrei und eine herrische Stimme aus der Richtung, in die die Echos gelaufen waren: »Dahinten!«

Bevor Jade sich hinter die Mauer flüchten konnte, tauchte an einer Straßenecke schon der erste Jäger auf – es war eine junge Frau. Ihr Mantel bestand aus dunklen und hellen Lederfetzen, die in ihrer regelmäßigen Anordnung an ein Schachbrett erinnerten. Die Augen der Jägerin verengten sich, als sie das Gewehr hochriss und auf etwas zielte, das sich einige Meter rechts von Jade befand. Im Bruchteil einer Sekunde nahm Jade jede Einzelheit wahr: das straff zurückgekämmte braune Haar der Frau, die seidengrauen Augen und den schwarzen Glanz der Waffe. Der Schuss zerriss ihr fast die Ohren. Mauerwerk zerplatzte über ihrer Schulter, und noch während die Steinsplitter auf sie herunterregneten, begriff sie, dass ein Querschläger sie knapp verfehlt hatte. Instinktiv rettete sie sich in den Torbogen. Zitternd kauerte sie sich an die Reste einer zerbrochenen Tür und machte sich so klein wie möglich. Sie waren nicht hinter ihr her, die Jägerin hatte sie noch nicht einmal entdeckt, trotzdem saß der Schreck.

»Hier! Wasserspuren, die zur alten Kirche führen!«, rief eine Männerstimme. Hundegebell erklang, die Frau und die anderen Jäger stürmten weiter nach Süden. Also hatte Jade richtig vermutet: Sie waren den Echos auf den Fersen. Dennoch wagte sie erst nach einer ganzen Weile, wieder den Kopf zu heben. Sie musste zu Lilinn zurück. Sicher war ihre Freundin schon auf dem Weg zur Greifenbrücke. Das war der Treffpunkt, an dem sie aufeinander warteten, wenn sie sich in der Stadt aus den Augen verloren hatten.

Jade ließ die Arme, die sie immer noch schützend über dem Kopf hielt, ganz sinken. Vor Erleichterung stiegen ihr die Tränen in die Augen. »Wo warst du?«, flüsterte sie der Gestalt zu, die im Gegenlicht auf sie heruntersah. Jade sprang auf – und der Schatten wich sofort zurück. Ein blasser Sonnenstrahl fing sich in den Maschen eines Fischernetzes. Jade erstarrte mitten in der Bewegung. Das da war nicht Lilinn. Nur wenige Schritte entfernt stand ein Echo und starrte sie direkt an. Hinter dem schmutzigen Netz glaubte sie das Funkeln seiner Augen zu erkennen, doch viel schrecklicher war der dunkle Fleck, dort, wo das Maul sein mochte. Das Wesen gab ein Zischen von sich, ein erstickter Laut, der Jade durch und durch ging. An jedem anderen Tag hätte sie geschworen, sie würde lieber barfuß auf glühenden Kohlen tanzen, als die Leute der Lady zu Hilfe zu rufen, aber jetzt holte sie krampfhaft Luft, nahm ihre ganze Kraft zusammen und schrie: »Echo! Hier!«

Das Echo duckte sich, spannte die Gliedmaßen an wie ein Raubtier, das mit gesträubtem Fell zum Sprung ansetzt – und schnellte los.

Jades eigener Schrei gellte ihr noch in den Ohren, dann verschwamm die Zeit vor ihren Augen, sie wusste nicht mehr, wie sie vom Stadtpalast weggekommen war, aber nun lief sie, ganz von selbst trugen ihre Beine sie davon. Ihr keuchender Atem hallte in ihrem Kopf. Das Echo holte auf, sie konnte es hören. Ein zischender Ruf erreichte sie und jagte ihr einen eisigen Schauer über den Rücken. »*Sinahe!*« Ein fremdes Wort. Sie glaubte bereits, Atem im Genick zu fühlen, die lange Dolchzunge zu spüren, die sich zwischen ihre Schulterblätter bohrte, war sicher, dass Fänge bereits nach ihr schlugen und sie gleich zu Fall bringen würden. Mit einem Schrei sprang sie zur Seite, schlug einen Haken und tauchte durch einen Steinbogen.

Scharf bog sie um eine Ecke und rutschte beinahe auf Geröll aus. Der Schmerz an ihrer bloßen Sohle ließ sie zusammenzucken. Taumelnd fing sie sich wieder, dann fegte sie auf einen Brunnenplatz in der Nähe einer Brücke. Ein Schwarm Tauben flatterte hoch und floh, zwei Schüsse fielen – so laut und nah, dass Jade den Knall als schmerzhaftes Knacken in ihrem Ohr spürte. Sie sah aufgerissene Galgomäuler, blitzende Hundefänge und die Mündungen von Gewehren. Finger lagen gespannt an den Abzügen. Zweifel huschten über die Mienen der Jäger, für einen Moment zwischen Leben und Tod schwebend, erkannte Jade, dass sie nicht sicher waren, ob sie abdrücken sollten.

»Weg da!«, schrie einer. Gleich darauf feuerten sie. Jade warf sich auf den Boden, rollte zur Seite und kroch auf allen vieren aus der Schusslinie. Der Geruch der verbrannten Treibladungen der Patronen – trocken, herb und fast ein wenig an Rauchfleisch erinnernd – verursachte ihr schlagartig Übelkeit. Es gelang ihr, in den Sichtschutz einer Überdachung zu kommen. Dort rappelte sie sich auf und floh an einem schmalen Kanal entlang. Zerbrochene Ruderboote hingen wie Treibgut an vermoderten Seilen mit langen grünen Algenbärten. Es stank nach öligem Stein und Brackwasser.

Schüsse verhallten hinter ihr. Und dann nahm sie voller Entsetzen wahr, dass das Echo überlebt hatte.

Schlimmer noch: Es war ihr immer noch auf den Fersen und holte auf, sie konnte es fühlen und hören, und ehe sie darauf reagieren konnte – schnellte es an ihr vorbei!

Ein Tropfenregen traf ihre Wange, ein Stück nassen Mantels klatschte gegen ihren wunden Knöchel, dann hatte es sie schon überholt und hetzte auf die nächste Brücke zu, die noch etwa dreißig Schritte entfernt war. Jade war viel zu verblüfft, um zu schreien. Das Echo schien genau zu wissen, wohin es wollte. Auf der anderen Seite des Kanals befanden sich die alten Kontore, ein gutes Versteck, labyrinthartig und mit vielen Kellern, die Verbindungen zu den Kanälen hatten. Mit langen Sätzen hetzte das Echo die steile Brücke hoch. Gerade als es den Scheitelpunkt des Bogens erreicht hatte, zögerte es plötzlich und sah sich nach Jade um.

Jade, die ohnehin langsamer geworden war, blieb ruckartig stehen. Würde es zurückkommen, um sie anzufallen? Durch die Maschen des Fischernetzes zeichnete sich ein Wangenbogen ab. Das Wesen betrachtete sie so angespannt, als würde es auf sie warten. Dann peitschte wieder ein scharfer Knall die Luft. Das Echo prallte zurück und taumelte rückwärts von der Brücke, während der Schuss noch in den Gassen widerhallte. Kurz hinter dem Brückenpfosten, nur noch wenige Schritte von Jade entfernt, verlor es das Gleichgewicht und brach zusammen.

Jade hätte erleichtert sein müssen, doch alles, was sie fühlte, waren Angst und eine seltsame Beklemmung. Atemlos beobachtete sie, wie das tödlich getroffene Wesen zusammensank wie ein leerer Mantel. Da lag der Feind, an dessen Fangzähnen das Blut von Menschen klebte! Jades Knie gaben nach, sie sackte dort, wo sie stand, zu Boden und krallte ihre Hand in den Kies. Er war feucht und kühl, von Wasser durchtränkt.

Wie betäubt sah sie zu, wie das Wesen sich krümmte und litt und schließlich reglos dalag. Sie verstand sich selbst nicht, doch die Hilflosigkeit in der Haltung des Ungeheuers berührte und verstörte sie.

Schritte näherten sich von der anderen Seite der Brücke.

Erst dachte Jade, eine blitzartige Erinnerung würde ihr das eben Gesehene noch einmal vor Augen führen, doch dann erkannte sie das zweite Echo. Es kam über die Brücke gerannt, die nassen Lumpen flatterten. Als es Jade entdeckte, strauchelte es beinahe, fing sich jedoch gleich wieder und kam am Fuß der Brücke schlitternd zum Stehen. Sein Blick fiel auf den Körper seines Gefährten. Einen ewigen Augenblick lang verharrten sie – zwei Gestalten, eine im Kies kauernd, die andere stehend, und zwischen ihnen der Tote.

Als kleines Mädchen wäre Jade beinahe von einer Wasserviper gebissen worden. Das Reptil war durch eines der Rohre, die vom Fluss direkt in das Haus führten, in die Küche gelangt. Jade hatte weglaufen wollen, stattdessen stand sie dort wie eingefroren, unfähig, etwas anderes zu tun, als in die gleichgültigen Augen der Giftschlange zu starren, bis diese nach vorne schnellte und Jade gerade noch außer Reichweite springen konnte. Und auch jetzt saß sie da wie damals: starr vor Angst, das Echo beobachtend, das sich nun in einer gleitenden Bewegung wie ein Schlafwandler einmal um seine Achse drehte, als wolle es einen Fluchtweg finden. Dann wirbelte es herum, spannte sich und rannte los. Jades Körper musste ganz von selbst reagiert haben, jedenfalls spürte sie, wie sie sich zu Boden warf und wie ihre Schulter über Stein rieb. Sie zog die Beine ans Kinn und umfasste den Kopf schützend mit den Armen. Das Echo sprang über den Leichnam seines Gefährten hinweg, lief aber nicht weiter auf Jade zu, sondern bog ab und floh nach Norden. Im Sprung hatte sein Mantel das Gesicht des Toten gestreift und das Fischernetz zur Seite geschoben. Mit einem Mal blickte Jade dem toten Wesen mitten ins Gesicht.

Dort, wo das Geschoss in die Schläfe eingedrungen war, hatte es eine Wunde. Blut hätte daraus hervorquellen müssen, doch stattdessen ergoss sich nur ein Rinnsal klaren Wassers auf den Boden und bildete eine kristallhelle, spiegelnde Lache unter dem Kopf. Die Haut war weiß, fast durchsichtig, und blutleer.

Das war kein Mumiengesicht und auch keine Bestienfratze. Es war ein menschliches Gesicht – nun, *beinahe* menschlich –, anmutig und fein geschnitten, mit blassen Lippen. Über die hohen Wangenbögen zogen sich spinnenfeine Verästelungen wie Risse in einem alten Gemälde. Im gelblichen Glanz der aufgehenden Sonne sah es so aus, als würde sich Blattgold von der Haut lösen, ganz so als hätte jemand vor vielen Jahrhunderten ein Porträt gemalt und das Bild der Witterung preisgegeben. Es war ein zartes, verwundbares Gesicht, dessen Anblick in Jade den irritierenden Wunsch weckte, mit den Fingern darüber zu streichen. Nur die Augen, leer und offen wie der Himmel, waren so tot, wie manche Geschichten erzählten. Dennoch irrlichterte darin immer noch der Abglanz von Erstaunen und… Furcht!

Bellen und Rufe erklangen nun von überall, auch von der anderen Seite des Kanals. *Sie haben uns eingekreist*, fuhr es Jade durch den Kopf. Im selben Augenblick dachte sie irritiert: *»uns«?*

Dann spürte sie bereits heißen, nach rohem Fleisch riechenden Hundeatem im Genick.

»Aufstehen!«, befahl eine strenge Frauenstimme. Jade kam zitternd auf die Beine. »Du hast das zweite gesehen?«, fuhr die Jägerin sie an. Es war die junge Frau mit dem Schachbrettmantel und sie war völlig außer Atem. Vergeblich versuchte Jade, einen zweiten Blick auf das tote Echo zu werfen, doch plötzlich war der ganze Platz vor der Brücke voller Hunde und Jäger, die ihr die Sicht versperrten.

Die Jägerin packte sie grob am Arm. »Das zweite! Hast du es gesehen?«, brüllte sie.

Jade nickte benommen.

»Wohin ist es gelaufen?«

Jade wollte etwas sagen, doch dann fielen ihr die Hunde auf. Ratlos liefen sie hin und her, die Nasen am Boden, auf der Suche nach Spuren. Ob sie die Echos überhaupt aufspüren konnten? Wenn die Echos Wasser statt Blut in den Adern hatten…

»He! Ich rede mit dir!« Die Jägerin schüttelte sie grob. »Wohin?«

Jade hob den Arm und deutete – nicht nach Norden, sondern in die andere Richtung. *Was tust du da?*, schrie eine panische Stimme in ihrem Kopf. *Bist du wahnsinnig geworden? Du schützt ein Echo.* Doch dann sah sie wieder die leeren Augen vor sich und sie brachte kein Wort über die Lippen. Die Jägerin deutete ihren verwirrten Gesichtsausdruck offenbar falsch, denn sie nickte und ließ sie los. »Zum alten Seidenmarkt!«, befahl sie. Ein Dutzend anderer Jäger pfiffen ihre Hunde herbei und rannten in die angegebene Richtung. Nur die Jägerin selbst und zwei weitere Männer, die das tote Echo mit seinen Lumpen verhüllt hatten, blieben zurück. Aus zusammengekniffenen Augen musterten sie Jade. Sie wusste, wie sie auf die Jäger wirkte: eine junge Frau mit einem gestreiften Stirnband, dazu die weiten Leinenhosen, die bloßen, aufgeschürften Füße und das wilde Haar. Und zu allem Überfluss war sie noch ganz allein in der verbotenen Stadt unterwegs. Zum Glück hatte sie ihren Rucksack nicht mehr bei sich, sonst wären sie gleich auf die Idee gekommen, dass sie auf dem Weg zum Schwarzmarkt war.

»Du bist eine vom Boot?«, fragte die Jägerin barsch. Der Galgo, der neben ihr stand, entblößte die Fänge und knurrte.

Jade schüttelte den Kopf. »Zum Hotel Larimar gehöre ich«, sagte sie mit betont fester Stimme. »Mein Vater ist Jakub Livonius. Die Lady kennt ihn.«

Nun, das war ein wenig übertrieben, die Lady erinnerte sich nur selten an gewöhnliche Bürger, die bei ihr um Audienz baten. Aber immerhin prangte im großen Empfangszimmer eine von ihr unterschriebene Genehmigung, die besagte, dass Jakub das alte Haus am Fluss als Hotel betreiben und selbst dort wohnen durfte.

Die Jägerin runzelte die Stirn. Ihre Augen hatten etwas Katzenhaftes. Misstrauen blitzte darin auf. Erstmals fiel Jade auf, dass die Frau kaum älter war als sie selbst, vielleicht zwanzig.

»Livonius, aha«, meinte sie trocken. »Vorname?«

»Jade.«

»Städterin, hm? Dann zeig mir dein Zeichen. Na los!«

Jade rollte gehorsam ihren linken Ärmel hoch. Auf ihrem Unterarm prangte das Zeichen von Lady Mar, eine winzige Lilie, in die Haut gestochen mit der weißen Asche verbrannter Blüten. Jeder Stadtbewohner trug dieses Zeichen. Es war ein Geschenk der Lady und manchmal auch so etwas wie eine Lebensversicherung. Je nach Lichteinfall schimmerte es unter der Haut in dieser besonderen grünen oder blauen Farbe. Niemand konnte diesen Farbton nachmachen, und die Leichen der Nadelkünstler, die es versucht hatten, um Fremden mit einer gefälschten Lilie das Stadtrecht zu verkaufen, verrotteten an den Galgen vor dem östlichen Stadttor, gleich neben der Schädelstätte.

»Was suchst du in der toten Stadt?«, fragte die Jägerin weiter. Jade konnte nur hoffen, dass sie verschreckt genug wirkte.

»Ich wollte gar nicht hierher. Ich war am Fluss – in der Nähe der Greifenbrücke. Und dann ... bin ich einfach geflohen. Vor den Echos.« Nun, zumindest der letzte Teil war nicht gelogen. Aber die Jägerin schien ihr trotzdem nicht zu glauben. Und auch die beiden Männer, die mit verschränkten Armen vor dem Lumpenbündel standen, grinsten verächtlich.

Die Jägerin machte einen Schritt nach vorne. Jade

sah, wie sie das Gewehr fester packte, und biss sich auf die Unterlippe. Für einen Moment war sie sicher, dass die Frau sie erschießen würde. Ihr Herz hämmerte plötzlich gegen ihre Rippen und sie spürte ein heißes Pochen in ihren Schläfen. *Das war es also*, schoss es ihr durch den Kopf. *Das ist das Ende!* Doch die Jägerin hob nicht die Waffe, sondern griff nach dem Halsband ihres Galgos. Der Hund war so hoch, dass sie sich dafür nicht hinunterbeugen musste.

»Du denkst wohl, du kannst mich für dumm verkaufen«, sagte sie. »Ich weiß sehr wohl, was du in der toten Stadt suchst – und du hast Glück gehabt, dass die Echos dich nicht erwischt haben. Das ist dir hoffentlich klar, Jade Livonius. Wenn wir nicht auf *ihrer* Spur gewesen wären...« Vielsagend zog sie die Augenbrauen hoch.

»Moira?«, rief einer der Männer.

Die Jägerin blickte sich nach ihm um und winkte mit einer ungeduldigen Geste ab. Dann wandte sie sich wieder Jade zu und löste mit einer fast nachlässigen Geste die Leine vom eisernen Kettenring des Hundehalsbands.

»Verschwinde«, sagte sie leise und so scharf, dass sich das Wort wie ein Dolchstich anfühlte. »In einer Minute hetze ich den Hund hinter dir her. Also sei schnell.«

Diese Sprache kannte Jade nur zu gut. Die Jägerin

hatte ihren Blick bereits abgewandt, als wäre Jade aus ihren Gedanken verschwunden, und Jade drehte sich um und rannte, so schnell sie konnte, in Richtung des Flusses und der neuen Stadt.

Jetzt spürte sie ihre schmerzenden Füße, doch viel schlimmer noch brannten die Wut auf die Jäger und die Demütigung. Und da war noch die verstörende Erinnerung an ein helles Gesicht, an zarte, zerbrechliche Gesichtszüge und leere Augen.

Sie rannte so schnell, dass ihre Lunge bereits brannte, immer in der Erwartung, dass der Galgo sie einholen würde. Doch der Hund folgte ihr nicht und sie hörte auch keine Schüsse mehr.

Erst als die Greifenbrücke in Sicht kam, wagte sie es, langsamer zu werden. Benommen blieb sie schließlich stehen. Ihr eigener, keuchender Atem klang fremd in ihren Ohren und der Schock ließ sie frösteln. Nicht einmal der Anblick der beiden vertrauten Steinfiguren, die die schmale Brücke bewachten – Löwen mit gewaltigen Adlerschwingen –, flößte ihr heute Sicherheit ein.

Lilinn war nirgends zu sehen, und für eine bange Minute stellte Jade sich vor, dass die Jäger sie verhaftet hatten oder dass sie von den flüchtenden Echos verwundet oder getötet worden war. Vor ihrem inneren Auge erschien das Bild der Bestien, das sie seit Jahren aus den Geschichten kannte.

Inzwischen stand die Sonne bereits über den Hausdächern und malte einen zitternden Brückenschatten auf das Wasser. Transportkähne und Ruderboote trieben in den Wellen, und am Ufer schüttelten die schwarzen Schwäne, die auch das Stadtwappen zierten, Kaskaden von glitzernden Tropfen aus ihrem Gefieder.

Wie immer tauchte Lilinn ganz unvermittelt aus dem Nichts auf. Vor Erleichterung stiegen Jade die Tränen in die Augen, aber gleichzeitig war sie so wütend auf Lilinn, dass sie sie am liebsten geschüttelt hätte. »Verdammt, wo warst du?«, zischte sie.

Lilinn antwortete nicht, sie sah Jade nur ganz seltsam an, ließ den Rucksack fallen und nahm sie fest in die Arme. »Dem Styx sei Dank!«, sagte sie mit erstickter Stimme. »Ich habe die Schüsse gehört und hatte schon befürchtet...«

Sie brach ab. Jade spürte, wie ihre Freundin schluckte.

»Mir ist nichts passiert«, murmelte sie. »Die Jägerin hat mich einfach laufen lassen. Und was ist mit dir passiert?«

»Sieht man das nicht? Ich bin am Kanal ausgerutscht. Ich habe versucht, auf ein Boot zu springen, und musste dann durch den Schlick waten.«

Lilinn rang sich ein schwaches Lächeln ab und begann, ihren nassen Rock auszuwringen. Die Geste wirkte so ruhig, dass niemand außer Jade bemerkt hätte, wie sehr Lilinns Hände dabei zitterten.

»Warum hast du mir kein Zeichen gegeben?«, fragte Jade.

»Versucht habe ich es, aber du hast nicht zu mir heruntergeschaut! Was sollte ich machen? Nach dir pfeifen? Ich hatte mich hinter die Mauer gestellt, hättest du fünf Sekunden länger gewartet, statt wegzulaufen, dann hättest du mich gesehen.«

»Ich musste fliehen. Da war ein Echo. Und die Jäger... haben es erschossen.«

Es kostete sie einige Beherrschung, die Worte ganz sachlich auszusprechen, ohne die Trauer, das Entsetzen und die Verwirrung preiszugeben. Lilinn richtete sich auf. Ihre Augen wurden groß. Lichtreflexe des Flusses spiegelten sich darin.

»Du hast gesehen, wie sie es getötet haben?«

Jade konnte nur stumm nicken.

»In deiner Nähe?«

Jade räusperte sich. »Sie haben es direkt vor meinen Augen erschossen und...«

...und ich habe dem anderen Echo zur Flucht verholfen.

Doch das wäre ungeheuerlich gewesen, unaussprechlich. Also biss sie sich auf die Zunge und verstummte.

Lilinn war so blass geworden, dass Jade sich einbildete, wieder das Echo vor sich sehen – die Furcht in den Augen ließ sie noch mehr wie einen Zwilling des Ungeheuers wirken. Jade musste wegschauen.

»Den Tod zu sehen ist nie schön«, murmelte Lilinn nach einer Weile. »Danke der Flussfee auf Knien, dass du entkommen bist!«

Jade nickte und warf einen letzten Blick zur toten Stadt, bevor sie Lilinn zuwinkte, ihr über die Brücke zu folgen. »Am besten, wir gehen zurück«, sagte sie mit ihrer vernünftigen Stimme, die zum Glück nicht ganz verschwunden war. »Und bitte sag Jakub nichts von den Echos. Du weißt, wie er auf sie reagiert.« Als Antwort seufzte Lilinn nur und nickte.

»Warte!«, rief sie, als Jade schon die Brücke betreten wollte. Sie sprang zu ihr und begann damit, ihr die Steinsplitter aus dem Haar zu zupfen. »Und wenn du klug bist«, meinte sie mit Nachdruck, »verschweigst du Jakub auch, dass wir in der Schusslinie der Jäger waren.«

das herz des hauses

Das Hotel Larimar war älter als die Herrschaft der Lady und hatte schon vor der Erbauung der Greifenbrücke existiert. Manche sagten, es sei sogar älter als die tote Stadt. In der Tat erinnerte sich sogar der hundertjährige, zahnlose Ben, der auf dem Hafenmarkt bettelte, in seinen hellen Augenblicken daran, schon als Kind die zwei Steinaale bewundert zu haben, die sich wie ein grotesker Zierrat um ein rundes Fenster in der Hotelfassade wanden. Der Haupteingang des ehemaligen Herrenhauses zeigte zum Fluss, nicht zur Straße, eine Treppe führte von der Türschwelle in die grünen Fluten, was es den Gästen erleichterte, direkt von der Fähre ins Hotel zu gelangen. Auf der Rückseite des Gebäudes, das der Straße zugewandt war, befand sich lediglich eine schmale Tür, kaum mehr als ein Dienstboteneingang. Ein gewisser Jostan Larimar hatte das Haus errichten lassen, zumindest sagte das eine Inschrift über der Tür. Die Jahreszahl daneben war schon vor langer Zeit abgebröckelt und vom Fluss davongetragen worden. Vierzehn der insgesamt achtunddreißig Zimmer hatten große Bäder mit Wannen aus Messing, das mit den Jahren dunkel geworden war. Das falsche Blattgold an den Wänden hatte sich rötlich verfärbt, was den Räumen ein Flair von rostiger, leicht verstaubter Pracht verlieh. Niemand wusste, was Larimar dazu veranlasst hatte, sein Haus verkehrt herum und so dicht am Fluss zu bauen. Manche mutmaßten, die Wila sei zu jener Zeit noch nicht so breit gewesen, deshalb hätte damals noch ein Weg zwischen Haus und Flussufer entlanggeführt. Andere waren davon überzeugt, dass ein dunkles Geheimnis dahintersteckte, ein Fluch, ein Pakt oder Schlimmeres. Eine der zahlreichen Stadtlegenden erzählte, das Haus besäße ein pulsierendes Herz aus Flusskorallen, tief unten im feuchten, vom Fluss unterspülten Keller. Reisende, die eine Nacht in den verwitterten Räumen verbracht hatten, schworen sogar, in der Dunkelheit den Herzschlag des Hauses gehört zu haben. Und die Flussleute, die nichts so sehr liebten wie Geschichten von Leidenschaft und Lust, schürten diese Gerüchte und erzählten jedem Neuankömmling, das Hotel erwache Nacht für Nacht zum Leben, um sich der Umarmung des Flusses hinzugeben – der schäumenden grünen *Wila*, der *Fee*, die bei Hochwasser ihre nassen Finger nach dem Gemäuer ausstreckte und Wasservipern und Aale als Kundschafter durch die Rohre bis in die Küche schickte.

Doch Jade wusste es besser. Sie kannte jeden Winkel ihres Heims, sogar die überschwemmten Kellerräume, von denen sich die Wila Jahr für Jahr ein paar weitere Zentimeter eroberte. Längst hatten sich die Flusskrebse dort in zerbrochenen Weinflaschen und mit Algen bewachsenen Regalen eingerichtet. Und einen guten Teil ihrer Mahlzeiten sammelte Jakub hier einfach in den Reusen ein, die er zu diesem Zweck ausgelegt hatte.

Jade wusste, dass das Herzklopfen des Hauses nichts weiter war als das Klacken des alten Fahrstuhls, abgenutzte Zahnräder, die nur noch schlecht ineinandergriffen und, vom Hall in den leeren Fluren verstärkt, dumpf und pochend durch die Wände klangen. Und das Wimmern von Gespenstern, das manch ein verstörter Gast zu hören glaubte, war nur das quietschende, schleifende Geräusch des altersschwachen Elektromotors oder der mechanischen Notwinde, mit deren Hilfe der Fahrstuhl auch von Hand bewegt werden konnte, wenn es keinen Strom gab. Und es gab so gut wie nie welchen.

Die richtigen Geister, die es im Hotel gab – denn natürlich gab es sie! –, machten auf ganz andere Weise auf sich aufmerksam.

Vier Stockwerke und ein steiles Dachgeschoss hatte

das Larimar, und Jade und Jakub hatten in jahrelanger Arbeit eines nach dem anderen erobert wie Forscher, die sich durch ein versunkenes Königreich arbeiteten. Sie hatten die Scherben beseitigt, die die Leute der Lady vor fast zwanzig Jahren bei ihrem Sturm auf die Stadt hinterlassen hatten, und die meisten Einschusslöcher verschlossen. Zimmer für Zimmer hatten sie von Trümmern und Staub befreit und wieder wohnlich gemacht. Nicht alle Fensterscheiben hatten sie ersetzen können. Und die Treppe, die das zweite Stockwerk mit dem dritten hätte verbinden sollen, war nach wie vor zerstört. Nur wenn der Fahrstuhl Strom hatte, konnten die Gäste auch in den oberen Zimmern untergebracht werden. Meist aber standen die besonders großen und prächtigen Räume im vierten Stockwerk leer.

In manchen Zimmern dienten alte Segel und Fischernetze als Gardinen und viele der Möbel sahen aus wie Veteranen mit Holzbeinen. Steine stützten Betten, die nur noch drei Beine hatten, und manch ein Tisch hatte sich in den feuchten Sommernächten verzogen. In fast jedem Bad gab es gesplitterte Kacheln, aber dennoch strahlte jedes der Zimmer eine Schönheit aus, von der die Besucher noch lange schwärmten. Jade kam es so vor, als sei das Haus in den siebzehn Jahren, die sie hier mit ihrem Vater wohnte, Zimmer um Zimmer mit ihr gewachsen, bis es sie in den Nächten umschloss wie eine Festung aus Stein, Stuck und Holz.

Auch heute, als sie Lilinn durch den schmalen Dienstboteneingang in das Haus folgte, fühlte sie sich erst ganz und gar sicher, als sie den rosagrauen Marmorboden des großen Empfangssaals betrat. Der glatt getretene Stein fühlte sich unter ihren aufgeschürften Sohlen wohltuend kühl an. Vormittagslicht ließ Staubkörnchen durch den Raum tanzen und brach sich in den vier Zierspiegeln aus polierten Bronzescheiben, die Jakubs ganzer Stolz waren. Teppiche lagen aufgerollt an den Wänden und Werkzeug war auf dem Boden vor dem Fahrstuhlschacht verstreut.

»Wir sind zurück!«, rief Lilinn und warf Jades Rucksack auf einen Stuhl neben der Eingangstür.

»So früh?« Jakubs Stimme klang dumpf und entfernt wie aus dem tiefsten Keller. Jade hatte vorgehabt, gleich die Treppe hinaufzugehen und Lilinn das Gespräch zu überlassen, aber Jakub war wie immer schneller. Schon hörte sie das Klacken und Schleifen der Mechanik, dann erschien das Gesicht ihres Vaters im Fahrstuhlschacht. Über die Stirn zog sich ein Streifen Maschinenfett und verwandelte die Sorgenfalten in schwarze, scharf gezeichnete Furchen. Jakubs Hände mit den kurzen, kräftigen Fingern waren ebenfalls verschmiert und dunkel. Nur sein Haar und der Bart – dichte Locken, die mehr rötlich als hellbraun schimmerten – hoben sich von dem öligen Schmutz ab.

»Und? Konntet ihr ein Steuerrelais auftreiben?«, brummte er und kletterte aus dem Schacht. Wie immer sah es aus, als würde ein Erdwesen aus dem Untergrund steigen. Auch heute trug Jakub seine braune Arbeitshose und ein speckiges Lederhemd, das sich über seine breite Brust und die kräftigen Schultern spannte. Er lächelte Jade zu, schloss mit einem energischen Schubs seines Ellenbogens das Fahrstuhlgitter und wischte sich die Hände an einem Lappen ab. Doch dann fiel sein Blick auf Jades bloße Füße und ihren aufgeschürften Knöchel und sein Lächeln verlosch. Jade durchlief ein siedend heißer Schreckschauer. Verdammt! Warum hatte sie nicht daran gedacht, ihre Schuhe wieder anzuziehen?

Von einer Sekunde auf die andere war ihr Vater blass geworden. Der Lappen fiel zu Boden.

»Was zum Teufel ist passiert?«, donnerte Jakub und stürzte auf sie zu. »Warum zum Henker blutest du und wo sind deine Schuhe?«

Jeder Fremde wäre bei einem solchen Ausbruch erschrocken, und früher, als kleines Mädchen, hatte sich auch Jade oft vor seinem Zorn und seiner lauten Stimme gefürchtet. Doch hinter dem Jähzorn verbargen sich Angst und Sorge, die ihren Vater nur selten ruhig schlafen ließen. Je lauter er fluchte, desto schlimmer war ihm der Schreck in die Knochen gefahren. »Gar nichts ist passiert!«, gab sie zurück. »Ich bin an einer Wand hochgeklettert und abgerutscht – und dann war keine Zeit mehr, die Schuhe anzuziehen. Wir mussten sehen, dass wir wegkommen, bevor ...«

»Bevor was?« Jakubs Finger gruben sich in ihre Schultern, seine Augen, bernsteinbraun und warm, wirkten plötzlich hart.

»Wir mussten verschwinden«, kam Lilinn Jade zu Hilfe. »Einige Jäger waren in der toten Stadt auf Patrouille.«

Im nächsten Moment fand sich Jade schon zum zweiten Mal an diesem Tag in einer Umarmung wieder.

»Um Himmels willen!«, murmelte Jakub in ihr Haar. »Wie viele waren es? Haben sie euch entdeckt? Zitterst du, Jade? Du zitterst ja!«

Jade schluckte und schloss die Augen, um das Bild des Echogesichts abzuschütteln, dann machte sie sich behutsam los. »Mir ist kalt, nichts weiter«, sagte sie so ruhig wie möglich und schaffte es sogar, ihrem Vater zuzulächeln. »Wir haben sie gesehen, ja. Aber sie waren nicht hinter uns her. Mach dir keine Sorgen.«

Es kostete sie viel, ihre Stimme so sicher und beruhigend klingen zu lassen. Sie wich Jakubs prüfendem Blick aus und griff stattdessen nach ihrem Rucksack. Obwohl sich nur ihre Schuhe darin befanden, erschien er ihr so schwer, als wäre er aus Blei. Die Lüge lastete auf ihr, und sie war sicher, dass ihr Vater das Gewicht ihrer Worte spürte, doch sie liebte Jakub viel zu sehr, um zuzulassen, dass die Albträume ihn wieder einholten. Und er – das wusste sie genau – liebte sie viel zu sehr, als dass er auch nur ansatzweise in Erwägung gezogen hätte, sie könnte ihn belügen.

In Situationen wie diesen kam es Jade so vor, als hätten ihr Vater und sie im Lauf der Jahre ihre Rollen getauscht: Ihre Wege führten nach draußen, in die Stadt, zu den Märkten und zum Hafen, während Jakub sich mehr und mehr in den Untergrund des Hauses zurückzog, Rohre erneuerte und reparierte, sich um die Krebsreusen kümmerte und Fahrstuhl und Bäder instand hielt. Es war, als müsste sie ihren Vater beschützen vor dem, was sich in der Stadt abspielte, vor den Echos, deren Namen sie innerhalb des Hotels nicht einmal nennen durfte.

»Jedenfalls haben wir kein Relais bekommen«, erklärte sie. »Und heute ist bestimmt nichts mehr zu holen. Sicher haben Manu und die anderen den Markt geräumt, als sie die Galgos hörten.«

Jakub schluckte noch einmal schwer, doch er entspannte sich endlich. Seine Fäuste öffneten sich und schließlich nickte er.

»Keine Ersatzteile also. Macht nichts. Im Augenblick haben wir genug freie Zimmer im ersten und im zweiten Stock.« Das war schamlos untertrieben, aber Jakub sprach von seinem Hotel stets so, als wäre es gut besucht. »Außerdem haben wir gerade ohnehin keinen Strom mehr. Da müssen die Leute ihren Krempel sowieso die Treppe raufschleppen. Aber wenn ich das Ding schon halb auseinandergenommen habe, werden wir die Zeit nutzen und die Leitschienen überprüfen. Irgendwas schabt zwischen dem zweiten und dritten Stock. Jade, du hilfst mir, du steigst auf die Kabine und siehst dir den Schacht darüber an. Im Schaltraum gibt es auch noch einiges zu tun. Und was das Licht angeht... am besten, du gehst morgen zum Hafen und borgst uns einen Kanister Lampenöl.«

»Ich kann Martyn fragen«, sagte Jade. »Er schuldet mir ohnehin noch was.« Bei der Erwähnung von Martyns Namen konnte sich Lilinn ein Grinsen nicht verkneifen. Der Alltag holte Jade wieder ein, sie war in Sicherheit und dennoch fröstelte sie. »Ich komme gleich wieder und helfe dir«, fuhr sie fort. »Ich... bringe nur meinen Rucksack weg.«

Jakub nickte. »Zieh dir Schuhe an«, brummte er und wandte sich wieder dem Fahrstuhl zu. Lilinn warf ihr einen letzten ernsten Blick zu und ging hinüber zum Küchentrakt, um sich um das Essen der Gäste zu kümmern. Sie würde nicht viel Arbeit haben. Nur zwei Händler aus dem Südland hatten im zweiten Stock Quartier bezogen. Sie gaben sich mit gekochten Flusskrebsen zufrieden und beschwerten sich nicht darüber, dass sie ihre Handelswaren eigenhändig ins Zimmer bringen mussten. Nun, das Larimar war keine Unterkunft für verwöhnte Herren, eher für Durchreisende und Bittsteller, die auf eine Audienz bei der Lady oder ihren Verwaltern warteten.

Jade hängte sich den Rucksack über die Schulter und nahm zwei Stufen auf einmal, als sie die breite Treppe hinaufstürmte.

Dort, wo sich die Treppe zum dritten Stock befinden sollte, gähnte ein Trümmerloch. Alles, was den oberen Teil des Larimar mit dem unteren verband, war eine Holzleiter, die natürlich keinem Gast zugemutet werden konnte. Jade erklomm sie ohne Mühe und zog sich durch ein Loch in der Decke direkt in den Flur im dritten Stock.

Früher war der Teppich rot gewesen, nun aber zeigte er ein verblichenes Rosa. Die Zimmertüren waren noch blutrot gestrichen, doch der Lack war beschädigt und erinnerte an alte Karten von Kontinenten und Inseln. Jade kannte jedes Zimmer so gut, dass sie es auch mit verbundenen Augen hätte betreten können, ohne an ein Möbelstück zu stoßen. Es gab Zeiten, da schlief sie jede Nacht in einem anderen Zimmer – meistens dort, wo es etwas zu reparieren gab. Doch wenn sie ganz allein sein wollte, so wie jetzt, dann gab es einen ganz besonderen Raum, der nur ihr gehörte.

Kein Gast hatte ihn jemals betreten, und selbst Jakub erinnerte sich nur selten daran, dass er existierte. Die Kammer lag im dritten Stock, an der Frontseite, die zum Fluss zeigte, und hatte als einziges Zimmer keine Tür, sondern nur ein kreisrundes Fenster, ein Bullauge, wie es auf Schiffen üblich war. Allerdings fehlte das Fensterglas, was das Zimmer im Winter unbewohnbar machte. Für Jades Zwecke war das fehlende Glas genau richtig, denn das Fenster war der einzige Zugang.

Sie betrat den Raum, der neben dem verborgenen Zimmer lag – ein Schlafzimmer mit einem Bett aus rostigen Metallstreben und Wasserschlieren an den Wänden, die verschlungene Muster bildeten. Einige der Wasserspuren waren erstaunlich gerade, und wenn Jade die Augen zusammenkniff, konnte sie erahnen, wo sich die Tür zur geheimen Kammer befunden hatte, bevor jemand sie zugemauert und die Wand neu gestrichen hatte. Sie zog sich die Riemen des Rucksacks über die linke Schulter und trat zum Fenster. Das Sims war breit und einladend, und als sie den Fuß darauf setzte und hinauskletterte, umfing sie ein warmer Windstoß, der vom Fluss hinaufwehte und nach Algen und Wasser roch. Weit unter ihr umspülte die Wila die Wassertreppe. Würde Jade ausrutschen und stürzen, käme sie auf den Steinstufen auf.

Mit routiniertem Griff ertastete sie rechts vom Fenster einen der beiden Steinaale, die das Bullauge säumten, hielt sich daran fest und trat auf das steinerne Sims, das der Fassade Struktur gab. Es fiel ihr nicht schwer, an der Außenmauer entlang zum Fenster zu balancieren. Tief unten im Wasser sah sie ihr Spiegelbild, gleich neben der Treppe, wo sich das Wasser staute. Sie verharrte einige Augenblicke und betrachtete es, während sie sich mit beiden Händen am Steinaal festhielt. Und richtig – auch heute veränderte sich das Bild im Wasser. Die Jade in den Wellen hob eine Hand und winkte ihr zu. Das war auch etwas, was sie Jakub verschwieg: Spiegelbilder winkten nicht, aber Jades Bild bewegte sich von Zeit zu Zeit, schnitt Grimassen oder lachte, wenn Jade traurig war. Niemand außer ihr konnte es wahrnehmen, und Lilinn meinte, es sei ein Spiel, das die Wila mit ihr treibe, sie solle sich nur niemals in die Fluten locken lassen.

Jade lächelte ihrem Flussbild zu, genoss einen Atemzug lang das Gefühl der Höhe und den Wind. Sie ließ den Rucksack am Arm herunterrutschen, warf ihn mit Schwung durch das runde Fenster und kletterte dann selbst hinterher.

Dunkelblau gestrichene Wände ließen die quadratische Kammer noch kleiner wirken. Auf dem Boden lagen all die Dinge, die Jade nach und nach durch das Fenster hineingeschafft hatte: Decken, die ein Schlaflager bildeten, und Kleidung, die in unordentlichen

Stapeln an der Wand aufgereiht war. Von einem Lampenhaken an der Decke hing ein langes Kleid aus taubenblauer Seide, das Jade als Kind in einer zerbrochenen Truhe entdeckt hatte. Der Staub von Jahrzehnten ließ den Stoff blass aussehen. Das Kleid war nicht das einzige Fundstück. Neben dem Bett lag ein Tagebuch, das Jade in den Trümmern eines Hauses in der toten Stadt gefunden hatte. Der lederne Umschlag war zum Teil versengt und die trockenen Seiten knisterten und rochen nach Rauch. Aus der Scheu heraus, die Geheimnisse eines Toten zu entweihen, hatte Jade das Tagebuch niemals gelesen, nur die ersten beiden Sätze kannte sie, und sie klangen so traurig, dass sie auch gar kein Bedürfnis verspürte, die Seite umzublättern und mehr zu erfahren.

Aufatmend ließ sie sich auf dem Deckenlager nieder und lehnte sich an die blaue Wand. Es war beruhigend, das Buch in die Hand zu nehmen und mit den Fingern über die Seitenränder zu streichen. Sobald sie die Augen schloss, sah sie das Echo und die Jäger, die ihre Gewehre direkt auf ihr Herz gerichtet hatten. Unwillkürlich drückte sie das Tagebuch gegen ihre Brust. Erst nach einer ganzen Weile klappte sie es auf und fand die Kostbarkeit, die zwischen den Seiten sorgsam verwahrt war. Das Buch selbst war ein Geheimnis, aber es barg noch einen weiteren Schatz, das Geheimnis im Geheimnis.

Es war eine alte Fotografie, ausgebleicht und so unscharf, als hätte jemand das Bild im Laufen aufgenommen. Viel konnte Jade darauf nicht erkennen: fliegendes schwarzes Haar am Rand des Bildes, glatt wie eine Mähne, die Ahnung eines hellen Gesichts und ein verschwommenes Lachen. Wie immer wenn Jade ihre Mutter betrachtete, an die sie sich nur vage als Stimme erinnerte, wurde ihr warm und traurig zumute.

»Ich wäre heute beinahe erschossen worden«, flüsterte sie dem verschwommenen Lachen zu. »Aber gestorben ist ein Echo. Und ich weiß, es klingt verrückt und falsch, aber an der Brücke, da… habe ich mir gewünscht, es… hätte fliehen können.«

sonne und mond

Sie hatte von Flussbildern geträumt – mehr als zehn Spiegelbilder ihrer selbst, die sie neckten und verspotteten –, »*Sinahe!*«, riefen sie und schnitten Grimassen. Und da war auch diese Jägerin, die auf sie zielte, während Jade sich verzweifelt an einer Mauer festklammerte und versuchte, nicht abzustürzen. Mit einem Schrei war sie schließlich aufgeschreckt und brauchte mehrere Sekunden, um zu begreifen, dass sie in Sicherheit war und im weißen Zimmer auf dem Bett lag.

In diesem Raum im zweiten Stock übernachtete sie gerne, weil er ein beinahe unversehrtes Bad und Fensterscheiben hatte. Regen klopfte gegen das Fenster und der Himmel war noch grau von der Nacht. *Ich muss zu Martyn!*, dachte sie und sprang, noch völlig benommen vom Traum, aus dem Bett. Auf dem Weg zum Bad wäre sie beinahe gestolpert. Gestern Abend hatte sie aus der Küche Wasser geholt, um sich den Schmutz von der Fahrstuhlwartung von den Händen zu waschen. Ölige Fingerspuren zeichneten sich am Krug ab, der neben der Badewanne stand, doch im Gefäß befand sich noch sauberes Wasser. Jade zog scharf die Luft ein, als das kalte Nass ihre Haut berührte, dann wusch sie sich energisch die Traumbilder von der Stirn.

Das Hotel schlief noch, es war so früh, dass noch nicht einmal Lilinn auf den Beinen war. Leise schlich Jade die Treppen hinunter, hinterließ auf der Kreidetafel neben dem Fahrstuhl eine Nachricht und schlüpfte durch die Seitentür auf die Straße.

Nieselregen fing sich in ihrem Haar, als sie mit dem Strom der Wila zum Hafen lief, vorbei an Fischerbooten und aufgespannten Netzen. Direkt am Wasser standen zwei vornehm gekleidete Männer – vielleicht Gäste eines Lords. Sie trugen bodenlange, mit Seidenschärpen gegürtete Gewänder und bestaunten eine Gruppe von schwarzen Trauerschwänen, die gegen die Strömung schwammen.

Die neuen Häuser in Hafennähe, die in den vergangenen Jahren aus dem Boden geschossen waren, schienen mit der grauen Farbe ihrer Fassaden mit dem Morgenhimmel zu verschmelzen. Jade beeilte sich, einen großen, am Wasser gelegenen Festplatz zu überqueren. Ganz von selbst war sie schneller geworden, bis sie schließlich rannte, ihre Sohlen schlugen auf den glatten Stein. *Wie Schüsse*, dachte sie.

Mochten die Straßen so frühmorgens noch leer sein, der Hafen an der Meeresmündung schlief nie. Jade liebte diesen Anblick: die befestigte Felsenkette, die in das verbreiterte Mündungsdelta des Flusses hineinragte wie ein steinerner Arm, der die Hafenbucht schützend umfasste. An der Spitze der Felsenkette erhob sich der Leuchtturm aus weißem Stein. Vor ihm glänzte die Barke der Lady, ein goldenes, schlankes Prachtschiff, auf dem dunklen Wasser. Und dahinter erstreckte sich weit und geheimnisvoll wie ein dunkelgrauer Spiegel, der die Bilder der Wolken einfing – das Meer!

Ein scharfer Pfiff ertönte. Jade kniff die Augen zusammen und spähte nach rechts zur Hafenbucht mit den Anlegestellen. Seit einigen Tagen lagen hier zwei eiserne Kolosse vor Anker – Frachtschiffe von den südlichen Inseln. Diese Händler waren schon früh angereist, um Wein und Stoffe für eines der vielen Feste im Winterpalast anzuliefern. Neu eingetroffen war auch eine filigran aussehende Kogge, die Gewürze geladen hatte. Und direkt neben der Kogge lag die Fähre der Feynals. Seltsamerweise war sie schwer beladen, als hätte sie eine Nachtfahrt hinter sich. Kisten wurden über einen Flaschenzug vom Boot abgeladen. Mit Pfiffen und Handzeichen dirigierten die Flussleute die Fracht. Zwei graue, struppige Hunde waren an der Reling angebunden und verfolgten wachsam und misstrauisch jede ihrer Bewegungen.

Inmitten der Flussleute konnte Jade Martyn schon von Weitem ausmachen. Sein Haar war so ausgebleicht, dass es an den Spitzen golden wirkte und noch gekräuselter als das von Jade. Das Tuch, das er sich um die Stirn gebunden hatte, leuchtete lavarot – ebenso seine Gürtelschärpe, an der allerlei Haken und Werkzeug hingen. Die anderen Flussleute bevorzugten dunklere Kleidung, Martyn aber liebte alle Farben des Feuers.

Sobald Jade beim Boot angelangt war, wandte er sich schon zu ihr um, als hätte sie ihn gerufen. Es war gespenstisch, aber Martyn schien stets zu spüren, wann sie in der Nähe war. Ein Lächeln glitt über sein Gesicht, und sie konnte gar nicht anders, als es zu erwidern. Im Gegensatz zu seinem älteren Bruder Arif, der dunkel und verschlossen war und selten lachte, schien Martyn alles Helle in sich zu vereinen. »Sonne und Mond«, so nannte Jade die Brüder im Stillen. Im Augenblick war Martyn allerdings eine Sonne, die vor Regen triefte. Sein Hemd war völlig durchnässt und klebte an seinen Schultern.

»Wenn du so früh am Hafen auftauchst, willst du doch etwas!«, rief er lachend, sprang vom Boot auf die Mole und stellte sich mit verschränkten Armen vor sie hin. »Raus damit! Was ist es diesmal?«

»Lampenöl«, erklärte Jade unumwunden. »Ihr habt doch noch welches. Ein halber Kanister reicht mir.«

Martyns Augen blitzten amüsiert auf. »So, mal wieder kein Licht im Larimar? Tja, ein wenig Lampenöl habe ich tatsächlich noch. Aber ob es für einen halben Kanister reicht, hängt ganz davon ab, was ich als Gegenleistung bekomme, Fee.« Sein Lächeln wurde noch breiter.

»Lass die Fee und spar dir das anzügliche Grinsen für die Händlerinnen auf«, erwiderte Jade trocken. »Du schuldest mir ohnehin noch was für die Seile!«

Martyn wurde plötzlich ernst und betrachtete sie aufmerksam. Es war, als könnten seine lachenden Augen sogar die Schemen ihrer Gedanken hinter der Stirn erkennen.

»Was ist los mit dir?«, fragte er dann auch prompt. »Hast du heute Nacht ein Gespenst gesehen?«

»Schlimmer.«

Jetzt erlosch auch der letzte Rest seines Lächelns.

»Gestern ist etwas vorgefallen, als ich mit Lilinn auf dem Weg zum Markt war, ich muss dringend mit dir darüber reden und ...«

»Martyn!«, brüllte Arif. »Steh nicht herum, los!«

Martyn sah sich nach seinem Bruder um und winkte ihm ungeduldig zu. Dann legte er die Hände auf Jades Schultern. Die Berührung war unendlich vertraut und beruhigend. Es war fast zu leicht, sich in Martyns wilagrünen Augen zu verlieren.

»Warte hier«, flüsterte er Jade zu. »Wir sind gleich

fertig mit dem Ausladen, dann reden wir in aller Ruhe, ja?«

Jade nickte. »Warum seid ihr so früh schon mit einer Ladung unterwegs?«, fragte sie leise. »Woher kommen die Hunde und die ganzen Kisten?«

»Aus dem Nordland.«

Das Nordland! Jade klappte der Mund auf. Das Land hinter dem Eismeer, mindestens zehn Tagesreisen entfernt.

»Ein Schiff hat die Ladung und zwei Passagiere gestern westlich von der Mündung bei den roten Felsen abgesetzt.«

»Warum nicht hier?«

»Was weiß ich? Vielleicht hat es keine Genehmigung bekommen, in den Hafen einzulaufen. Jedenfalls haben ein paar Wächter uns mitten in der Nacht aus den Betten geholt und uns befohlen, Ladung und Leute abzuholen.« Er tippte an den gut gefüllten Münzbeutel, den er an der Seite des Gürtels trug. »Irgendein Lord lässt es sich jedenfalls so einiges kosten, seinen Zeitvertreib in die Stadt liefern zu lassen.«

»Martyn! Verflucht! Schläfst du?«, donnerte Arif.

Martyn seufzte, doch er ließ Jade los und kehrte auf das Schiff zurück.

Eine Traube von Leuten hatte sich vor dem Boot versammelt. Und auch an der Reling der Kogge lehnten Neugierige, begierig darauf, vielleicht einen Unfall zu sehen. Doch Nordländer konnte Jade zu ihrer Enttäuschung nicht entdecken. Es hieß, sie seien klein und kräftig, hätten zu Zöpfen geflochtenes Haar und trügen Rüstungen aus Leder, doch alles, was sie auf den ersten Blick erkannte, waren zwei Jäger ohne Hunde und mehrere Lastenträger und Fuhrleute. Der Anblick der Jäger beunruhigte Jade mehr, als ihr lieb war.

Gerade begannen die Flussleute, mit dem Flaschenzug eine Kiste abzuseilen. Sie war mehr als mannshoch. Einige Spalten zwischen den Brettern waren verbreitert worden, als sollten sie als Luftlöcher dienen.

Martyn fing das Führungsseil auf, das sein Bruder ihm zuwarf, und half dabei, die Kiste in die richtige Position zu bringen. Langsam schwang sie über den Graben aus Wasser und verharrte schwebend über der Gruppe von Schaulustigen.

»Ab!«, rief Martyn, und die Kiste begann, sich ruckartig nach unten zu bewegen. Sofort wichen die Leute zurück, nur eine Gestalt in einem Kapuzenmantel, der vor Nässe ganz dunkel war, zögerte bevor sie einen Schritt zur Seite machte.

Die Kiste bewegte sich ein wenig, als würde ein Lebewesen darin sein Gewicht verlagern. Ein ziemlich großes Gewicht. Jade versuchte zu erraten, welches Tier sich in der Kiste befinden mochte. War da nicht ein Scharren zu hören, wenn die Seile für eine Sekunde verharrten? Vielleicht war ein Bär darin? Viele Lords besaßen Menagerien. Jade hatte sie noch nie gesehen, aber frühmorgens, wenn der Wind günstig stand, hörte sie manchmal fernes Gebrüll wie von Raubkatzen und die Rufe exotischer Vögel.

»Vorsicht!«, rief Martyn. Doch es war zu spät. Das Führungsseil, das Arif hielt, verrutschte, und die Kiste senkte sich mit einem scharfen Ruck zur Seite. Die Schaulustigen schrien auf und flüchteten außer Reichweite, nur die Gestalt im Mantel wich keinen Schritt. »Seid ihr wahnsinnig, ihr Idioten! Passt gefälligst auf!«, rief sie. Es war eine junge Stimme, die vor Wut zitterte, und sie gehörte einem Mann. Sein Gesicht konnte Jade nicht erkennen, er wandte ihr den Rücken zu und die Kapuze verhüllte das Haar. Doch unter dem nassen Mantel zeichnete sich eine hoch gewachsene Gestalt ab.

Arif fuhr herum, als hätte ihn eine Wasserviper gebissen. Wut blitzte in seinen dunklen Augen auf. »Du nennst mich einen Idioten?«, raunzte er den Fremden an und warf das Seil einfach zu Boden. »Dann hol das verdammte Ding selbst runter!« Mit verschränkten Armen trat er zurück. Die Kiste begann, in der Schlinge zu rutschen.

Einige der Flussleute lachten, und Arifs Gefährtin Elanor, eine kräftige Frau mit kurzem roten Haar, schnalzte spöttisch mit der Zunge. Auch Jade konnte sich ein Grinsen nicht verkneifen. Das *musste* der Gast aus der Fremde sein, schließlich wusste jeder Stadtbewohner, wie stolz und leicht zu beleidigen die Flussleute waren. Der Fremde zögerte nur einen Augenblick vor Verblüffung, doch dann fluchte er in der fremden, harten Sprache der Nordländer, rannte los und sprang an Bord. Einen verstörenden Moment lang glaubte Jade, zwei Bilder zu sehen, die sich überlagerten. Die geschmeidigen, fast fließenden Bewegungen, der federnde Gang...

Erschrocken schnappte sie nach Luft. *Nein, das kann nicht sein*, beruhigte sie sich, während sie die Hände ineinanderkrampfte.

Der Fremde griff nach dem Seil – gerade noch rechtzeitig, bevor die Kiste endgültig in die Seitenlage kippte. Ein Knurren drang gedämpft durch das Holz. Das klang ganz und gar nicht nach einem Bären. Jade lief ein Schauer über den Rücken. Jetzt hörte sie ein von heiseren Tönen begleitetes Röcheln. Verbrecher, die in der Schlinge des Henkers erstickten, mochten so klingen. Die Schaulustigen zogen sich hastig noch einen weiteren Schritt zurück und tuschelten miteinander.

Hand über Hand holte der Fremde mit aller Kraft das Seil ein. Die gespenstische Ähnlichkeit mit dem Echo war so schnell verschwunden, wie sie aufgeblitzt war. Jetzt stand an Bord der Fähre nur noch ein erstaunlich flinker Mann. Jade atmete insgeheim auf.

Sobald die Kiste sicher auf dem Boden stand, sprang der Fremde vom Schiff und schritt zu dem hölzernen Gefängnis. Er war schlank und durchtrainiert und seine Bewegungen hatten etwas Katzenhaftes. Jade musste sich eingestehen, dass sie neugierig war, sein Gesicht zu sehen.

Als hätte seine Gegenwart die Leute ermutigt, wagten sie sich langsam wieder in die Nähe der seltsamen Fracht. Eilig lösten die Lastenträger die Seile und machten sich daran, die Kiste auf einen Wagen zu wuchten, der in der Nähe bereits wartete. Jade reckte den Hals, doch der Fremde trat hinter die Kiste und verschwand aus ihrem Blickfeld.

»He, Jade, steh nicht herum«, rief Arif ihr unwillig zu. »Mach dich nützlich und geh in den Laderaum! Wir brauchen jede Hand.«

Das ließ sie sich nicht zweimal sagen. Auf Feynals Fähre war Jade beinahe so sehr zu Hause wie im Hotel. Schon als Kind hatte sie mit Martyn ganze Tage auf dem Fluss verbracht, aber noch heute verspürte sie, jedes Mal wenn sie die fließende Grenze zwischen Festland und Bootsdeck übersprang, von Neuem dieses Flirren in der Magengegend. Es fühlte sich nach Freiheit an und nach Unbekanntem. Sosehr sich Martyn danach sehnte, ein eigenes Schiff zu besitzen, so sehr sehnte sich Jade nach der Ferne.

Ohne sich festzuhalten, lief sie die steile Stiege zum

Laderaum hinunter, übersprang die letzten Stufen – und hielt beim Anblick der unzähligen Kisten verblüfft inne. Der Laderaum, in dem sonst die Hängematten und Habseligkeiten der Flussleute untergebracht waren, war bis unter die Decke vollgestapelt.

»Das sind alles Käfige«, rief Martyn von der Luke über ihrem Kopf und kletterte ihr hinterher. Im Durchgang zwischen Laderaum und Stiege war es so eng, dass ihre Arme sich berührten. Jade genoss den Moment der Nähe.

»Was befindet sich in den Käfigen?«, fragte sie.

Martyn zuckte die Schultern. »Sie sagen es uns nicht«, murmelte er.

Jade versuchte, zwischen den Bretterritzen einer Kiste etwas zu erkennen, doch offenbar hatte der Konstrukteur genau darauf geachtet, dass kein Blick in das Innere fallen konnte. »Seltene Tiere aus dem Nordland vielleicht?«, überlegte sie. »Jakub hat erzählt, dort gibt es Wölfe, die nicht größer sind als Katzen.«

»Nach Wolfskrallen hörte sich das aber nicht an«, erwiderte Martyn. »Und Arif behauptet steif und fest, Fauchen gehört zu haben.«

»Und was ist in der großen Kiste, die draußen abgeladen wurde?«

»Ebenfalls ein Geheimnis. Ein Geschenk, mehr habe ich nicht herausfinden können.« Martyn senkte die Stimme. »Aber was es auch ist, ich will es gar nicht sehen – heute Nacht bin ich aufgewacht von den Lauten, die das Ding von sich gegeben hat. Ich sage dir, es hasst Wasser. Und ich wette, es hasst auch Menschen.«

Jade schluckte. »Und hat man euch wenigstens gesagt, was sie mit den Tieren wollen? Sind die Nordländer so etwas wie Gaukler?«

Ein tiefes Lachen erklang aus dem hinteren Teil des Laderaums.

»So etwas wie Gaukler, ja«, sagte eine freundliche, melodische Stimme. »Ich selbst würde mich allerdings eher als Sammler bezeichnen.«

Der Mann, der in den schmalen Gang zwischen den aufgestapelten Käfigen trat, passte viel besser zum Bild eines Nordländers als sein Begleiter oben, auch wenn ihm die Zöpfe und der Lederpanzer fehlten. Sein Filzhut war nass geworden und unter der Krempe zeichnete sich ein hageres, faltiges Gesicht mit einem akkurat gestutzten braunen Bart ab. Mit seinen hohen Wangenknochen wirkte er fremdartig und hart, aber er hatte freundliche samtbraune Augen, was Jade sofort für ihn einnahm – das und der abenteuerlich aussehende Mantel, der aus Streifen von unterschiedlichen Fellstücken zusammengesetzt war. Zum Teil war es gesprenkelter Robbenpelz, aber Jade entdeckte auch Fellstücke von Tieren, die sie noch nie zuvor gesehen hatte.

»Habt Ihr die Tiere alle selbst gefangen?«, hörte sie sich fragen. »Um sie abzurichten?«

Der Mann lachte wieder. »Sagen wir lieber, ich habe sie angelockt. Und sie folgen meiner Stimme, das ist im Nordland eine Kunst, die hoch geschätzt wird.«

Jade hatte gehört, dass es Menschen mit betörenden Stimmen gab, denen sogar Raubtiere gehorchten. Bei diesem Mann konnte sie sich diese Gabe mühelos vorstellen. Er sprach in einem sanften Singsang, und seine Stimme hatte, obwohl sie ein wenig rau klang, einen warmen, beinahe hypnotischen Klang. Doch auch die einschläfernde Melodie seiner Worte ließ Jade ihre wichtigste Frage nicht vergessen.

»Was ist in der großen Kiste?«

Ein Lächeln breitete ein Fächernetz von Falten über sein Gesicht.

»Das fragen sie alle«, meinte er geheimnisvoll. »Und auch dir werde ich es nicht sagen – das ist nämlich ein ganz besonderes Mitbringsel aus dem Nordland. Und es wäre doch schade, wenn es die ganze Stadt wüsste, bevor es derjenige gesehen hat, für den das Geschenk bestimmt ist.«

»Aber es ist ein Raubtier, oder?«, beharrte Jade. »So etwas Ähnliches wie ein Bär vielleicht? Soll er in eine Menagerie gebracht werden?«

»Du gibst nicht so schnell auf, was?« Der Nordländer lächelte gutmütig. »Aber ich bin ebenso verschwiegen wie du hartnäckig. Und jetzt bringt die Kisten nach oben und lasst keine fallen.« Es klang eher wie eine Bitte als eine Aufforderung. »Aber kommt nicht auf die Idee, eine von ihnen zu öffnen, meine Schützlinge mögen klein sein, aber sie können viel Schaden anrichten.«

»Sie sind doch nicht etwa giftig?«, wollte Martyn wissen.

»Giftig nicht, nur ziemlich bissig«, sagte der Nordländer. »Und ihr wollt eure Augen doch sicher behalten, nicht wahr? Ihr erlaubt?«

Jade und Martyn traten zur Seite, um ihm den Weg zur Stiege freizumachen. Der Geruch von Tabak und Lederseife stieg Jade in die Nase. Und als der Fremde sich zwischen ihnen hindurchdrängte, spürte Jade Schneekatzenfell von seinem Ärmel über ihren Handrücken streichen. Ein Schauer rann ihr über den Rücken. Da waren sie – ganz nah: Ferne und Gefahr.

Auf halber Höhe der Stiege drehte sich der Fremde noch einmal zu ihnen um. »Eine schöne Stadt habt ihr da«, sagte er gut gelaunt und zwinkerte Jade zu. »Bei uns erzählt man sich viel darüber, und ich freue mich schon darauf, sie endlich selbst zu erkunden.«

※

Die Flussleute hatten eine Kette gebildet, die bei Jade und Martyn ihren Anfang nahm. Die Käfigkisten wurden von Hand zu Hand weitergereicht. Es war ein gespenstisches Gefühl, sie zu berühren. Manchmal hörte Jade so etwas wie gedämpftes Rascheln oder Kratzen, doch sobald sie den Käfig berührte, verharrte das Wesen darin, als würde es sich wachsam zusammenkauern und ebenso angespannt lauschen wie sie. Nur einmal spürte sie, wie das Holz in ihren Händen vibrierte – so als würde das Tier darin sich gegen die Wände seines Gefängnisses stemmen, und sie war froh, ihre Fracht weitergeben zu können.

Obwohl die Kisten nicht allzu schwer waren, dauerte es über eine Stunde, den Laderaum auszuräumen. Bald schon war Jade völlig außer Atem und ihre Arme und ihr Rücken schmerzten. Endlich war sie bei der letzten Kiste angelangt. Sie streckte sich und warf noch einen letzten prüfenden Blick in den hintersten Winkel des Laderaums. Normalerweise schliefen die Flussleute hier unten, und ohne die Hängematten und Trennwände war der Raum ungewohnt leer, nur in der Ecke befanden sich noch zwei Truhen.

Jade beugte sich zur Kiste und hob sie auf. Ein stechender Schmerz zuckte durch ihren Finger. Um ein Haar wäre ihr die Kiste aus den Fingern geglitten, doch im letzten Moment balancierte sie sie mit der rechten Hand aus und schüttelte die schmerzende Linke. Etwas Winziges, Nasses traf ihre Lippe.

»Was ist?«, rief Martyn.

»Nichts!«, gab sie unwillig zurück. »Ein Spreißel oder ein Nagel.« Ein salzig-metallischer Geschmack breitete sich auf ihrer Zunge aus. Der Tropfen, der ihre Lippe getroffen hatte – sie blutete! Und jetzt fühlte sie auch das warme Nass an ihrem Zeigefinger, der dumpf pochte. Ein kleines Stückchen Haut fehlte an der empfindlichsten Stelle der Fingerkuppe. Jade fluchte und drehte die Kiste vorsichtig so, dass sie die Rückseite betrachten konnte. Tatsächlich: Dort war ein Stück Holz herausgebrochen, aber die kleine Öffnung, nicht größer als ein Fingernagel, wies keine scharfen Kanten oder Späne auf. Wie konnte sie sich daran verletzt haben? Vorsichtig spähte sie durch den Spalt und prallte sofort zurück. Ein schwarzes Kristallauge fixierte sie angriffslustig.

»Kommen noch mehr?«, rief Elanor vom Oberdeck.

»Das ist die letzte«, gab Martyn zurück und nahm Jade die beschädigte Kiste einfach aus der Hand.

»Vorsicht! Die Kiste hat ein Loch!«

Doch Martyn hörte sie nicht, er lief bereits mit den anderen die Stiegen hoch. Schuhe schlugen einen unregelmäßigen Trommeltakt auf dem Deck.

Verwirrt und mit klopfendem Herzen blieb Jade zurück. Die Wunde war nicht tief, ein winziger Riss nur – vielleicht hatte sie sich doch am Holz verletzt? Sie steckte den Zeigefinger in den Mund und saugte daran, bis sie kein Blut mehr schmeckte.

Rufe ertönten vom Oberdeck, und Jade sprang zur Stiege und lief, so schnell sie konnte, nach oben. Es regnete nicht mehr, der Himmel hatte aufgeklart und gleißte in einem transparenten Weiß. Jade musste in der plötzlichen Helligkeit blinzeln – und stieß in vollem Lauf gegen jemanden, der mit dem Rücken zu der Luke stand. Vom Aufprall blieb ihr die Luft weg und sie stolperte zur Seite. Ein weicher, schwerer Gegenstand kam dumpf auf dem Boden auf. Etwas Nasses streifte ihre Hand, sie sah wirbelnden Mantelstoff und stieß mit dem Fuß gegen einen prall gefüllten Reisesack, der offenbar zu Boden gefallen war. Bevor sie darüber stürzen konnte, packte Martyn sie am Handgelenk und zog sie mit einem Ruck wieder in die Balance.

Ein Fluch in einer fremden Sprache traf sie wie eine Ohrfeige. Jade blickte irritiert auf. Direkt vor ihr stand der Mann im Kapuzenmantel. Er überragte sie um einen ganzen Kopf. Sein Gesicht konnte sie im Gegenlicht nicht erkennen.

»Versuch das kein zweites Mal«, zischte der Fremde und beugte sich hinunter, um nach dem Gepäckstück zu greifen.

»Dann steh mir nicht im Weg«, antwortete Jade ebenso scharf.

Der Fremde richtete sich bedrohlich langsam wieder auf. Jade verschränkte die Arme und hob das Kinn. »Was?«, fragte sie herausfordernd.

Er schob mit einer unwilligen Geste die Kapuze ein Stück nach hinten. Jade hatte nicht erwartet, dass der Mann so jung sein würde – höchstens neunzehn, schätzte sie. Sein Gesicht war von herber, stechender Schönheit. Hellblondes Haar fiel ihm in feinen, wirren Wellen in die Stirn. Der Mund war breit, die ein wenig zu schmalen Lippen scharf gezeichnet, und die Nase hatte den feinen Schwung, den man oft bei Statuengesichtern sah. Nur die Augen... die Augen waren beängstigend. In dem dunklen, beinahe schwarzen Braun konnte sie keine Pupillen erkennen. Etwas flackerte darin auf – vielleicht Irritation, vielleicht auch nur Wut. Der junge Nordländer zog die Brauen zusammen und starrte Jade so überrascht an, als wäre sie ein Gespenst.

Nun, die Reaktion kannte Jade nur zu gut. Viele Leute, die ihr zum ersten Mal begegneten, reagierten wie dieser Mann, wenn sie ihre Augen sahen. Sie waren von ungewöhnlicher Farbe, ein helles, transparentes Türkis, durch das sich ein grüner Schleier zog. *Die* Wila *hat dich an der Wiege geküsst*, hatte Jakub ihr als Kind erzählt.

Normalerweise lächelten die Leute ihr zu, sobald sie sich an den Anblick gewöhnt hatten, der Mund des Mannes bekam dagegen nur einen harten Zug. Eine dunkle Feindseligkeit glühte in den fast schwarzen Augen auf, die sie frösteln ließ. Einen Wimpernschlag lang erschien es ihr, als würde seine Gestalt alles Helle an sich ziehen und in Schatten verwandeln. Es kostete sie einige Anstrengung, die Fassade von kühler Überlegenheit aufrechtzuerhalten.

»Was ist jetzt?«, fragte sie. »Entschuldigst du dich? Nur weil ich deine Sprache nicht spreche, heißt es nicht, dass du mich beschimpfen kannst.«

»Ich habe nichts gesagt, wofür ich mich entschuldigen müsste.« Seine Stimme war leise, aber drohend. »Und jetzt geh mir aus dem Weg.«

»Pass auf, was du sagst!«, mischte sich Martyn ruhig ein. Er trat vor und stellte sich neben Jade – so dicht, dass sie Schulter an Schulter standen. Jade spürte, dass auch die Flussleute mit ihrer Arbeit innegehalten hatten und zu ihnen herüberblickten. Ein Wort von ihr oder Martyn und Arifs ganze Familie würde sich hinter sie stellen.

Doch den Blonden schien das nicht im Mindesten zu beeindrucken. Verächtlich zog er den Mundwinkel hoch.

»Wie mutig«, spottete er. »Im Rudel greifen sogar die räudigsten Hunde einen Bären an, nicht wahr?« Die Luft knisterte, Fäuste wurden in Jackentaschen geballt. Einer der angeleinten Hunde knurrte. Jade spürte, wie Martyns Arm sich anspannte.

»Wenn sich hier einer wie ein räudiger Hund benimmt, dann bist du das«, erwiderte Martyn mit noch bedrohlicherer Ruhe. Obwohl Jade inzwischen so wütend war, dass ihr Blut kochte, griff sie nach Martyns Handgelenk. »Nicht«, zischte sie ihrem Freund zu. »Lass ihn.«

»Beruhigt euch, Freunde«, sagte eine sanfte Stimme. Der ältere Nordländer war hinzugetreten und legte dem Blonden die Hand auf die Schulter. »Ich weiß, wir haben eine anstrengende Reise hinter uns und deine Laune ist nicht die beste, aber es gibt keinen Grund, deinen Groll an dem Bootsmädchen auszulassen.«

»Tue ich das, Tam?«, erwiderte der Fremde mit einem ironischen Lächeln, aus dem kein Funke Humor sprach.

Der Nordländer lachte nur und klopfte ihm freundschaftlich auf den Rücken. »Lass sie in Ruhe. Und beeil dich mit dem Gepäck. Wir haben durch das Umladen genug Zeit verloren.«

Jade hätte einiges darauf verwettet, dass der Diener – denn das schien er zu sein – widersprechen würde, aber er entspannte sich sichtlich und nickte. *Fast so, als wäre er erleichtert,* dachte sie erstaunt. Hatte er beim Gedanken, sich mit den Flussleuten anzulegen, doch Angst bekommen? Nun, das würde zumindest dafür sprechen, dass er bei aller Arroganz doch noch etwas Verstand besaß.

Der Nordmann rückte seinen Hut zurecht, ging zu den Hunden und löste die Leinen von der Reling. Die

Tiere, die eben noch bedrohlich gewirkt hatten, verwandelten sich in verspielte Welpen, die ihn mit einem freudigen Winseln begrüßten, an ihm hochsprangen und sich darum rissen, seine Hände und sein Gesicht abzulecken. Tam gestattete es ihnen nicht, er nahm die Leinen, nickte den Flussleuten zum Abschied zu und ging von Bord.

Der Blonde warf Jade einen finsteren Blick zu, der sie wie ein eisiger Funkenschauer traf. »Komm mir bloß nicht mehr in die Quere«, sagte er leise.

»Komm du ihr nicht mehr in die Quere«, knurrte Martyn. »Du hast uns alle gegen dich, vergiss das nie.«

Der Fremde lächelte spöttisch, wuchtete sich den schweren Reisesack mühelos über die Schulter und verließ mit großen Schritten das Schiff.

»So ein Mistkerl«, zischte Martyn zwischen zusammengebissenen Zähnen hervor. »Er hat schon heute Nacht Ärger gemacht, als eine Kiste beim Verladen angestoßen ist!«

Jade ließ Martyns Handgelenk los und trat zur Seite. Auf gar keinen Fall wollte sie, dass ihr Freund spürte, dass sie zitterte – ob vor Wut oder vor Schreck, wusste sie selbst nicht zu sagen. Sie ärgerte sich darüber, dass es dem Fremden gelungen war, sie aus der Fassung zu bringen. Und dennoch konnte sie nicht anders, als ihm hinterherzuschauen.

»Vergiss ihn«, murmelte sie. »Er ist nur ein Idiot.«

»He, Martyn, deine Kleine ist ja ganz blass vor Schreck«, rief Elanor. »Gib ihr zum Trost einen Kuss, na los!«

Martyn und Jade warfen ihr einen empörten Blick zu.

»Küss du sie doch selber, Elanor«, knurrte Martyn.

Die anderen Flussleute brachen in schallendes Gelächter aus.

»Oh, so empfindlich?«, spottete Elanor. »Letzten Sommer hattet ihr da noch weniger Hemmungen, wenn ich mich recht erinnere?«

»Komm«, sagte Jade verärgert und packte ihren Freund am Ärmel.

*

Auf der Fähre wurde oft gestritten und gelacht. Abends wurden Karten oder Würfel gespielt und es wurde gesungen, gegessen, geschlafen und gewacht. Aber geliebt, geküsst und über Geheimnisse gesprochen wurde nur selten, und wer dabei für sich sein wollte, der musste sich einen Schlupfwinkel abseits von den anderen suchen. Manchmal hatte Jade den Eindruck, dass die Flussleute nur deshalb so gerne über Liebe und Leidenschaft sprachen, weil sie auf dem Boot so beengt lebten, dass Geheimnisse und Gefühle kaum gedeihen konnten.

In der Nähe des Leuchtturms gab es einen Platz, der besser geeignet war, sich Dinge zu sagen, die nicht für andere Ohren bestimmt waren. An einer windgeschützten Stelle zwischen den hellen Felsen, die den Hafen umfassten, hatte Martyn im vergangenen Sommer einige leere Fässer abgestellt, die als Sitzgelegenheiten dienten. Dieses halb verborgene Eck auf der Meeresseite war ein beliebter Platz für sehr Unglückliche und sehr Verliebte, aber heute fanden Jade und Martyn den geheimen Winkel verlassen vor.

Jade ließ sich auf einem der Fässer nieder und zog die Knie an die Brust. Martyn machte nicht den Fehler, sie mit Fragen zu bedrängen – und vielleicht war es das, was ihre Küsse hatte versiegen lassen: Wie konnte man jemanden lieben, der immer das Richtige tat?

Eine Weile betrachteten sie nur das Mündungsdelta, das am Horizont mit dem Meer verschmolz. Wenn man sich anstrengte, konnte man von hier aus auch die Gefängnisinsel sehen – ein kahler Felsen mit einer wuchtigen quadratischen Festung, die noch kein Gefangener lebendig verlassen hatte. Schließlich holte Jade tief Luft und begann zu erzählen. Diesmal ließ sie nichts aus. Martyn war niemand, der Schwierigkeiten aus dem Weg ging. Und niemand, den Jade vor Kummer beschützen musste, wie sie es bei Jakub tat.

Er hörte stumm zu und sagte auch lange, nachdem

sie geendet hatte, kein Wort, sondern legte ihr nur den Arm um die Schulter und zog sie näher zu sich heran – heute war die Geste keine Erinnerung an vergangene Zeiten, und Jade ließ die Berührung zu und schloss die Augen. Sie hatte geglaubt, den Moment überwunden zu haben, als die Jäger auf sie zielten, nun aber spürte sie, wie der Knoten aus Angst und Entsetzen sich wieder in ihrem Magen zusammenzog.

»Gütiger Himmel, Jade«, sagte Martyn mit belegter Stimme erst nach einer Weile.

»Sag was Nützliches oder lass es ganz«, murmelte sie. »Noch mehr Vorwürfe kann ich nicht gebrauchen, hörst du?«

»Aber du hast das zweite Echo laufen lassen! Was hast du dir dabei gedacht?«

»Woher soll ich das wissen?« Jade machte sich heftig aus seiner Umarmung los. »Ich dachte, vielleicht ist es keine Bestie. Und außerdem ... bestimmt haben die Jäger es trotzdem noch aufgespürt.«

»Das glaube ich nicht. In der Stadt hat sich herumgesprochen, dass die Jäger beim Katzenbuckel ein Echo erlegt haben.«

Jade zuckte zusammen. *Erlegt.* Noch gestern hätte sie denselben Ausdruck verwendet. »Eins«, betonte Martyn. »Nicht zwei.«

»Dann ist es eben geflohen – sie haben es vertrieben.«

Sie wusste selbst, wie kläglich das alles klang.

»Hast du es Jakub erzählt?«

»Natürlich nicht«, gab sie verärgert zurück.

Martyn schwieg und kaute auf seiner Unterlippe herum.

»Was?«, rief Jade ungeduldig. »Du willst doch etwas sagen, also rück schon raus damit!«

»Du hast es also noch nicht gehört.« Wenn Martyns Augen nicht mehr lachten, dann stimmte etwas ganz und gar nicht. »Gestern – gab es wieder einen Mord. Es wurde ein Wächter aufgefunden, beim Nordtor des Palasts – mit aufgerissener Kehle.«

Jade wurde plötzlich übel. Das Fass, auf dem sie saß, schien mit den Wellen zu schwanken. Martyn schwieg und starrte zum Horizont. Er musste nichts sagen, Jade wusste auch so, dass sie in diesem Moment beide dasselbe dachten.

Was ist, wenn ich daran schuld bin, dass es den Wächter ermordet hat?

Sie starrte auf das klare Wasserbecken, das sich bei Flut zwischen den Felsen bildete. Kleine Köderfische trieben darin und zupften an den Fasern eines Seilstücks, das sich dort verfangen hatte.

»Hast du das noch jemand anderem außer mir erzählt?«, fragte Martyn mit einem Ernst, den sie nicht an ihm kannte. Heftig schüttelte sie den Kopf. »Gut, dann behalte es weiter für dich. Wenn es irgendjemand erfährt, kann dich das den Kopf kosten.«

»Aber es schien so menschlich zu sein«, erwiderte Jade kläglich. »*Sinahe* – dieses Wort hat eines von ihnen mir nachgerufen. Es klang so, als würden sie nicht nur menschliche Worte nachahmen. Ich hatte den Eindruck, dass sie eine eigene Sprache haben...«

»Und trotzdem war es kein Mensch«, unterbrach Martyn sie barsch. »Hast du durchsichtiges Blut? Nein? Aha! Und das, was du gehört hast, könnte auch ein Zischen gewesen sein, ein Laut, aus dem du ein Wort herausgehört hast.«

»Aber woher kommen die Echos so plötzlich? Wieso wagen sie sich in die Stadt?«

Martyn räusperte sich. »Keiner weiß, wo sie herkommen. Es gab sie schon früher, heißt es, aber keiner weiß es genau. Wenn Ben noch so etwas wie Verstand im Schädel hätte, würde er sich vielleicht erinnern.«

Ben, der alte Verrückte. Jade betrachtete nachdenklich das Wasser.

»Sie sind wie Raubtiere«, fuhr Martyn fort. »Sie tauchen auf, weil sie Beute wittern – ich muss dich wohl nicht daran erinnern, wie der Tote aussah, den wir aus dem Fluss...«

»Nein«, fuhr Jade ihm dazwischen. Martyn verstummte.

»Drei Tote waren es bereits – und seit gestern sind

es vier«, stellte Jade fest. »Was ist, wenn es mehr Echos werden?«

Martyn seufzte. »Das ist nicht gesagt. Ein Echo kann viele Menschen umbringen. Und du hast gute Chancen, die Nächste zu werden, wenn du deinen Dickkopf wieder durchsetzen willst und dich auf ihre Spur begibst.«

Es war ernüchternd, wie gut Martyn sie kannte.

»Interessiert dich überhaupt nicht, was hier vorgeht?«, brauste Jade auf. »Das Echo gestern hatte keine Fänge und keine Dolchzunge. Und es hatte Angst – wie ein fühlendes Wesen, das habe ich gesehen! Ich muss herausfinden, woher sie kommen, und was… sie wollen.«

»Hörst du dir eigentlich selber zu, Jade?«, fuhr Martyn sie an. »Sie wollen nur eines, und du weißt, was es ist. Sie mögen schön sein, wer weiß, vielleicht gibt es mehr als eine Art von ihnen. Aber sie sind tückisch. Und sie bringen den Tod. Hast du dem zweiten Echo ins Gesicht gesehen? Nun, vielleicht hättest du das Ungeheuer gesehen! Versprich mir, dass du dich nicht in Gefahr begibst.«

Jade senkte den Kopf und betrachtete ihr Spiegelbild, das mit den Bewegungen der Köderfische zitterte. *Dann eben ohne dich, Martyn*, dachte sie. Heute winkte die schwarzhaarige junge Frau im Wasser ihr nicht zu, sondern schüttelte nur warnend den Kopf.

Verborgene Kammern

Es war schon später Nachmittag, als Jade zum Larimar zurückkehrte. In den Stunden auf dem Wasser hatte sie einen Sonnenbrand auf Nase und Wangen bekommen und ihre Augen tränten vom Seewind. Doch das war nicht der einzige Grund, warum sie sich fiebrig und ruhelos fühlte. *Vielleicht gibt es mehr als eine Art von ihnen.* Den ganzen Nachmittag hatte sie über diesen Satz von Martyn nachgedacht. Und da waren noch weitere Bilder, die sie vor sich sah, sobald sie blinzelte oder die Augen schloss: der ermordete Wächter, der vielleicht noch leben würde, hätte sie in eine andere Richtung gedeutet. Das bösartige schwarze Auge, das sie aus der Kiste heraus angestarrt hatte. Und seltsamerweise ging ihr auch der Fremde nicht aus dem Kopf, von dem sie beim besten Willen nicht sagen konnte, ob er sie abstieß oder faszinierte.

In der letzten Seitenstraße vor dem Hotel begann sie, schneller zu laufen. Das Öl schwappte im Takt ihrer Schritte gegen die Wände des Kanisters, den Martyn ihr fast bis zum Rand gefüllt hatte. Lilinn machte sich stets darüber lustig, dass Jade auf den letzten Metern zu rennen anfing, aber Jade fühlte sich erst dann von ihrer diffusen Unruhe befreit, wenn sie das Larimar vor sich sah. Irgendwo im hintersten Winkel ihres Bewusstseins fürchtete sie sich stets davor, das Hotel könnte einfach verschwunden sein. Es war ein irrationaler, losgelöster Splitter jener Angst, die sie zu der Zeit durchlitten hatte, als Jakub und sie noch von Unterschlupf zu Unterschlupf zogen, ohne festes Heim, ohne zu wissen, ob sie den nächsten Tag erleben würden.

Normalerweise war das Erste, was sie sah, der beschädigte Putz neben der Tür und die Töpfe mit Kräutern, die Lilinn auf die Fensterbänke gestellt hatte. Doch heute wimmelte die Straße vor Menschen. Mit Gemüse und Getreidesäcken beladene Karren blockierten die Straße. Lastenträger und Diener der Lady traten sich auf die Füße. Jade blieb stehen und runzelte verwirrt die Stirn. Die Hintertür, so viel konnte sie zwischen den Wagen erkennen, stand sperrangelweit offen, und Träger schleppten gerade Kisten in das Gebäude. So schnell es ging, drängte sich Jade an einer Gruppe von Schaulustigen vorbei und versuchte, vor einem der Lastenträger in das Haus zu schlüpfen.

»He! Einer nach dem anderen!«, blaffte er sie an. Ein anderer packte sie grob an der Schulter und riss sie zurück. »Stell dich gefälligst hinten an!« Jade überschlug in Gedanken, ob es sich lohnte, Streit anzufangen, doch dann folgte sie der Kolonne in ihr eigenes Heim, als wäre sie ein fremder Gast.

Noch nie in ihrem Leben hatte sie so viele Menschen im Eingangsraum des Hotels gesehen. Ein Funkenregen erleuchtete den Fahrstuhlschacht, es zischte ohrenbetäubend und der Geruch von erhitztem Metall brannte in ihrer Nase. Neben dem Fahrstuhlgitter lagen neue, ineinander verdrillte Stahlseile und – Jade traute ihren Augen kaum – glänzende Motor- und Steuerungsteile. Jeder Händler auf dem Schwarzmarkt hätte für diese Kostbarkeiten seine rechte Hand hergegeben. Irgendwo im oberen Stockwerk kreischte eine Eisensäge.

»Jakub?«, brüllte Jade gegen den Lärm an. Sie lief zum Schacht und schaute vorsichtig hinein. Eine fremde Frau mit Schweißerbrille hielt mit ihrer Arbeit inne und sah sie ungehalten an.

»Was?«, brüllte sie gegen die Säge an, die im Schacht wohl viel lauter klang.

»Was macht ihr hier?«, fragte Jade.

»Wonach sieht es wohl aus, hm? Ich repariere dieses Wrack von einem Fahrstuhl.«

»Hat Jakub das in Auftrag gegeben?«

Die Frau hustete. »Wer ist Jakub?«, schrie sie und wandte sich kopfschüttelnd wieder ab.

Jade griff den schweren Kanister mit der anderen Hand und rannte am Fahrstuhl vorbei zum langen Flur und von dort aus zu den Küchenräumen. *Sie haben Jakub verhaftet!*, hallte es in ihrem Kopf. *Irgendjemand hat sich über ihn beschwert. Oder ein Lord hat sich unser Haus genommen.* Vergeblich versuchte sie, ihre Panik niederzukämpfen. Sie stürzte in die Küche und wäre beinahe gegen einen Stapel von Kisten mit frischen Birnen gestoßen. Der Anblick, der sich ihr bot, fachte ihre Angst noch mehr an: Lilinn saß allein am schartigen Tisch neben dem Herd, die Ellenbogen aufgestützt und das Gesicht in den Händen vergraben. Vor ihr stand ein durchgeweichter, schmutziger Karton. Als sie Jade bemerkte, wischte sie sich hastig über die geröteten Augen. Ein schwarzer Streifen verschmierte Schminke blieb auf ihrem Handrücken zurück. Sogar im Halbdunkel konnte man erkennen, dass sie geweint hatte.

»Jakub ... wo ...«, stammelte Jade. »Wo ist er?«

Lilinn runzelte irritiert die Stirn und vergaß sogar zu schniefen.

»Draußen beim Abladen? Oder im Keller?«, erwiderte sie unwillig. »Woher soll ich das wissen, ich bin nicht sein Wachhund. Aber ich verstehe, dass du ihm nicht über den Weg laufen willst, nachdem du den ganzen Tag spurlos verschwunden warst.«

»Es geht ihm also gut? Er ist hier?«

»Sag mal, geht es *dir* noch gut?«, fuhr Lilinn sie an. »Wo warst du so lange?«

Jade beruhigte sich ein wenig. Es gab eine Erklärung für das Chaos und die fremden Leute im Haus, natürlich gab es eine!

»Öl holen«, erwiderte sie mit schwacher Stimme. »Aber die Flussleute hatten eine so große Ladung angenommen, dass sie ihre eigenen Sachen bei den roten Felsen zurücklassen mussten – ein ganzes Stück hinter der Mündung. Ich bin mitgefahren, als sie sie dort wieder abholten, anders wäre ich nicht an das Öl gekommen.«

Lilinn schnaubte verächtlich. »Viel Arbeit – für nichts!«

Sie griff zu der Schnur, die von einer verrosteten Lampe direkt über dem Tisch hing, und zog daran. Jade musste ihre Augen mit der Hand abschirmen, als plötzlich Licht die Küche flutete.

»Wir haben Strom?«, fragte sie fassungslos. »Sogar in der Küche? Und draußen wird der Fahrstuhl repariert – was zum Henker ist hier eigentlich los?«

»Anweisung von der Lady«, meinte Lilinn trocken. »Nun, es zahlt sich aus, dass Jakub seine Kontakte zum Hof warmhält.«

»Die *Lady* hat das alles veranlasst?« Jade stellte den Kanister ab und ließ sich auf einen der Küchenstühle sinken. Das konnte eine gute Nachricht sein – oder eine sehr schlechte. Je näher man dem Blick der Lady war, desto näher war man auch dem Galgen. »Aber warum tut sie das?«

Lilinn zuckte mit den Schultern. »Frag Jakub. Ich bin nur die Köchin.« Sie lachte freudlos. »Einen Vorteil hat die Sache. Wir müssen uns nicht mehr auf dem Schwarzmarkt herumdrücken. Der Fahrstuhl bekommt sogar neue Seile. Was sagst du dazu?« Ihre Stimme klang mit jedem Wort bitterer. »Alles wunderbar, nicht wahr?«

Sie schniefte und wischte sich mit dem Handrücken über die Wange, dann brach sie plötzlich wieder in Tränen aus.

Jade schämte sich, über ihrer eigenen Erleichterung den Kummer ihrer Freundin völlig übersehen zu haben. Gerne wäre sie aufgesprungen und hätte Lilinn getröstet, aber Lilinn ertrug kein Mitgefühl, das hatte Jade in den Monaten, die ihre Freundin im Hotel arbeitete, schnell gelernt. Sie verabscheute es zu weinen. Wenn sie es aber doch tat, dann konnte es nur mit einer Person zu tun haben.

»Du hast Yorrik wiedergesehen?«

Lilinn sprang so schnell auf, dass ihr Stuhl mit Getöse umfiel.

»Ich würde eher in den Fluss springen, als freiwillig auch nur auf hundert Schritt Entfernung in seine Nähe zu kommen«, schrie sie. »Er ist einfach so hier aufgetaucht. Um mir das hier wiederzugeben.« Mit einem energischen Schlag fegte sie den durchgeweichten Karton vom Tisch. Zwei alte Küchenmesser und eine verbeulte Pfanne fielen scheppernd auf den Boden. »Zum Teufel mit ihm!«, zischte Lilinn. »Der einzige Grund, warum ich für Jakub arbeite, ist, dass ich in diesem verdammten Hotel niemanden zu sehen brauche, den ich nicht sehen will – und dann taucht er ausgerechnet hier auf.«

Jade stand auf, sammelte die Gegenstände vom Boden auf und legte sie behutsam wieder auf den Tisch. Jetzt gab es nur noch eine Möglichkeit, wie sie Lilinn aufheitern konnte.

»Ja, zum Teufel mit ihm«, sagte sie. »Wenn er das nächste Mal hier aufkreuzt, stelle ich ihn an die Vordertür und verpasse ihm höchstpersönlich einen Tritt. Dann kann er mit seinem schleimigen Grinsen seinen Brüdern, den Aalen, im Schlamm Gesellschaft leisten.«

Und Lilinn schluckte und musste schließlich unter Tränen lachen.

∗

Natürlich fand sie Jakub unter der Erde – er stand bis zu den Knien in einem überschwemmten Gang und verschloss sorgfältig eine der Türen, die in die gefluteten Gewölbe führten. Die Öllampe, die nur wenig Licht spendete, schaukelte an einem Nagel hin und her und weckte die Schatten in den Scharten und Winkeln. Der Keller war kein schöner Ort, und Jade war sicher, dass sich die Geister der unglücklichsten Toten hierher geflüchtet hatten. Das Unangenehmste aber war der Geruch. »Es stinkt nach Kerker«, sagte Jakub, jedes Mal wenn er aus diesen Katakomben wieder ans Tageslicht kroch.

Jade zog ihre Schuhe aus und trat von der Treppe in das kniehohe Wasser. Der Algenrasen unter ihren Sohlen war schleimig und glatt, und als sie den ersten Schritt machte, spürte sie, wie ein Aal sich um ihre Knöchel schlang und dann die Flucht ergriff. Jakub hatte sie noch nicht bemerkt. Er brummte etwas in seinen Bart, als würde er mit den Geistern flüstern, drehte den Schlüssel im Schloss, das nur knirschend nachgab, und rüttelte an der Klinke. Es war seltsam, dass Jakub ausgerechnet an dieser Tür stand. Dahinter waren so viel Zerfall und Wasser und auch Strömung, dass Jakub sie aus Sicherheitsgründen schon vor Jahren fest verschlossen hatte.

»Was machst du da?«

Obwohl Jade es besser wissen musste, erschrak sie beim dumpfen Klang ihrer eigenen Stimme. Ihr Vater fuhr herum.

»Ach, du bist es.« Vor Erleichterung sackte er regelrecht in sich zusammen. »Wurde auch Zeit, dass du wieder auftauchst.«

»Hast du etwa die blinde Tür aufgemacht?«

Jakubs Gesicht verdüsterte sich. »Nur kontrolliert«, erklärte er ausweichend. »Einmal reingeschaut, ja, wollte sehen, wie weit die Wila hier schon gekommen ist.«

Seine Worte klangen logisch, der Tonfall aber sagte etwas anderes: *Frag nicht. Es geht dich nichts an.*

Jade gab es einen kleinen Stich. An manchen Tagen fühlte es sich so an, als würde Jakub in einem ganz anderen Haus leben, zu dem sie keinen Zutritt hatte. Und was sie durch die Wände hörte, erschien ihr dumpf und kaum verständlich.

»Und warum schließt du hier im Keller Türen ab?«, fragte sie vorsichtig.

»Die Lady kann mit meinem Fahrstuhl machen, was sie will, aber ich möchte nicht, dass jemand in meinen Kellerräumen herumschnüffelt. Wenn einer dich danach fragt, sag, dass alles vollgelaufen ist und vor Vipern wimmelt, verstanden?«

Jade nickte zögernd. »Sagst du mir jetzt, was da oben los ist?«

Jakub verstaute seine Schlüssel in der Hosentasche und nahm die Lampe vom Nagel.

»Die Lady hat das ganze vierte Stockwerk eingefordert – ausdrücklich das vierte, weil es die größten Zimmer hat. Und dazu noch ein paar andere Räume. In einer Woche haben wir hier mindestens zwei Dutzend Gäste. Die beiden Händler musste ich wegschicken, es soll kein anderer Gast im Haus sein.«

Er seufzte tief und fuhr leiser fort: »Ich kann nicht behaupten, dass ich begeistert bin. Die Gunst der Lady kann beides bedeuten: Reichtum und Ehre oder Folter und Tod. Und auf welche Seite die Waage sich neigt, entscheidet manchmal nur das Gewicht einer Feder.«

Hier im düsteren Keller bekamen die Worte ein beängstigend schweres Gewicht.

»Du denkst wieder oft daran, nicht wahr?«, fragte Jade. »An den Krieg und an unsere Flucht.«

Jakub sah sie nicht an, er starrte nur ins Wasser und runzelte die Stirn.

»Manchmal ... erinnere ich mich auch«, tastete sie sich weiter vor. »An Feuer. Und Kälte. Und an ein Weinen. Wer hat damals geweint, Jakub?«

»Wie oft willst du mich noch danach fragen?«, erwiderte Jakub. »Du warst es. Du hast in einer leeren Teertonne ausgeharrt. Normalerweise konnte man dich nicht still bekommen, aber an dem Morgen, als unser Haus geplündert wurde, hast du keinen Mucks von dir gegeben, bis ich dich holte. Sobald wir in Sicherheit waren, bist du in Tränen ausgebrochen.«

Jade konnte kaum verbergen, wie enttäuscht sie war. Wie oft hatte sie dieselbe Geschichte gehört und auch heute schien die Vergangenheit sie zu verhöhnen. *Morgen. Teertonne.* In Jades Erinnerung war es stets Nacht. Und sie roch nicht den getrockneten Teer, sondern etwas Modriges, Nasses, wie Herbstlaub.

»Aber da hat doch noch jemand anderes geweint...«, beharrte sie.

»Willst du etwa sagen, ich sei ein Lügner?«, rief Jakub. Die Ader an seiner Stirn war hervorgetreten, sein Gesicht war zornrot.

»Nein«, sagte Jade ruhig. »Aber ich weiß, woran ich mich erinnere.«

»Erinnerungen sind trügerisch. Du warst noch nicht einmal zwei Jahre alt. Weiß der Himmel, was sich in einem Kinderkopf zu neuen Bildern formt. Du hattest Angst oder du hast geträumt, das ist alles. Und jetzt lass mich endlich damit in Ruhe.«

Da war es wieder: das Dunkle, Unausgesprochene, das zwischen ihr und ihrem Vater stand. Es hatte keinen Sinn. Sie war schon zu weit gegangen. Wieder einmal.

»Soll ich die Schlüssel in das blaue Zimmer mitnehmen?«, fragte sie. »Dort findet sie niemand, und es wird dir auch niemand befehlen können, sie herauszugeben.«

Zu ihrer Überraschung schüttelte Jakub heftig den

Kopf. Ein Schatten huschte über sein Gesicht. In Augenblicken wie diesen war ihr Vater ihr fremd, ein Gefangener seiner Erinnerungen. Und auch heute wagte Jade nicht zu fragen, woher er wusste, wie es in einem Kerker roch.

»Aber warum gerade unser Hotel?«, fragte sie stattdessen. »Hier wohnen keine Lords, das weiß doch jeder.«

»Kein Haus steht näher am Fluss«, erwiderte Jakub. »Die Herrschaften mögen das Rauschen des Wassers, mehr hat man mir nicht gesagt.« Wasserwirbel kitzelten ihre Schienbeine, als er an ihr vorbei zur Treppe ging. »Es wird keine leichte Zeit werden«, murmelte er. »Was auch geschieht, wir müssen auf der Hut sein und dürfen die Gäste auf keinen Fall erzürnen.«

Ungebetene Gäste

Die Gäste der Lady ließen sich keine Woche Zeit, sie kamen schon am nächsten Tag. Jade war gerade dabei, die Bettvorhänge in dem großen Prunkzimmer im vierten Stock von Spinnweben zu befreien, als das Klacken des Fahrstuhls durch die Wände pochte. »Ich bin hier, Jakub!«, rief sie, als sie Schritte hörte. Die Tür wurde mit dem Fuß aufgestoßen und ein rotgesichtiger Lastenträger trat mit einem gewaltigen Leinensack ins Zimmer.

»Ist das der rote Salon?«, fragte er mit gepresster Stimme.

Jade ließ den Vorhang sofort los, sprang vom Stuhl, auf dem sie stand, herunter und eilte dem Träger zu Hilfe. Draußen im Flur klackerte die Fahrstuhlkabine wieder in Richtung Erdgeschoss.

»Hier rüber!«, befahl Jade. Sie packte mit an und half dabei, den Reisesack auf das Bett zu wuchten. Er roch nach Leder und ein wenig auch nach Rauch.

Für einen Lord eindeutig zu schäbig und gewöhnlich.

»Warum bringt ihr das Gepäck schon heute? Wir haben noch nicht einmal fertig umgeräumt.«

Der Mann wischte sich mit dem Ärmel den Schweiß von der Stirn. »Dann beeilt euch besser. Eure Gäste sind da.«

»Jetzt schon?«, entfuhr es Jade. Sie stürzte zum Fenster, riss die Läden auf und lehnte sich hinaus. Tatsächlich – an den zwei Pflöcken neben der Wassertreppe hatte eine kleinere Fähre festgemacht. Gerade waren die Fuhrleute dabei, eine Holzplattform über die Stufen zu legen. Straff gespannte Seile zogen sich bereits durch den Haupteingang in den ehemaligen Bankettsaal. Offenbar wollten sie etwas Schweres, Sperriges in den Saal ziehen, aber was es war, konnte Jade von hier aus nicht erkennen. Rufe hallten zu ihr hoch.

»Sie sind viel zu früh hier!«, rief sie. Sie wirbelte herum, rannte auf den Flur und wäre beinahe gegen Lilinn geprallt. Die Köchin war völlig außer Atem, offenbar hatte sie den Weg in den vierten Stock zu Fuß zurückgelegt.

»Sie sind unten«, keuchte sie. »Die Gäste ... und mindestens zwanzig Jäger. Sie haben Jakubs Bronzespiegel abgehängt und beschlagnahmt. Dein Vater ist kurz davor, die Geduld zu verlieren. Besser du gehst runter, gut möglich, dass er sonst noch etwas sagt, was wir alle bereuen werden.«

Jäger im Larimar! Dieser Gedanke war noch unangenehmer als die viel zu frühe Ankunft der Reisenden.

Der Fahrstuhl war noch unterwegs, also nahm sie die Treppe. Noch nie hatte sie die Leiter so schnell hinter sich gebracht. Schon im ersten Stock hörte sie die Stimmen. Jakub diskutierte mit jemandem, und sogar von hier oben konnte sie wahrnehmen, wie viel Beherrschung es ihn kostete, Ruhe zu bewahren.

»Es ist nicht so, dass ich Euren Wunsch nicht respektiere«, sagte er nun. »Aber wäre es nicht klüger, die... Bestien?... irgendwo anders unterzubringen? Es gibt genug Menagerien in der Stadt und...«

»Bestien!« Der Gast lachte, als hätte er einen besonders gelungenen Scherz gehört. Jade blieb ruckartig stehen und krampfte die Hand um das Messinggeländer. War es tatsächlich *diese* Stimme?

»Ich will Euch natürlich keine Umstände machen. Aber ich muss darauf bestehen, dass meine Tiere hier im Hotel bleiben. Sie müssen in meiner Nähe sein, dann gehorchen sie mir auch.«

Jades Mundwinkel hoben sich ganz von selbst. Kein Zweifel! Das war Tam, der Nordländer!

»Ach, und was geschieht, wenn Ihr nicht in der Nähe seid?«, konterte Jakub. »Klingt, als seien sie gefährlich.

Man sagte mir etwas von Gästen – nichts von Tieren. Dafür sind die Zimmer nicht geeignet und ...«

»Sie bleiben hier!«, befahl eine andere, harte Stimme. »Du hast hier nichts zu bestimmen, Livonius.«

Das klang nach einem Jäger. Jade nahm drei Treppen auf einmal. Der Teppich im Erdgeschoss staubte, als sie mit einem Satz auf dem Boden aufkam. Nervös kämmte sie sich mit den Fingern das Haar aus der Stirn und trat neben dem Fahrstuhl in den Empfangsraum.

Lilinn hatte recht gehabt. Es waren viele Jäger. Zu viele. Noch nie hatte sie sich im Hotel bedroht gefühlt, jetzt aber kroch die Angst in ihr hoch. Gewehre, Galgos, Tams Kisten überall – und eine fast spürbare Kälte im Raum. Der Kerl, der Jakub eben zurechtgewiesen hatte, war groß und hatte Schultern, so breit wie eine Truhe. Eine schlecht verwachsene Narbe teilte seine Braue. Er ließ Jakub nicht aus den Augen. Jades Vater stand mitten in dem Meer von Kisten, die Fäuste in die Seiten gestemmt. An der Art, wie die Adern an seiner Stirn hervortraten, konnte Jade deutlich erkennen, wie angespannt er war. Die Nordländer hatten ihr beide den Rücken zugewandt, doch selbst jetzt bemerkte Jade, dass sich etwas verändert hatte. Tam trug heute weder Mantel noch Hut, sondern war ganz in Schwarz gekleidet, wie ein Edelmann. Gestern hatte er freundlich gewirkt, heute aber strahlte er eine

Strenge aus, die Jade Respekt einflößte. Seine beiden Hunde standen neben ihm, gefährlich ruhig und bereit, beim kleinsten Wink von ihm anzugreifen. Wie ein lichteres Gegenbild seines Herrn wirkte heute der Blonde. Seine Weste ließ die Arme frei. Seine Haut war nicht gebräunt, sondern hell und irgendwie ungewöhnlich, ohne dass Jade hätte sagen können, was genau daran so auffallend war. Als hätte er ihren Blick gespürt, drehte er sich ganz plötzlich zu ihr um. Seine Augen weiteten sich vor Überraschung. Und auch Jade blieb beinahe der Mund offen stehen. Gestern war der junge Mann einfach nur auf eine fremde, herbe Art schön gewesen, heute dagegen leuchtete er! Doch bei Jades Anblick verdüsterte sich seine Miene, als wäre ein Schatten ins Zimmer gefallen.

Nun hatte auch Tam sie bemerkt. »Was für eine Überraschung«, sagte er ruhig. »Das Mädchen von den Flussleuten.« Jakub kniff irritiert die Augen zusammen, und auch einer der Jäger, der mit entsichertem Gewehr neben einem Fenster stand, nahm Jade unangenehm genau in Augenschein.

Jade wusste beim besten Willen nicht, ob Tam sich freute, sie wiederzusehen. Seine Freundlichkeit hatte heute nichts Herzliches mehr, sie war kühl und genau bemessen. In der schwarzen Kleidung mit dem hohen Kragen sah man, wie hager Tam wirklich war.

»Sie gehört nicht zu den Flussleuten«, sagte Jakub. »Das ist meine Tochter. Jade.«

»Guten Tag, Tam!«, sagte Jade mit fester Stimme. »Es freut mich, dass wir uns wiedersehen.«

»Es freut mich ebenso«, erwiderte Tam. »Du hast eine tüchtige Tochter«, wandte er sich dann an Jakub. »Sie hat uns gestern beim Ausladen geholfen. Faun, hast du deine Zunge verschluckt?«

Faun? Jade brauchte eine Sekunde, um zu begreifen, wen Tam angesprochen hatte. Ein seltsamer Name.

Der Blonde verschränkte die Arme. Immer noch sagte er kein Wort. Zum ersten Mal sah Jade so etwas wie Zorn in Tams braunen Augen aufblitzen. »Faun!« Es war mehr als ein Befehl. Die Hunde der Jäger begannen zu knurren und sträubten ihr Fell. Die Träger traten unbehaglich von einem Bein auf das andere. Aus dem Augenwinkel bemerkte Jade, wie Lilinn neben dem Kistenwall auftauchte.

Faun trat vor und machte eine übertrieben tiefe Verbeugung vor Jade. »Ich wünsche einen guten Tag«, sagte er mit einem ironischen Lächeln, das seine Augen nicht erreichte. »Höflich genug, Tam?«

Jade spürte, wie ihr heiß wurde. Sie ballte die Hände zu Fäusten, bis sich ihre Nägel schmerzhaft in die Handflächen drückten.

Jakub räusperte sich. »Könnt Ihr garantieren, dass die Tiere harmlos sind?«, fragte er Tam.

»Livonius, ich warne dich zum letzten Mal!«, zischte der Jäger mit der Narbe.

Er ist schon viel zu wütend, dachte Jade mit einem mulmigen Gefühl in der Magengrube. Wenn sie nicht aufpasste, würde es Ärger geben.

»Wir könnten die Kisten auch im Bankettsaal unterbringen«, beeilte sie sich zu sagen. »Er liegt gleich neben der Küche und dem Vorratsraum – das ist praktisch, da das Futter nicht nach oben geschafft werden müsste. Und man kann ihn abschließen. Damit wären die Tiere nicht in der Nähe der Schlafzimmer, aber trotzdem sicher verwahrt. Mein Vater überlässt Euch sicher gern den Schlüssel.«

Jakub funkelte sie an, doch Tam sah aus, als würde er die Sache in Betracht ziehen. »Vielleicht keine schlechte Idee«, meinte er. Jade wollte schon aufatmen, doch Faun schüttelte heftig den Kopf.

»Auf gar keinen Fall!«, rief er. Seine Stimme peitschte durch den Raum. Jade blieb der Mund offen stehen. So sprach kein Diener! Faun würdigte sie keines Blickes mehr, sondern trat zu Tam und flüsterte ihm etwas zu. Jade konnte kein Wort verstehen, da im selben Augenblick der Fahrstuhl aufging und das Messinggitter zur Seite rasselte. Doch es war offensichtlich, dass dieser Faun alles dafür tat, um Jades Vorschlag abzubügeln. *Arroganter Widerling!*, fluchte sie im Stillen. Und zu ihrem Ärger wies Tam seinen

Begleiter nicht zurecht, sondern zuckte nur mit den Schultern.

»Wie du meinst«, meinte er. »Dann wäre ja alles geklärt. Kümmere dich darum.«

Ohne einen Wink ihres Herrn setzten sich die beiden Hunde in Bewegung und betraten den Fahrstuhl. Gehorsam machten sie Tam Platz. Bevor die Kabine sich in Bewegung setzte, wandte der Nordländer sich noch einmal an Jakub. »Ihr werdet nichts von uns sehen und hören«, sagte er. »Aber ich wünsche, auf gar keinen Fall gestört zu werden. Zu keiner Zeit, niemals. Keine Gefälligkeiten, kein Fragen, keine Besuche.«

Es klackte und die Kabine entschwebte nach oben.

»Die Käfige in den vierten Stock!«, befahl Faun den Dienern. Jade funkelte ihn wütend an. Doch er sah, wie ihr schien, absichtlich weg.

»Jetzt reicht es!«, schrie Jakub. »Kein einziger Käfig geht nach oben, bevor ich nicht weiß, was darin...«

Jade wusste, dass es passieren würde, noch bevor sie die Bewegung sah. Der Jäger, der Jakub schon die ganze Zeit musterte, schnellte nach vorne und rammte ihm ohne Vorwarnung mit einer erschreckend routinierten Bewegung den Gewehrkolben in die Seite. Lilinn stieß einen Schrei aus und schlug die Hände vor den Mund. Jakub krümmte sich, doch zu Boden ging er nicht. Jade war es, als könnte sie seinen Schmerz selbst fühlen. Sie drängte sich grob an einem Träger vorbei und stürzte zu ihrem Vater.

»Zurück!«, befahl der Jäger. Jade erstarrte, als sie den Gewehrlauf sah. Die Mündung setzte genau an Jakubs Schläfe auf. *Bitte nicht!*, betete Jade, während sie mühsam das aufsteigende Schluchzen in ihrer Kehle niederdrückte. Hilfe suchend sah sie sich nach Lilinn um und erhaschte Fauns Blick. Er war blass geworden, doch als er vortreten wollte, verstellte ein Jäger ihm wie beiläufig den Weg. Der Galgo, den er an der Leine führte, winselte und versuchte, so viel Abstand wie möglich zwischen Faun und sich zu bringen.

Jakub schnappte mühsam nach Luft, doch er hielt still.

Der Jäger spuckte verächtlich auf den Teppich. »Ich habe dich gewarnt, Livonius. Zum letzten Mal: Der Mann ist ein Gast der Lady, verstanden? Du tust, was er sagt, oder jemand anderes wird deine Arbeit hier machen. Nicke, wenn das klar ist. Wenn du dabei schön vorsichtig bist, rutscht mein Finger vielleicht nicht auf den Abzug.«

Im Raum war es still geworden, keiner wagte, sich zu rühren. Jakubs Gesicht war dunkelrot angelaufen. Und die Art, wie die Muskeln an seinem Kiefer arbeiteten, beruhigte Jade ganz und gar nicht.

»Er hat verstanden!«, sagte sie schnell zu dem Jäger. »Wir beide haben verstanden.«

»Dich habe ich nicht gefragt«, antwortete der Jäger mit kalter Ruhe. »Na, Livonius?«

Bitte gib auf, flehte Jade ihn im Stillen an. *Sei vernünftig!*

Jakub presste die Lippen zusammen, doch schließlich nickte er. Der Jäger hielt die entsicherte Waffe noch einige Sekunden an Jakubs Schläfe, dann – endlich! – zog er das Gewehr zurück. Es beruhigte Jade wenig, dass der Lauf nun in die Richtung ihres Knies ragte. »Schön«, meinte er und grinste, als sie einen Schritt zur Seite machte. »Dann weiß ja jeder, wo sein Platz ist.« Die anderen lachten.

»Na los!«, blaffte der Jäger die Diener an. »Die Kisten zum Fahrstuhl!« Bewegung kam in die Menge und das Zimmer verwandelte sich in ein aufgepeitschtes Meer voller treibender Kisten. Die Jäger mussten ihre Galgos an der kurzen Leine halten, da die Hunde röchelten und versuchten, vor den Kisten zurückzuweichen.

Lilinn kam herbeigestürzt und half Jade, Jakub aufzurichten. Gemeinsam führten sie ihn an den Dienern vorbei. Die Träger wichen ihnen aus, als wären die drei Menschen ganz plötzlich zu Unberührbaren geworden, und beeilten sich mit gesenktem Kopf, ihre Last zum Fahrstuhl zu bringen.

Nur Faun wandte den Blick nicht ab. Die Arroganz war aus seiner Miene verschwunden, doch im Augenblick hätte Jade ihm am liebsten in das perfekte Gesicht geschlagen. *Alles wegen dir!*, dachte sie wütend.

»In die Küche«, flüsterte Lilinn, sobald sie den Flur erreicht hatten. »Ich habe noch Arnikasud, das hilft gegen Schwellungen. Hoffentlich hat er ihm nichts gebrochen.«

»Das wüsste ich«, presste Jakub zwischen den Zähnen hervor. »Verdammte Bande.«

»Scht!«, zischten Jade und Lilinn gleichzeitig und schleppten ihn schneller vorwärts.

Im Schein des elektrischen Lichts sah die Prellung an Jakubs Seite noch schlimmer aus. Schon jetzt verfärbte sie sich lilablau, und als Lilinn mit geübten Fingern an den Rippen entlangtastete, schnitt Jakub eine Grimasse und fluchte.

»Schlechte Nachricht«, flüsterte Lilinn. »Wie ich schon vermutet habe: Eine Rippe ist tatsächlich gebrochen. Schmerzt es hier sehr?«

»Nicht halb so schlimm wie ein gebrochenes Herz«, murmelte Jakub. Lilinn hielt überrascht inne, dann senkte sie verlegen den Blick und fuhr damit fort, die Prellung zu versorgen.

»Gestern predigst du mir noch, dass wir niemanden verärgern dürfen – und jetzt legst du dich mit den Gästen an«, schalt Jade ihren Vater. »Dein Jähzorn hätte dich den Kopf kosten können!«

Doch Jakub schüttelte nur den Kopf. »Wir sind

zwar nur Untertanen, aber solange die Bestätigung der Lady an unserer Wand hängt, ist es immer noch unser Hotel!«

Jade verbiss sich einen Kommentar. Sie und Lilinn wechselten nur einen stummen Blick, und Jade wusste, was die Köchin von der Genehmigung hielt: Das Stück Papier bedeutete nicht viel. Mochte Jakub auch gute Kontakte zu den Leuten der Lady haben – sie waren dennoch Rechtlose, Leute, die nur eine Existenz hatten, solange die Lords und die Lady sie gewähren ließen. Und wenn es einem Lord gefallen sollte, sie aus dem Haus zu vertreiben, war es nicht länger ihr Hotel. In Augenblicken wie diesen erschien die Ferne Jade verlockender denn je. *Eines Tages gehe ich fort*, dachte sie voller Wut.

»Mit diesen Gästen stimmt etwas ganz und gar nicht«, fuhr Jakub fort. »Was ist in den Käfigen, Jade? Hast du hineingesehen?«

»Nur Tiere. Vielleicht Marder.« Doch die Erinnerung an das schwarze Auge behagte ihr ebenfalls nicht. »Für ein Kunststück vielleicht, eine Aufführung.«

»Vielleicht, vielleicht!«, knurrte Jakub. »Vielleicht auch nicht. Und in der großen Kiste, die nur durch den Haupteingang passt, sitzt nur eine Riesengans, die goldene Eier für die Lady legt, nicht wahr? Diesem Nordländer ist nicht zu trauen.«

Jade schnaubte und verschränkte die Arme. »Tam

hätte bestimmt nicht geduldet, dass sie so mit dir umspringen. Er scheint wichtig zu sein, sonst hätte ihm die Lady sicher nicht den Wunsch erfüllt, außerhalb ihres Hofes Quartier zu nehmen.«

Jakub grinste verächtlich. »Überleg dir lieber, was in der Kiste sein könnte, wenn nicht einmal die Lady es in der Nähe haben möchte.«

Lilinn hielt erschrocken inne und auch Jade war plötzlich noch viel mulmiger zumute. So hatte sie es noch nicht betrachtet.

»Was dieser Nordländer erzählt, ist mir völlig gleichgültig«, fuhr Jakub fort. »Worte sind Wasser und Rauch. Er gibt sich freundlich, aber hast du seine Hunde gesehen? Besser abgerichtet und gefährlicher als die Galgos. Der Kerl selbst hat Schwielen an den Händen, offensichtlich von einer Waffe. Und Narben an den Handgelenken. Das ist kein Reisender, der die Lords und die Lady mit Dressurkunststückchen unterhalten wird. Ich erkenne einen Jäger, wenn ich ihn sehe.«

Jäger. Allein schon das Wort beunruhigte Jade.

»Sie sind jetzt hier«, stellte Lilinn trocken fest. »Und wir sind die Gastgeber. Alles andere geht uns nichts an.«

»So sieht es wohl aus«, sagte Jakub und seufzte. »Ich dachte mir schon, dass dieses Geschenk der Lady nur ein Geschenk mit Zähnen sein kann. Nun, wir werden uns an den Befehl halten: keine Besuche, keine Gefälligkeiten, keine Fragen. Wir halten uns fern von ihnen, bis sie endlich wieder verschwinden. Am besten, wir quartieren uns im ersten Stock ein – in den Räumen mit den Marmorbädern, die haben gute Schlösser.«

Mühsam hangelte er mit der linken Hand seinen Schlüsselbund aus der Hosentasche und warf ihn auf den Tisch.

»Wir werden ihnen aus dem Weg gehen. Und du, Jade, schließt hier unten alles ab, was nicht unbedingt zugänglich sein muss.« Jade nickte und nahm die Schlüssel an sich. Es war der falsche Zeitpunkt, um mit Jakub zu diskutieren, aber sie hatte ganz sicher nicht vor, Tam aus dem Weg zu gehen.

Irgendwo im Hotel rumpelte es. Rufe ertönten, eine Tür schlug so laut zu, dass Lilinn zusammenzuckte.

»Das kam aus dem Bankettsaal!«, stöhnte Jakub. »Jetzt zerschlagen sie mir auch noch die Flügeltüren!«

Sein Gesicht verzerrte sich vor Schmerz, als er hochfuhr, doch Lilinn war schneller.

»Nichts da«, befahl sie und drückte ihn mit aller Kraft auf den Sitz zurück. »Das fehlt noch, dass du dir auch noch die anderen Rippen brechen lässt.«

Jade stand auf. »Ich kümmere mich darum.«

Bevor Jakub etwas dagegen einwenden konnte, war sie schon aus der Tür hinaus. Das Rumpeln kam tatsächlich aus dem Bankettsaal, und jetzt hörte sie auch noch ein Schleifen, als würde ein schwerer Gegenstand über Holz gezogen. Vor der Tür zögerte sie kurz. Die Vorstellung, den Jägern gegenüberzutreten, machte sie so nervös, dass sie die Hand um den Schlüsselbund krampfte.

Vormittagslicht erhellte den großen Bankettsaal. Die großen Flügeltüren des Haupteingangs waren weit geöffnet, die glatten Holzbretter, die von der Fähre aus über die Treppe gelegt worden waren, ragten in den Raum hinein. Dort, wo vor Jahrzehnten schwere Tische gestanden hatten, fanden sich im Marmormuster des Bodens Scharten und Kratzer. Das Muster hatte die Form von schwarz-weißen Flussrosen, und früher, als das Weiß noch nicht staubig und abgetreten gewesen war, musste es umso prächtiger gewirkt haben.

Jade sah sich um und atmete auf. Es befanden sich keine Jäger im Raum. Nur ein paar Fuhrleute, die sie nicht kannte, und... Faun! Gerade trat er hinter der Kiste hervor und prüfte mit konzentrierter Miene das Seil. Es schabte wieder, als die Kiste über die Bretter hochzogen wurde. Faun legte die Hände an das Holz und stemmte sich dagegen, als die Kiste den Scheitelpunkt erreichte, mit dem Brett kippte und wie über eine Wippe nach vorne rutschte. Ihr Schatten fiel wie der Umriss eines verzerrten Monoliths auf die Steinblüten.

»Vorsicht!«, fuhr Faun die Männer an, die das Seil nachließen. »Nicht so schnell.«

»Passt auf die Türen auf!«, rief Jade. Mit grimmiger Freude sah sie, wie Faun sich wie gehetzt nach ihr umblickte. Sie hätte schwören können, dass er blass wurde.

Mit verschränkten Armen sah sie zu, wie die Kiste in die richtige Position gezogen wurde, bis sie endlich sicher auf dem Boden stand. Faun atmete sichtlich auf. Die Fuhrleute warfen einen letzten ängstlichen Blick zu dem Holzverschlag, tippten sich zum Abschied hastig an die Mützen und beeilten sich, auf ihr Boot zurückzukommen. Jade trat zur Tür, klappte die Flügel behutsam zu und suchte nach dem richtigen Schlüssel, um den Haupteingang zu verschließen.

In der plötzlichen Stille klang das Klirren des Schlüsselbundes unangenehm laut. Heute regte sich nichts in der Kiste, kein Geräusch drang heraus. Ein unangenehmes Kribbeln im Nacken ließ Jade vermuten, dass Faun sie stumm beobachtete. Der Schlüssel drehte sich mühelos im Schloss und das metallische Schnappen hallte im leeren Saal.

»Ich bin gespannt, wie ihr diese Kiste in den vierten Stock schaffen wollt«, sagte Jade, ohne sich umzudrehen. »In den Aufzug passt sie jedenfalls nicht.«

Ein Räuspern war die Antwort, dann, nach einigem Zögern, antwortete Faun: »Sie ... bleibt hier unten.«

Jetzt fuhr Jade doch herum. Faun zog den linken Mundwinkel hoch. »Warum so entsetzt? Du hast es doch selbst vorgeschlagen.«

Die Feindseligkeit war beinahe mit Händen zu greifen, doch Jade bezwang ihre Wut. *Keine Fragen, keine Besuche.* Sie wusste, sie sollte auf Jakub hören und gehen, doch irgendwo in ihr regte sich so etwas wie Trotz. *Es ist vielleicht nicht unser Hotel,* dachte sie. *Aber immerhin mein Zuhause.*

»Und wie soll das gehen?«, fragte sie. »Irgendjemand muss den Käfig bewachen, oder? Wollt ihr das Tier die ganze Zeit über eingesperrt lassen?«

»Lass das meine Sorge sein«, antwortete Faun kühl und deutete auf ein Bündel Decken, das ihm offenbar als Bett dienen sollte. »Ich bleibe hier und kümmere mich um ihn.«

Ihn. Das war immerhin etwas.

»Du hast einen seltsamen Namen«, tastete sich Jade weiter vor.

»Du auch.«

Das konnte nur ein Ausländer sagen. Ihr Name war für Städter völlig gewöhnlich.

Stille.

»Du heißt einfach nur Faun?«, fragte Jade. »Kein Nachname?«

Die Augen des Nordländers wurden ein wenig schmaler, jede Faser seines Körpers wirkte angespannt, und obwohl die spiegelnden Reflexe der Wila über sein Gesicht glitten, zwinkerte er kein einziges Mal. Er schien sich die Entscheidung, ob er weiter mit ihr sprechen sollte, nicht leicht zu machen.

Warum kann er mich nicht leiden?, dachte sie. *Welches Recht hat er, mich anzusehen, als wollte er mich schlagen?*

»Ich mache mir nicht viel aus Namen«, sagte er nach einer Weile und wandte den Blick wieder ab, als wäre ihr Anblick etwas Unerträgliches.

»Wollte die Lady euer Geschenk nicht?«, fragte Jade spöttisch und deutete mit einem Rucken des Kinns zur Kiste.

»Bei manchen Geschenken hat man keine Wahl«, erwiderte Faun leise. Aus irgendeinem Grund fröstelte sie. Ein Schatten stand im Raum, und in der Kiste atmete etwas, sie konnte es mehr spüren als hören. Sie wusste nicht, warum, aber sie hatte das Gefühl, dass das Tier in der Kiste auf sie lauerte. *Es kann Menschen nicht ausstehen,* erinnerte sie sich an Martyns Worte.

Faun senkte den Blick. »Gib mir den Schlüssel«, sagte er.

Jade verschränkte demonstrativ die Arme.

»Bitte«, fügte er betont deutlich hinzu, doch das klang erst recht wie eine Drohung. Jade zögerte, doch dann beschloss sie, dass sie sich sicherer fühlen würde, wenn der Saal nachts verschlossen wäre. Sie hatte ohnehin keine Wahl. Wenn sie Faun den Schlüssel nicht gab, würde ein Jäger dafür sorgen, dass er ihn bekam.

Zögernd hakte sie den Schlüssel von dem Ring los. Faun streckte die Hand aus.

Das würde dir so passen, dachte Jade grimmig. *Keinen Schritt komme ich dir entgegen.*

Seine Hand verharrte in der Luft. Sie war sehnig und schlank, mit einer schönen Form. Der Mittel- und der Ringfinger waren gleich lang. Und am Unterarm – genau dort, wo die Haut am empfindlichsten war – prangte ein Tattoo: ein schwarzes Feuer. Flammenzungen leckten über Sehnen und die fein gezeichneten Erhebungen der Adern. Beinahe tat es weh, das schwarze Zeichen auf der makellosen Haut zu sehen. Und mit einem Mal wusste Jade, was ihr vorhin so seltsam erschienen war. Faun hatte kein einziges Muttermal, keine Sommersprosse, keine Narbe.

»Was ist das für ein Zeichen?«, fragte sie.

Er blitzte ihr einen Blick herüber, der sie wie eine Ohrfeige traf, und zog seine Hand zurück.

Eben noch hatte sie sich über Jakubs Jähzorn geärgert, nun schoss ihr selbst das Blut in die Wangen.

»Was ist los mit dir?«, schnappte sie. »Ist es so schwer, mir eine einfache Frage zu beantworten? Habe ich dir irgendetwas getan? Ich hätte viel mehr Grund, auf dich wütend zu sein. Wegen dir hätte mein Vater erschossen werden können!«

Er hob die Brauen und verzog den Mund zu einem spöttischen Lächeln. »Dein Vater ist ein jähzorniger Mann«, antwortete er ruhig. »Und das ist ganz bestimmt nicht meine Schuld.«

Dazu fiel Jade keine Erwiderung ein – denn leider hatte er recht.

»Und warum hast du Tam überredet, die Kisten nach oben schaffen zu lassen? Wäre hier nicht genug Platz gewesen?«

»Doch.«

»Dann hast du den Vorschlag nur wegen mir abgelehnt?«

»Ja«, antwortete er und überraschte sie damit ein zweites Mal.

Das Schweigen wurde unangenehm. Fieberhaft suchte sie nach Worten, nach einer neuen Frage, die ihm einige weitere Antworten entlocken konnte, doch ihr Kopf war plötzlich leer.

Was mache ich hier?, schalt sie sich. *Er will nicht mit mir reden, er kann mich nicht einmal leiden.* Seltsamerweise machte diese Erkenntnis sie traurig.

Er leckte sich nervös über die Lippen. »Den Schlüssel!«, sagte er mit Nachdruck. Jade schluckte. Die Enttäuschung traf sie wie ein kalter Windstoß und ließ sie frierend zurück. Aber was hatte sie erwartet?

»Hier, bitte schön«, sagte sie und streckte ihm den Schlüssel hin. Einige Sekunden standen sie reglos da, fünf Schritte voneinander entfernt, dann gab Faun das stumme Kräftemessen auf und kam auf sie zu. Für einen Augenblick wusste sie nicht, welcher Wunsch stärker war: Hals über Kopf die Flucht zu ergreifen oder ihm entgegenzugehen. Als sie den Schlüssel in seine Handfläche fallen ließ, berührten sich ihre Finger. Eine flirrende Sekunde lang sahen sie sich an – es war wie ein kleiner, warmer Schauer in ihrem Inneren. Und da war noch etwas, ein Vibrieren, eine Verbindung. Dann zuckte Faun zurück, als hätte er sich an ihr verbrannt, den Schlüssel fest in der Faust. Mit großen Schritten durchmaß er den Raum, griff nach der Türklinke und riss die Tür auf. Deutlicher hätte die Aufforderung nicht sein können. Jade blieb nichts anderes übrig, als den Saal zu verlassen. Mit weichen Knien trat sie auf den Gang.

»Jade?« Sie zuckte zusammen und drehte sich noch einmal zu ihm um. Faun sah sie nicht an, sondern betrachtete den Boden.

»Halte dich vom vierten Stock fern«, murmelte er. Die Tür fiel direkt vor ihrer Nase zu und der Schüssel drehte sich im Schloss.

*

Die anderen Gäste waren stets nur Eindringlinge auf Zeit gewesen, interessante, freundliche oder unfreundliche Gestalten, die kamen und gingen, ohne dem Hotel etwas anhaben zu können. Fremde, deren Gegenwart man hinzunehmen hatte, weil sie für das Essen und Tributzahlungen sorgten und dafür, dass sie und Jakub das Larimar weiterhin bewohnen durften. In dieser Nacht aber spürte Jade, dass sich etwas verändert hatte. Schon als sie in dem schmalen Zimmer auf der Westseite des Larimar den Wasserhahn aufdrehte und tatsächlich ein halbwegs klarer Strahl in das Waschbecken traf, war ihr, als würde sie ihr eigenes Hotel mit den Augen und Sinnen eines Fremden wahrnehmen: die vielen leeren Zimmer, der Verfall, die verwitterten Möbel, der ständige Geruch nach Wasser und Fluss. Im Nebenzimmer quietschten die Bettfedern, als Jakub sich stöhnend vor Schmerz im Bett umdrehte und etwas murmelte, bevor er wieder in einen unruhigen Schlaf fiel.

Jade setzte sich auf das Bett und sah durch das Fenster den Nachtwolken zu. Schritt für Schritt ging sie ihren Plan durch. Es würde sie nicht viel Mühe kosten – höchstens den Kopf, wenn Jakub davon erfuhr. Noch war es zu früh und Jade lehnte sich an den Metallbettrahmen und schloss die Augen.

Sie musste eingenickt sein, denn sie träumte von dem schwarzen Auge. Es starrte sie durch das Loch in der großen Kiste an. Faun schüttelte warnend den Kopf. Aber Jade streckte die Hand aus und berührte die Kiste. Der Effekt erschreckte sie: Die hölzernen Wände klappten auseinander wie die Blütenblätter einer riesigen Blume und fielen zur Seite. Sie konnte gerade noch zurückspringen. Wasser ergoss sich über den Boden und umfloss Jades bloße Füße. Es war kälter als Eis. »Ich habe dir doch gesagt, halte dich fern von uns«, sagte Faun vorwurfsvoll. Er beugte sich hinunter und drehte das Wesen, das zusammengekrümmt auf dem Boden der Kiste lag, auf den Rücken. Schwarze, leere Augen blickten sie aus dem Gesicht des getöteten Echos an. Eine unmenschlich lange, dolchspitze Zunge hing ihm aus dem Mund und aus seiner Stirnwunde ergoss sich das Wasserblut.

Mit einem Keuchen fuhr Jade hoch. Noch ganz benommen vom Traum, lauschte sie dem Klacken nach, das sie eben noch zu hören glaubte. Hatte sie wirklich den Fahrstuhl gehört oder war auch das Teil des Traums gewesen?

Die Vorhänge bewegten sich im Wind vor der zerbrochenen Scheibe. Der Winkel der Mondstrahlen zeigte ihr, dass sie länger als eine Stunde geschlafen hatte. Es musste also schon nach Mitternacht sein. Das Rauschen und Plätschern der Wila wurde von einem anderen Geräusch überlagert: dem Flattern von Vogelschwingen. Es musste ein kleiner Schwarm von

Nachtvögeln sein, er zog am Fenster vorbei, doch Jade sah nur Schatten über die Vorhänge huschen. Sie atmete tief durch, bis ihr Herzschlag sich beruhigte. *Ich erkenne einen Jäger, wenn ich ihn sehe.* Es gab viele Möglichkeiten: Die Lady liebte die Jagd. Sie ritt, so erzählte man sich, gerne in die düsteren Wälder jenseits der Stadt, wo Kreaturen hausten, denen ein Mensch niemals begegnen sollte. Aber auch Menschen standen auf der Jagdliste. Und in diesen Zeiten... Echos! Konnte es sein, dass Tam aus diesem Grund gerufen worden war?

Aufmerksam lauschte sie zum Nebenzimmer, aber anscheinend war Jakub tief eingeschlafen. Leise schlüpfte sie aus dem Bett und schlich barfuß zur Tür. Der Teppich im Flur fühlte sich weich und kühl an. Wie die Zähne eines Totenschädels reihten sich die Türen auf dem dunklen Flur aneinander. Die Geräusche des Hauses – das ferne Schlagen angelehnter Türen – klangen unheimlich wie immer, und auch heute folgten ihr die Gespenster auf Schritt und Tritt und ließen einen kühlen Hauch über ihren Nacken streichen.

Und trotzdem war es heute anders. Jade verharrte an der Treppe und lauschte den neuen Geräuschen: Knacken und ein Rauschen in den Rohren, das es früher nicht gegeben hatte. Das Haus ächzte unter dem Gewicht der vielen Käfige und fremder Herzschlag schien durch die Räume zu hallen.

Irgendwo über ihr regten sich die Wesen in den Käfigen – und viel näher noch, nur wenige Treppen weiter unten, schlief Faun. *Wenn* er schlief!

Vorsichtig blickte sie sich um, dann lief sie los. Die Treppe schien ihre Schritte aufzufangen. Sie kannte jede Abmessung, jede Scharte im Stein.

Die Kabine des Fahrstuhls hatte im Erdgeschoss haltgemacht, jemand war also tatsächlich hinuntergefahren, das Messinggitter stand sogar noch offen. Lautlos huschte sie am Aufzug vorbei und schlich den Flur entlang, jederzeit darauf gefasst, Tam zu begegnen. Doch niemand war hier. Sie zögerte kurz, als sie an der Tür zum Bankettsaal vorbeischlich. Nichts rührte sich dahinter, aber der schmale Streifen blassen Lichts unter der Tür zeigte, dass Faun die Vorhänge nicht zugezogen hatte und das Mondlicht in den Raum schien. Gut.

Wenige Minuten später kletterte Jade durch das Küchenfenster auf das Steinsims. Unter ihr rauschte das nachtschwarze Wasser, als sie sich vorsichtig zu der Wassertreppe hinüberhangelte. Das Mondlicht warf ein glitzerndes Netz von Reflexen auf die Wellen und Wirbel. Die Fenster lagen etwas höher, und sie musste ihre ganze Geschicklichkeit aufbieten, um sich leise zum Fensterbrett hochzuziehen. Mit dem nackten Fuß stützte sie sich seitlich an der steinernen Türumrandung ab, stemmte sich mit den Armen bis zum Fensterbrett hoch und spähte in den Raum.

Die Kiste stand wie ein schwarzer Fels auf dem Marmorboden. Und der Berg daneben – das mussten die Decken sein, auf denen Faun schlief. Sie hatte erwartet, ihn dort zu sehen, aber er schien nicht da zu sein. Oder hatte er sich vielleicht in den Decken vergraben, sodass sie seine Gestalt nicht erkennen konnte? Jades Arme zitterten vor Anstrengung, aber sie zog sich noch näher an die Scheibe, bis das Glas von ihrem Atem beschlug.

Irgendetwas war anders als heute Nachmittag. Die Kiste schien breiter zu sein. Oder lag es nur an dem veränderten Blickwinkel? Eine Bewegung ließ Jade zurückschrecken, nur mit Mühe hielt sie ihre Balance. Schatten! Ganz in der Nähe der Tür. Eine Gestalt – Faun? Und noch eine andere Bewegung. Ein seltsam zusammengeballtes Bündel aus Schwärze. Ihr Mund wurde ganz trocken. Das war ganz sicher kein Bär. Atemlos beobachtete sie das gleitende, geschmeidige Etwas – kroch es etwa? –, dann schwang die Tür auf. Das Wesen verharrte – und drehte den Kopf zum Fenster. Augen reflektierten das Mondlicht.

Hastig duckte sich Jade und hangelte sich zur Treppe. Dort kauerte sie sich auf der obersten Stufe zusammen, vor ihr zog die ganze Katastrophe vorbei: Gleich würden die Flügeltüren aufgehen oder ein Fenster. Die Bestie würde sie angreifen. Sie würde fliehen und in den Fluss stürzen, die Strömung würde sie hinunterziehen und die bösen Kinder der Wila würden sich über ihr Blut freuen.

Zehn, zwanzig bange Herzschläge verharrte sie, aber nichts geschah. Dann hörte sie gedämpft, wie die Tür zum Bankettsaal ins Schloss fiel.

blutzoll

Die Fremden schienen den Regenhimmel aus dem Nordland mitgebracht zu haben. Wie ein Witwenschleier hing der dunkle Wolkendunst über der Stadt. Die hohen Mauern des Winterpalasts verschwanden darin, als würde das Gebäude sich zum Dach hin auflösen.

»Du meinst wirklich, dieser Faun hat das Tier rausgelassen?«, fragte Martyn.

»Sicher weiß ich es nicht«, erwiderte Jade. »Die Tür fiel zu. Ich nehme an, dass Faun mit dem Tier nach draußen gegangen ist. Und als ich mich schließlich wieder ins Haus gewagt hatte, war im Bankettsaal alles ruhig.«

Sie sah sich vorsichtshalber um, doch niemand achtete auf sie. Gemeinsam waren sie auf dem Weg zum Zehnthaus am Schlossmarkt. Martyn trug über der Schulter einen Ledersack mit der größten Flussmuräne, die Jade in ihrem Leben gesehen hatte. Es waren nur wenige

Leute unterwegs, und je näher sie der Palastmauer kamen, desto mehr verschlossene Fenster sahen sie.

»Und der andere Kerl? Dieser Tam?«

Jade zuckte mit den Schultern. »Jemand ist heute Nacht mit dem Fahrstuhl nach unten gefahren. Möglich, dass er es war. Und Faun...«

»Der Name gefällt dir, oder?«

»Was?«

Martyn grinste schief. »Na, du scheinst an diesem Kerl irgendetwas zu finden, so oft wie du ihn erwähnst.«

»Spinnst du?«, rief Jade. »Kannst du nicht einmal ernst bleiben? Das ist kein Witz! Die Jäger waren bei uns im Haus, und Faun hat irgendetwas in der Kiste, das nicht einmal die Lady in der Nähe haben möchte.«

»Ich wollte auch keine Witze darüber machen. Aber du siehst aus, als könntest du ein bisschen Aufheiterung gebrauchen. Na schön, zugegeben, ich würde mich an deiner Stelle auch nicht wohlfühlen.«

Jade dachte an ihren Traum – das gefangene Echo – und an den Schatten im Bankettsaal und schauderte. Eine Weile gingen sie nur schweigend nebeneinanderher. Sie spürte, wie ihr Freund sie von der Seite musterte. Nach der schlaflosen Nacht war ihre Laune so düster wie der Himmel und Martyns Besorgnis wirkte nicht gerade beruhigend.

»Hör mal«, begann er nach einer Weile. »Vielleicht

wäre es besser, du bleibst eine Weile bei uns auf dem Boot. Nur bis die Gäste wieder weg sind.«

»Jetzt klingst du schon wie Jakub. Hör auf damit. Ich brauche keinen Beschützer.« Sie wollte noch etwas hinzufügen, aber als sie die Gruppe von Jägern entdeckte, verstummte sie. Es war eine ganze Patrouille und sie schien es eilig zu haben. Unruhe breitete sich auf dem Markt aus. Die wenigen Händler, die ihre Waren feilboten, traten nervös von einem Fuß auf den anderen und tuschelten miteinander. Martyn sah den Jägern nach, als sie im Laufschritt in einer Seitenstraße verschwanden. »Neuerdings kontrollieren sie sogar jede Anlegestelle am Hafen«, murmelte er.

»Es ist bestimmt wegen der Echos«, rutschte es Jade heraus. Martyn warf ihr einen unergründlichen Blick zu.

»Was?«, fragte Jade gereizt. Jetzt sah Martyn überhaupt nicht mehr so aus, als wäre er zum Scherzen aufgelegt.

»Wusste ich es doch! Du bist wegen der Echos mit zum Markt gegangen, habe ich recht? Was willst du hier herausfinden?«

»Ich suche nach Ben. Das ist alles.«

»Ben? Unser alter Verrückter?«

»Er mag verrückt sein, aber er ist der älteste Bewohner der Stadt. Er hat fünf Herrscher überlebt – und vielleicht weiß er etwas. Von... früher.«

»Ben weiß nicht einmal mehr, was das Wort ›früher‹ bedeutet. Sein Gedächtnis ist ein zerrissenes Fischernetz – darin fängt sich schon seit Jahrzehnten nichts mehr.«

Jade blieb stehen. »Warum erzähle ich dir überhaupt etwas?«, fauchte sie. Martyn hob beschwichtigend die Hand, doch nun konnte er sich ein Lächeln nicht verkneifen. »He, ganz ruhig, Fee. Ich bin nicht der Feind! Du weißt, dass ich recht habe, was Ben betrifft. Noch eine Breitseite in meine Richtung und du darfst diese Muräne zum Zehnthaus schleppen, klar?«

Jade biss sich auf die Unterlippe. Wunderbar! Jetzt ärgerte sie sich auch noch über sich selbst. Mochten sie und Martyn sich auch viele Wochen lang gestritten haben und die Wunden auch heute noch schmerzen – er war ihr bester Freund. Und ja: Er hatte recht, was Ben betraf. Sie wusste selbst nicht, ob es wirklich einen Sinn hatte, den Alten zu fragen.

»Entschuldige«, murmelte sie zerknirscht und hakte sich bei Martyn unter. »Ich habe eine wirklich schlechte Nacht hinter mir.«

»Na, wohl eher eine schlechte Woche.« Da war es wieder: Martyns Sonnenlachen, warm und direkt. Und wie immer brachte er sie damit auch sie zum Lächeln. Zwei Frauen, die über den Marktplatz liefen, sahen sich nach ihm um, doch wie immer bemerkte Martyn nichts davon.

»Schon gut«, meinte er versöhnlich. »Hör zu, ich bringe den Tribut zum Zehnthaus, hole mir die Bestätigungsmarke und dann komme ich mit und suche Ben. Wer weiß, vielleicht geschieht ja ein Wunder und du bekommst etwas aus ihm heraus.«

Jade zögerte. Nichts wäre ihr lieber gewesen, als Martyns Angebot anzunehmen, doch dann schüttelte sie den Kopf. Die Echos waren ihre Angelegenheit. »Ist schon gut. Wir sehen uns morgen, versprochen!«

Martyns Gesicht war wie der Wolkenhimmel – er konnte keine Regung verbergen. Und Jade tat es leid, als sich nun Enttäuschung darin spiegelte. »In Ordnung«, murmelte er. Inzwischen waren sie in der Nähe des klotzförmigen Baus angekommen, der sich direkt neben dem Südtor des Palasts befand: Das Zehnthaus, wo auch die Flussleute ihren Tribut an die Lady zahlten.

»Also dann«, sagte Martyn. »Bis morgen.«

Jade blieb stehen und sah ihm nach. Der Wind wehte sein Haar und die Enden seines roten Stirnbands zur Seite. Wie immer wandte er sich auf halbem Weg noch einmal um und winkte ihr zum Abschied. Und Jade ertappte sich dabei, wie sie ein schlechtes Gewissen bekam, denn einige Sekunden lang hatte sie seinen wiegenden Seemannsgang mit Fauns geschmeidigem, katzenhaftem Gleiten verglichen.

Der Markt war an diesem Tag beinahe leer gefegt.

Vergangenen Monat hatte die Lady ihre Tributforderungen erhöht. Manche Händler hatten so wenig Ware, dass sie sie auf Tüchern feilboten. Ausgehungerte Straßenhunde drückten sich in der Nähe herum, immer in der Hoffnung, einen Händler bei einer Nachlässigkeit zu erwischen und sich ein Stück Speck oder einen Trockenfisch zu schnappen. Normalerweise saß Ben hier irgendwo auf einer fleckigen Wolldecke und bettelte, bis irgendein Wächter ihn vertrieb. Noch nie war er wegen Herumlungerns verhaftet und ausgepeitscht worden. Auf eine seltsame Art hatte er sogar mehr Narrenfreiheit als die Hunde, was vermutlich daran lag, dass er mit seinen hundert Jahren beinahe so etwas wie ein wandelnder Toter war und niemand eine Gefahr in ihm sah. Marktbesucher und Händler steckten ihm hier und da etwas zu. Jeder Hund wäre auch damit verhungert, aber für Ben schienen die Almosen zum Leben zu genügen. Auch Jade hatte ein Stück Brot für ihn eingepackt. Sie suchte mit dem Blick jede Nische und jeden Winkel ab, aber heute konnte sie die zerlumpte, schmale Gestalt nirgendwo entdecken. Dafür fiel ihr ein anderer Mann auf: Manu vom Schwarzmarkt. Sein langes dunkles Haar war heute zu einem Zopf zusammengefasst. Mit hochgezogenen Schultern überquerte er eilig den Platz. Er wirkte, als wollte er sich kleiner machen, was bei einem Mann seiner Größe seltsam aussah. »He, Manu!«, rief Jade ihm zu. »Hast du Ben gesehen?«

Manu zuckte zusammen und fuhr herum. »Ach, du bist es«, sagte er und spuckte aus. Heute sah er besonders unrasiert aus und sein Blick war gehetzt. »Hast du nichts Besseres zu tun, als nach der alten Krähe zu suchen?«

»Hast du ihn gesehen oder nicht?«

Manu sah sich um. »Such ihn selbst«, meinte er mürrisch. »Vermutlich ist er wieder mal dort, wo es am meisten zu sehen gibt.« Er deutete mit dem Daumen über die Schulter. Ein ungutes Gefühl begann in Jades Magengrube zu pochen.

»Gibt es Ärger?«, fragte sie. »Sind die Patrouillen deshalb unterwegs?«

»Darauf kannst du wetten. Ab heute gibt es Krieg.« Als er ihren verständnislosen Blick sah, senkte er die Stimme. »Hinter dem Palast, beim Adelshaus Necheron im Hinterhof liegt 'ne Leiche. Und ein Unfall war das nicht.« Manu machte eine bedeutungsvolle Pause. »Diesmal lässt die Lady Köpfe rollen, das garantiere ich dir.«

*

Jade musste nicht lange suchen. Neugierige scharten sich an der Straße, die zu dem kleinen Brunnenplatz hinter einem der Lordpaläste führte. Vorsichtig näherte Jade sich der Ansammlung von Leuten.

Es konnte gefährlich sein, Teil einer solchen Gruppe zu werden, doch heute schien es sicher zu sein. Die Leute – darunter einige gut gekleidete Beamte und viele Diener – waren totenstill. Jade blieb an der Hausmauer stehen und sah sich beunruhigt um, darauf gefasst, jeden Augenblick das Echo zu sehen – versteckt in einer Nische oder einem Torbogen. Doch das einzig Ungewöhnliche, das sie entdeckte, war ein Blauhäher mit rot beflecktem Brustgefieder, der auf einer Dachrinne saß und sich putzte. *Blut?*

»Haben sie den Toten schon weggebracht?«, flüsterte sie einer Marktfrau zu, die in der Nähe stand.

»Gerade eben«, raunte ihr die Frau zu. »Sie mussten ihn aus dem Brunnen ziehen. Niemand hätte ihn so schnell bemerkt, wenn der Brunnen nicht angestellt worden wäre. Die Leiche, sie... sie hat keinen Kopf mehr.«

Jade schauderte. »Weiß man, wer es ist? Wieder ein Wächter?«

Doch die Marktfrau zuckte nur ratlos mit den Schultern und reckte den Hals. Jade wollte sich weiter nach vorne drängen, doch die Leute vor ihr stolperten zurück und traten ihr auf die Füße. Ehe sie es sich versah, trieb sie mit dem Strom nach hinten. »Kannst du was sehen?«, flüsterte ein Mann einem anderen zu. Der zweite schüttelte den Kopf. Jade sah sich um und entdeckte ein recht stabiles Rohr, das von der Dachrinne zum Boden führte. Sie setzte den Fuß auf die Metallschelle auf. So konnte sie sich so weit hochziehen, dass sie über die Köpfe hinweg zumindest einen kurzen Blick auf den Brunnen erhaschte. Der Anblick drehte ihr beinahe den Magen um.

Die weiße Mittelsäule des Brunnens war mit roten Schlieren überzogen, das Wasser ein einziger roter See. Jäger hatten einen Ring um den Brunnen gebildet und drängten die Leute vom Platz ab. Und hinter ihnen – dort, wo der Leichnam wohl für eine Weile abgelegt worden war – glänzte dunkles, bereits angetrocknetes Blut. Jade sprang wieder auf den Boden.

»Zurück!«, brüllten ein paar Jäger. Erschrockene Schreie wurden laut, dann kam die Menge in Bewegung. »Weitergehen! Verschwindet hier!« Hunde bellten. Es gab ein hektisches Schieben und Drängen, als die Schaulustigen vom Platz vertrieben wurden. Nun, Jade hatte ohnehin genug gesehen. Sie drehte sich um und schob sich weiter. Ihr Schienbein stieß an etwas Hartes. Eine dürre Hand umklammerte den Stock, über den sie beinahe gestolpert wäre. Lumpen streiften ihren Ellenbogen – sie streckte die Arme aus, umfasste vogelzarte Schultern und bewahrte den hundertjährigen Ben vor einem Sturz.

»Ben! Dich habe ich gesucht.«

Der Alte hob ihr sein zahnloses, listiges Vogelscheuchengesicht entgegen und lachte. »Den Tod suchst du, Mädchen«, krächzte er. »Kenne ich dich?«

Hätte es einen Sinn gehabt, hätte Jade ihm antworten können, dass er sie fast jeden Tag traf, doch stattdessen legte sie den Arm um ihn, schubste mit dem Ellenbogen einen Weg frei und achtete nicht auf die Schimpfworte. Es gelang ihr, Ben an den Straßenrand zu bugsieren, wo es ruhiger war. Der Alte zitterte und stützte sich schwer atmend auf seinen Stock. In seiner Jugend mussten seine Augen hellblau und sein Haar blond gewesen sein, aber heute wirkte er farblos wie Asche, mit Augen wie gelblich blaue Kiesel. Plötzlich begann er, wie ein Totenkopf zu grinsen. »Brot?«, fragte er und streckte seine Bettlerhand aus. Immerhin: Das war das Zeichen, dass er irgendwo in der Rumpelkammer seines Gedächtnisses doch noch ihr Bild gefunden hatte. *Wahrscheinlich weiß er schon nicht mehr, was er am Brunnenplatz gesehen hat,* dachte sie und kramte das Brot hervor. Der Alte schnappte es und ließ es flink in seinen Lumpen verschwinden.

Jade beugte sich noch tiefer zu ihm hinunter. Einen Versuch war es wert. »*Sinahe!*«, flüsterte sie ihm zu. »Das hat ein Echo zu mir gesagt. Kennst du die Sprache, Ben? Oder das Wort?«

Der Alte erstarrte. Langsam hob er den Blick und sah ihr in die Augen. Sein Mund klappte in törichtem

Erstaunen auf. Jade leckte sich nervös über die Lippen. Erinnerte er sich an etwas? »Du bist so alt, du hast so viele Sprachen gehört«, flüsterte sie ihm zu. »Versuch, dich zu erinnern, Ben. *Sinahe*, was bedeutet es? *Sinahe* ...«

Die dürre Hand schnellte so schnell vor, dass sie nicht reagieren konnte. Mit erstaunlicher Kraft presste sie sich auf ihre Lippen. Die Haut roch nach Staub und ranzigem Leder. Ben schüttelte den Kopf. »*Tandraj?*«, antwortete er. Er sah sie an, als würde er auf eine Reaktion von ihr warten, ein Erkennen ihrerseits. Sie schüttelte den Kopf und er nahm die Hand von ihrem Mund. »Was ist *Tandraj?*«, fragte sie.

»Sprich beides nicht aus. Niemals, hörst du?«, befahl er. »Die Schädel hüten sich selbst. Aus Marmor besteht ihr Palast, stumme Glocken rufen zum Kampf.« Obwohl er Unsinn sprach, wirkte er völlig klar. Jade konnte in ihm den Mann sehen, der er früher gewesen war. »Der erste Lord ist tot. Die Raubvögel saufen sein Blut.«

Jade schnappte nach Luft. »Der Tote war ein Lord?«, hauchte sie.

»Einer von zwölf. Hat den Kopf verloren«, kicherte Ben plötzlich und nickte wieder so heftig wie ein Verrückter. »Bleiben nur noch elf, stimmt's?«

Jades Mund wurde ganz trocken. »Waren es die Echos? Ben, erinnerst du dich an Echos? Gab es früher in der Stadt schon welche?« Und Ben überraschte sie ein zweites Mal.

»Sie kehren zurück!«, murmelte er ihr verschwörerisch zu. »Alte Mörder, neues Blut.«

»Was bedeutet das? Ben? Ben, hörst du mir zu?«

Doch der Alte hielt sich die Ohren zu und summte eine schnelle Melodie. Jade wollte ihn an den Handgelenken fassen und ihm die Hände von den Ohren ziehen, als jemand von hinten gegen sie stieß. Sie verlor das Gleichgewicht und wich zur Seite. Ehe sie es sich versah, war sie wieder im Strom gefangen. Die Menschen stolperten und fielen, standen auf und flüchteten in die Seitengassen. Und dann sah Jade, warum die Leute plötzlich rannten: Eine Gruppe von Wächtern war aufgetaucht. Es gab ein Handgemenge. Jade fluchte. Einen Moment war sie unaufmerksam gewesen und hatte die Gefahr nicht erkannt. Es sah so aus, als würde es Verhaftungen geben. Durch eine zufällige Schneise sah sie, wie die Marktfrau sich aus Leibeskräften wehrte, doch ein Wächter drehte ihr grob den Arm auf den Rücken. Eine Kette von Jägern bildete sich an der Seitenstraße, um einigen Flüchtenden den Weg abzuschneiden.

»Stehen bleiben!«, rief eine Männerstimme. Jade kämpfte sich zu Ben zurück, legte ihm den Arm um die Schultern. »Los, komm!«, befahl sie und zog ihn mit sich an der Mauer entlang. Sie duckte sich so weit wie möglich aus dem Blickfeld. Die Menschenkette öffnete sich an einer Stelle. Jetzt galt es, für sich und Ben eine Lücke zu nutzen, doch genau in diesem Moment trat ein Jäger einen Schritt zurück und versperrte ihnen den Weg.

Die Luft war aufgeladen wie vor einem Gewitter. Jeden Moment konnte die Stimmung umschlagen. Jade stellte sich auf die Zehenspitzen. Die Kette war noch nicht vollständig. Ein Schachbrettmantel leuchtete hinter der Frontlinie der Jäger auf. Am anderen Ende der Reihe stand Moira! Jade schätzte blitzartig ihre Chancen ein. Gut standen sie sicher nicht, aber es war die einzige Möglichkeit.

»Bleib hier, Ben!«, zischte sie dem Greis zu. »Ich hole dich gleich wieder.«

Es war nicht einfach, sich vorwärtszukämpfen. Jade bekam einen Ellenbogenhieb in die Seite, der ihr die Luft nahm, Stiefel schrammten über ihre Knöchel.

»Moira!«, rief sie zwischen zwei Jägern in der Kette hindurch. Die junge Jägerin reagierte mit erschreckender Präzision. Sie zuckte nicht zusammen, sie suchte nicht mit dem Blick, sondern wandte den Kopf und sah Jade mit kalter Direktheit an. Und offenbar erkannte sie Jade wieder, denn ihre Miene verfinsterte sich sofort.

Jade wurde auf der Stelle kalt. *Das war es! Sie wird mich verhaften lassen.*

Moira trat zu den Jägern und sie öffneten die Kette und ließen sie durch. Mit zwei schnellen Schritten war sie bei Jade, packte sie grob am Kragen und zog sie zur Hausmauer. »Und wieder treffe ich dich an der gefährlichsten Stelle«, herrschte sie Jade an. »Was zum Teufel willst du hier?«

»Es geht nicht um mich«, stieß Jade hervor. »Da drüben ist ein alter Mann, Ben, du kennst ihn. Der Verrückte vom Markt. Lasst wenigstens ihn gehen. Er könnte im Gewühl hinfallen und sich verletzen.«

Moira zog die Brauen zusammen. »Was interessiert mich ein lumpiger Bettler?«

»Was nützt es euch, wenn ihr ihn verhaftet oder er im Gedränge zu Tode kommt?«

Moira schnaubte verächtlich. Jade fiel auf, wie blass sie war und wie tief die Schatten unter ihren Augen. *Vielleicht hat sie doch ein Herz*, dachte sie.

»Bitte«, sagte sie leise. »Er hat doch nichts mit all dem zu tun.«

»Wo ist er?«, fragte Moira ungnädig. Die Luft flirrte vor Ungeduld.

Jade suchte mit dem Blick die ganze Mauer ab, reckte den Hals und stellte sich auf die Zehenspitzen, doch Ben war verschwunden – im Gewühl untergegangen wie eine Flaschenpost in einer schäumenden Woge.

»Er ist weg!«, rief sie verzweifelt. »Bestimmt ist er gestürzt. Ich muss zurück und…«

Moira packte sie grob am Arm und gab den Jägern einen Wink.

Jade spannte schon die Muskeln an, um sich mit aller Kraft zu wehren, als sie Moiras barschen Befehl hörte.

»He! Lass die hier raus!«

»Warum?«, gab ein Jäger unfreundlich zurück.

»Ich kenne sie«, sagte Moira. »Jade Livonius. Sie hat bei der Jagd auf das Echo geholfen. Also mach schon!«

Ehe Jade noch etwas sagen konnte, hatte Moira sie durch die Linie geschubst. Plötzlich stand sie auf der anderen Seite, misstrauisch beäugt von Galgos und nachrückenden Jägern. Dort, wo Moira sie gepackt hatte, pochte der Schmerz durch ihren Arm.

Benommen drehte sie sich um. »Moira?«, fragte sie. »War es … hat ein Echo den Lord ermordet?«

Moiras Blick flackerte für einen Moment, vielleicht war es sogar Angst, die durchschimmerte. Dann war das Aufblitzen wieder erloschen.

»Wer sollte es sonst getan haben?«, erwiderte sie mit harter Stimme. »Sie sind überall, vier Stück haben wir heute Nacht gejagt. Also geh endlich und bleib im Haus, wenn du nicht willst, dass sie dich auch noch erwischen.«

»Danke«, brachte Jade mühsam hervor, doch die Jägerin hatte sich wieder abgewandt. Jade versuchte ein letztes Mal vergeblich, den armen Ben zu entdecken, dann lief sie, so schnell sie konnte, zurück zum Markt.

*

Mochten auch drei Lords den Kopf verloren haben, die Arbeit im Zehnthaus würde weitergehen. Aber offenbar war die Nachricht noch nicht bis hierhin durchgedrungen. Wie jeden Tag warteten die Händler mit ihren Waren auf die Genehmigung zum Verkauf. Jade kam keuchend zum Stehen und stellte sich am vergitterten Fenster auf die Zehenspitzen. Lange Tische waren an den Wänden aufgestellt, auf einigen von ihnen warteten Waagen und Gewichte auf Ware. Zum Glück war Martyn noch da. Der Beamte – ein rotnasiger Riese in einer Lederschürze – begutachtete gerade die Muräne, die Martyn aus dem Beutel geholt und auf den Tisch gelegt hatte. Sie war so lang wie der Mann groß. Runde weiße Flecken schimmerten auf der dunkelblauen Fischhaut wie Perlenschmuck.

»Nicht übel«, brummte der Beamte, nahm sein Messer und schnitt den Fisch in zwei ungleiche Teile. Das größere Stück warf er in einen Korb, das kleinere – den Kopf und zwei Handbreit des Fischkörpers – schob er Martyn zu.

»So wenig? Das ist fast nur noch der Kopf!«, beschwerte sich Martyn. Der Beamte blickte ihn nur gleichgültig an und wischte das Messer an einem blutgetränkten Lappen ab.

»Neun Zehntel für die Lady. So ist das Gesetz.«

»Aber das ist kein Zehntel Fleisch!«, erboste sich Martyn. »Und ich habe ohnehin mehr Tribut in Kupfer gezahlt, als das Gesetz es vorschreibt.«

Der Beamte schnaubte verächtlich. »Die Lady ist das Gesetz. Wenn du dich beschweren willst, kannst du das gerne mit dem Kerkermeister diskutieren. Sei froh, dass Bootsgesindel wie du überhaupt noch die Erlaubnis zum Fischen hat!«

Jade bemerkte, wie Martyn die Hände zu Fäusten ballte. Sie rannte zur Eingangstür, doch zwei Händler, die mit einem Handkarren das Büro verließen, blockierten den Eingang. Eine halbe Minute später trat Martyn aus der Tür, den kläglichen Rest der Muräne geschultert und die hölzerne Tributmarke in der Hand. Kaum war er vor der Tür, fluchte er aus vollem Herzen. Dann entdeckte er Jade und verstummte.

»Ein Lord wurde ermordet«, rief sie. Martyn riss die Augen auf. »Wo?«

»Erkläre ich dir später. Es gab Verhaftungen. Komm, nichts wie weg hier!«

Martyn stellte keine weiteren Fragen, sondern ergriff ihre ausgestreckte Hand. Gemeinsam überquerten sie den Markt, instinktiv darum bemüht, schnell genug zu gehen – aber auch nicht so schnell, dass es

Verdacht erregte. Es war wie ein Blick in die Vergangenheit: Jade sah sich selbst und Martyn vor vielen Jahren. Zwei Kinder, die Hand in Hand zum Hafen liefen. Auch damals war es gefährlich gewesen, den Jägern und Wächtern in die Quere zu kommen, aber sie hatten sich unbesiegbar gefühlt und unsterblich.

Sie schluckte und wünschte sich so verzweifelt wie noch nie, eines Tages alles hinter sich zu lassen und fortzugehen – über das Meer, irgendwohin, wo es keine Genehmigungen, ungerechte Gesetze und Waffen gab. Und noch etwas beschäftigte sie: Bisher waren die Echos nur Eindringlinge gewesen, wie Raubtiere, beängstigend zwar, aber nicht unbesiegbar. Doch nun war eines davon in die gut bewachten Mauern eines Adelspalasts eingedrungen. Jade überlegte: Die Brunnen wurden abends ausgemacht und erst morgens wieder in Betrieb genommen. Der Mord musste also heute Nacht geschehen sein.

Der nächste Gedanke kam ungerufen und passte nur vage ins Bild: Wenn sie richtig vermutete, war auch Faun heute Nacht in der Stadt gewesen.

Schwarzes Feuer

Es waren zwei bange Tage, die auf die Ermordung des Lords folgten. Obwohl die Sonne hervorkam, schien plötzlich ein kalter Hauch durch die Straßen zu wehen. Wachen standen an den Brücken, der Hafen und viele Plätze waren gesperrt. Kein Lord fuhr mehr mit dem Prunkwagen durch die Stadt und die goldene Barke der Lady im Hafen war verwaist. Die Flussleute ankerten im Flussdelta, statt an den Anlegestellen zu bleiben. Zumindest das beruhigte Jade: Martyn war in Sicherheit.

»Die Ruhe vor dem Sturm«, nannte Lilinn die seltsame Stimmung. Sie war fahrig und hatte tiefe Ringe unter den Augen. Ihre linke Hand war in einen dicken Verband gewickelt, seit sie mit dem Küchenmesser ausgerutscht war.

Wenn Jade aus dem Fenster der blauen Kammer über den Fluss zur toten Stadt hinüberspähte, konnte sie Patrouillen sehen. Doch keine Sperre war undurchlässig genug, als dass die Gerüchte nicht ihren Weg gefunden hätten. Der Lord sei in seinem Bett ermordet worden, hieß es. Sein Kopf wäre der Lady in den Palasthof gelegt worden – als Warnung. Der Lord sei nachts alleine durch die Stadt gegangen, hieß es in anderen Berichten. Die vier Echos seien gefunden und erschossen worden, sagten die einen. Doch die anderen legten die Hand vor den Mund und flüsterten sich zu, dass die Lords sich gegenseitig nach dem Leben trachteten.

»Es wäre nicht das erste Mal«, mutmaßte auch Jakub. »Vielleicht hat er den Kopf sogar im Auftrag der Lady eingebüßt.«

»Ich hoffe nur, es gibt keine Hinrichtungen«, wiederholte Lilinn immer wieder wie eine Beschwörung. Normalerweise sprachen sie und Jakub nicht viel miteinander, doch nun fiel Jade auf, wie oft ihr Vater in der Küche saß. Er behandelte Lilinn, als sei sie zerbrechlich, und einmal sah Jade sogar, wie er ihr eine Tasse Tee hinstellte, wofür Lilinn ihm ein erstauntes, dankbares Lächeln schenkte.

In den Rohren im vierten Stock gurgelte das Wasser, doch Tam ließ sich tagsüber nur selten blicken. Der Fahrstuhl bewegte sich mitten in der Nacht oder früh am Morgen. Faun sah Jade nur ein einziges Mal, als er ihr im Flur entgegenkam. Er wirkte so übernächtigt und niedergeschlagen, dass sie sofort wieder Zweifel an ihrem Verdacht bekam. Warum sollte ein Gast der Lady etwas mit einem Mord an einem Lord zu tun haben? Aber da war immer noch das Bild aus ihrem Traum, das Echo, das in der Kiste gefangen gehalten wurde. Als Faun sie entdeckte, hellte sich seine Miene für einen Moment auf. Jade wurde es ganz warm. War das ein Lächeln gewesen? Doch schon senkte er den Blick und beschleunigte seine Schritte.

In dieser Nacht kletterte Jade noch einmal aus dem Küchenfenster und versuchte, in den Bankettraum zu sehen. Aber zu ihrer Enttäuschung musste sie feststellen, dass Faun nicht nur die Fensterläden fest verschlossen, sondern auch die Vorhänge zugezogen hatte.

*

Es war noch dunkel, als sie frühmorgens aus dem Schlaf gerissen wurde. Das Fenster war halb geöffnet – und das heisere Bellen eines Galgos klang so nah, dass Jade erschrocken auffuhr. Doch das Bellen verstummte, es folgten kein Befehl, keine Stiefelschritte, kein Klopfen an der Tür. Schließlich wagte Jade sich aus dem Bett und schlich in eines der leeren Zimmer auf der Rückseite des Larimar, von wo aus sie die Straße sehen konnte. Im Morgennebel, kaum sichtbar vor einer dunklen Häuserwand, stand eine Gruppe von Jägern. Sie sahen aus, als ob sie auf etwas warteten.

Und als sie nach rechts blickte, sah sie einen kantigen Lichtfleck am Boden – in der Küche brannte bereits Licht!

Es war Lilinn und offenbar war sie im Keller gewesen. Auf dem Tisch krochen neben einer triefenden Reuse schwarze Flusskrebse herum. Der fischige Geruch der Krebse vermischte sich mit dem süßen Aroma der reifen Birnen, die in der Küche gelagert waren. Auf dem Herd brodelte Wasser in einem Topf. In ihrer unverletzten Hand hielt Lilinn ein Messer, sie brachte es nie übers Herz, die Flusskrebse lebend in das kochende Wasser zu werfen.

»Draußen sind Jäger!«

»Ich weiß«, erwiderte Lilinn. »Kein Grund zur Sorge. Sie sind nur eine Eskorte.«

»Für Tam?«

Lilinn nickte.

»Hast du mit ihm gesprochen? Hat es etwas mit dem Mord zu tun... Oder mit den Echos?«

Lilinn gab ihr nur einen winzigen, warnenden Wink mit den Augen. Jade fuhr herum. Neben der Tür lehnte Faun. Seelenruhig biss er gerade von einer Birne ab. Heute trug er die schwarze, eng anliegende Kleidung, wie sie bei den Adeligen Mode war. Der schwarze Stehkragen ließ sein Haar noch heller erscheinen. Seine lässige Geste, der Schwung in seiner Haltung – alles wirkte wie ein Gemälde.

»Wir sollen zum Palast kommen«, sagte er ruhig. »Tam müsste auch gleich hier sein, dann frag ihn doch selbst.« Er sah betont von Jade weg, doch die Missbilligung war deutlich spürbar. Lilinn nahm die ersten fünf Krebse und warf sie in das kochende Wasser. Es zischte und fauchte, als aus den Panzern Luft entwich.

»Lass es gut sein, Jade«, meinte Lilinn. »Die Angelegenheiten unserer Gäste gehen uns nichts an.« Es war unheimlich, wie freundlich sie Faun zulächelte, während sie die restlichen Krebse mit einem schnellen Stich hinter den Kopfpanzer tötete.

»Erstaunlich, so etwas aus dem Mund einer Städterin zu hören«, meinte Faun. »Schließlich scheint ihr nichts lieber zu tun, als herumzuspionieren und zu reden.«

Jades wütender Blick, den er zu spüren schien, amüsierte ihn offenbar, seine Mundwinkel zuckten fast unmerklich.

Zischend sanken die restlichen Krebse ins Wasser.

»Ihr habt euch eine schlechte Zeit für euren Besuch ausgesucht«, sagte Jade bissig. »Ob mit oder ohne Eskorte – es ist gerade ziemlich riskant, in der Stadt unterwegs zu sein.«

Faun wurde ernst. »Keine Zeit ist die richtige. Jedes Land hat seine Kriege.« Das klang schon viel weniger arrogant. »War das Haus hier schon immer ein Hotel?«

Jade glaubte, sich verhört zu haben. Fauns Reaktion wäre weniger seltsam erschienen, wenn sie nicht solche Ähnlichkeit mit Jakubs Denkweise gehabt hätte: die Gefahr ignorieren, das Alltägliche wichtig nehmen. Sie wollte es nicht zugeben, aber es machte Faun sympathisch. Obwohl sie Distanz halten wollte, wünschte sie sich, dass er sie wenigstens ansah.

»Soviel ich weiß, war das Larimar das Haus eines Adeligen«, antwortete Lilinn. »Aber genau weiß ich es nicht, ich wohne erst seit drei Monaten hier.«

»Wirklich? Wo hast du vorher gelebt?«, fragte Faun.

Lilinn schluckte und wurde rot. »Frag Jade, wenn du etwas über das Larimar wissen willst! Sie ist hier aufgewachsen.«

Jade zögerte. Nun gut: Zumindest bot sich ihr hier die Chance, mit Faun ins Gespräch zu kommen.

»Es gibt viele Geschichten darüber. Eine erzählt, dass Jostan Larimar das Haus für seine Geliebte errichten ließ. Er traf sie auf einer Reise – weit hinter den Wäldern, in einem Land, in dem die Menschen unter freiem Himmel lebten, ohne Häuser und Städte. Was er nicht wusste: Sie war eine Fee, und es war ihr verboten, einen Menschen zu berühren. Aber sie liebte ihn so sehr, dass sie ihre Familie verließ und ihm folgte. Viele Monate zogen sie von einem Ort zum anderen, aber schließlich führte Jostan sie in seine Stadt. Doch sie war rastlos, und es machte ihr Kummer, in engen Wänden zu leben. Also ließ Jostan das Larimar erbauen. Auf diese Weise konnten sie jede Nacht in einem anderen Zimmer schlafen – so als wären sie auf Reisen.« Faun schwieg. Lilinn zupfte nervös an dem Verband an ihrer Hand. »Eines Tages fand ihre Familie sie und ihren Geliebten«, fuhr Jade fort. »Sie töteten Jostan. Seine Geliebte trauerte so sehr um ihn, dass sie sich auflöste und zu einem Fluss aus Tränen wurde. Die Geliebte hieß Wila. Und sie fließt heute noch durch die Stadt ins Meer. Die schwarzen Trauerschwäne erinnern an ihre Liebe und ihren Schmerz.«

Lilinns Lächeln war während der Geschichte endgültig erloschen. »Ein richtiges Märchen«, sagte sie mit harter Stimme. »Ich sage euch, was wirklich passiert ist: Als Larimar genug von ihr hatte, setzte er sie vor die Tür und lud die nächste Frau in sein Bett. So sehen nämlich die echten Geschichten aus.«

Mit diesen Worten nahm sie die leere Reuse und rauschte aus der Küche. Jade überlegte, ob sie ihr folgen sollte, doch die Tür zum Keller knallte laut zu. Ein mahnendes Signal, dass Lilinn allein sein wollte.

»Ich hoffe, es war nicht der tote Lord, der deiner Freundin Liebeskummer bereitet hat«, stellte Faun trocken fest. »Dann wäre zumindest dieses Rätsel gelöst.« Er strich sich mit dem Zeigefinger über die Kehle.

»Lilinns Angelegenheiten gehen dich nichts an.«

Er biss in die Birne und grinste spöttisch. »Vermutlich nicht. Kennst du sie gut?«

Warum schaut er mich nicht an?, dachte Jade verärgert. Doch ohne dass sie es wollte, sah sie sich selbst mit seinen Augen: Das zerwühlte, widerspenstige Haar, die Schatten unter den Augen. Neben Lilinn musste sie wirken wie eine Distel neben einer Lilie. *Was zum Teufel spielt das für eine Rolle?*

»Soll das ein Verhör werden?«, fragte sie.

»Schon möglich.« Seine Lippen zuckten. Beinahe ein Lächeln. Aber nur beinahe.

»Dann schlage ich dir einen Handel vor. Antwort gegen Antwort!«

Er hörte für einen Moment auf zu kauen. Dann schluckte er, warf den Birnenbutzen in den Eimer mit Küchenabfällen und verschränkte ebenfalls die Arme.

»Also?«

Jade beschloss, mit den weniger verfänglichen Fragen zu beginnen. »Was bedeuten die schwarzen Flammen auf deinem Unterarm?«

Faun ließ sich mit der Antwort Zeit, als würde er die Frage in Gedanken hin- und herwenden und jede mögliche Seite prüfen. Doch dann zuckte er gleichgültig mit den Schultern.

»Das Zeichen des Nordlands, aus den Tierläuferbergen. Es gibt eine Zeit im Jahr, da geht die Sonne nicht auf.«

»Lebt ihr dann im Dunkeln?«

Faun legte den Kopf etwas zurück. »Das waren schon zwei Fragen!« Es wirkte arrogant, wie er nun auf sie herabsah. *Nun, immerhin schafft er es jetzt, mich anzuschauen,* dachte sie.

»Die Antwort auf deine Frage: Jakub und ich kamen vor siebzehn Jahren ins Larimar. Ein Jahr nach dem Winterkrieg.«

Seine lässige Haltung bekam unmerklich etwas mehr Spannung. Es hatte funktioniert. Sein Interesse war geweckt.

»Wir leben im Dunkeln, solange die Sonne schläft«, beantwortete er nun ihre Frage. »Nach eurer Zeitrechnung vier Monate lang. In dieser Zeit ist das Jagen besonders schwer. Du musst lernen, im Wald jeden Schatten zu lesen.«

Tierläuferberge. Im Wald. Das Jagen. Es gab auch Städte im Nordland. Doch die Vorstellung, dass jemand *draußen* lebte, faszinierte Jade weitaus mehr. Vor allem wenn es stimmte, was man sich über die nordischen Berge erzählte: Menschen mit Wolfsköpfen gab es dort, und Raubkatzen, die menschliche Stimmen nachahmen konnten, um ihre Beute anzulocken.

»Was ist im Winterkrieg passiert?«, wollte Faun wissen.

»Die Lady eroberte die Stadt«, sagte Jade knapp. »Die Stadtherren und die vorherigen Herrscher ließ sie töten und alle Diener und die meisten Bewohner ertränken.«

»Sie macht wohl keine Gefangenen.«

Jade schüttelte den Kopf. Sie musste sich räuspern, um weitersprechen zu können. »Die Kinder ließ sie am Leben, aber alle, die den früheren Herrschern gedient hatten, wurden ermordet. Es gibt nur noch wenige, die den Beginn ihrer Herrschaft erlebt haben. Die älteren Leute, die heute in der Stadt leben, kamen im Gefolge der Lords und der Handwerker, die die neue Stadt errichteten.«

»Aber dein Vater hat überlebt.«

Langsam wurde ihr unbehaglich zumute. Die alte Erinnerung drängte an die Oberfläche: ein Weinen. Und Jakubs Hals, an den sie sich klammerte, während um sie herum Fackeln brannten.

»Es gelang ihm, sich lange genug zu verstecken, ja.«

»Da hatte er ja Glück.« Die Ironie in Fauns Stimme ärgerte sie. Sie streckte den Arm aus und deutete auf ihr Lilienzeichen.

»Siehst du das? Wir sind Bürger der Stadt. Auch Jakub trägt Lady Mars Zeichen.«

»Ein Zeichen kann auch eine Belohnung sein. Fragt sich nur, wofür.«

»Du misstraust jedem, oder?«

»Gesetz des Waldes«, erwiderte er ohne ein Lächeln.

»Vertrauen ist nur ein anderes Wort für Kennen. Wer hat vor der Lady geherrscht?«

»Könige. Sie stammten von den Inseln.«

»Dann wart ihr also schon immer Sklaven fremder Herrscher?«

»Was weißt du schon von Sklaverei!«, fauchte sie.

»Habt ihr keine Gesetze und Einschränkungen?«

Verteidige ich hier etwa die Lady?, fragte sie sich im selben Augenblick erschrocken.

Er zuckte mit den Schultern. »Im Wald jagst du – oder du wirst gejagt.«

»Das ist in der Stadt nicht anders«, sagte sie. »Man muss die Regeln kennen und sie manchmal auch brechen, um davonzukommen. Und die Regeln ändern sich ständig.«

»Warum geht ihr nicht fort und sucht euch einen Ort ohne Herren?«

Ob ihm bewusst war, dass er den wunden Punkt genau getroffen hatte? Das waren ihre verbotenen Gedanken. Es war verstörend, sie aus dem Mund eines Fremden zu hören.

Weil ich meinen Vater nicht allein zurücklassen kann, hätte ihre ehrliche Antwort gelautet. *Weil irgendetwas ihn hier hält, etwas, zu dem ich keinen Zugang habe.*

»Es ist unsere Stadt«, erwiderte sie stattdessen.

»Meine Heimat.« Sie wünschte, es hätte überzeugender geklungen.

»Und ihr zahlt gerne Tribut dafür, in eurer eigenen Stadt leben zu dürfen?«, spottete Faun. »Das sind Gesetze, die ich nicht verstehe.«

Heute machte es sie nicht wütend, nur traurig, der Wahrheit ins Gesicht zu sehen. *Natürlich sind wir Sklaven*, dachte sie niedergeschlagen.

»Und deine Mutter? Starb sie auch im Winterkrie…?«

»Diese Frage beantworte ich nicht!«, unterbrach ihn Jade barsch. »Du bist dran mit den Antworten, Faun! Warum geht ihr heute zum Palast? Ihr seid Jäger, nicht wahr? Hat die Lady euch wegen der Echos rufen lassen?«

Faun war so überrumpelt, dass er die Augen aufriss. Im schrägen Licht sah sie, dass er sehr wohl Pupillen hatte. Die Iris erschien nicht länger obsidianschwarz, sondern war von einem tiefen, katzenhaften Kupferbraun.

»Wie kommst du darauf?«

»Ist das etwa kein Echo in der Kiste?« Die Frage war ihr herausgerutscht und sie verfluchte sich sofort für diese Dummheit.

Faun lachte! Es brach einfach aus ihm heraus und verwandelte ihn ganz und gar. In dieser Sekunde war er nur ein junger Mann, der über einen Scherz jeden

Ernst verlor. Und Jade gestand sich zum ersten Mal ein, dass sie sich zu ihm hingezogen fühlte wie zu einem Schmerz, den man fürchtet und gleichzeitig sucht.

»Ein Echo?«, rief er fassungslos und schüttelte den Kopf. »Wie stellst du dir das denn vor?«

Die Reaktion war so ehrlich und unmittelbar, dass Jade gar nicht anders konnte, als ihm zu glauben. Für eine Sekunde war die Verbindung zwischen ihnen wieder da. Auch Faun schien es zu spüren, denn plötzlich wurde er wieder ernst, als wäre er selbst überrascht von seiner Reaktion.

Das Köcheln der Krebse, die in der Hitze inzwischen eine feuerrote Farbe angenommen hatten, war das einzige Geräusch in der Stille.

»Aber ihr jagt sie doch, nicht wahr?«, brach Jade das Schweigen. »Du warst in der Mordnacht in der Stadt, oder? Mit dem Tier aus der Kiste?«

Zu ihrer Enttäuschung senkte Faun hastig den Blick. »Tam ist in der Lage, alles und jedes zu finden«, murmelte er. »Und auch jeden. Manche nennen ihn deshalb einen Jäger.«

»Gibt es denn Echos im Nordland?«

Kaum merklich nickte er.

»Und fürchtet ihr sie ebenso wie wir?«

Faun runzelte die Stirn. »Worauf willst du hinaus?«

»Auf gar nichts. Ich weiß nichts über sie«, antwortete Jade freimütig. »Aber ich muss mehr über sie erfahren. Ich habe sie gesehen. In der toten Stadt. Sie haben mir Angst eingejagt, ich dachte, sie würden mich töten.«

»Es ist nicht gut, über sie zu sprechen«, sagte er mit belegter Stimme. »Sie finden dich, wenn du sie suchst. Sie hören sogar das Echo deiner Gedanken, sie sind selbst ein Widerhall des Bösen. Wenn sie erst einmal auf deiner Spur sind, bist du verloren. Sie werden dich im Schlaf heimsuchen und erwürgen. Sie werden dein Blut trinken und dich zerfleischen.«

Jade musste an der Stuhllehne Halt suchen. Von draußen drang das Klopfen und Sirren des Fahrstuhls herein.

»Aber sie... haben doch eine Sprache, nicht wahr?«, wandte sie leise ein. »*Sinahe* – weißt du, was das bedeutet?«

»Es bedeutet, dass du des Todes bist«, gab er unfreundlich zur Antwort. »Sie haben keine Sprache, glaube mir.«

Das Messinggitter wurde zur Seite geschoben. Hundekrallen kratzten über den Marmor. »Faun?«, ertönte Tams Stimme.

Faun stieß sich von der Wand ab, als habe er nur auf die Gelegenheit gewartet, die Küche zu verlassen.

»Warte!«, rief Jade und machte einen Schritt auf ihn zu. Ihre Hand schnellte vor, um ihn am Arm zurückzuhalten. Faun fuhr herum, als hätte eine Schlange ihn gebissen. »Fass mich nicht an!«, zischte er.

Jade zuckte zurück, erschrocken und unfähig, etwas zu erwidern.

An der Tür blieb er stehen und drehte sich noch einmal zu ihr um. Sie versuchte, Bedauern in seinen Zügen zu entdecken, doch da war nur Kälte.

»Ach ja, was deine andere Frage angeht«, sagte er gefährlich leise. »Ich war in dieser Nacht nicht im Palastviertel. Und schon gar nicht mit *ihm*. Ich habe gar keinen Schlüssel zu seinem Käfig.« Ärger blitzte in seinem Blick auf. »Und bevor du auf dumme Gedanken kommst: Solange ich da bin, ist er ruhig. Aber jeden von euch würde er töten. Ich kann nicht versprechen, dass der Käfig als Schutz genügt, wenn er wittert, dass ihr in der Nähe seid.«

Als Faun gegangen war, stand Jade noch einige Sekunden wie benommen da, dann stürzte sie zum Fenster und riss es auf. Sie musste sich hinauslehnen, um zu sehen, wie Tam und Faun das Haus verließen. Die Jäger am Ende der Straße drehten sich zu ihnen um. Jade glaubte, im Nebel Moiras gefleckten Mantel zu erkennen, aber das konnte auch eine Täuschung sein. Als hätte Tams Stimme sie angelockt, fand sich eine Schar von Vögeln zusammen und umkreiste wie eine wirbelnde Wolke die Gruppe. Jade konnte sie nur als dunkle Schatten wahrnehmen. Es war gespenstisch, dass kein einziger Vogel einen Laut von sich gab.

*

Eine Stunde später brach der Sturm los. Jade wusste es, als sie den Brandgeruch bemerkte. Schüsse erklangen und Schreie wie bei einer Treibjagd. Der Wind kam aus der Richtung der toten Stadt, und als Jade aus dem Fenster blickte, sah sie Flammen. Rauchschwaden trieben über der Wila. Sie spürte kaum, wie sie die Finger in die Fensterbank krallte. Ihr Spiegelbild im Fluss hatte die Hände vor das Gesicht geschlagen und weinte. »Ich weiß«, murmelte Jade. »Ich habe auch Angst.«

Sie waren eine schweigsame Gesellschaft. Lilinn hatte die Fensterläden in der Küche geschlossen und saß starr wie eine Statue zwischen Jakub und Jade. Eng waren sie zusammengerückt und lauschten den Schüssen.

»Sie werden noch die ganze Stadt in Schutt und Asche legen«, flüsterte Jade, als es einmal für mehrere Minuten still war.

»Das ist nun mal der Preis für das Leben eines Lords«, gab Lilinn zurück. Jade konnte spüren, wie sie zitterte.

»Wir sind nicht in Gefahr«, wiederholte Jakub seine

immergleiche Beschwörung. »Sie werden das Larimar verschonen. Morgen ist alles vorbei.«

Jade wäre beruhigter gewesen, wenn seine Stimme nicht so wütend geklungen hätte. Sie wusste nicht, was ihr mehr Sorgen bereitete: Der Gedanke an Martyn oder die Tatsache, dass Faun vielleicht in diesem Moment zwischen brennenden Trümmern unterwegs war. Immer wieder erschienen Bilder vor ihr: Faun, wie er mit dem Gesicht nach unten im Fluss trieb oder ermordet in einem Brunnen lag. *Natürlich mache ich mir um Martyn weniger Gedanken*, rechtfertigte sie sich. *Die Lady würde wohl kaum die Flussleute verhaften lassen. Dazu braucht sie sie viel zu sehr.* Trotzdem war sie geübt genug darin zu erkennen, wann sie sich selbst belog: Es war nicht nur die Sorge, die sie dazu brachte, ständig an Faun zu denken, sondern vor allem die Erinnerung an sein Lachen.

Als eine Explosion die Glasscheibe vibrieren ließ, ertönte ein neuer Laut, der Jade einen Schauer über den Rücken jagte, ein hohes, heiseres Klagen, das durch die Wände drang. Keiner sprach es aus, doch alle dachten dasselbe: Die Bestie im Bankettsaal heulte vor Angst. Und diesmal war Jade froh, dass die Tür zum Saal dick und stabil war und ein eisernes Schloss hatte.

Als es an die Fensterläden hämmerte, sprang Jade so schnell auf, dass sie sich den Kopf an der Lampe stieß. Doch es waren nicht die Jäger oder Wächter, es waren Manu und die zahnlose Nell vom Schwarzmarkt, die Schutz vor einer Patrouille suchten. Als sie ins Haus kamen, brachten sie den Geruch nach Pulverdampf mit.

»Sie haben auch Leute verhaftet!«, nuschelte Nell voller Entsetzen, während sie versuchte, die Tasse, die Lilinn ihr in die Hand gedrückt hatte, in den zitternden Händen ruhig zu halten. »Es geht nicht nur um die Echos. Sie denken, dass auch Menschen dahinterstecken.«

»Attentäter?« Lilinn wurde blass.

Jade schluckte. Es hatte in der Vergangenheit den einen oder anderen Aufstand gegeben, davon zeugten nicht zuletzt die Galgen auf dem Richtplatz.

Und da war noch ein anderer Gedanke: *Wenn es Menschen getan haben, wären die Echos keine Mörder.*

»Bis jetzt haben sie über zwanzig Leute verhaftet«, erzählte Manu weiter. »Es wird Hinrichtungen geben, so viel ist klar. Es gibt Gerüchte, dass irgendjemand die Echos anlockt. Absichtlich, versteht ihr?«

Jetzt starrte auch Jade Manu an wie ein Gespenst. *Alte Mörder, neues Blut.* War es möglich, dass Ben doch etwas wusste?

»Was ist mit den Flussleuten?«, fragte sie und rieb über die Gänsehaut an ihrem Unterarm. »Sind die Kraftwerke beschädigt worden?«

Manu winkte ab. »Um Martyn brauchst du dir keine Sorgen zu machen. Die Feynals ankern schon seit gestern bei den roten Felsen. Es gab Stromausfälle heute, ja, aber die Turbinen sind nicht beschädigt. Sieht nicht so aus, als müssten die Flussleute ins Wasser.«

Jade atmete auf. »Und... Ben? Habt ihr ihn irgendwo gesehen?«

Nell lachte nervös auf. »Die Vogelscheuche? Als der erste Schuss losging, lief er wie angestochen nach Osten. Erstaunlich, wie schnell so ein Lumpenbündel rennen kann, wenn es unter seinem Hintern brennt!«

Nach Osten. Während die anderen weiterflüsterten, blickte Jade in ihre Blechtasse mit dem kalt gewordenen Tee und rief sich Bens Totenschädelgesicht ins Gedächtnis. Irgendetwas wusste er, aber was? Und wenn es wirklich Menschen gab, die die Echos suchten? Der Gedanke war ebenso beängstigend wie faszinierend. Ob Ben in der Lage war, mit den Echos Kontakt aufzunehmen? Und plötzlich, während sie noch an sein Grinsen dachte, war es, als hätte sich ein Funke in eine dunkle Kammer verirrt. Eine Assoziation fand zur nächsten. *Schädel!*, schoss es ihr durch den Kopf. Was hatte Ben gesagt? »*Die Schädel hüten sich selbst. Aus Marmor besteht ihr Palast, stumme Glocken rufen zum Kampf.*«

Die Schädelstätte! Sie lag hinter dem Osttor der Stadt! Und noch eine Erkenntnis traf sie wie ein

Schlag: Woher hatte Ben so genau gewusst, dass der kopflose Tote ein Lord war?

»Jade, was ist los?«

Erschrocken blickte sie hoch und bemerkte, dass vier Augenpaare sie anstarrten. Hastig stellte sie die Tasse ab, die sie wie eingefroren vor ihrem Mund gehalten hatte. »Nichts. Alles in Ordnung…« Sie hatte den Satz noch nicht zu Ende gesprochen, als eine weitere donnernde Explosion ertönte.

»Nichts ist in Ordnung!«, antwortete Lilinn bitter. »Sie zerstören alles. Und sie werden auch nicht davor zurückschrecken, uns zu töten.«

»Sie treiben nur die Echos aus der toten Stadt«, beruhigte Jakub sie. Und noch bevor sich Jade von der Überraschung erholen konnte, das Wort »Echo« aus Jakubs Mund zu hören, verblüffte ihr Vater sie gleich ein weiteres Mal: Mit einer behutsamen, sanften Geste legte er den Arm um Lilinns Schultern. Und Lilinn zuckte zwar zusammen, doch sie ließ die Berührung zu.

»Uns wird nichts passieren«, sagte Jakub.

»Ach ja? Wie willst du es verhindern?«, antwortete Lilinn hart.

»Verhindern können wir nichts, aber immerhin sind wir zusammen«, erwiderte Jakub mit einer Ruhe, die Jade an ihrem Vater selten erlebt hatte. »Darum geht es doch. Zusammen zu sein und zu bleiben, was auch geschieht.« Die beiden sahen sich bei diesen Worten nicht an, doch da war eine neue Art der Vertrautheit zwischen ihnen, so als hätte Jakub die Hand ausgestreckt und die unglückliche Lilinn wäre einen Schritt auf ihn zugegangen.

Fauns Bestie röchelte und winselte und verstummte dann endlich. Nell war bei diesen Lauten totenbleich geworden.

»Sobald der Blutrausch vorbei ist, kriechen die Überlebenden wieder ans Tageslicht«, fuhr Jakub fort. »Das ist Krieg. Man stirbt oder man überlebt und findet eine Möglichkeit weiterzumachen. Wir müssen abwarten und ausharren. Und dann zahlen wir weiterhin unseren Tribut und mischen uns nicht in die Geschäfte der Lady und der Lords. Das ist unser Leben, ob es uns gefällt oder nicht.«

Jade krampfte die Hand um ihre Tasse. Das war Jakub, wie sie ihn kannte – aber heute war sie wütender denn je über seine Resignation. »Es gefällt uns nicht!«, sagte sie mit Nachdruck. »Auch dir nicht, Jakub!«

Nell nickte und besann sich gerade noch rechtzeitig darauf, dass es keine gute Idee war, auf einen blank gescheuerten Küchenboden zu spucken. »Meine Worte«, murmelte sie. »Also, wenn's nach mir ginge... Wenn es wirklich Aufständische wären, dann...«

Jakubs Faust sauste auf den Tisch. »Solche Worte

sagt ihr nicht in meinem Haus!«, donnerte er. »Seid ihr noch ganz bei Sinnen?«

Lilinn war zusammengezuckt und griff mit der verbundenen Linken reflexartig nach ihrer Tasse, die vom Tisch zu kippen drohte.

»Es ist nicht dein Haus«, sagte Jade ruhig, aber mit klopfendem Herzen. Noch nie hatte sie diese Wahrheit ausgesprochen, aber hier, inmitten von Donner und Gewehrschüssen, schien es das einzig Richtige zu sein. »Wir sind rechtlos und das weißt du ebenso gut wie ich.« Es fühlte sich an, als würde ihr eine Last von der Seele rutschen. »Wirklich nicht viel besser als Sklaven«, wiederholte sie ihre Gedanken in der plötzlichen Stille laut.

»Jakub nicht«, bemerkte Manu grinsend. »Er weiß, wie man mit den Lords umgeht, und steht gut mit dem Präfekten der Lady.«

»Und genau das ist der Grund dafür, dass Schwarzmarktgesindel wie ihr in Sicherheit bei mir herumsitzen kann«, knurrte Jakub. »Und jetzt kein Wort mehr, wenn du nicht draußen die Patrouillen besuchen willst.«

»Wer hört uns hier denn schon?«, sagte Manu. »Die Krebse in den Töpfen? Gib es doch zu, Jakub. Du gehörst doch gar nicht zu ihnen. Du verrätst keinen, du hilfst uns ›Schwarzmarktgesindel‹, wo du kannst. Jeder Blinde sieht, dass dir die Suppe ebenso wenig schmeckt wie uns.« Jade versetzte Manu unter dem

Tisch einen warnenden Tritt gegen das Schienbein, doch er ließ sich nicht bremsen. »Wenn du die Möglichkeit hättest, würdest du die Lady doch genauso wie wir lieber heute als morgen aus der Stadt jagen.«

»Scht!«, machte Nell und sah sich ängstlich um.

Jakub sprang auf. »Hüte deine Zunge!«

»Hört auf«, befahl Lilinn ruhig. Zu Jades Überraschung entspannten sich Jakubs zu Fäusten geballte Hände. »Wir wissen alle, dass Jakub recht hat«, fuhr die Köchin fort. »Seid froh, dass er euch die Tür geöffnet hat.«

Jade blieb vor Verblüffung der Mund offen stehen. Und auch über Manus Gesicht huschte der Anflug von Sorge.

»Wir vergessen alles, was hier gesagt wurde«, sagte Lilinn und lächelte beruhigend. »He, seht mich nicht so an, als wäre ich eine Spionin der Lady!« Manu atmete sichtlich auf, aber er schwieg. Jade wich Jakubs prüfendem Blick aus und betrachtete den Tisch, auf dem sich die Spuren unzähliger Messerschnitte abzeichneten. Ihr Entschluss stand fest: Mochte Jakub sich im Larimar verkriechen und Lilinn sich auf seine Seite schlagen – Jade würde den Kopf nicht einziehen. Erst einmal würde sie herausfinden, was sich in den Kisten im vierten Stock befand. Heute war die Gelegenheit günstiger denn je. Und schon morgen vielleicht führte ihr Weg zu Ben. Wenn sie sich nicht irrte, war er nicht ganz so verrückt, wie alle glaubten. Und wenn sie nicht völlig auf der falschen Fährte war, hatte er ihr einen sehr genauen Hinweis darauf gegeben, wo sie ihn finden würde.

Die Augen des Suchers

Die Explosionen hörten erst am frühen Abend auf, doch auch danach kehrte keine Ruhe ein. Manu und Nell hatte Jakub in einem Lagerzimmer einquartiert und ihnen das Versprechen abgenommen, das Haus sofort zu verlassen, sobald die Gäste zurückkehrten. Doch Tam und Faun kamen nicht wieder, und Jade war selbst überrascht, wie beunruhigt sie darüber war.

Erst als der letzte Schuss verklungen war, stahl sie sich hinaus und huschte die Treppe hinauf.

Jemand hatte die Leiter zum dritten Stock beiseitegelegt. Jade musste nach ihr suchen, doch schließlich fand sie sie in einem Zimmer, halb versteckt hinter der Tür. Durch das Loch im Boden kletterte sie in den dritten Stock und näherte sich vorsichtig der Treppe. Über sich hörte sie ein Klappern wie von einer zuschlagenden Tür. Offenbar standen in Tams Räumen die Türen offen. Oder ein Fenster war bei einer der Explosionen zerbrochen und sorgte nun für den

Durchzug. Doch etwas Verdächtiges war nicht zu hören. Also stieg sie hinauf – eine Stufe und dann noch eine und noch eine.

Bei der fünften Stufe, kurz bevor sie um die Biegung zum oberen Treppenabsatz spähen konnte, ertönte leise, aber nachdrücklich ein warnendes Hundeknurren. Jade erstarrte auf der Stelle. Tams zweiter Hund. Also hatte er heute Morgen nur einen mitgenommen. Enttäuscht biss sie sich auf die Unterlippe. Nun, sie hätte sich denken können, dass Tam seine Käfige nicht unbewacht zurückließ. So lautlos wie möglich zog sie sich wieder zurück. Unten angekommen lauschte sie einige Zeit lang, in der bangen Erwartung, dass der Wachhund ihr vielleicht folgen würde, doch nichts geschah.

Jetzt blieb ihr nur noch der andere Weg. Leise nahm sie ihren Schlüssel aus der Jackentasche und schloss das Zimmer neben dem blauen Raum auf.

Ein blutiges Abendrot lag wie ein Schleier über der toten Stadt. Jade versuchte, nicht hinzusehen, während sie aus dem Fenster kletterte, doch natürlich gelang es ihr nicht. Der Anblick der verkohlten Gemäuer schnürte ihr die Kehle zu und trieb ihr die Tränen in die Augen. Die Stadt – ihre Stadt! – wirkte wie ein gefallener Krieger. Brücken waren eingestürzt und an manchen Stellen gähnten schwarze Krater anstelle der Gebäude – für immer zerstört und verloren.

Etwas Trockenes blieb an ihrer Lippe kleben, und als sie das Kinn an ihrer Schulter rieb, sah sie, dass es Ascheflocken waren. Sie schluckte und betrachtete ihr unglückliches Spiegelbild.

Heute machte die Höhe sie schwindelig, als hätte ihr jemand alle Sicherheit und ihren Halt geraubt. Zum ersten Mal, seit sie im Larimar lebte, befürchtete sie, das Gleichgewicht zu verlieren. Sie hatte vorgehabt, vom Sims aus direkt zu einem der Fenster im vierten Stock zu gelangen. Doch nun hangelte sie sich nur mit zitternden Knien und fahrigen Händen zu dem runden Fenster und ließ sich in den Schutz von Stein und türenlosen Wänden fallen. Es fühlte sich tröstlich an, wie Heimkommen nach einer entbehrungsreichen, traurigen Zeit. Nur ein paar Minuten würde sie sich ausruhen, bis das Zittern aufhörte.

Sie brauchte mehrere Atemzüge, um zu begreifen, dass etwas ganz und gar nicht stimmte. Alles war noch an seinem Platz, sogar die Decke lag noch so zerwühlt da, wie sie sie vor Tagen, die ihr wie Jahre schienen, verlassen hatte. Erst als der Geruch von Öl ihr in die Nase stieg, erkannte sie es: Die Lampe war umgefallen, ein dunkler Fleck hatte sich auf dem Boden ausgebreitet. Und direkt daneben lag das Tagebuch – aufgefächert und mit den Seiten nach unten wie ein erschossener Vogel. Papierfetzen lagen daneben, als hätte jemand an den Seiten herumgerissen. Jade stieß einen Schrei aus und stürzte sich auf ihre Kostbarkeit. Vorsichtig hob sie es auf. Und als das Bild ihrer Mutter unversehrt herausfiel, brach sie in Tränen aus. Mit der Erleichterung kam der Schreck. Jemand war hier gewesen! Und Jakub ganz sicher nicht – nur sie hatte den Schlüssel zum angrenzenden Zimmer. Die letzte Sicherheit, die sie noch verspürt hatte, fiel von ihr ab, so als würde sich ihre Welt endgültig auflösen. Es fühlte sich an, als hätte ihr jemand im Schlaf ein Messer an die Kehle gesetzt.

Faun!, schoss es ihr durch den Kopf. Aber wie hätte er in den Raum kommen sollen? Vorsichtig befühlte sie die verwundeten Seiten. Etwas Spitzes hatte das Papier beschädigt. Zähne? Ja, es sah so aus, als hätte ein Tier an ihrem Schatz herumgezerrt. Und als Jade den Fleck auf dem Boden genauer betrachtete, bemerkte sie einige Spuren, die zum Fenster führten. Sie waren verwaschen und winzig. Konnten es Marderspuren sein? Ratten? Raben? Was auch immer es für ein Tier war, es musste durch das Fenster hereingekommen sein.

Jade stürzte zum Fenster und lehnte sich weit hinaus. Direkt über ihr schlugen zwei Fenster im Takt des Windes auf und zu. Jade rief sich den Grundriss des oberen Stockwerks ins Gedächtnis. Dann schob sie das Foto ihrer Mutter in die Innentasche ihrer Jacke und kletterte kurz entschlossen hinaus.

*

Noch nie war sie an der äußeren Fassade entlang in den obersten Stock gelangt, aber sie stellte fest, dass es nicht schwierig war. Die geschwungenen Körper der Steinaale gaben ihren Füßen guten Halt. Sie zögerte nur kurz, bevor sie sich streckte und die Finger vorsichtig in eine Scharte am Fenstersims einhakte. Unter ihren Fingerkuppen raschelten die trockenen, papierdünnen Wände eines verlassenen Wespennestes. Vorsichtig zog sie sich hoch, wobei sie aufpassen musste, dass der schwingende Fensterflügel sie nicht mit voller Wucht traf. Ein Windstoß wehte ihr das Haar nach hinten, leise pfiff der Wind durch das Stockwerk. Gut. Er kam von der richtigen Seite. So würde der Hund ihre Witterung nicht sofort aufnehmen. Langsam zog sie sich weiter hoch, immer in der Erwartung, sich schnell wieder zurückfallen zu lassen, sollte der Hund am Fenster auftauchen. Sie bekam den hölzernen Fensterladen zu fassen und erhaschte gleich darauf einen Blick in den Prunkraum, den sie vor wenigen Tagen noch eingerichtet hatte. Sie hätte ihn nicht wiedererkannt.

Jeder Gegenstand, jeder Tisch und jeder Stuhl war umgeworfen und beschädigt! Polsterwolle quoll aus einem aufgerissenen Sessel. Die Vorhänge waren zerrissen oder lagen auf dem Boden, Käfigkisten stapelten sich rings um das gewaltige Himmelbett, das in die Mitte des Raumes geschoben worden war.

Jade schwang lautlos die Beine über das Fensterbrett und ließ sich in den Raum gleiten. Vorsichtig ging sie ein paar Schritte und sah sich fassungslos um. Wind bauschte den zerfetzten Bettvorhang. Die Seitentüren und die Tür zum Flur standen offen, verstreute Sachen hinderten sie am Zuschlagen.

Und überall die Käfigkisten. Jade wandte den Blick ab und glitt geräuschlos in Richtung Tür. *Erst der Hund*, dachte sie. Das klang vernünftig, und einen Augenblick glaubte sie sogar selbst daran, dass es nicht die Erinnerung an das bösartige Auge war, die sie davon abhielt, sofort zu den Kisten zu gehen. Leise hob sie einen bronzenen Kerzenhalter vom Boden auf und wog ihn prüfend in der Hand. Als Waffe würde er genügen. Dann huschte sie zu einem der Seitenräume.

Drei Türen hatte er: eine zum Flur, eine zum Nebenzimmer – und eine versteckte Dienstbotentür, die sich kaum von dem hölzernen Furnier einer Wand abhob. Jade schätzte die Entfernungen genau ab, prüfte mögliche Hindernisse und die Schlösser. Dann versperrte sie die Seitentür, öffnete die anderen beiden und lugte in den Flur. Der Hund war nicht zu sehen, vermutlich saß er immer noch an seinem Platz bei der Treppe.

Jade musste sich mehrmals über die trockenen Lippen lecken, bevor sie einen leisen Pfiff zustande brachte. Zur Sicherheit klopfte sie auch noch mit dem Leuchter gegen den Türstock. Jetzt konnte sie nur noch hoffen, dass dieser Hund nicht schneller und schlauer war als die listigen Straßenköter, die sie oft genug abgehängt hatte.

Der Hund bellte nicht, er schoss lautlos um die Ecke und war so schnell, dass Jade vor Schreck das Herz einen Schlag lang aussetzte. Beinahe hätte sie im Reflex die Tür zugeschlagen, doch dann drehte sie sich um und rannte quer durch das Zimmer zur Dienstbotentür. Genau in dem Moment, in dem der Hund ins Zimmer stürmte und auf dem glatten Boden schlitternd abbremste, schlüpfte sie durch die Dienstbotentür und schlug sie hinter sich zu. Krallen schabten über das Holz. Jade floh den schmalen Gang entlang, riss die Tür zum Flur auf und stürzte zurück zum Zimmer. Keine Sekunde zu früh. In dem Bruchteil eines Wimpernschlags, bevor sie die Zimmertür zuzog, sah sie durch den Türspalt, dass der Hund das Manöver durchschaut hatte und auf sie zustürzte. Mit aller Kraft zog sie die Tür zu. Fast im selben Moment erklang ein dumpfer Laut, das Holz vibrierte unter ihren Fingern, als der Hund sich dagegen warf. Jade drehte mit zitternden Fingern den Schlüssel im Schloss und stolperte zurück. Das Knurren, das von der anderen Seite durch die Tür drang, ging ihr durch und durch. Sie rannte zurück zu den Prunkräumen, den Bronzeleuchter fest in der Hand.

Erst als sie noch zwei weitere Türen zwischen sich

und den Hund gebracht hatte, blieb sie schwer atmend stehen. Das Blut rauschte in ihren Ohren. Um sie herum war es nun gespenstisch ruhig. Auf Zehenspitzen betrat sie Tams Reich. Überall das gleiche Bild: Verwüstung, Regenflecken, Staub. Der Wind hatte trockene Blätter und Federn durch die Fenster geweht, die sich im Luftzug wie Meerschaum am Teppichrand kräuselten. Der Anblick der Zerstörung schmerzte Jade. Warum hatte Tam das getan? Oder war es gar nicht sein Werk gewesen?

Noch einmal nahm sie allen Mut zusammen, dann näherte sie sich mit klopfendem Herzen den Käfigkisten. Sie hatte erwartet, ein Scharren darin zu hören, irgendein Zeichen von Leben, doch es blieb totenstill. Vorsichtig streckte sie die Hand aus und tippte mit dem Leuchter eine der Kisten an. Das knarrende Geräusch ließ sie zurückspringen. Die Türklappe schwang auf, bewegte sich im Luftzug, doch nichts geschah. Jade schlich in großem Bogen um die Kiste herum und blickte in eine leere Kammer. Kratzspuren bildeten ein abstraktes Muster an den Wänden und am Boden. Sie tippte noch ein Türchen an und noch eines. Kein Zweifel: Alle Kisten waren leer. Der nächste Gedanke war keinen Deut beruhigender: Wo waren die Bewohner der Käfige?

Das Geräusch des Fahrstuhls ließ sie zusammenfahren. Tam kam zurück! Das Klacken klang hier oben leise und gedämpft, es war schwer einzuschätzen, auf welchem Stockwerk sich die Kabine gerade befand. Wie lange hatte sie noch? Zwanzig Sekunden?

Endlich gehorchten ihr die Beine. Sie schnellte los und rannte durch die Verbindungstür in Richtung des Fensters, durch das sie hereingeklettert war. Die rote Stunde ging in dieser Stadt schnell vorbei. Der Himmel leuchtete nicht mehr rubinrot, stattdessen senkte sich nun eine blassviolette Dämmerung über die Häuser und Ruinen. Jade stolperte über eine Teppichfalte und wäre um ein Haar gestürzt. Sie rappelte sich auf und erreichte endlich das Fenster. Sie konzentrierte sich so sehr auf den Fahrstuhl, dass ihr ein anderes Geräusch erst auffiel, als es zu spät war. Flattern. Sehr nah. Sie erhaschte einen Blick auf leuchtend blaues Gefieder und schwarze Halsringe aus Federn. Dann wirbelte die Wolke aus Flügelschlag und spitzen Schnäbeln schon auf sie zu. Mit einem Keuchen wich Jade zurück. Es waren mindestens zwanzig Vögel – ein Schwarm, der durch das Fenster in das Prunkzimmer flog. Blauhäher!

Instinktiv sprang sie zur Seite, um dem Schwarm auszuweichen, doch als die Vögel einen scharfen, federschnappenden Bogen flogen, erkannte sie mit flammend heißem Schreck, dass sie ganz sicher nicht vorhatten, vor ihr zu fliehen.

Sie schrie auf, als der erste Schnabel nur knapp ihr

Auge verfehlte und schmerzhaft in ihre Schläfe hackte. Krallen verfingen sich in ihren Locken. Flügel trafen ihre Wangen wie Ohrfeigen. Sie nahm den pudrigen Geruch von Vogelbälgen wahr und schmeckte bitteren Federstaub. Ihre Hände brannten unter den stechenden Hieben der spitzen Schnäbel, doch noch gelang es ihr, das Gesicht zu schützen. Wie ein Gaukler drehte sie sich im Versuch, die Tiere abzuschütteln, doch sie kehrten nur umso wütender zurück. Ein dumpfer Laut erklang, als sie zwei Blauhäher mit dem Leuchter traf. Ein Vogel erwischte ihre Unterlippe mit dem Schnabel und der jähe, stechende Schmerz ließ sie aufschreien. Schwarze Augen funkelten sie an. Jade wirbelte herum, tauchte unter einem neuen Ansturm hinweg und wollte fliehen. Sie verhedderte sich im verrutschten Teppich und verlor das Gleichgewicht. Der Leuchter fiel ihr aus der Hand, sie stürzte – doch der Aufprall kam nicht. Fell streifte ihr Gesicht, eine Hand legte sich wie eine Klammer um ihre Taille und etwas riss grob an ihren Haaren.

»Lauf«, zischte ihr eine vertraute Stimme ins Ohr. Jade gehorchte, die Hände vor die Augen geschlagen, stolpernd und geduckt. Der Hund knurrte hinter der geschlossenen Tür, nur daran erkannte sie, dass sie im Flur war. Dann rasselte direkt vor ihr das Messinggitter und ein grober Stoß schleuderte sie gegen das glatte Holz der Fahrstuhlkabine. Der Schlag nahm ihr die Luft, benommen rutschte sie an der glatten Wand hinunter, zog die Knie an den Körper und blinzelte durch die Finger.

Es war Faun. Sein Hemd war zerrissen, der Stehkragen hing in Fetzen auf die Schulter. Das blonde Haar war zerwühlt und dunkel vor Ruß. Rauchspuren auf seiner Haut, Brandgeruch. Und... Moiras Mantel, den er durch die Luft wirbelte! Grimmig hielt er den Schwarm damit in Schach und wehrte die Vögel auch mit dem Arm ab. Ein Blauhäher griff ihn an und flatterte ihm ins Gesicht, doch Fauns Arm zuckte so schnell nach oben, dass der Vogel zerschmettert zu Boden fiel. Jade drängte sich noch mehr in die Ecke.

So schnell, dass sie seinen Bewegungen kaum folgen konnte, schleuderte Faun den Mantel auf den Schwarm und nutzte die Sekunden, in denen die Vögel verwirrt waren, um zu Jade in die Kabine zu springen. Mit einem wütenden Ruck riss er das Gitter zu. Der Fahrstuhlknopf zerbrach unter seinem Faustschlag und endlich setzte die Kabine sich in Bewegung. Schwer atmend drehte Faun sich zu Jade um, die Fäuste geballt, die Augen flammend und sein Gesicht das eines Fremden. Es war so rußverschmiert, dass es wie eine Maske wirkte, in der die Augen zu glühen schienen. Viel beängstigender aber war der Ausdruck darin: Hass. Jade sprang instinktiv auf, bereit, sich zu verteidigen. Er bewegte sich so schnell, dass sie kaum wahrnahm, wie er auf sie zuschnellte. Das, was sie eben empfunden hatte, war Panik gewesen, nun aber lernte sie die Todesangst kennen. *Er wird mich umbringen!* Bevor sie reagieren konnte, gruben seine Finger sich schon wie Klauen schmerzhaft in ihre Schultern. Die Daumen lagen gefährlich nah an ihrer Kehle. Sie keuchte und packte seine Handgelenke.

»Lass mich los!«, presste sie zwischen zusammengebissenen Zähnen hervor. Mit einem gezielten Tritt traf sie sein Knie, doch er zuckte nicht einmal zusammen.

Der Fahrstuhl kam im dritten Stock an, wo er mit einem sanften Federn einrastete. Das Geräusch und die Bewegung schienen Faun zurückzuholen – von welchem Ort, wagte sie sich nicht vorzustellen. Er blinzelte, und Jade spürte, wie sein Griff um ihren Hals sich lockerte.

»Bist du wahnsinnig, nach oben zu gehen?«, zischte er ihr zu.

Sie entwand sich ihm mit einem Ruck und brachte so viel Abstand wie möglich zwischen sich und ihn. In der engen Kabine war das nicht einmal eine Armlänge.

Schwer atmend standen sie sich gegenüber. Fauns Nasenflügel bebten, der Mund war ein bleicher, harter Strich. Heute sah er sie direkt an, doch Jade wünschte sich, er würde es nicht tun.

Das kühle Kitzeln eines rinnenden Tropfens an ihrer Wange machte ihr bewusst, dass sie eine Wunde an der Schläfe hatte. Erst jetzt fiel ihr auf, dass auch Faun verletzt war. Zwischen den Resten seines Ärmels, unter einem notdürftigen Verband, zeichnete sich ein roter Streifen ab.

»Was... was ist passiert?«, fragte sie.

»Das geht dich verdammt noch mal nichts an!«, fauchte er.

»Warum bist du so wütend auf mich?«

»Weil du dumm bist«, erwiderte er. »Und blind und taub dazu!«

Jade zuckte zusammen. Das hatte gesessen! Doch endlich, so als hätte die Beleidigung ihren Zorn wieder entfacht, fiel der Schock von ihr ab. »Ja, ich war dumm genug zu glauben, dass ihr Gäste seid. Und sogar dumm genug, mir heute darum Sorgen zu machen, ob du in die Schusslinie kommst. Stattdessen zerstört ihr hier alles und bringt uns alle in Gefahr. Ihr brecht in Zimmer ein, ihr...«

Plötzlich war er ihr wieder gefährlich nah. Im flackernden Licht des Fahrstuhls bekamen seine Augen den honigroten Schimmer eines Raubkatzenblicks. Und da waren ein Geruch von Bedrohung, Schnee und die Kälte einer Winternacht.

»Hör mir jetzt genau zu«, sagte er drohend. »Du steigst aus, verstanden? Ich bin vorausgegangen, aber

Tam wird auch gleich zum Hotel zurückkommen. Bete, dass er anderes zu tun hatte, als sich auf die Vögel zu konzentrieren!«

»Du gibst mir keine Befehle!«, fauchte sie. »Was wollt ihr mit diesen Blauhähern? Töten sie die Echos?«

»In dem Fall würde es tatsächlich helfen, wenn der Gegner keine Augen mehr hätte«, erwiderte Faun mit kaltem Sarkasmus. »Aber vielleicht hätte ich sie ja wenigstens bei dir gewähren lassen sollen!«

»Hör auf, mir zu drohen, Faun! Warum greifen Tams Vögel Menschen an? Kein normaler Vogel macht das.«

»Vögel aus den Tierläuferbergen schon. Sie sind angriffslustig, besonders wenn sie einen Eindringling sehen. Tam hat sie darauf abgerichtet. Er spricht mit ihnen.«

»Dann hat er wohl vergessen zu sagen, dass sie uns nicht zerfleischen sollen!«

Seine Augen schienen vor Zorn Funken zu sprühen. »Du warst gewarnt, oder nicht? Verstehst du denn immer noch nicht? Wenn Tam will, kann er sehen, was die Vögel sehen. Sie sind seine Augen.«

Jade schauderte. *Spione also. Späher der Lady.* Gab es eine bessere Möglichkeit, eine Stadt zu überwachen, als mit Vögeln, die als Augen dienen konnten?

»Dann habt ihr gar keine Echos getötet?«

Faun sah sie an, als wäre sie nicht bei Sinnen.

»Denkst du an nichts anderes?«, zischte er. »Und jetzt verschwinde endlich, bevor Tam dich findet!«

Gerade wollte er das Messinggitter aufziehen, als der Fahrstuhl sich mit einem Ruck in Bewegung setzte und in Richtung Erdgeschoss fuhr. Fauns Miene verwandelte sich ganz und gar. Furcht warf einen Schatten auf seine Züge. Zum ersten Mal sah Jade wieder den anderen Faun und es gab ihr einen Stich.

»Tam ist unten!« Panik schwang in seiner Stimme mit und auch Jade wurde auf der Stelle siedend heiß. Wenn Tam sie sah, mit den Wunden von Schnabelhieben...

»Heb mich hoch!«, befahl sie. »Ich steige durch die Revisionsklappe aufs Kabinendach, na los!«

Keine Sekunde später fühlte sie sich von zwei starken Armen umfangen und hochgerissen. Zwar verzog Faun das Gesicht vor Schmerz, als er seinen Arm belastete, doch er hielt Jade fest – etwas zu fest. Einen zeitlosen Augenblick lang, die gestohlene Sekunde zwischen Entdeckung und Flucht, verharrten sie in dieser seltsamen Umarmung. Erst als der zweite Stock vorbeiglitt, griff Jade nach oben, entriegelte die Klappe, machte einen Klimmzug und stützte den Fuß auf Fauns Schulter auf. Dann zog sie sich blitzschnell auf das Dach der Fahrstuhlkabine. Fauns Gesicht schwebte unter ihr – maskendunkel, hager und von Sorge gezeichnet.

»Wir reden morgen!«, flüsterte sie. »Ich komme zu dir und…«

Er schüttelte heftig den Kopf. »Hast du es immer noch nicht verstanden?«, knurrte er. »Ich kann dich nicht leiden, also bleib mir endlich vom Leib, klar?«

Mit diesen Worten langte er nach oben und schlug ihr die Klappe vor der Nase zu. *Er sperrt mich aus – wieder einmal*, dachte Jade. Sie richtete sich auf und atmete krampfhaft durch. Das Klacken dröhnte in ihrem Kopf. Beinahe hätte sie den Moment verpasst, als das Messinggitter im ersten Stock an ihr vorbeischwebte. Gerade noch rechtzeitig sprang sie, klammerte sich an das Gitter und kletterte in den Flur, während die Kabine im Schacht weiter nach unten fuhr. Dann stand sie im ersten Stock, benommen, verwirrt und blutend. Doch noch mehr als die Wunden der Schnabelhiebe schmerzten Fauns Worte.

schädel und dornen

Die Truppen waren verstärkt worden, es gab neue Verhaftungen. Und zu allem Überfluss schienen sich in den Turbinen am Grunde des Flusses Algen oder zerrissene Netze verfangen zu haben. Mehrmals fiel der Strom aus, auch im Larimar flackerten die Lichter und erloschen und Jakub musste den Fahrstuhl per Hand mühsam mit der Notwinde ins vierte Stockwerk kurbeln. Jade wusste, was das bedeutete: Martyn und Arifs Leute würden sich um die Turbinen kümmern müssen, bevor die dünnen Turbinenblätter sich in der starken Unterströmung verbogen.

Jedes Mal wenn Jade beobachtete, wie Tam das Haus verließ – verfolgt von seiner Schar geflügelter Spione, die sich vom Dach und aus Mauerritzen fallen ließen –, ballte sie ihre Hände zu Fäusten. Allein die Vorstellung, was Jakub nach Tams Abreise beim Anblick der verwüsteten Prunkräume sagen würde, tat ihr weh. Sie selbst hatte sich in den Ostflügel verkrochen, so weit weg von den Prunkräumen und vom Bankettsaal wie möglich. Es war ein Raum im zweiten Stock. Er hatte noch stabile Fensterläden, die den Blauhähern keine Möglichkeit bieten würden, in das Zimmer zu gelangen. Das Tagebuch und ihre anderen Kostbarkeiten aus dem blauen Zimmer hatte sie unter dem Bett verstaut, einem schwarzen Ungetüm aus verwittertem Ebenholz.

Faun ging sie bei jeder Gelegenheit aus dem Weg. Das Schlimme waren nicht einmal die Beleidigung und die Abneigung, die er ihr entgegenbrachte, das Schlimme war die Tatsache, dass sie nicht aufhören konnte, an ihn zu denken. Je wütender sie auf ihn war, desto öfter wachte sie nachts mit klopfendem Herzen auf, weil sie glaubte, sein Lachen zu hören. Einmal, als sie sich bis zur Greifenbrücke wagte, entdeckte sie ihn auf der anderen Flussseite. Er stand am Rand der toten Stadt und betrachtete nachdenklich die Mauern und die Straßen. Als er über die Brücke zurückging, war sein Gang vorsichtig. *Wie ein Wildtier, das sich in der Stadt unsicher fühlt*, dachte Jade. Doch seltsamerweise faszinierte sein Anblick sie trotz ihrer Enttäuschung mehr denn je. Er wirkte auf eine anziehende Weise fremd. Und das dumpfe Pochen in ihrer Brust fühlte sich an wie Kummer. Oder wie Sehnsucht. In der Mitte der Brücke blieb Faun stehen und sah direkt zu ihr herüber. Er konnte sie unmöglich erkennen, die Sonne strahlte ihm in die Augen, und Jade stand halb verborgen im Schatten, aber dennoch war sie sicher, dass er sie wahrnahm.

»Was ist denn mit euch los?«, fragte Lilinn, als Faun und Jade sich kurz darauf über den Flur hinweg einen feindseligen Blick zuwarfen und wortlos aneinander vorbeigingen.

»Dasselbe könnte ich dich und Jakub fragen«, konterte Jade und warf die Küchentür hinter sich zu.

Lilinn lachte. »Mit uns?«, gab sie ungerührt zurück. »Nichts.«

»Aha. Ihr redet ständig miteinander, du bekommst die Schlüssel zum Keller und stellst dich vor Manu und Nell auf seine Seite. Stimmt, das hört sich nach ›nichts‹ an.«

»Ist es verboten, mit deinem Vater zu sprechen?«, erwiderte Lilinn leichthin. Der Duft nach Minze und Salbei stieg Jade in die Nase, als die Köchin die Kräuter zu zerkleinern begann. Jade sah, dass sie das Messer mit der rechten Hand führte. Sie war nicht sehr geschickt damit. »Nein, verboten ist es nicht«, sagte Jade. »Aber ich verstehe es trotzdem nicht. Vor einigen Wochen hattest du kaum mit ihm geredet und jetzt...«

»Vielleicht ist es Jakub, der den Kontakt zu mir sucht«, sagte Lilinn. Ein Punkt für sie.

»Und was sollte der Spruch, dass du keine Spionin der Lady bist?«

Lilinn hielt mit dem Kräuterhacken inne. »Machst du dir darüber etwa Gedanken?«, fragte sie erstaunt und lachte wieder. »Jade, soll das heißen, du misstraust mir? Mir? Wie kommst du darauf, dass ich euch anlügen könnte?«

»Das habe ich nicht gesagt«, antwortete Jade vorsichtig. »Aber manche würden sich vielleicht fragen, wie sich eine Linkshänderin beim Gemüseschneiden ausgerechnet an der linken Hand verletzen kann.«

Lilinns blaue Raubvogelaugen verengten sich. »Manche würden sich das fragen, mag sein. Aber du ganz bestimmt nicht. Du weißt schließlich, dass ich die Hand beim Schneiden häufiger wechsle. Auch wenn ich mit der Rechten nicht so geschickt bin. Zumindest nicht beim Gemüseschneiden.«

Jade zuckte zusammen, als Lilinn blitzschnell mit dem Messer ausholte. Es sauste durch die Luft und traf mit einem trockenen Knall genau in die Mitte eines Balkens. Jade starrte Lilinn mit offenem Mund an. Und Lilinn konnte sich ein triumphierendes Lächeln nicht verkneifen. »Wenn man zwei Jahre mit Yorrik in den Gassen und Kellern der Stadt gehaust hat, mit all dem Gesindel, dann lernt man, mit beiden Händen zu kämpfen, das kannst du mir glauben!«

Jade atmete auf. *Das hast du von deinem Misstrauen*, schalt sie sich. »Entschuldige«, sagte sie leise. »Diese Hetzjagd, die Echos…«

»Ich weiß! Wir sind alle halb verrückt vor Sorge, mir geht es nicht anders. Und was Jakub angeht... darf ich ganz ehrlich sein, Jade? Ja, ich mag ihn sehr. Aber anfangs hielt ich ihn für einen rohen Kerl. Einen von denen, die alles tun, um sich Vorteile und die Gunst der Lady zu verschaffen. Bis ich festgestellt habe, dass er ein gutes Herz hat.«

»Das hat er wirklich«, sagte Jade mit Nachdruck. »Und du weißt wohl selbst am besten, wie leicht ein Herz zerbricht.«

»Worauf willst du hinaus?«

Jade verschränkte die Arme. »Es klingt fast so, als hättest du dich in ihn verliebt.« *Und wäre das so schlimm?*, fragte sie sich im selben Augenblick.

Lilinn verzog den Mund zu einem ironischen Lächeln. »Hätte er das verdient? Wie du weißt, verliebe ich mich nur in Schürzenjäger und Lügner. Ich weiß nicht, ob du das verstehst, aber bei ihm habe ich das Gefühl, dass er... wie ich ist.« Jade verstand es, sie verstand es sogar sehr gut. Wenn zwei Menschen sich in ihrem Unglück ähnelten, dann waren es Lilinn und Jakub.

»Wie alt war Jakub, als du auf die Welt kamst?«, fragte Lilinn.

»Neunzehn. Warum willst du das wissen?«

»Weil er junge Augen hat. Nur der Bart lässt ihn so alt erscheinen. Ich wünsche ihm so sehr, dass er seinen Kummer eines Tages überwinden kann.«

Dieser Satz kam aus vollem Herzen, und Jade fühlte, wie ihr Unbehagen sich auflöste und einem Gefühl der Wärme Platz machte.

»Lilinn?«, fragte sie. »Warum war es ausgerechnet Yorrik? Was hast du an ihm gemocht, wenn er so ein Lügner und Schuft ist?«

Lilinn ging zu dem Balken und hebelte energisch das Messer aus dem Holz. Vermutlich konnte Yorrik froh sein, jetzt nicht in der Küche zu sein. »Ich liebte sein Lachen… und seine Küsse. Am meisten aber liebte ich, so denke ich heute, das Gefühl, dass er mir so fremd war. Dass mir jede Sekunde mit ihm durch die Finger rann, dass nichts fest gefügt war und sicher. Dass er mich nur in dem Augenblick liebte, wenn er mich ansah.« Sie lächelte schief. »Ich bin süchtig nach dem Hoffnungslosen, wie du siehst.«

Du willst immer das am meisten, was du nicht haben kannst. Warum fiel Jade genau in diesem Moment dieser Satz ein, den Martyn einmal im Streit zu ihr gesagt hatte?

»Na ja, wie du weißt, hat es sich nicht gelohnt«, schloss Lilinn. »Trau der Liebe nicht, sie bringt nur Unglück. Warum willst du das überhaupt wissen? Du hast doch nicht etwa Streit mit Martyn?«

Jade schüttelte nur den Kopf und zog sich das Stirnband, unter dem sie die kleine Schläfenwunde verbarg, tiefer in die Stirn. Die Wunden konnte sie unter langen Ärmeln und Tüchern verschwinden lassen, aber das Gefühl, dass ihr Zuhause entweiht und zerstört worden war, konnte sie nicht abschütteln. Und sobald sie an ihr Tagebuch dachte, das die Blauhäher beinahe zerstört hätten, war es wieder leicht, Tam und auch Faun zu hassen.

»Ich gehe zu den Feynals«, sagte sie und stand auf. »Wartet nicht auf mich, vielleicht übernachte ich auf der Fähre.«

»Geh am Fluss entlang«, rief Lilinn ihr hinterher. »Nicht durch die Stadt!«

Solange sie noch in Sichtweite des Larimars war, schlug sie die Richtung zum Hafen ein, doch zwei Seitenstraßen später bog sie ab und blieb im Schatten eines Türaufgangs stehen. Rasch zog sie ein größeres Tuch unter ihrer Jacke hervor und band es sich so um den Kopf, dass ihre Haare darunter verborgen waren. Dann wendete sie ihre helle Jacke, sodass das dunkle Futter nach außen zeigte. Wenn die Blauhäher sie auf der Straße erspähten, wollte sie zumindest die Chance haben, dass Tam sie nicht auf Anhieb erkannte. Dann trat sie auf die Straße und lief in Richtung Osten.

*

Früher hatten die Gräber der Herrscher und Reichen den flachen Hügel beim östlichen Stadttor geschmückt, doch heute glich die Schädelstätte eher einer Schutthalde. Splitter von Totenschädeln fanden sich zwischen den Trampelpfaden im Dornengestrüpp. Zähne knirschten im Kies unter Schuhen und bloßen Sohlen. Die Ruinen alter Grabmäler waren unter Efeu und Ackerwinden nur noch zu erahnen. Irgendwo jenseits der Mauer, die im Licht des Spätnachmittags einen langen Schatten warf, zirpten Zikaden. Jemand hatte Fischreste ausgekippt, die die streunenden Katzen über den Schädelplatz verteilt hatten. Es stank so erbärmlich in der Sonne, dass Jade würgen musste. *Ein guter Treffpunkt, Ben*, dachte sie missmutig und zog sich ein Stück Tuch über Nase und Mund.

»Ben?«, rief sie. Zwei Amseln flogen aus einem Dornenbusch auf, die Zikaden legten eine Pause ein, doch niemand antwortete. Jade überquerte den Platz, immer auf der Suche nach möglichen Verstecken. Doch Ben meldete sich nicht. Vielleicht hatte er sich irgendwo verkrochen und hörte sie nicht.

»Die Schädel hüten sich selbst«, murmelte Jade. »Aus Marmor besteht ihr Palast, stumme Glocken rufen zum Kampf.« Marmor also. Wenn sie richtiglag, fand sie vielleicht auf einem der Gräber einen Hinweis.

Zwischen Ranken und Gestrüpp entdeckte sie ein Stück einer verwitterten Inschrift. *... im Leben ... meinsam, im Tode ver...*, entzifferte sie. Für einen Augenblick sank ihr der Mut, als sie an die Unmengen von Gräbern dachte.

Sie sah sich noch einmal wachsam nach den Blauhähern um, dann holte sie ein kurzes Messer aus ihrem Ärmel hervor und begann damit, Dornen und Gestrüpp zu zerhacken. Die Sonne brannte ihr auf Wangen und Stirn, und der Wind erzeugte seltsam klagende Töne, die Jade einen Schauer über den Rücken jagten. Dornen zerkratzten ihr die Beine, doch sie gab nicht auf. Ein ferner Pfiff ließ sie zusammenzucken. Sie spähte zum Osttor. Erst glaubte sie an eine Täuschung, doch dann erkannte sie eine Gruppe von Leuten. Sie konnte nicht sagen, ob es einfach nur Stadtbewohner oder Wächter waren. Aber dicht über ihren Köpfen kreiste ein Schwarm Vögel.

Jade fluchte. Auch wenn die Leute noch weit genug entfernt waren, war es zu spät dazu, wegzulaufen. Die Blauhäher – so tief, wie sie flogen, konnten es nur Tams Spione sein – würden sie aus der Luft auch dann entdecken, wenn sie sich zwischen den umwachsenen Gräbern verbarg. Also kauerte sie sich auf Knie und Hände und kroch, so schnell sie konnte, unter eine Wacholderhecke. Dornen rissen an ihrer Jacke, Steine bohrten sich in ihre Knie. Dann hörte sie schon Flügelschlag. Jetzt war sie froh, dass sie die dunkle Seite ihrer Jacke nach außen gedreht hatte, so war sie besser getarnt. Ewige Sekunden verharrte sie, und als nichts passierte, tastete sie sich weiter. *Hoffentlich ist es keine Patrouille und hoffentlich haben sie keine Galgos dabei*, dachte sie. In diesem Moment stieß sie mit der Hand auf glatten weißen Marmor. Ihre Finger ertasteten blank gescheuerten Stein und eine Rille, die sorgfältig von Moos befreit worden war. Jade verrenkte sich, um nach oben sehen zu können. Im Gegenlicht des gleißenden Himmels, zwischen Blättern und Zweigen, erahnte sie ein Grabzeichen. Zwei Kupferglocken, die von einer grünschwarzen Patina überzogen waren. Eine Gruft! Mit einer Tür, die – den Schleifspuren auf dem sandigen Grund nach zu urteilen – erst vor Kurzem geöffnet worden war.

Jade tastete an der Rille hoch, bis sie ein verrostetes Schloss fand und ein Schlüsselloch. Sie schob sich auf die Knie und drückte die Klinke herunter. Natürlich ging die Tür nicht auf. Stimmen ertönten in der Nähe, Schritte scheuchten die Mäuse und Katzen aus ihren Verstecken.

»Ben!«, flüsterte Jade verzweifelt in das Schlüsselloch. »Ben, ich bin es, Jade! Lass mich rein! Wenn du da dri…«

Ihre Hände trudelten ins Nichts, dort, wo eben noch eine Tür gewesen war, gähnte jähe Schwärze. Dürre Finger packten ihre Handgelenke und rissen sie mit einem Ruck nach vorne. Die Tür schloss sich lautlos, wie sie sich geöffnet hatte. Im nächsten Moment kniete

Jade auf feuchtem Kies und fühlte eine zitternde Klinge an der Kehle. Trotz der Kühle brach ihr der Schweiß aus.

»Was willst du hier?«, blaffte eine heisere Stimme ihr ins Ohr.

»Ben...«, krächzte Jade. »Nimm das Messer weg!«

»Dann sag das Passwort«, nuschelte Ben. Jade schnappte sich sein Handgelenk und bog das Messer ohne große Mühe von ihrem Hals weg. Die Waffe fiel auf steinernen Grund.

»Mörder!«, heulte Ben auf. »Sie werden uns töten!«

Jade fuhr herum, doch in der Dunkelheit konnte sie schlecht zielen. Ihre Handfläche landete mit voller Wucht auf Bens Nase. Ben kreischte auf. Doch bevor er noch einmal tief Luft holen konnte, hatte Jade ihm die Hand auf den Mund gepresst.

»Hör auf damit, du Idiot!«, zischte sie. »Ich wollte dich nicht schlagen, sondern dich nur zum Schweigen bringen. Da draußen ist eine Patrouille. Schrei noch lauter und sie werden dich hören.«

Ben gab seinen Widerstand augenblicklich auf.

Jade atmete auf. So viel Verstand hatte er also noch. Sie verharrten eine ganze Weile schweigend, doch es sah nicht so aus, als hätte jemand da draußen etwas bemerkt. Schließlich nahm Jade die Hand von Bens Mund.

»Passwort?«, wisperte er ihr zu.

»Was?«

»Passwort!«, beharrte Ben streng.

Jade stöhnte und setzte sich auf. »*Tandraj?*«, rief sie. Das war das einzige Wort, das Ben ihr vor einigen Tagen noch zugeflüstert hatte.

»Falsch«, sagte Ben streng. »Die richtige Parole lautet *Elf-der-Lords*. Komm mit!«

Jade fühlte sich von schwächlichen Greisenarmen auf die Beine gezerrt. Feuchte Wände streiften ihre Schulter.

»Treppe«, wisperte ihr Ben zu. Dann rutschte ihre Schuhsohle schon über einen glatten Steinrand. Nach zehn Stufen, die Ben nur mühsam und schnaufend bewältigte, erschien eine weitere Tür – und dahinter befand sich eine runde Gruftkammer. Ein schwacher Schein beleuchtete Sarkophage, die an die Wand gerückt worden waren wie Möbelstücke. Flaschen und Teller standen darauf. Und eine kleine Lampe thronte in einem Kegel von Licht. Jade konnte es nicht fassen.

»Das ist ein richtiges Lager«, sagte sie. »Hier wohnst du nicht allein! Ist das… sind sie… seid ihr Aufständische?«

Ben blinzelte verständnislos.

»Aufstand?«, murmelte er verwirrt. Jade sank der Mut. Nun, die Gruft wirkte wirklich nicht gerade wie ein Hauptquartier, eher wie der Unterschlupf von einigen Obdachlosen. Aufständische verbrachten ihre Zeit sicher nicht damit, auf Knien und Händen unter Dornenhecken herumzukriechen.

»Du musst etwas wissen«, beharrte sie. »Du hast mir gesagt, dass der Tote im Brunnen ein Lord war!«

Mit einer Geste lud er sie ein, vor einem Sarkophag Platz zu nehmen. Er selbst klappte zusammen wie ein Regenschirm und zog die Knie an die Brust.

»Habe gesehen, wie die Wächter ihn rausgezogen haben«, erklärte er. »Hatte Rubine am Stiefel, Lord Minem. Diese Stiefel kannte ich. Er hat mich einmal damit getreten. Hier!« Er deutete auf seine Hüfte.

»Und die Echos haben ihn getötet?«

»Den zwölften Lord? Oh nein. Das waren die Rebellen.« Er riss die Augen auf und schlug sich die Hand vor den Mund, als wäre er ertappt worden.

»Schon gut, Ben«, beruhigte sie ihn. »Ich verrate niemanden. Ich muss nur ein paar Sachen erfahren.«

»Sie holen sich nur wieder, was uns gehört«, sagte er ernst und mit dieser Klarheit, auf die sie schon die ganze Zeit gewartet hatte.

»Aber du kennst die Rebellen, nicht wahr?« Jades Stimme klang in der Kammer dumpf und fremd. »Wie viele sind es, Ben?«

»Noch nicht genug«, sagte Ben. »Nie genug für so viel Unrecht.« Im flackernden Licht sah er nicht aus wie ein Verrückter, aber sicher war sie sich nicht.

»Sie kehren zurück – das hast du zu mir gesagt. Was meinst du damit?«

Seine Wachsamkeit irritierte sie. »Die ... Herrscher?« Es war eher eine vorsichtige Frage.

»Meinst du die zwei Königsbrüder von den Inseln?«, fragte Jade.

Ben nickte erleichtert. »Das Geschlecht der *Tandraj*.«

»Aber die Lady hat im Winterkrieg doch alle Tandraj getötet.«

Bens Zeigefinger schoss in die Höhe. »Nicht alle«, antwortete er mahnend. »Nicht alle. Der Prinz hat überlebt.«

Jade horchte auf. Ein Prinz! Jakub hatte nie etwas von ihm erzählt. Aber es ergab ein erschreckend logisches Bild. »Das heißt, er konnte fliehen? Führt er etwa die Rebellen an?«

Ben verzog das Gesicht, als würde die Erinnerung ihm Schmerzen bereiten. »Weiß keiner«, sagte er gepresst. »Weiß keiner, weiß keiner.« Er begann, sich mit dem Oberkörper vor und zurück zu wiegen.

Was mache ich hier?, dachte Jade. *Ich verstecke mich in einer Gruft, um mit einem Verrückten zu sprechen.*

»Woher wisst ihr dann, dass er noch lebt?«, fragte sie ungeduldig.

»Wegen der Echos«, flüsterte Ben ihr zu. »Nur er

kann sie rufen. Die Echos kommen wieder. Also ist der Prinz in der Stadt.«

Das war eine Neuigkeit! Zum ersten Mal seit dem Tod des Echos, das sie längst »mein Echo« nannte, schien Jade auf ein Bild zu blicken und nicht nur auf Scherben und Fragmente.

»Im Winter geboren«, sang Ben, »und Rache im Herzen. Er ist wieder da und rüstet sich zum Kampf.«

Es war schwierig, geduldig zu bleiben und Ben nicht an den Schultern zu packen und zu schütteln.

»Die Echos«, sagte sie atemlos. »Erzähl mir mehr über sie. Ruft er die Echos zu Hilfe? Töten sie deshalb? Um die Stadt zu erobern? Ben, sieh mich an!«

Er hörte auf, sich zu wiegen, räusperte sich krächzend und spuckte aus. »Hab ich vergessen«, sagte er und grinste sie an, als hätte er sie eben erst entdeckt. »Kenne ich dich? Passwort?«

Jetzt riss Jade der Geduldsfaden. »Hör auf zu reden wie ein Verrückter!«, befahl sie grob. »Und verkauf mich nicht für dumm, du bist nicht so vergesslich, wie du zu sein vorgibst. Was weißt du über die Echos?«

Nicht mehr viel, befürchtete sie, als sie seine ratlose Miene sah. Er schien sich unendlich anstrengen zu müssen. »Sie sind gut«, sagte er schließlich im Brustton der Überzeugung. Jade hätte am liebsten gelacht. Ihr Gefühl hatte sie also nicht getrogen! »Verstehst du ihre Sprache? *Sinahe*?«

Ben hob die Schultern und verzog das Gesicht zu einer ratlosen Clownsgrimasse. »Ich erinnere mich nicht!«, sagte er kläglich und schlug mit der Hand gegen seine Schläfe, als würde er verzweifelt an einer verschlossenen Tür klopfen. Er entglitt ihr wie ein davontreibendes Boot, dessen Leine sie nicht mehr halten konnte. Jade fasste ihn an den Schultern und zwang ihn sanft, sie anzusehen. »Gut, alles ist gut, Ben, beruhige dich. Ich muss mit den Rebellen sprechen, hörst du? Ich lasse eine Nachricht hier.«

Misstrauen ließ ihn mit einem Mal hässlich aussehen. »Mit welchem Recht? Gehörst du zu uns?«, blaffte er.

In der Gruft war es kühl, aber das, was sie nun frösteln ließ, war eine andere Kälte. Die Kälte, die man spürte, wenn man an den Kerker dachte. *Noch kann ich zurück. Zurück zu Jakub, zurück zu meinem Leben zwischen Schwarzmarkt und Gewehrläufen und der Angst vor den Jägern.*

»Vielleicht«, sagte sie leise.

»Vielleicht genügt nicht«, antwortete Ben streng. »Vielleicht klingt wie Verrat.«

Jade schnaubte und stand auf. »Und Verrat klingt wie Verstand. Ich glaube dir nicht mehr, dass du deinen wirklich ganz und gar verloren hast«, sagte sie zu dem Alten. »Und wenn es so ist, dann wirst du deinen Freunden erzählen, dass ich hier war. Dann richte ihnen auch Folgendes von mir aus: Sie sollen sich vor den Blauhähern in Acht nehmen. Sie fliegen tief und meistens im Schwarm mit einem Nordländer. Er lebt im Larimar, doch er dient der Lady und den Lords. Er ist gefährlich für euch. Die Lady erfährt von ihm alles, was die Vögel sehen. Also haltet euch dort auf, wo sie euch nicht entdecken.«

Bens Augen wurden groß. »Das klingt so, als wäre es viel mehr als nur vielleicht«, sagte er mit einem listigen Grinsen. »Ich habe zwar keine Ahnung, was du hier faselst und wem ich etwas ausrichten soll, aber du solltest in nächster Zeit darauf achten, ob du irgendwo Scherben siehst.«

✻

Scherben. Ob das ein Erkennungsmerkmal war? Wenn, dann war es ungeschickt gewählt – die ganze Stadt war voller Scherben, kaum ein Fenster war heil geblieben. Sorgfältig umging Jade die Straßensperren und abgeriegelten Viertel und huschte auf Schleichpfaden in Richtung Hafen. In solchen Zeiten zahlten sich die vielen Ausflüge zum Schwarzmarkt aus. Sie kannte jedes Geräusch, jeden Laut und erahnte wie eine Blinde die Wege, die sie meiden musste. Als sie Stiefelschritte hörte, wich sie sofort aus, doch sie schob sich die Ärmel hoch, damit das Lilienzeichen für alle Fälle gut sichtbar war. Nach einer Weile fiel ihr ein, dass sie mit ihrem verhüllten Haar auf den ersten Blick wie ein Echo wirken könnte, und sie zog das Tuch vom Kopf. *Dreh nicht durch*, versuchte sie, sich zu beruhigen. Und dennoch schlug ihr Herz schneller. *Der Prinz und die Echos.*

Der Anblick der toten Stadt hatte ihr einen Schock versetzt, doch ebenso verstörend war der leere Hafen. Wie ernst die Lage war, erkannte Jade daran, dass kein einziges Handelsschiff mehr zu sehen war. Verwaist und nackt lagen die Molen und Anlegestellen in der Abenddämmerung im glatten Wasser. Sogar der Leuchtturm war erloschen. Dunkle Silhouetten zeichneten sich auf dem schmalen Rundgang ab, der sich um die Leuchtturmspitze wand. Wenn die Lady die Stadt für den Handel sperrte, dann war die Treibjagd nur der Anfang gewesen.

Jade zog die Jacke enger um die Schultern. Die Fähre der Feynals lag nicht vor Anker und war auch im Delta nicht zu sehen. Nur ganz weit draußen bewegten sich einige Punkte auf dem Wasser. Vielleicht kamen sie ja näher? Jade kauerte sich in einem sichtgeschützten Winkel neben einem Lastkran zusammen und wartete.

mitternachtsaugen

Bei Tageslicht daran zu glauben, dass die Echos keine Bestien waren, war eine Sache. Bei Nacht war es etwas völlig anderes. *Sie werden dich im Schlaf heimsuchen und erwürgen.* Ständig kreisten Fauns Worte in ihrem Kopf. *Sie werden dein Blut trinken und dich zerfleischen.*

Die Fähre der Feynals war auch nach einer Stunde nicht aufgetaucht und Jade hatte für Martyn eine Kreidemarkierung auf dem Steg hinterlassen und sich enttäuscht wieder auf den Heimweg gemacht. Ihr Nacken kribbelte, als würde sie beobachtet, doch sooft sie sich umdrehte, sah sie nur leere Straßen. Kein Licht brannte weit und breit, vielleicht war der Strom endgültig ausgefallen? Die Dunkelheit spielte mit ihr, trieb sie vor sich her, gaukelte ihr Schritte vor, die ihr folgten oder vorausliefen. Die letzten Meter bis zum Larimar rannte sie, sprang mit rasendem Herzen zur Hintertür, öffnete sie mit zitternden Händen und schlüpfte hindurch. Unsanft stieß sie mit dem Fuß gegen einen Karton. In der Stille klang das leise Rumpeln wie Donner. Jade hielt erschrocken inne. Dunkle Gegenstände füllten den Flur. Wenn sie nicht noch einmal stolpern wollte, brauchte sie Licht. Mühelos fand sie die Zündhölzer und die kleine Öllampe auf der Fensterbank. Nur noch das letzte Restchen des Dochts war mit Öl getränkt. Die winzige Flamme flackerte schwach, doch das Licht genügte, um Jade zu zeigen, was für Hindernisse auf dem Flur standen: neue Kisten und Säcke mit Lebensmitteln. Die Lady sorgte immer noch gut für ihre Gäste.

Jade schlich zur Treppe und lauschte. Kein Laut war zu hören. Sogar die Gespenster schwiegen, zum ersten Mal seit sie denken konnte, war es totenstill im Larimar. Unwillkürlich wurde sie schneller und betrat die gewundene Treppe. Kühl glitt das Messinggeländer unter ihrer Handfläche dahin. Eingeschlossen in die winzige Insel aus Licht, die in dem Meer von Dunkelheit trieb, ging sie weiter. Das schmale Fenster, das am Fuß der Treppe zur Straße hinauswies, starrte sie wie ein helles, blindes Auge an. Sie hatte schon vergessen, dass es existierte, so oft war sie gedankenlos daran vorbeigelaufen.

In der Nähe des Fensters blieb sie stehen und verharrte im zitternden Lichtschein. Etwas Glänzendes lag auf der Treppe. Vorsichtig beugte Jade sich nach unten und entdeckte eine kupferne Haarspange in Form eines Sichelmonds. Sie musste Lilinn gehören. Jade bückte sich, um das Schmuckstück aufzuheben. Beinahe wäre ihr die Bewegung im Fenster nicht aufgefallen. Es war nur ein Flackern, der bloße Gedanke einer Regung, doch Jade hob den Kopf und blickte zum Fenster.

Ein Ungeheuer starrte sie an. Klauen hingen wie eingefroren in der Luft, als sei das Wesen zum Sprung bereit. Schwarze Haut, weiß glühende Augen. Fänge.

Jade schrie auf und prallte zurück. Im selben Augenblick verzog sich die schwarze Dämonenfratze. Kein Zweifel: Das Ding hatte Jade gesucht und gefunden. Das Maul klaffte in der Schwärze wie eine Wunde. Gefletschte Zähne glänzten auf, lang und gebogen und bereit zu töten.

Jade spürte kaum, wie ihr das Öllicht entglitt, und hörte nicht, wie es zerbrach. Jähe Dunkelheit umhüllte sie, und sie lief, lief und stolperte besinnungslos, ohne zu wissen, wohin. Sie fiel auf der Treppe und rappelte sich wieder auf, rannte und prallte plötzlich gegen etwas, das nachgab. Ein Körper, an den sie sich im Reflex klammerte und mit dem sie gemeinsam fiel. Ihr Herz setzte einen Schlag aus und galoppierte dann so schnell los, dass ihr von einem Augenblick zum anderen siedend heiß und schwindlig wurde. Sie wollte aufschreien, doch die Wucht des Aufpralls nahm ihr die Luft. Nach Stein und Fäulnis riechender Teppichstaub fing sich in ihrer Nase. Warmer Atem strich über ihre Wange, Haar streifte ihr Gesicht. Arme lagen schützend um ihren Körper. Und dann erkannte sie auch den anderen, vertrauten Duft.

»Faun!«, brachte sie erstickt hervor. Vor Erleichterung hätte sie am liebsten geweint. Zusammengekrümmt lagen sie auf dem Boden vor dem Fahrstuhl, Körper an Körper – außer Sichtweite des Geschöpfs am Fenster.

»Da draußen...«, brachte sie tonlos heraus. »Am Fenster...«

»Ich weiß«, zischte er. »Du hast es angelockt. Es muss dir bis zum Haus gefolgt sein. Ich hatte dich doch gewarnt!«

Sie war zu benommen, um auf den Vorwurf zu reagieren. Sie konnte spüren, dass Faun zitterte und dass sein Herz ebenso schnell schlug wie ihres.

»Hast du es auch gesehen?«, flüsterte sie.

Ein Nicken.

»Was war das?«, wisperte sie.

Er schluckte. »Weißt du das nicht?«, fragte er heiser. Doch, sie wusste es. *Die andere Art*, dachte sie. *Martyn hatte recht. Es muss mehrere Arten von ihnen geben.*

Faun atmete tief durch und schien sich ein wenig zu beruhigen. Zum ersten Mal nahm sie seinen Duft in seiner ganzen Intensität wahr: Seine Haut roch nach Wald und Winter. Nach Moosen und Farn, und ein wenig auch nach Schnee. Es war ein Duft, der sie schwindlig machte und verwirrte. Einen Augenblick lang vergaß sie, dass sie Faun hassen sollte, und kämpfte gegen den Impuls an, sich einfach nur in seine Arme zu schmiegen und den Kopf an seiner Schulter zu vergraben.

»Aber jetzt ist es fort«, sagte er leise. »Du hast nichts mehr zu befürchten.«

»Woher weißt du das?«

»Sieh zum Fenster!«

Es kostete sie viel, sich vorsichtig aufzurichten. Faun lockerte den Griff, ganz ließ er sie jedoch nicht los. Mit klopfendem Herzen setzte Jade sich auf und lehnte sich nach vorne, bis sie um den Aufzug herumspähen konnte. Das helle Rechteck des Fensters war leer. »Und... wenn es wiederkommt?«, wisperte sie.

Faun schwieg und diese Antwort war erschreckend genug.

Jetzt weiß es, wo es mich findet, dachte sie. *Natürlich wird es wiederkommen!*

Sie konnte Faun nur als Schattenriss wahrnehmen – unwirklich, wie ein Traum. Sie war sich sicher, dass er sie in der Dunkelheit anstarrte. Die Vorstellung, dass das Ungeheuer in diesem Augenblick um das Larimar strich, brachte sie fast um den Verstand – aber in diese

Angst mischte sich etwas anderes: die Sehnsucht, dass Faun sie nicht mehr loslassen sollte.

»Jade«, flüsterte er. Und plötzlich zog er sie an sich und schloss die Arme so fest um sie, als wollte er sie nie wieder loslassen. Etwas Verzweifeltes lag in der Geste. Und ihr Körper reagierte ganz von selbst, während ihr Verstand noch völlig verwirrt war: Sie schlang die Arme um seine Taille und drängte sich gegen ihn, sog den Duft nach Wald und Haut ein, als wäre er ein köstliches Getränk.

Das darfst du nicht!, schrie die vernünftige Stimme in ihrem Inneren. *Er ist dein Feind! Du umarmst deinen Gegner!*

Seine Finger fuhren zärtlich durch ihr Haar, und mit einem Schaudern spürte sie, wie seine Lippen über ihre Stirn strichen.

»Keine Angst«, murmelte er beruhigend. »Solange ich da bin, lasse ich nicht zu, dass dir etwas passiert.«

Sie wollte sich aus seiner Umarmung frei machen und weglaufen, doch es gelang ihr nicht, sich auch nur zu rühren. Unendlich behutsam legte er die Hände um ihr Gesicht. Die sanfte Berührung schickte einen Schauer über ihre Haut. Seine Daumen streiften über ihre Lider, ihre Wangenbögen. Die Zukunft und die Vergangenheit verloren sich im Nichts, alles, was blieb, waren der Augenblick und Fauns Atem auf ihren Lippen. *Vielleicht ist es so, wenn man nichts zu verlieren hat*, dachte Jade benommen. *Vielleicht werde ich sterben. Und vielleicht zählt das gar nicht.*

Dann fanden seine Lippen ihren Mund und Jade vergaß auch diesen letzten Gedanken. Mit einer Sanftheit, die sie an Faun nicht kannte, küsste er sie – und sie konnte gar nicht anders, als die Berührung zu erwidern. Noch nie hatte es sich so angefühlt. Mit einem Mal verstand sie, warum die Küsse zwischen ihr und Martyn wieder versiegt waren. Es war der Unterschied zwischen Freundschaft – und Fremde. Fauns Lippen lösten sich von den ihren, als müsse er Atem holen. Unter ihren Händen spürte sie, dass er zitterte.

»Ich dachte, du kannst mich nicht leiden«, sagte sie leise.

»Oh Jade!«, flüsterte er. Sie hörte, dass er bei diesen Worten lächelte. Der erste Kuss war ein zartes Tasten gewesen, doch der zweite nahm ihr den Atem und trug sie davon, in eine Dunkelheit von erblühendem Rot und Wärme. Es war unendlich schön – und gleichzeitig schmerzlich wie ein Lachen unter Tränen. Verlust lag darin, und Furcht davor, was morgen sein würde.

Erst nach einer ganzen Weile lösten sie sich voneinander – mit pochenden Lippen und pulsierendem Blut. Die Wirklichkeit kehrte zurück wie ein höflicher Gast, der sich nur langsam wieder nähert, und Jade spürte den Teppich, die Kühle und hörte gedämpft und fern die Wila. Es fühlte sich anders an, Atem zu holen. Es war, als hätte sie jeden Halt verloren – und würde immer noch fallen. Und dann begriff sie, dass es nie wieder so sein würde wie vorher. Das Larimar hatte sich nicht bewegt, aber ihre eigene Welt schon. Jade hatte eine Schwelle überschritten und balancierte auf einem schmalen Grat zwischen dem Gestern und Morgen. Sie streckte die Hand aus und ertastete Fauns Hals, sein Gesicht. Sie lächelte, als er den Kopf neigte und seine Wange in ihre Hand schmiegte.

»Wirst du es bereuen?«, fragte er und räusperte sich. Jade konnte es nicht fassen. Faun – der stolze, spöttische Faun klang besorgt und zaghaft.

Ein Geräusch ließ sie beide zusammenzucken. Das Echo!, war Jades erster, panischer Gedanke. Sie sprangen auf. Faun legte die Arme um sie, als müsste er sie beschützen. Gelblicher Schein erhellte die Ränder der Treppen, im ersten Stock schwenkte jemand ein Öllicht. Die Ahnung von Helligkeit genügte, dass sie sich in die Augen sehen konnten, beide atemlos und angespannt. Es war dieser Moment, in dem sie ihren wortlosen Pakt schlossen.

»Jade?«, fragte eine leise Stimme. »Bist du das?« Lilinn!

»Ja, keine Angst«, flüsterte Jade. »Alles in Ordnung. Ich ... Martyn war nicht da, ich habe lange gewartet, aber sie legen heute Nacht sicher nicht mehr an.«

Bei der Erwähnung von Martyns Namen legte Fauns Arm sich fester um sie.

Lilinn atmete hörbar auf. »Verdammt, Jade! Du hast mir einen solchen Schreck eingejagt. Du hast Glück, dass Jakub nicht aufgewacht ist.«

»Beruhige dich! Ich komme nach oben.«

Nur widerwillig löste sie sich von Faun, doch als sie gerade die Treppen hochgehen wollte, hielt er sie zurück. Für eine Sekunde fand sie sich noch einmal in seiner Umarmung wieder.

Seine Stimme war körperlos, kaum mehr als ein Laut gewordener Gedanke.

»Morgen«, flüsterte er. »Tam wird über Nacht im Palast bleiben, aber ich komme zurück!« Dann war er schon fort, lautlos, als wäre er nur ein Traum gewesen. Nicht einmal Schritte hörte sie, und sie fragte sich, warum sich Faun so erstaunlich sicher im Dunkeln bewegte.

»Jade?«, fragte Lilinn besorgt.

Jade schluckte schwer und ging mit weichen Knien in den ersten Stock hinauf. Als sie am Fenster vorbeihuschte, schlug ihr Herz bis zum Hals. Fast fürchtete sie, Lilinn würde ihr ansehen, was passiert war. Sie wünschte, sie würde nicht rot werden, sobald ihre Freundin ihr ins Gesicht sah, doch dieser Wunsch erfüllte sich nicht. Dafür gab Lilinn ebenfalls ein ungewöhnliches Bild ab: Ihr wunderschönes Nixenhaar floss in goldenen Wellen bis über ihre Hüfte. Sie hatte sich offenbar hastig eine dünne Decke um den Körper geschlungen. Jeder Dummkopf hätte erkannt, dass sie darunter nackt war. Sie bemerkte Jades Verwunderung und senkte verlegen den Blick. »Lass uns schlafen gehen«, murmelte sie.

Seite an Seite gingen sie zurück zu den Zimmern. Erst viel später fiel Jade auf, was sich ihr in dieser verwirrenden Nacht am Rande ihres Bewusstseins noch offenbart hatte: Die Tür, aus der Lilinn auf den Flur getreten war, stand noch halb offen. Und sie führte in Jakubs Zimmer.

*

An Schlaf war in dieser Nacht nicht zu denken. Bis zum Morgengrauen kauerte Jade auf dem schwarzen Bett, mit rasendem Herzen und einem Gefühl in der Brust, als würden Sehnsucht und Furcht sie gleichzeitig versengen und frösteln lassen. Hinter ihren geschlossenen Lidern wirbelten die Bilder: das Echo, Lilinn und Jakub, Tam, die Blauhäher, die Rebellen, das Ding in der Kiste – und Faun! Immer wieder Faun. Sie spürte seine Berührung, als wäre er noch in ihrer Nähe. Und wenn sie den Kopf zur Seite neigte, glaubte sie noch, seinen Duft wahrzunehmen, der sich in ihren Locken verfangen hatte. Erst als das graue Morgenlicht durch die Läden fiel, begannen die Bilder zu verblassen, und sie lehnte erschöpft den Kopf auf ihre Knie.

Sie träumte von der goldenen Barke der Lady. Die Wila war eisengrau und glatt – genauso grau war die Maske, die die Lady über dem Gesicht trug. Ein strenges, schönes Gesicht mit eisernen Nasenflügeln und in Metall getriebenen, wie Schwalbenflügel gebogenen Brauen. Das einzig Lebendige waren ihre Augen, grau und glänzend wie Rauchquarz. Sie stand aufrecht, mit stolz erhobenem Kopf, ihr kupferrotes Haar wehte im Wind. Ihre Arme lagen gekreuzt über der Brust. Wie immer trug sie graue Handschuhe und als Richtstab ihre Lilie aus Eisen in der Rechten. Jade blinzelte im Traum, sie wollte nach Faun rufen, wollte alles tun, um ihn vor der Lady zu warnen, doch Kehle und Körper waren wie gelähmt. Dann entdeckte sie ihn – auf der Barke, zu Füßen der Lady. Wie ein Verurteilter kniete er mit gesenktem Kopf zu ihrer Linken. »Entscheide dich!«, sagte Lady Mar. Dann deutete sie mit der Lilie auf ihre rechte Seite, und Jade erkannte, dass dort noch jemand kauerte. Martyn!

Ein Flattern ließ sie auffahren. Durch die schmalen Öffnungen der Fensterläden tasteten sich Lichtfinger in die Dunkelheit des Zimmers. Noch benommen vom Traum, nahm sie die Schatten von Vögeln wahr, die vor den Läden vorbeiflogen. *Die Blauhäher,* dachte sie. Und war mit einem Mal hellwach.

*

Alles hatte sich verändert. Sogar das Fenster am Ende der Treppe. Jade hatte noch nie so viel Unbehagen gespürt, als sie die Treppe hinunterlief und auf die Straße blickte. Dort draußen musste es gestanden haben. Das Echo, das ihr auf der Spur war. Ihr Atem stockte, als sie sich an die Dämonenfratze erinnerte. Rasch lief sie in Richtung Küche. Im selben Moment, als sie an der Kellertür vorbeihuschen wollte, flog diese auf, und ein Fremder trat auf den Gang. Jade war so verblüfft, dass sie stehen blieb und den Mann nur anstarrte. Er trug Jakubs Kleidung und hatte rotbraune Locken, die allerdings viel kürzer waren als die von Jakub. Dann verzog der Mann mit den braunen Augen das Gesicht zu einem breiten, verlegenen Lächeln, das sie unter Tausenden wiedererkannt hätte.

»Jakub!«, rief sie völlig entgeistert aus.

Lilinn hatte wirklich recht gehabt. Ohne Bart sah er schockierend jung aus – jedenfalls jünger als die achtunddreißig Jahre, die er zählte. Jade war noch nie aufgefallen, dass er ein gut aussehender Mann war, mit klaren Zügen, schönen Lippen und etwas zu kantigem Kinn.

»Herrje, Jade, mach den Mund wieder zu«, murmelte Jakub und rieb sich über die glatten Wangen. »Ich dachte einfach, es ist an der Zeit, die alten Bärte abzuschneiden. Gefällt's dir nicht?«

Wenn du noch wie mein Vater aussehen würdest, würde es mir gefallen, dachte sie. Es erstaunte sie selbst, wie sehr der neue Jakub sie verunsicherte.

»Ich denke, es ist wichtiger, dass es Lilinn gefällt, oder?«, fragte sie spitz. Jakubs Miene verfinsterte sich. Er schnaubte und schob die Fäuste in die Taschen. Jade konnte beinahe hören, wie die unsichtbare Tür zwischen ihnen ins Schloss fiel.

»Jakub, sei doch nicht gleich eingeschnappt, ich meinte doch nur...«

»Dann gefällt es dir eben nicht. Warum frage ich dich überhaupt! Wenn jemand kein Stirnband trägt, ist er für dich ohnehin hässlich, habe ich recht?« Beinahe erleichterte es sie zu sehen, dass es doch noch der jähzornige, empfindliche Jakub war, der vor ihr stand.

»Wage nicht, dich auch noch zu verkleiden, alter Mann!«, konterte sie. Und endlich glätteten sich Jakubs Züge – zumindest ein wenig.

»Kann mich beherrschen«, gab er zurück. »Es reicht, dass meine Tochter aussieht, als hätte ich sie den Flussleuten abgekauft.« Und er fügte mit einem Seufzen hinzu: »Ich muss heute den Fahrstuhl reparieren. Du wirst es nicht glauben, aber die zwei Barbaren aus dem Nordland haben den Fahrstuhlknopf zerschmettert.«

Ich weiß, hätte Jade beinahe erwidert.

Lilinn merkte man gar nichts an, keine Regung, kein Lächeln, keine Verlegenheit. So als wären Jade und sie sich nie in der Nacht begegnet.

»Hast du Jakub etwa gebeten, sich zu rasieren?«, platzte Jade heraus, sobald sie sich einen Becher mit heißem Tee geholt hatte.

Es gab ihr einen Stich, wie beiläufig Lilinn die Schultern zuckte.

»Es ist sein Gesicht. Ich habe nur erwähnt, dass er mir ohne Bart besser gefallen würde. Anscheinend hat er sich den Rat zu Herzen genommen.«

Jetzt war Jade doch verunsichert. Lilinn und sie waren immer noch Freundinnen, oder nicht? Warum verstellte sie sich dann? *»Kennst du sie gut?«* Diese Frage, die Faun ihr gestellt hatte, fiel ihr wieder ein. Bei der Erinnerung an ihre Begegnung fühlte sie, wie ihr Herz einen Satz machte und losgaloppierte.

»Ist etwas, Jade? Du bist so still!« Lilinn entging wirklich nichts!

Rasch senkte Jade den Kopf und schüttelte den Kopf. Wunderbar! Sie verdächtigte Lilinn, misstraute ihr und urteilte über sie. Dabei hatte sie selbst viel mehr zu verbergen. Sie wagte sich gar nicht vorzustellen, was Lilinn und Jakub davon halten würden, dass sie den Rebellen Warnungen zukommen ließ. Von den verwirrenden Gefühlen, die sie für Faun hatte, ganz zu schweigen.

*

Als das Geräusch des Fahrstuhls erklang, hätte sie beinahe den Tee verschüttet. Sie wollte schon aufspringen, doch im letzten Augenblick besann sie sich und zwang sich dazu, den Becher ruhig abzustellen und wie beiläufig aus der Küche zu gehen.

Sie hatte gedacht, Faun noch für einige Augenblicke allein zu treffen, doch diese Hoffnung wurde enttäuscht. Die beiden Nordländer waren bereits auf dem Weg zur Tür. Tams Hund blieb stehen und sah sich im selben Augenblick nach Jade um, als auch Faun ihre Gegenwart bemerkte.

Sein Anblick nahm ihr den Atem. Er trug ein schwarzes Festgewand. Mattierte Goldstickerei prangte an einem langen Umhang. Schmal geschnittene Hosen aus Wildleder und ein uniformähnliches Wams ließen ihn noch schlanker und größer erscheinen. Und offenbar hatte er ebenso wenig geschlafen wie sie. Er war blass und hatte dunkle Ringe unter den Augen, was ihn paradoxerweise noch schöner erscheinen ließ. Jade wollte ihm schon verstohlen zulächeln, als er die

Brauen zusammenzog und abrupt den Blick abwandte. Das war wie ein Schlag in den Magen.

»Das Bootsmädchen, das keines ist!«, sagte Tam mit seinem freundlichen Lächeln. »Auch unterwegs in die Stadt, Jade Livonius?«

»N... nein«, antwortete sie. Die Abwehr und stechende Arroganz in Fauns Haltung erschütterten sie. Im Moment konzentrierte er sich darauf, den Ärmel über dem Verband zurechtzurücken. Ablehnung strahlte aus dieser Geste. Er schluckte mehrmals, nur daran sah sie, dass er nicht ganz so unbeteiligt war, wie er wirkte.

Das kann doch nicht sein! Bisher war es Fassungslosigkeit gewesen, nun aber kroch langsam die Wut in ihr hoch. Jade ballte die Hände zu Fäusten.

»Gehst du auch nicht zum Hafen?«, fragte Tam. »Ach nein, vermutlich nicht. Deine Freunde von der Fähre haben heute und morgen noch genug zu tun, bis die Turbinen wieder richtig funktionieren.«

»Ich habe hier ebenfalls mehr als genug zu tun«, erwiderte sie frostig. »Vieles im Hotel ist beschädigt und muss repariert werden.«

Sie hatte erwartet, dass Tam ertappt aussehen würde, aber er blieb völlig ungerührt. Sie glaubte sogar, ein amüsiertes Blitzen in seinen Augen zu bemerken. Am liebsten hätte sie ihm sein freundliches Grinsen aus dem Gesicht geschlagen.

»Immerhin funktioniert der Fahrstuhl wieder«, bemerkte Faun. Seine Stimme war ausdruckslos, kalt.

Tam hob die linke Augenbraue. »Nun, im Moment jedenfalls. Wie alles in diesem Hotel wohl nur für den Moment gemacht ist.« Die Ironie in seinen Worten verfehlte ihre Wirkung nicht.

»Es hat euch niemand gezwungen, hier zu wohnen«, bemerkte Jade. Sie wusste, es war ein Fehler, aber schon jetzt hatte sie das Gefühl, an unzähligen ungesagten Worten zu ersticken.

Tam lächelte herablassend, und Jade fragte sich, wie sie ihn je hatte freundlich und faszinierend finden können.

»Gehen wir«, sagte Faun. Er wandte sich einfach ab und öffnete die Tür. Sie traten über die Schwelle, der Hund trabte auf die Straße – mitten in das Rauschen von Schwingen. Fauns schwarzer Mantel bauschte sich im Wind. Jade hatte das Gefühl, keine Luft mehr zu bekommen. Enttäuschung und Scham überschwemmten sie endgültig, jäh und heiß.

Im selben Moment drehte Faun sich um, um die Tür hinter sich zuzuziehen, und blitzte ihr ein verschwörerisches, warmes Lächeln zu.

*

Er tauchte lautlos aus dem Nichts auf, ganz plötzlich, eine Silhouette im mitternächtlichen Dunkel. Jade hatte gerade zum fünften Mal zur Treppe gehen wollen, um nach Schritten zu lauschen, und als die schattenhafte Gestalt plötzlich direkt vor der Tür ihres Zimmers stand, prallte sie im ersten Schreck zurück. War er es wirklich?

»Faun?«

Ein leises Lachen antwortete ihr.

»Wer sonst? Oder erwartest du noch jemanden?«

Jade ging auf den Scherz nicht ein. Und sie gab sich auch keine Mühe, die Schärfe in ihrer Stimme zu verbergen.

»Woher wusstest du, in welchem Zimmer ich bin?«

»Ich würde dich überall finden. Allerdings ist es wirklich ungewöhnlich, dich an einem Ort zu sehen, an dem du dich nicht in Gefahr bringen kannst.«

In der Dunkelheit konnte sie sein Lächeln nur erahnen. Da war wieder die Sehnsucht, ihn zu berühren. Dennoch hielt eine seltsame Befangenheit sie davon ab. Auch er schien die Distanz zu spüren, und so verharrten sie wie Fremde, eine Armlänge voneinander entfernt.

»Was sollte das Spielchen heute Morgen?«, flüsterte Jade verärgert. »Warum hast du so getan, als würdest du mich nicht einmal kennen? Wenigstens...«

»Tam darf es nicht wissen«, sagte er hastig. »Es tut mir leid, ich weiß, wie es auf dich wirken musste.«

»Weißt du das wirklich? Was soll ich von dir halten?

Und wenn du denkst, dass ich vor Tam kusche, dann hast du dich getäuscht. Wir mögen dem Befehl der Lady unterstehen, aber eure Sklaven, über die ihr euch lustig machen könnt, sind wir nicht!«

»Jade!« Das Flüstern war so sanft und voller Schmerz, dass sie verstummte. »Ich bin nicht Tam.«

Es überraschte sie, wie sehr diese Worte sie entwaffneten. »Du solltest vorsichtiger sein«, hörte sie ihn sagen. »Du weißt nicht, wozu er fähig ist.«

Jade dachte an die Blauhäher und schluckte. »Doch, das weiß ich. Er kann dich dazu bringen, mich wie Luft zu behandeln.«

»Das ist meine Art, dich vor ihm zu schützen. Und du ahnst nicht, wie schwer es mir gefallen ist, dich nicht anzusehen!«

Da waren wieder die Wärme, die Nähe, und ganz von selbst kehrte Jades Lächeln zurück.

»Sehen wirst du mich auch heute nicht«, erwiderte sie nach einer Weile. »Wir sitzen im Dunkeln. Der Strom ist heute Nachmittag wieder ausgefallen. Und Lampenöl haben wir nicht mehr. Komm ins Zimmer!«

Sie wollte nach seiner Hand greifen, doch er glitt bereits an ihr vorbei in den Raum, seine Schritte waren schnell und so sicher, als wäre es taghell. Sie schauderte und spürte wieder das Fremde an ihm, das Andere. Es irritierte sie mehr, als sie zugeben wollte.

»Hattest du Schwierigkeiten?«, fragte sie und schloss behutsam die Tür. »Ich meine, wegen der Blauhäher, die du getötet hast?«

Hier war es heller, das Mondlicht fiel durch die Ritzen der Fensterläden und Jade konnte einen blassen Wangenbogen und sogar den hellen Glanz seiner Haare erkennen.

»Natürlich! Die Vögel sind kostbar. Tam ist sehr wütend auf mich. Aber immerhin hat er mir meine Geschichte abgenommen.«

»Was hast du ihm erzählt?«

»Der Hund und die Vögel können sich nicht leiden, das weiß er auch. Ich habe Tam gesagt, dass sie ihn angegriffen haben, weil er sich zu den Räumen gestohlen hatte. Und weil Tam mit einem blinden Hund nicht viel anfangen könnte, hätte ich ihn aus diesem Grund vor den Hähern in Sicherheit gebracht und eingesperrt.«

»Du scheinst ein begabter Lügner zu sein.« Das war ihr rausgerutscht und sie biss sich sofort auf die Zunge.

»Dich habe ich nie angelogen«, sagte er ernst.

Das stimmte. Faun war aufrichtiger zu ihr gewesen als sie zu ihm.

»Warum hat Tam die Räume verwüstet?«, fragte sie.

»Das Larimar ist nicht unser Besitz, aber es ist trotzdem unser Zuhause. Und die Blauhäher waren in einem Raum, der … nur mir gehörte.«

»Ich weiß«, sagte Faun leise. »Tam lässt keine Geheimnisse zu, er achtet keinen fremden Besitz. Er glaubt, alles, was er finden kann, steht ihm auch offen. Und glaub mir, es gibt nichts, was er nicht findet. Wenn es sein muss, wird er auch in deine Seele eindringen, um deine Geheimnisse zu ergründen.«

Sie wollte kein Feigling sein, aber diese Worte machten ihr Angst. »Warum hat die Lady ihn gerufen?«

Ein Seufzen. »Er sucht. Die Lady hat ihn beauftragt, jemanden aufzuspüren, der sich irgendwo in der Stadt versteckt.«

Den Winterprinzen?

Seine Hand tastete nach ihrer. Ihre Finger verflochten sich ganz selbstverständlich. Ihre Haut war heiß, seine kalt von der Nachtluft. Die Annäherung war zögernd, vorsichtig.

Sie fuhr über seine Hände nach oben, über die Arme. Er zuckte zurück, als sie über seinen Verband strich.

»Wer hat dich verletzt?«

»Einer der Jäger. Er hat irgendeine Spiegelung an der Nordwand dieser Glaskirche gesehen, eine Bewegung, eine laufende Gestalt, und er dachte, es wäre ein Echo. Er hat geschossen und der Querschläger – traf mich.«

»Du wurdest angeschossen?«

»Nur ein Streifschuss. Eine Jägerin hat das Schlimmste

verhindert, sie hat mich zur Seite gestoßen.« Jade konnte sehen, wie er mit den Schultern zuckte. »Mein Hemd und der Mantel wurden zerfetzt.«

Jades Fingerspitzen strichen über die Haut an seinem Hals und sein Gesicht. Faun schloss die Augen und atmete tief ein.

»Die Jägerin war Moira, oder? Sie hat dir ihren Mantel gegeben«, murmelte sie. Es war einfacher, sich anzunähern, während man über etwas anderes sprach.

Faun nickte und sah sie aufmerksam an. Im Mondlicht bekam das Weiße in seinen Augen einen gespenstisch bläulichen Glanz, und Jade fragte sich, ob er in der Dunkelheit so gut sehen konnte, wie sie vermutete. Es dauerte eine Weile, bis er antwortete. »Moira, ja. Sie ist die Einzige, die einen kühlen Kopf bewahrt. Und die beste Jägerin, die ich je gesehen habe.«

Faun und Moira. So unsinnig es war, es gab Jade einen Stich, sich die beiden zusammen vorzustellen. Plötzlich fühlte sie sich, als würde sie allein auf der anderen Seite des Flusses stehen. *Wir gehören nicht zusammen,* dachte sie niedergeschlagen. *Es wäre Wahnsinn. Er und Moira gegen die Rebellen und die Echos. Und auch gegen Jakub und mich. Ich umarme meinen Feind.*

Fauns Stimme wurde noch leiser. »Eure Stadt brodelt, Jade. Es dauert nicht mehr lange, bis etwas passiert. Ich kann es spüren.«

»Was ist deine Rolle in diesem Spiel?«, fragte sie. »Warum bist du heute nicht im Palast geblieben, bei Tam?«

Faun blickte an ihr vorbei. Sie konnte spüren, wie seine Haltung sich versteifte. Und da war wieder eine Ahnung des fremden Fauns, der sie jeden Augenblick zurückstoßen konnte.

»Es ist wegen der Bestie im Käfig, nicht wahr?«, fügte sie dennoch vorsichtig hinzu. Faun rang offenbar damit, ihr zu antworten. Sie machte sich schon auf eine ablehnende Antwort gefasst, eine Ausrede, vielleicht sogar auf eine Lüge, doch dann überraschte er sie wieder einmal.

»Er heißt Blue Jay.« Es hörte sich an, als spräche er über ein geliebtes Wesen. »Ich nenne ihn einfach nur Jay. Er würde es nicht ertragen, wenn ich ihn zu lange allein lassen würde.«

»Dann bist du sein Wächter?«

Faun lachte, als wäre diese Vorstellung ein gelungener Scherz.

»Nein, nur der Einzige, den er in der Nähe duldet und der ihn bändigen kann. Tam befiehlt ihm zwar, aber mir vertraut er. Und Tam braucht ihn... manchmal. Die Hunde und die Blauhäher sind die Augen und Pfeile. Aber Jay ist das Schwert. Und das Feuer. Jay spürt alles auf, was Tam entgeht.«

»Auch... die Echos?«, fragte Jade atemlos.

»Auch die Echos, ja.«

Jade zog ihre Hand zurück. Ihr Herz klopfte bis zum Hals. Die Dämonenfratze tauchte vor ihren Augen auf. Aber auch das andere Gesicht, die sanften Züge des toten Echos. Im Augenblick wusste sie nicht mehr, auf welcher Seite des Flusses sie stand.

»Jade? Du ... sagst gar nichts.« Etwas Verletzliches, Sehnsuchtsvolles schwang in Fauns Tonfall mit. Seine Hand strich zart über ihre Wange und hinterließ einen prickelnden Funkenschauer auf ihrer Haut. Sosehr sie sich auch an ihrem Verstand festklammerte, ihr Körper reagierte auf ihn, ohne dass sie etwas dagegen tun konnte: Haut in warmen Flammen, Schauer, das Flirren der Sehnsucht in ihrem Bauch.

»Soll ich gehen?«, flüsterte Faun.

Sie wollte ihm antworten, aber es gelang ihr nicht einmal, den Kopf zu schütteln. Faun nahm ihre Hand, führte sie zu seinen Lippen und küsste behutsam ihre Handfläche. Dann schloss er ihre Finger um diesen Kuss, als wäre er ein Abschiedsgeschenk. »Du bestimmst die Regeln«, sagte er mit belegter Stimme. »Sag, dass ich gehen soll – und ich komme nie wieder in deine Nähe.«

Irritierenderweise hörte es sich so an, als würde er darauf hoffen, dass sie ihn fortschickte. Doch Jade machte den letzten Schritt auf Faun zu und schlang die Arme um seinen Hals.

»Ich denke gar nicht daran, es dir so leicht zu machen! Du kannst mich nicht küssen und einfach wieder verschwinden!«

Als hätte er nur auf diese Antwort gewartet, zog er sie an sich. »Du hast keine Ahnung, worauf du dich einlässt«, flüsterte er ihr ins Ohr.

»Das werden wir noch sehen«, erwiderte sie und vergrub ihre Finger in Fauns Haar. Seine Lippen waren warm und sein Kuss wild und zärtlich zugleich. Ein Teil von ihr wollte sich einfach fallen lassen, aber die Jade, die immer noch wachsam war, fasste nach seinen Handgelenken. Faun hielt sofort inne und holte Luft.

»Ich bestimme die Regeln«, flüsterte sie ihm lächelnd zu.

Sie zog ihn mit sich, bis sie auf dem Bettrand saßen. Auch nachdem sie seine Handgelenke losgelassen hatte, versuchte er nicht, sie zu umarmen. Diesmal war sie es, die ihn küsste. Als er ihre Lippen auf seinem Mund spürte, sog er scharf die Luft durch die Nase ein. Jade spürte, wie er mit sich rang, doch dann gab er dem weichen Druck ihrer Zunge nach und öffnete die Lippen. Es war wie Fallen und Aufgefangenwerden in einem, ein glühender Strom von Empfindungen, die sie beide in einen Strudel aus Wärme und Licht zogen. Als sie eine ganze Weile später aus diesem Kuss wieder auftauchten, lagen sie zurückgesunken und eng umschlungen auf dem Ebenholzbett. Es war, als würden sie glücklich und atemlos von einem langen Lauf am Strand stehen, erhitzt, süchtig nach kühlem Wasser, nur noch einen Schritt vom Meer entfernt. »Soll ich... jetzt gehen?«, fragte Faun heiser. Jade schüttelte den Kopf. Vorsichtig knöpfte sie das kostbare Samthemd auf und schob die Hand unter den Stoff, bis sie endlich warme, nackte Haut fühlte. Es war berauschend, und auch Faun reagierte auf ihre Berührung und setzte sich auf, damit sie ihm das Wams über die Schultern streifen konnte. Sein Hautduft hüllte sie ein. Jade streifte mit den Lippen über seine Schultern, seine Brust und lächelte, als sie fühlte, wie er vor Anspannung bebte. Er hatte die Hände zu Fäusten geballt, doch sie lösten sich sofort, als sie seine Arme zu sich heranzog und sie sich um die Taille legte. »Und jetzt du«, flüsterte sie ihm zu.

*

Flügelschlag weckte sie und das Kratzen von Krallen auf dem Dach. In der Frühmorgenluft klang jedes Geräusch so geschliffen klar wie Kristall. Selten hatte Jade so traumlos und tief geschlafen, und als sie sich an das Echo im Fenster erinnerte, kam ihr das Bild so unwirklich vor, dass sie nicht einmal Angst verspürte. Viel wirklicher war der langsame Pulsschlag, den sie an ihrer Handfläche fühlte. Einen Augenblick fürchtete sie, *das* könnte der Traum sein. Vorsichtig blinzelte sie noch einige Male und atmete tief ein. Schnee. Moos. Faun!

Er schlief noch. Seine Wimpern bebten noch leicht im Traum, und er sah so verletzlich aus, dass Jade lächeln musste.

Sie lagen eng aneinandergeschmiegt auf dem Ebenholzbett, auf Decken, die rau waren und noch schwach nach Meerluft und dem nassen Holz von Schiffen rochen. Früher hatte sich der Wind in diesen Stücken von Segeltuch gefangen, doch nun hatte Jade das Gefühl, dass sie selbst in einer Strömung trieb – und im Moment war es ihr gleichgültig, ob die Reise einem Ufer entgegengehen würde oder auf das offene, gefährliche Meer.

Vorsichtig richtete sie sich auf und stützte sich auf den Unterarm. Bei dieser Bewegung rutschte die Decke zur Seite und entblößte Fauns Brust. Zum ersten Mal konnte sie ihn genau betrachten. Sie hatte sich getäuscht, was seine Haut anging. Sie war nicht makellos. Da waren Narben – Spuren einer alten Verletzung, Kratzer vielleicht. Und auf der linken Seite der Brust, direkt über dem Herzen, prangte ein zweites Tattoo. Ein blauweißer Vogel mit kämpferisch aufgerichteten Haubenfedern und ausgebreiteten Flügeln. Schwarze Knopfaugen funkelten sie bösartig an. Jade legte hastig die Hand darüber und das Bild des Blauhähers verschwand.

Faun regte sich und schlug die Augen auf. Im fahlen Morgenlicht waren sie dunkler denn je. Er musterte sie lange erstaunt – und endlich, endlich lächelte er.

»Es ist Morgen«, sagte sie. »Musst du nicht gehen?«

»Bald. Bis die Sonne aufgeht, haben wir noch Zeit.« Sein intensiver Blick machte sie verlegen. »Das erste Mal, dass ich dich im Tageslicht richtig sehen kann«, sagte er und grinste, als sie das Segeltuch bis über ihre Hüften hochzog. Das Dunkle war verschwunden. Sanft fuhr er mit der Hand die Linie ihrer Schlüsselbeine nach. Auf ihrer hellen Haut wirkte seine Hand dunkel und vollkommen. Die Erregung kam wieder und mit ihr die Erinnerung an seine Haut, seine Küsse, die Berührungen.

»Du bist wie Silber«, murmelte er in ihr Haar und zog sie an sich.

»Silber und Gold«, erwiderte sie und zupfte an einer Strähne, die ihm über die Wange fiel. »Du bist das Gold.«

Sie küsste seine Halsbeuge und schloss die Augen, um das Tattoo nicht ansehen zu müssen.

»Aber dein Haar erinnert mich eher an einen Schattenfarn«, sagte er mit einem Lächeln in der Stimme. »Wunderschön zwar, aber gefährlich. Wer ihn berührt, verfällt ihm ganz und gar.«

»Ich habe nicht gemerkt, dass du mich schön findest. Warum warst du so zornig auf mich?«

»Manchmal will man das, was man am meisten wünscht, in die Flucht schlagen. Weil es zu fremd ist. Oder zu vertraut. Und manchmal beides. Verstehst du das?«

»Nein«, murmelte sie. Faun lachte.

»Erzähl mir vom Nordland«, bat sie. »Was sind das für Narben?«

Sein Lachen verebbte auf der Stelle. »Dornengestrüpp. Als Kind bin ich in eine Schlucht gefallen. Tam hat mich rausgezogen.«

»So lange bist du bei ihm? Und deine Familie?«

»Fort«, kam die knappe Antwort.

»Fort?«

»Verloren. Manchmal geschieht so etwas.«

»Und der Blauhäher? Ist das Tams Zeichen? Bist du sein Diener?«

»Wir tragen es beide«, erwiderte Faun und setzte sich ruckartig auf. Der Bogen seines Rückens war makellos. Muskeln zeichneten sich unter der Haut ab. »Und ich bin kein Diener.«

»Aber...«

»Mehr gibt es nicht zu erzählen«, unterbrach er sie mit dem Anflug seiner alten Grobheit.

»Auch nichts über die wolfsköpfigen Menschen und die Katzen mit den lockenden Stimmen?«

Er schnaubte. »Sind das die Schauergeschichten, die man sich in der Stadt über uns erzählt?«

»Wenn es Schauergeschichten sind, klär mich auf, wie es wirklich dort aussieht«, erwiderte Jade. »Erzähl mir die Wahrheit!«

»Die Wahrheit!« Nun hatte seine Stimme wieder diesen sarkastischen, kalten Ton. »Bei euch Städtern ein beliebtes Wort.«

Wieder hatte sie das Gefühl, dass er ihr entglitt, sich entfernte. Doch heute ließ Jade es nicht zu, dass er ihren Zorn entfachte. Sie nahm ihren ganzen Mut zusammen und stellte die Frage, die sie die ganze Nacht beschäftigt hatte. »Faun? Bist du… wirklich ein Mensch?«

Er machte sich von ihr los und sah sie zornig an. »Was willst du damit sagen?«, fuhr er sie an. »Nur weil ich aus dem Wald komme, bin ich ein Tier?«

Sie erschrak über das wütende Funkeln in seinen Augen. Stolz spiegelte sich darin und eine Verwundbarkeit, die ihr die Kehle zuschnürte. Sie spürte seine Abwehr, als sie ihn umarmte. »Das denke ich ganz und gar nicht«, sagte sie. »Ich habe mich nur gefragt, warum du im Dunkeln sehen kannst. Das kannst du doch, nicht wahr? Du hast diese seltsamen Augen.«

»Seltsame Augen hast du auch«, erwiderte er unfreundlich. Doch sie nahm erleichtert wahr, wie er sich auf die Berührung einließ.

»Du hast das Zeichen der schwarzen Flammen ja gesehen. Ich habe die Fähigkeit, nachts mehr wahrzunehmen als andere, ja, das ist die einzige Möglichkeit, während der schwarzen Zeit zu überleben. Aber ich bin ebenso menschlich wie du.«

Er schluckte und ließ es zu, dass sie ihn küsste.

»Dann bist du also einfach jemand mit Mitternachtsaugen«, flüsterte sie. Sie spürte, wie er sich entspannte. »Erzähl mir vom Palast«, sagte sie leise. »Wie ist es dort? Hast du gestern die Lady gesehen?«

»Du kommst aus der Stadt, nicht ich!«

»Aber den Palast habe ich noch nie gesehen. Warum auch? Ich bin keine Adelige. Jakub wurde ein einziges Mal vorgeladen. Wegen der Genehmigung für das Hotel. Aber er erzählt nichts darüber.«

Faun zögerte. »Es war seltsam dort, fast wie in einem wirren Traum«, sagte er dann nachdenklich. »Die Lady trägt eine Maske. Sie ist aus gebürstetem Eisen. Warum zeigt sie ihr Gesicht nicht?«

»Göttern sieht man nicht ins Gesicht. Die Lady ist gottgleich. So lautet das Gesetz.«

»Was für Gesetze sind das, die euch Ehrfurcht befehlen können?«

Darauf antwortete Jade nicht, obwohl die spöttischen Worte ihr einen Stich versetzten. *Sklaven muss man die Ehrfurcht eben befehlen*, dachte sie bitter.

»Viele Räume, viele Hallen, die beinahe leer sind«, fuhr Faun fort. »Die Böden bestehen aus rauem Stein. Die Lady schätzt offenbar keinen Prunk. Im ganzen

Palast gibt es keinen einzigen Spiegel, nichts glänzt, keine Edelsteine schmücken die Becher. Das wenige Silber funkelt nicht, auch das Gold ist angelaufen und matt. Vor den Fenstern hängen Schleier. Und das Wasser und der Wein sind mit Asche vermischt und stumpf wie Mehlbrühe.«

»Asche im Wasser?«

Faun nickte. »Im Audienzsaal sitzen die Lords im Kreis um den Thron. Wie Stundenzeichen auf einer Uhr. Nur der zwölfte Stuhl war natürlich leer.«

Zwölf Lords, zwölf Stunden, schoss es Jade durch den Kopf. *Elf sind es noch.* War das Bens Botschaft? Lief die Zeit für die Lords ab?

»Frierst du?«, fragte Faun besorgt. Mit den Fingerspitzen strich er über die Gänsehaut an ihrem Nacken, was sofort einen weiteren, neuen Schauer über ihren Rücken schickte. *Und Faun und ich, wir stehlen uns unsere Zeit wie Diebe.*

Sie fuhren beide auf, als ein winselnder Ruf ertönte. Er kam gedämpft durch die Läden, doch es war ein Laut von solcher Einsamkeit, dass Jade kalt wurde.

Faun machte sich von ihr los und sprang aus dem Bett. »Ich muss gehen!«

»Ist das Jay?«, fragte Jade, obwohl sie die Antwort bereits wusste. »Er ruft dich?«

Faun nickte. Hastig suchte er seine Sachen zusammen und zog sich an. Und Jade wurde mit einem Mal schmerzlich bewusst, dass der allergrößte Teil von Faun ihr ganz und gar nicht gehörte. Das Tattoo und die Narben verschwanden unter goldbesticktem Samt und Leder.

»Nimm mich mit in den Bankettsaal«, bat sie. »Zeig mir Jay. Ich möchte...«

»Das geht nicht. Er hasst Menschen und würde dich töten. Ich könnte kaum vor ihm verbergen, dass ich mich... in dich verliebt habe. Und das allein wäre für ihn Grund genug, dich zu töten.«

Es gab zwei Worte, die Jade trafen. Das eine Wort war *töten*, aber sie konnte es ertragen. Doch das zweite – *verliebt* – ließ ihr Herz rasen und gab ihr wieder das Gefühl, den Halt zu verlieren. Als Faun zu ihr kam und sie zum Abschied küsste, schloss sie die Augen und sog den Duft nach Winter tief ein, als müsste sie die Erinnerung daran bewahren.

»Ich verspreche dir eines«, sagte Faun. »Wenn wir zusammen sind, gibt es nur dich und mich, und es zählt nicht, was da draußen ist. Aber ich bitte dich, verzeih mir, wenn wir nicht allein sind.«

»Du meinst wohl, ich soll dir vertrauen?«

Faun schüttelte den Kopf. »Vertrau mir nicht«, sagte er traurig. »Vertraue mir nie, vor allem nicht dann, wenn ich mit Tam zusammen bin!«

Dann war sie allein auf dem Ebenholzbett, erwacht

aus einem Rausch, doch immer noch erfüllt von dieser Sehnsucht, die alles leuchtender machte. Sie zog sich die Segeltuchdecke bis zum Kinn und spürte dem Gefühl des Verlusts nach. Faun fehlte ihr schon jetzt, und sie war sich nicht sicher, ob das gut oder schlecht war. Und als vom Fluss her ein trillernder Pfiff ertönte – ein Erkennungszeichen, das sie seit Kindertagen begleitete –, wurde ihr mit schlechtem Gewissen klar, dass sie seit dem Abend am Hafen kein einziges Mal an Martyn gedacht hatte.

*

Jade zog sich hastig ihre Jacke an und stieß die Fensterläden auf. Morgennebel wehte über das Wasser. Auf den ersten Blick sah es aus, als würde Martyn über den Fluss heranschweben. Er saß in einem kleinen Beiboot, das vor allem bei Reparaturen der Fähre zum Einsatz kam, und fuhr flussaufwärts. Dass er nicht zu Fuß kam, konnte zweierlei bedeuten: Entweder waren die Straßen gesperrt – oder er hatte es sehr eilig. Jade erwiderte seinen Pfiff und bedeutete Martyn mit einem Wink, auf sie zu warten.

Als sie wenig später zum Fluss rannte, saß er an der Uferböschung und beobachtete einen Trauerschwan, der mitten im Fluss trieb und mit den Flügeln schlug. Jade hatte noch keinen Laut von sich gegeben, als Martyn sich schon zu ihr umwandte und aufsprang.

»Wurde auch Zeit«, rief er und kam auf sie zu. Doch beim Anblick ihrer nassen Haare lachte er. »Ich habe dich aus dem Bad gejagt, was?«, sagte er, zupfte an einer Locke und legte ihr dann den Arm um die Schultern. Sie schämte sich, dass diese Berührung sie sofort wieder an Faun denken ließ. In aller Eile hatte sie sich Wasser ins Gesicht und über die Haare gegossen. *Wie eine Ehebrecherin, die sich reinwaschen will,* dachte sie halb verärgert, halb belustigt.

»Wir sind erst heute aus dem Delta zurückgekommen«, fuhr Martyn fort. »Ich habe dein Kreidezeichen auf dem Steg gefunden und dachte, ich schau mal, ob alles in Ordnung ist.«

Jade kannte ihn gut genug, um zu wissen, dass diese leicht dahingesagten Worte Martyns Übersetzung für: »Ich konnte vor Sorge um dich kaum schlafen« waren. Vorsichtig machte sie sich aus seiner Umarmung los. Ihre Wangen brannten, und das schlechte Gewissen wog so schwer, als hätte sie ihren Freund tatsächlich betrogen. *Mach dich nicht lächerlich,* sagte sie sich. *Du bist Martyn keine Rechenschaft mehr schuldig.*

»Ist denn alles in Ordnung?«, fragte er.

Nein. Alles hat sich verändert, Martyn.

»Klar«, erwiderte sie. »Das heißt... es ist viel passiert.«

Er seufzte und sah nervös zur toten Stadt hinüber. »Das kannst du laut sagen. Kommst du mit bis zum Hafen? Dann können wir wenigstens auf dem Wasser reden.«

»Musst du so schnell zurück auf die Fähre?«

Er nickte bekümmert. »Wir müssen noch Turbinen überprüfen. Arif und die anderen laden gerade im Hafen Proviant und neue Teile für die Reparatur ein.«

Jade überlegte, ob sie Lilinn Bescheid geben sollte, doch dann sprang sie einfach ins Boot.

Die schwarze Farbe war schon vor Jahren abgeblättert. Als sie noch Kinder gewesen waren, war ihnen das Boot groß wie ein Handelsschiff erschienen, aber nun bot es kaum genug Platz für drei Passagiere.

Flussabwärts würden sie den Motor nicht benötigen, also schob Martyn das Boot in den Strom, sprang auf und nahm das Ruder. Energisch stieß er das Boot vom Kiesgrund ab.

Wie ein Hund, der seinen Weg nach Hause kannte, trieb das Boot zur Mitte des Flusses, wo die Strömung es ergriff und mit sich zog. Jade, die vorne am Bug saß, spürte die Beschleunigung als sanftes Ziehen. Der Wind kühlte ihre nasse Kopfhaut. Sie schloss die Augen und atmete tief ein: Duft nach Wasser, Algen und das würzige Zimtaroma der rosenfarbenen Flussblüten, die am Ufer in den letzten Tagen, gleichgültig gegen die Schüsse und die Explosionen, erblüht waren.

»Was hast du denn dem Nordländer getan?«, fragte Martyn verwundert. Jade öffnete die Augen und blickte über die Schulter zurück. Das Boot schwankte. Schräg hinter ihnen erhob sich das Larimar. Vom Fluss aus gesehen, wirkte das Gebäude, als würde es wie ein gewaltiges blaues Schiff direkt auf dem Wasser treiben. Die Flügeltüren des Haupteingangs waren weit geöffnet. Und auf der Wassertreppe saß Faun, immer noch in seinem Festgewand, und blickte dem Boot hinterher. Seine Miene war düster und die schwarzen Augen glommen unheilvoll in dem blassen Gesicht. Er lächelte nicht, als Jade ihn ansah, sondern sprang auf und verschwand im Bankettsaal.

Martyn lachte. »Du scheinst dich bei ihm ja schon sehr beliebt gemacht zu haben«, sagte er mit einem ironischen Zwinkern. Jade biss sich auf die Unterlippe. Der Fluss machte an dieser Stelle einen leichten Bogen, Faun musste gesehen haben, wie Martyn und sie sich umarmt hatten. *Und was ist dabei?* Dennoch blieb ein ungutes Gefühl zurück.

»Fee?« Martyn musterte sie irritiert, und Jade wandte sich schnell wieder dem Fluss zu, bevor er in ihrem Gesicht lesen konnte. Die Wila zog sie um die Biegung, dem Flussdelta und dem Meer entgegen.

»Was ist mit den Turbinen?«, fragte sie schnell.

Martyn räusperte sich. »Es gab Probleme. Drei Turbinen standen still. Ausgerechnet die im Felskanal, wo die Unterströmung am stärksten ist.«

Jade wusste, was das bedeutete. Auf den oberen Ufertreppen der Wila lag Kies, aber in der Mitte des Flussbetts und im Delta gähnte ein Abgrund mit einer tückischen Unterströmung. Fast wie ein zweiter Fluss und mit einem Sog, der durch die schmalen Kanäle zwischen den Felsen verstärkt wurde. Dort, wo das Wasser durch das felsige Nadelöhr floss und keine Möglichkeit hatte, einem Widerstand auszuweichen, hatte die Lady die Turbinen verankern lassen. *Sogar die* Wila *ist ihre Sklavin*, schoss es Jade durch den Kopf.

»Elanor hätte es beinahe erwischt«, fuhr Martyn mit belegter Stimme fort. »Sie hat zwar die dritte Turbine wieder freibekommen, aber um ein Haar die Hand verloren.«

Jade riss erschrocken die Augen auf. »Habt ihr sie aus dem Wasser geholt? Geht es ihr gut?«

Zu ihrer Erleichterung nickte er. »Nur ein Kratzer an der Hand, sie hat Glück gehabt. Sie wird nur einige Tage ausfallen.« Vor dem Fluss leuchteten seine Augen noch viel grüner. Die Sorge ließ ihn sehr erwachsen und bekümmert wirken. »Es war ein Seil, das die Blätter blockierte.«

Seile verfingen sich häufiger am Grund, aber die Art, wie Martyn es sagte, klang beunruhigend.

»Was bedeutet das?«

»Was wohl? Dass jemand die Turbinen absichtlich stoppen wollte! Es war nicht das einzige Seil. Und diejenigen, die es an genau der richtigen Stelle in die Unterströmung gebracht haben, legen offenbar nicht einmal Wert darauf, ihr Werk zu vertuschen.« Er seufzte und fuhr sich mit den Fingern durch das Haar. »Arif und Elanor müssen zum Präfekten.«

»Was? Warum?«

Martyn zuckte mit den Schultern. »Eine Befragung.«

Jade überlegte, ob sie sich Sorgen machen musste, und entschied sich dagegen. Wenn die Lady in jemanden Vertrauen setzte, dann waren es ihre Gefolgsleute im Hafen.

»Arif meint, ihr neuer Berater hat etwas damit zu tun.« Er zog vielsagend die Augenbrauen hoch. »Und jetzt rate mal, wer das ist.«

»Tam«, antwortete Jade prompt. »Er war heute Nacht im Palast.«

»Er ist ständig dort. Vorgestern waren sie sogar in Begleitung der Lady mit der goldenen Barke auf der Toteninsel im Gefängnistrakt. Sie waren bei den Verhören dabei.«

»Sie? Du meinst, Faun auch?«

Martyn sah sie seltsam an. Verlegen blickte sie weg.

»Nein, der zweite Nordländer nicht«, sagte Martyn gedehnt. »Zumindest hab ich ihn nicht gesehen.«

Jade schlang die Arme um die Beine. Eine Pause entstand.

»Willst du nicht zu uns kommen?«, fragte Martyn eindringlich. »Wenigstens für ein paar Tage. Elanor ist verletzt, wir kommen zwar auch ohne sie klar, aber du könntest trotzdem an den Winden helfen. Dann wärst du wenigstens nicht in der Nähe der Nordländer.«

Jade schüttelte heftig den Kopf. »Ich muss bei Jakub bleiben.« Eine nasse Locke klebte an ihrem Kinn und sie strich sich unwillig das Haar aus dem Gesicht und knotete es im Nacken zusammen.

»Ist es wirklich Jakub?« Dieser Satz kam schneidend, wie ein Schlag, und Jade zuckte unwillkürlich zusammen.

»Was ist denn mit dir los?«

»Dasselbe könnte ich dich fragen!« Seine Augen funkelten plötzlich vor Zorn, mit einem Mal war die Atmosphäre geladen wie die Luft vor einem Gewitter.

»Kannst du dich vielleicht so ausdrücken, dass ich dich verstehe?«, gab sie zurück.

Martyn sprang mit einem Satz, der das Boot gefährlich zum Schaukeln brachte, zu ihr und griff ihr mit der Hand an den Nacken. Jade war viel zu verblüfft, um sich zu wehren. Sie folgte dem Druck seiner Hand und blickte ins Wasser. Über dem Bootsrand sah sie ihr Spiegelbild auf der Oberfläche treiben.

Eine Jade mit zerwühltem Haar und gespenstisch leuchtenden Augen. Sie sah beinahe erschreckend erwachsen aus. *»Ich könnte kaum vor ihm verbergen, dass ich mich in dich verliebt habe«*, hallten Fauns Worte in ihrem Kopf.

»Sieh dich an«, sagte Martyn. »Und dann sag mir, was ich davon halten soll!«

Er ließ sie los und Jade zuckte mit den Schultern und beugte sich noch weiter nach vorne. Das Wasser hatte den graugrünen Glanz von Zwielicht und Geheimnissen. Und Jade sah darin zwei Dinge. Das eine, die Spur eines Kusses, ein rotes Mal oberhalb ihres Schlüsselbeins, das sie an Martyn verraten hatte, trieb ihr vor Verlegenheit die Röte ins Gesicht. Doch das andere erschreckte sie so sehr, dass sie sich an den Bootsrand klammerte. Zum allerersten Mal, seit sie denken konnte, war das Mädchen im Wasser einfach nur ein Spiegelbild.

»Er ist es doch? Dieser Faun? Hast du ihn nur geküsst?«, fuhr Martyn sie an. »Oder ist da mehr?«

Jade stieß sich vom Bootsrand ab und schnappte nach Luft. Ihr Herzschlag pochte in ihrer Kehle.

»Ich glaube nicht, dass dich das etwas angeht«, gab sie so ruhig wie möglich zurück.

Martyn sah sie an, als hätte sie ihn geohrfeigt.

»Großer Gott, Jade!«, stöhnte er und schüttelte den Kopf. »Was für ein Idiot ich war. Ein blinder Idiot. Dabei habe ich es von Anfang an geahnt!«

Er nahm das Ruder und stieß es ins Wasser. Ein Ruck warf das Boot in der Strömung herum. Jade hätte beinahe das Gleichgewicht verloren.

»Martyn, was machst du?«

Doch ihr Freund kniff nur die Lippen zusammen und manövrierte das Boot zum Ufer. Kies knirschte unter dem Bootsrumpf.

»Raus aus meinem Boot!«, sagte er heiser.

Jade klappte die Kinnlade nach unten. »Du wirfst mich aus dem Boot?«, fauchte sie. »Du kannst mich doch nicht einfach mitten in der Stadt aussetzen!«

»Entweder du steigst hier aus oder du schwimmst!« Er war totenblass geworden, und er schluckte so oft, als müsste er die Tränen zurückhalten. Und Jade verstand es besser, als ihr lieb war. Sein Schmerz, der gekränkte Stolz – es war, als würde sie alles selbst fühlen.

Mit weichen Knien stand sie auf. Nicht nur das Boot schien unter ihr zu schwanken, sondern auch der steinige Uferboden, den sie betrat.

Martyn nahm das Ruder und versetzte dem Boden einen wütenden Stoß. Das Boot, nun leichter, trieb schneller über das Wasser, doch Martyn riss auch noch die Leine des Motors. Das knatternde Geräusch dröhnte in Jades Ohren, dann konnte sie nur hilflos zusehen, wie das Boot sich aufbäumte und mit dem Schweif einer schäumenden Furche flussabwärts davonschoss.

die andere seite des flusses

Faun hatte sie auch diesmal nicht belogen. Als sie ihm zum ersten Mal wieder im Haus begegnete, war es, als stünde sie einem Fremden gegenüber. Der Ausdruck in seinen Augen war so feindselig, dass sogar Lilinn irritiert die Stirn runzelte. Ob er wegen Martyn wütend war? Jade beschloss, nicht darüber nachzudenken, sondern gab sich ebenfalls abweisend. Sie wusste nicht, ob es Zufall war oder ob sie sich wie zwei Magneten anzogen, aber an diesem Tag liefen sie sich gleich mehrmals über den Weg. Es war ein gefährliches Spiel, aber Jade konnte nicht anders, als ihm einmal einen betont kühlen, herausfordernden Blick zuzuwerfen. Faun gelang es plötzlich nicht mehr ganz so gut, so zu tun, als würde er sie gar nicht bemerken. Und Jade stellte fest, dass Martyn sie wirklich erschreckend gut kannte. *Du willst immer das am meisten, was du am wenigsten haben kannst.* Sie wollte Faun, sie war süchtig nach seinem Duft und seinen Lippen und jenseits jeglicher Vernunft sehnte sie sich nach ihm.

Wenige Stunden später, als sie im ersten Stock am Fahrstuhl vorbeilief, fühlte sie sich plötzlich von seinen Armen umfangen und ließ sich ganz in den gestohlenen Kuss fallen.

»Was hast du mit diesem Kerl vom Boot, der dich angefasst hat?«, flüsterte Faun ihr unfreundlich zu.

»Er ist kein ›Kerl‹, sondern mein bester Freund. Und er hat mich nicht ›angefasst‹.«

Fauns Augen glommen in einem kalten Licht und seine Umarmung nahm ihr beinahe die Luft. »Danach sah es aber nicht aus.«

»Bist du etwa eifersüchtig?«

»Rasend«, antwortete er mit leidenschaftlicher Aufrichtigkeit.

Eine Tür schlug zu und sie trennten sich hastig und ohne ein weiteres Wort, glitten zurück in ihre Welten und verloren sich für den Rest des Tages.

Es war eine Zeit der Geheimnisse. Sogar die Geister im Larimar hatten sich in ihre Winkel verkrochen und verhielten sich still. Selbst der Fahrstuhl schwieg, seitdem Tam immer häufiger in der Stadt unterwegs war. Oft warteten Jäger vor dem Hotel, um ihn abzuholen. Moira führte die Eskorte an. Faun hatte ihr den gefleckten Mantel zurückgegeben, und Jade hatte jedes Mal ein ungutes Gefühl, wenn sie daran dachte, wie er die Blauhäher damit in Schach gehalten hatte. Dass sie auch ein ungutes Gefühl hatte, wenn sie aus dem Fenster beobachtete, wie vertraut Faun und Moira sich anlächelten, sobald er aus dem Haus trat, hätte sie natürlich niemals zugegeben.

Mehrmals lief Jade zum Hafen und am Fluss entlang, in der Hoffnung, Martyn zu sehen, obwohl sie wusste, dass es wenig Sinn haben würde, mit ihm über Faun zu sprechen. Zumindest nicht im Augenblick.

Sie hatte gedacht, es würde ihr schwerfallen, tagsüber die Rolle der Gleichgültigen durchzuhalten, doch zu ihrem eigenen Erstaunen fiel es ihr weitaus leichter als Faun. Manchmal wenn sie sich in der Küche trafen, konnte sie der Versuchung nicht widerstehen, legte den Kopf schräg und strich sich wie abwesend das Haar aus dem Nacken. Und sie hatte alle Mühe, sich ein diebisches Lächeln zu verkneifen, wenn sie aus dem Augenwinkel wahrnahm, dass Faun beim Anblick dieser vertrauten Geste fahrig und nervös wurde und einmal sogar ein Messer fallen ließ.

So gut sie die Arroganz und Gleichgültigkeit am Tage spielte, so glücklich war sie in den gestohlenen Stunden und Minuten bei Nacht. Die Begegnungen mit ihm – manchmal einige Stunden, manchmal auch nur ein flüchtiger Kuss auf der Treppe – fühlten sich an, wie ohne Schmerz in Flammen zu stehen.

Das Echo war nicht mehr vor dem Fenster aufgetaucht, und Jade gelang es meistens, nicht beim kleinsten Geräusch zusammenzuzucken. Mit wachsender Besorgnis suchte sie nach der anderen Jade im Wasser, aber es war stets nur ein leeres Spiegelbild, das wie eine Marionette ihren Bewegungen folgte. »Bist du schön genug?«, fragte Lilinn einmal lachend, als sie Jade zum wiederholten Mal beim prüfenden Blick in den Fluss ertappte.

Lilinn und Jakub gaben ihre Beziehung nicht preis, obwohl die Blicke und verstohlenen Berührungen sie deutlicher verrieten als Worte. Jeder hätte bemerkt, wie Jakubs Gesicht zu leuchten begann, sobald Lilinn den Raum betrat. Und Lilinn sprach nicht mehr von Yorrik, sondern summte in der Küche Lieder, die Jade nicht kannte. *Es ist eine Affäre, nichts weiter,* sagte Jade sich. *Sie trösten sich gegenseitig, was ist dabei? Lilinn versucht, über Yorrik hinwegzukommen, und Jakub ist zum ersten Mal seit Jahren weniger einsam.* Und wem konnte sie etwas vorwerfen? War Jade nicht selbst diejenige, die am meisten verbarg?

*

Ein trügerischer Friede hatte sich über die Stadt gesenkt. Die Lords hatten sich in ihren Palästen verbarrikadiert, noch mehr Wachen standen vor den Toren. Man hörte von Festen im Winterpalast, aber in der

Stadt selbst war es so still geworden, dass das Gebrüll der Raubtiere aus den Menagerien gespenstisch laut durch die Straßen hallte. Die Straßenhunde sträubten ihr Fell und drückten sich dicht an den Häuserwänden entlang. Jade wagte sich nur mit einem Messer unter dem Mantel wieder in die Stadt, zaghaft und voller Angst, dass das Echo ihr folgen könnte. Der große Markt war entvölkert und mit ihm war auch Ben verschwunden. Jade wartete einen Vormittag lang im Schutz einer Hecke an der Schädelstätte, das Messer in der Hand und immer mit der Furcht, Tams Blauhäher könnten sie erspähen. Doch sie tauchten nicht auf und die Tür zur Gruft blieb verschlossen. Sorgfältig hielt sie nach Scherben Ausschau, aber sie fand so viele davon auf Straßen und Plätzen verstreut, dass sie sich bald fragte, ob das Erkennungszeichen nicht doch Bens wirren Gedanken entsprungen war.

Es war während ihrer dritten Suchaktion nach dem Alten, als sie bemerkte, dass sie beobachtet wurde. Sie war bei einem Gebäude angelangt, das früher als Schlachthof gedient hatte, nicht weit entfernt von der Schädelstätte. Viel zu viele Menschen drängten sich in den engen Räumen. Es waren Familien von Bediensteten und Lastenträgern, die hier hausten. Ein Fenster klappte etwas zu eilig zu, als sie den Kopf hob. Und in einem von einem Steinbogen geschützten Durchgang lehnte eine grauhaarige, hagere Frau, die sie zu erwarten schien. Soweit Jade sich erinnerte, hieß sie Leja und gehörte zum Schwarzmarkt. Sowohl im Sommer als auch im Winter trug sie ihren langen grünen Mantel. Jeder wusste, dass im Innenfutter zahllose Taschen eingenäht waren. Sie sah nicht gerade freundlich drein.

Verstohlen suchte Jade die Straße noch einmal nach Tams Spionen ab, dann schlüpfte sie zu der Frau in den Durchgang.

»Hat Ben euch meine Botschaft ausgerichtet?«, fragte sie auf gut Glück. Leja musterte sie, als versuche sie abzuschätzen, ob Jade ein echter Schein oder Falschgeld war. »Würde ich sonst in diesem Durchgang herumstehen?«, meinte sie herablassend.

Jades Herz begann, schneller zu schlagen. Eine von ihnen! Endlich.

»Wir haben drei der Blauhäher erledigt«, fügte Leja hinzu. »Aber es ist verdammt schwer, sie sich vom Hals zu halten.« Sie grinste. »Bleibt nur der Untergrund. Es sei denn, eure Gäste haben auch Ratten, die uns beobachten.« Das hörte sich eher nach einer Frage als nach einem Scherz an.

»Antwort gegen Antwort«, raunte Jade der Frau zu. »Wer ist euer Anführer? Ich muss mit ihm sprechen.«

Ein Schatten huschte über Lejas Miene. Und Jade wurde klar, dass sie ihr ganz und gar nicht vertraute.

»*Elf der Lords*«, flüsterte sie der grauhaarigen Frau zu. »So lautet doch eure Parole.«

»Falsch«, gab Leja trocken zurück. Sie hob die Faust und schlug blitzschnell gegen einen Mauerstein. Und dann lernte Jade eine weitere Lektion über ihre Stadt. Der Boden verschwand unter ihren Füßen, klappte einfach zu den Seiten weg. Ihre Beine traten in die Luft. Im Reflex des Stürzens erwischte sie noch eine glitschige Holzklappe, doch halten konnte sie sich dabei nicht. Noch im Fallen sah sie, wie das Rechteck aus Licht über ihr zufiel, dann folgte schon ein jäher Aufprall. Etwas Kaltes, Nasses spritzte hoch. Es stank nach Fäulnis und verrottetem Holz. Schlamm! Japsend und keuchend rollte sie sich herum und kam auf die Beine. Wie Blitzlichter schossen ihr die Gedanken durch den Kopf: ein Hinterhalt, eine Falle! Neben ihr ein Flüstern. Ohne nachzudenken, riss sie das Messer unter der Jacke hervor. Im nächsten Augenblick kniete sie im Schlamm, niedergehalten von mehreren Händen. Ein Arm auf den Rücken verdreht, bewegungslos, weil eine Hand sich in ihre Haare gekrallt hatte. Panik erfasste sie, als sie einen wütenden Fluch hörte. »Das Biest hätte mich beinahe erwischt!« Die Stimme erinnerte an knarrendes Holz.

»Tut ihr nicht weh!« Das war eine zitternde, nuschelnde Frauenstimme.

»Nell?«, schrie Jade. »Nell, bist du das?«

»Ruhe!«, fauchte ihr jemand ins Ohr. »Hältst du freiwillig den Mund oder muss ich dich knebeln?«

Grober Stoff kratzte über ihre Nase und die Augenlider. Jemand zurrte das Band vor ihren Augen fest. Dann wurde sie schon an den Armen hochgezogen. »Mitkommen!«

»Was soll das? Wohin bringt ihr mich?«

»Du wolltest uns doch kennenlernen«, sagte die knarrende Stimme. Ein Streichholz wurde angerissen und ein Lichtschimmer drang durch den Stoff vor ihren Augen.

»Keine Angst«, sagte Nell leise. »Sie tun dir nichts.«

Jade blieb nichts anderes übrig, als sich darauf einzulassen. Also nickte sie und kniff die Lippen fest zusammen. Zwischen den beiden Rebellen, die sie festhielten, stolperte sie vorwärts. Schlamm drang in ihre Schuhe, dann stieß sie an etwas Hartes.

»Treppe«, flüsterte Nell.

Es waren fünf Stufen. Dem Geruch nach Kalk und Mörtel zu urteilen, gingen sie durch einen Kellerflur. Zehn Leute, schätzte Jade anhand der Schritte. Sie musste sich vor Durchgängen ducken und ein Stück weit sogar über Kies kriechen. Immer wieder hörte sie das Schaben von eisernen Gittern, die verschoben wurden, und versuchte, sich im Kopf ein Bild der Route zu machen, doch es war zwecklos. Schon bald verlor sie jegliche Orientierung.

Nach einer Ewigkeit blieb die Gruppe stehen. Einer der Männer schubste sie auf etwas, das eine steinerne Bank sein mochte.

»Lass die Binde dran«, sagte er warnend, und endlich ließen sie sie los. Die Luft roch nach trockenem Staub und unter ihren Fingern fühlte sie Backsteine. Jedes Geräusch wurde von den glatten Wänden verstärkt.

»Ben?«, fragte sie leise.

»Wir können ihr trauen«, wisperte Nell. »Das haben wir doch schon geklärt. Nehmt ihr die Augenbinde ab.«

»Wer hier wem vertraut, entscheide ich.« Das war eine weitere Frauenstimme, hell und erstaunlich jung. »Immerhin ist sie die Tochter von Livonius. Livonius, der Ladytreue.«

Jade glaubte, sich verhört zu haben. »Moment mal...«, protestierte sie.

Doch die Frau sprach weiter, als wäre Jade nicht anwesend. »Sie leben beide nicht schlecht mit den Privilegien aus dem Palast. Und sie selbst treibt sich am liebsten bei den Flussleuten herum – und die sind ja die Schoßhunde der Lady, wie wir alle wissen.«

Jade schnaubte. »He, Schandmaul!«, rief sie. »Über mich kannst du sagen, was du willst, aber lass meinen Vater aus dem Spiel! Er ist kein Ladytreuer, wie du ihn nennst. Er lebt in dieser Stadt, so gut oder so schlecht es geht, wie alle anderen auch. Und wenn eure Spione wirklich so klug sind, wie sie glauben, würdest du wissen, wie oft Leute bei uns im Larimar Unterschlupf finden.«

»Kann man so sagen«, bestätigte Nell. »Und außerdem hat sie uns geholfen mit der Information zu den Vögeln.«

»Habt ihr Kontakt zu den Echos?«, fragte Jade.

»Vorsicht!«, mahnte die Frauenstimme. Jade musste sich zusammenreißen, um nicht vor Ungeduld und Wut ausfallend zu werden.

»Du hast jedenfalls gute Kontakte zum Sucher der Lady. Warum willst du uns helfen? Du lebst doch gut in deinem Hotel.«

»Eine dümmere Frage gibt es wohl kaum«, entgegnete Jade frostig. »Ich kann mich nicht erinnern, jemals über den Markt gelaufen zu sein ohne die Angst, verhaftet zu werden. Und in meinem Leben bin ich auf der Flucht mehr gerannt als jeder Jagdhund.« Sie musste sich räuspern, um weitersprechen zu können. »Wir sind der Lady nicht so treu, wie du behauptest. Dazu müssten wir ihr ... den Tod meiner Mutter verzeihen.«

Sie sprach nicht weiter, und sie hörte, wie jemand zustimmend brummte.

»Und was erhoffst du dir?«

Jade schluckte. »Nicht viel. Gehen zu können, wohin

ich will. In einer Stadt, die nicht zerstört ist. Und ich will wissen, ob die Echos tatsächlich Ungeheuer sind. Ich glaube nur zum Teil daran. Aber ich glaube daran, dass der Prinz in der Stadt ist. Und dass wir ihn finden müssen.«

Die Stimmung veränderte sich schlagartig, als sie den Prinzen erwähnte. Es war ein Atemholen, ein angespanntes Verharren.

»Weißt du mehr über ihn?«

»Nur dass die Lady nach ihm suchen lässt«, erwiderte Jade. »Einer der Nordländer hat es mir bestätigt. Zumindest glaube ich, dass es seine Spur ist, die sie aufgenommen haben. Die Jäger sind hinter einem Mann her, der die Echos ruft. Und wenn ihr klug seid, hört ihr damit auf, Jagd auf die Blauhäher zu machen. Tam hat noch eine andere Bestie. Und ich könnte mir vorstellen, dass er sie, schneller als euch lieb ist, aus dem Käfig holt, wenn ihr seine Späher tötet.«

Sie schrak zurück, als sie eine Hand an ihrem Haar spürte. Mit einem Ruck wurde ihr die Binde vom Kopf gezogen. Erst sah sie alles verschwommen, aber das Bild wurde schnell klarer. Sie saß in einem schmalen Tunnel, auf einer gemauerten Schwelle. Der Tunnel schien lang zu sein und verlor sich in der Dunkelheit. Die Gestalten, die um sie herumstanden, mussten sich bücken, um nicht an der niedrigen, gewölbten Decke anzustoßen. Sie erschrak, als sie verhüllte Gesichter erblickte, so deutlich blitzte die Erinnerung an die Echos in der toten Stadt auf. Doch das hier waren Menschen, und als sie genauer hinsah, erkannte sie sogar den einen oder anderen an der Haltung und an den Augen.

Nell zog sich ihre Stoffmaske vom Gesicht und grinste. »Willkommen im Untergrund, Jade.«

Wie auf ein geheimes Zeichen hin enthüllten auch die anderen ihre Gesichter. Jade staunte: ein Händler vom Marktplatz, zwei Frauen, die in der Menagerie eines Lords arbeiteten. Der Kerl mit der knarrenden Stimme war breit und kräftig gebaut und kam ihr ebenfalls bekannt vor. Vermutlich hatte sie ihn auch einmal auf dem Schwarzmarkt gesehen. Und die Anführerin dieser Gruppe war eine mausgesichtige Frau mit braunem Haar und blitzenden, intelligenten Augen. Jade schätzte sie auf Mitte zwanzig. Die Tatsache, dass sie doppelt durchstochene Ohrläppchen hatte, ließ Jade vermuten, dass sie eine Goldschmiedin war.

»Nell kennst du ja schon. Und den Rest von uns wirst du kennenlernen, wenn es an der Zeit ist.«

Jade nickte. »Wo sind wir?«

»Kanalsystem, ganz in der Nähe vom Winterpalast. Liegt seit Jahren trocken.«

»Wie viele seid ihr?«

»Viele«, gab Nell zur Antwort. »Über dreihundert.«

»Und die Echos?«

Wieder ein Blickwechsel. »Es werden mehr. Aber

es ist schwer für uns, sie zu finden. Wir müssen darauf warten, dass die Echos uns finden.«

»Woher kommen sie?«, wollte Jade wissen.

Enttäuschenderweise wieder ein Schulterzucken. »Aus dem Wald, sagen einige. Aus der toten Stadt. Wir wissen es nicht. Und erzählen werden sie es uns kaum, sie sprechen nicht unsere Sprache, sie verstehen nicht einmal immer, ob wir Freund oder Feind sind.«

Jade dachte an die gefletschten Zähne und die Mordlust in den Augen des Echos, das sie am Fenster gesehen hatte, und fröstelte. Aber trotzdem spürte sie so etwas wie einen leisen Triumph.

»Ich wusste es doch«, stellte sie fest. »Sie *haben* eine Sprache. Und sie sind eure Verbündeten?«

»Der Prinz ist zurückgekehrt, um seinen Thron zurückzufordern. Er ruft die Echos zu Hilfe. Also sind sie auch unsere Verbündeten.«

»Die Nordländer sagen, sie folgen den Menschen, um sie zu töten«, wandte Jade ein.

Die Frau zuckte mit den Schultern. »Das kann gut passieren. Viele von ihnen sind den Menschen feindlich gesinnt. Nur den Königen gehorchen sie.« Sie griff unter ihren Mantel und holte etwas hervor, das sie in der Faust verbarg. Ein schnelles Lächeln huschte über ihr Gesicht. »Es sei denn, sie erkennen, dass jemand den Tandraj ergeben ist.« Sie trat vor und hielt ihr auffordernd die Faust hin. Jade streckte zögernd die Hand aus. Sie zuckte zusammen, als etwas Kleines, Kaltes auf ihre Handfläche fiel und im Licht der Öllampe aufblitzte.

Jade runzelte erstaunt die Stirn. »Ein Spiegelsplitter?«

»Ein Stück aus einem Spiegel der Tandraj-Könige«, sagte die Frau mit einem triumphierenden Grinsen. »Das Einzige, was die Echos als Zeichen erkennen. Wer einen Splitter hat, ist ihr Verbündeter.«

Jade schloss die Finger um die Scherbe. »Wenn ich also auf ein Echo treffe...«

»...wird es dir nichts tun, sobald es sieht, dass du die Scherbe hast«, ergänzte Nell eifrig. »Also trage das Zeichen immer bei dir und verlier es auf keinen Fall.«

Das also hatte Ben gemeint! Jade betrachtete die Scherbe. Sie hatte die Form einer Raute, die Oberfläche war von einem Netz spinnwebartiger Risse durchzogen. Sie war gerade groß genug, dass sich ihr Auge darin spiegelte.

»Woher habt ihr das?«

»Lange gesucht«, sagte die Frau. »Die Lady ließ damals alle Spiegel und alles Silber und Gold aus dem Palast schaffen. Die Edelmetalle schmolz sie ein und verteilte sie als Kriegsbeute an die Lords. Die Spiegel aber zerschmetterten sie und warfen sie in den Fluss. Ben war dabei, er hat uns von dieser Nacht berichtet.

Und er war sogar in der Lage, uns die Stelle am Fluss zu zeigen.«

»Und dann habt ihr die Splitter aus dem Schlamm gefischt«, stellte Jade fest. »Ihr müsst gute Taucher haben.«

Die verstohlenen Blicke der Umstehenden schweiften sofort zu dem kräftigen Mann, der Jade durch den Tunnel geführt hatte. Nun, zu den Flussleuten gehörte er jedenfalls nicht. Jade kannte alle vier Fähren und Familien, aber ihn hatte sie dort noch nie gesehen.

»Und ihr setzt auch die Turbinen außer Gefecht?«, fragte sie.

Die Rebellen nickten.

Eine neue, beunruhigende Möglichkeit machte Jade nervös. »Ihr habt aber nicht vor, die Flussleute anzugreifen, oder?«

Der Mann mit der knarrenden Stimme schüttelte den Kopf. »Die Flussleute brauchen wir noch, auch nach dem Sturm. Sie sind die Einzigen, die alle Strömungen kennen. Es geht nur darum, Zeit zu gewinnen. Die Lady und ihre Gefolgsleute zu verwirren und Unruhe zu stiften. Steine in das Getriebe zu werfen, bis wir alle Verbündeten versammelt haben und der Prinz uns ruft.«

»Sechs Waffenlager sind voll«, setzte Nell hinzu. »Aber noch ist nicht alles für den Sturm bereit.«

Jades Mund wurde ganz trocken. *Es passiert wirklich*, dachte sie. Und obwohl sie noch bis eben entschlossen gewesen war, den Rebellen zu helfen, bekam sie es plötzlich mit der Angst zu tun.

»Ihr wollt tatsächlich den Palast stürmen?«, flüsterte sie. »Wann?«

Die mausgesichtige Frau musterte sie wieder, als wäre sie sich nicht mehr sicher, ob sie diese Information herausgeben sollte.

»Sobald wir den Prinzen gefunden haben«, sagte sie gedehnt. »Oder er uns. Ohne ihn und die Echos haben wir keine Chance.«

Jade schluckte. Die Scherbe schien in ihrer Hand zu brennen.

»Und was ist mit den Lords? Wollt ihr sie alle umbringen?«

»Nicht alle. Aber Lord Minem war strategisch wichtig«, erklärte Nell. »Er war es, der die Jäger organisiert hat. Der neue Befehlshaber ist jünger und nicht so erfahren wie er. Das bringt Unruhe in das Gefolge der Lady. Wir müssen an den Grundfesten rütteln, damit das Gebäude ins Rutschen kommt.«

»Ihr redet, als wäre das ein Strategiespiel«, sagte Jade leise. »Warum mordet ihr? Warum nehmt ihr keine Gefangenen?«

»Weil sich dieser Krieg nicht anders gewinnen lässt!«, rief die Anführerin. Ihre Augen funkelten. »Wo hast du gelebt, Prinzessin?«, spottete sie. »In der Puppenstube? Ist es dir lieber, dass sie dich töten?«

Moira hat mich nicht getötet, dachte Jade. *Sie hat mir sogar geholfen.*

»Sie haben über zwanzig Unschuldige verhaftet! Die Galgen stehen schon für ihre Hinrichtungen bereit. Und jeder von uns hat Tote zu beklagen oder Familienmitglieder, die in den Kerkern einfach verschwunden sind.« Rote Flecken erschienen auf ihren Wangen, so sehr hatte sie sich in Rage geredet. Jedes ihrer Worte unterstrich sie mit temperamentvollen Gesten, und ihre Stimme gehörte nicht mehr einer unscheinbaren, misstrauischen Frau, sondern einer Kämpferin. Jade musste widerwillig zugeben, dass die Rebellin sie beeindruckte. »Meine Schwester ist auf der Gefängnisinsel«, schloss sie. »Keiner weiß, ob sie noch lebt. Und warum? Ein Lord war der Meinung, sie hätte ihn um Schmuckgold betrogen. Natürlich brauchte er einer Verschollenen keinen Lohn für ihre Arbeit zu zahlen. Weißt du, was ein Menschenleben in dieser Stadt zählt?«

Nicht mehr als ein zufälliger Fingerdruck auf einem Abzug, dachte Jade.

»Also was ist, Prinzessin Larimar?«, rief die Frau. »Bist du dabei? Oder wir verbinden dir die Augen und bringen dich zurück in deine sichere, kleine Welt am Fluss?«

Jade wunderte sich selbst, wie ruhig sie war. Die Anführerin schien hitzig und unbeherrscht zu sein, aber sie brannte auf eine Weise für ihre Sache, die Jade nur respektieren konnte. *Immerhin*, dachte sie. *Sie ist direkt. Aber sie meint, was sie sagt.*

»Welche Rolle spielt Ben?«, fragte sie. »Kann ich ihm vertrauen?«

»Ben ist unser Gedächtnis«, erklärte Nell. »Er weiß alles über die Könige, auch wenn er sich nur bruchstückhaft erinnert. Und er ist unser Bote. Bei den meisten Wächtern hat er Narrenfreiheit, niemand fragt ihn, wohin er geht und warum.«

Jade wusste nicht, warum, aber mit dem Gedanken an Ben fühlte die Entscheidung sich richtiger an.

»Ich bin keine Mörderin«, erklärte sie mit fester Stimme. »Und eine Waffe nehme ich nicht in die Hand. Aber ich helfe euch, den Prinzen zu finden und mehr über die Echos zu erfahren.«

Sie hatte erwartet, dass die Stimmung nun umschlagen würde, aber die Rebellen lachten. »Na, wenn dir die Echos mehr am Herzen liegen als die Menschen, soll es mir recht sein«, sagte die Frau mit funkelnden Augen. »Wir sind nicht die Armee eines Lords. Keiner muss ein Krieger sein. Jeder tut das, was er will und kann.«

»Und die Nordländer?«, rief ein Mann von hinten. »Mit ihrer Hilfe könnten wir sie doch leicht außer Gefecht setzen.«

Von einer Sekunde auf die andere brach Jade der Schweiß aus. Ihre Gedanken überschlugen sich. Sie hatte es befürchtet, aber die Gefahr für Fauns Leben so unmittelbar zu spüren, brachte sie völlig aus der Fassung.

»Nein«, rief sie mit harter Stimme. »Die Nordländer lasst ihr in Ruhe.«

Eine gefährliche Stille trat ein. Nell sah sie verständnislos an. Jade schluckte und versuchte, ruhig zu atmen, während hinter ihrer Stirn die Gedanken rasten.

»Was soll das bedeuten?«, fragte der Taucher. »Befiehlst du uns?«

Alles oder nichts, dachte Jade und versuchte, das Beben in ihrer Stimme zu unterdrücken. »Vertraut mir«, sagte sie. »Die Nordländer haben Zugang zum Palast. Ich bekomme Informationen – auch über die Lady und die Jäger. Was auch geschieht: Den Nordländern darf auf gar keinen Fall etwas passieren, sonst kann ich euch nicht helfen, haben wir uns verstanden?«

Einen Augenblick war Stille, dann warf die Anführerin den Kopf zurück und lachte schallend. »Die Prinzessin übernimmt das Kommando, ja?«, rief sie spöttisch. »Also gut, einverstanden! Den zarten Pflänzchen aus dem Nordland wird kein Haar gekrümmt.«

Jade hoffte, die anderen würden nicht bemerken, dass sie vor Erleichterung ganz blass wurde.

»Ich bin Tanía!«, sagte die Frau und hielt ihr die Hand hin. »Also: ganz oder gar nicht, Jade Livonius.«

»Ganz«, sagte Jade. Und als sie Tanías Hand ergriff und den Pakt um Fauns Leben besiegelte, fühlte sie sich, als hätte sie einen schmalen Berggrat betreten, der auf jeder Seite in den Abgrund führte.

*

In dieser Nacht folgte sie dem verhaltenen Raunen der Geister und zog sich in das kleine Südzimmer mit den goldbraunen Wänden zurück. Lange betrachtete sie die Spiegelscherbe und wendete sie hin und her, bevor sie sie in der Innentasche ihrer Jacke verstaute. Es tat gut zu wissen, dass das Echo ihr nicht mehr gefährlich werden konnte. *Untergrund*, dachte sie mit einer seltsam flirrenden Unruhe in ihrer Brust, die immer noch zwischen Triumph und Zweifel schwankte. *Jetzt gehöre ich zu ihnen. Zu denen, die sich endlich wehren. Oder zu den Mördern.*

Sie dachte an Faun und abermals stiegen die Zweifel in ihr hoch. *Es wird gut gehen*, wiederholte sie in Gedanken wie eine Beschwörung. *Ich kann ihn schützen. Ihm wird nichts geschehen.*

Es gab keine Verabredungen zwischen Faun und ihr, keine Gewissheiten, nur den Schatten, der nachts plötzlich vor ihr stand, und die gestohlenen Stunden vor Sonnenaufgang. Als sie in dieser Nacht aus einem wirren Traum von Feuer und glühenden Fußspuren im Schnee aufschreckte, hörte sie Fauns Atem neben sich. Mitternachtsaugen glänzten im Zwielicht des Frühmorgens und sanfte Finger spielten mit ihrem Haar.

»Bei unserer ersten Begegnung konnte ich kaum glauben, dass du ein Mensch bist«, sagte Faun. »Du siehst aus wie eine Fee. Deine Haut ist so hell, dass sie beinahe leuchtet. Und deine Augen erinnern mich an das Wasser im Nordmeer. Ich habe noch nie solche Augen gesehen.«

»Als ich dich zum ersten Mal sah, dachte ich nur: Was für ein unhöflicher, grober Kerl«, murmelte Jade verschlafen.

»Und trotzdem hast du mich geküsst«, konterte er mit einem Grinsen.

»Wie gut, dass du deine Arroganz völlig abgelegt hast.«

Faun lachte. Und dieses Lachen, das keine Spur von Düsternis und Hochmut barg, liebte Jade am allermeisten. Wie immer war es, als würden sie gemeinsam Niemandsland betreten. Alle Sorgen und Zweifel wurden in ein schwarzes Meer gesogen und zurück blieb nur das kostbare Schimmern von Gegenwartsminuten.

»Wir sind wie Jostan Larimar und seine Fee«,

meinte er. »Jede Nacht in einem anderen Zimmer auf Reisen.«

»Sag so etwas nicht! Jostan wurde getötet.«

»So abergläubisch?«

Jade schüttelte den Kopf. Ein Kloß saß plötzlich in ihrer Kehle, und sie wünschte sich nichts so sehr, als all das hinter sich zu lassen. Auch davon hatte sie vorhin geträumt, erinnerte sie sich: mit Faun über das Meer zu fahren, weit fort von der Gefahr. Und die Sehnsucht nach der Ferne war immer noch so nah, dass sie nur die Augen schließen musste, um danach greifen zu können.

»Manchmal stelle ich mir vor, dass wir reisen«, sagte sie. »Auf einem Schiff. Zu den Inseln.«

»Wohin willst du? Zu den Marmorzitadellen auf den Ostinseln?«, erwiderte Faun. »Oder zu den schwimmenden Städten an der Südküste?«

Es war ein Spiel zwischen ihnen, und keiner von ihnen sprach die Wahrheit aus: Träume von einer Zukunft fanden in dieser Gegenwart keinen Halt.

»Faun, wann werdet ihr die Stadt verlassen?«

»Hast du es so eilig, mich loszuwerden?« Als sie über seinen Scherz nicht lächelte, seufzte er und nickte. »Bald, denke ich. Sobald die Lady unsere Dienste nicht mehr benötigt.«

»Erzähl mir vom Nordland«, bat sie ihn.

»Menschen mit Wolfsköpfen gibt es bei uns nicht«,

flüsterte Faun ihr ins Ohr. »Aber es gibt tausendjährige Bäume, die so groß sind, dass auch zwanzig Männer einen einzelnen Stamm nicht umfassen könnten. In diesen Bäumen wohnen die Geister. Sie haben Stimmen wie das Zischen von Glut und Wasser und raunen dir ihre Geschichten zu. Ganze Dörfer leben in den Kronen dieser Bäume. Die Leute schlafen in Höhlen, die sie in die Stämme gehauen haben, und jagen Baumschlangen und Vögel. Manche haben seit Generationen den Erdboden nicht mehr berührt.«

»Stammst du aus einem solchen Dorf?«

Sofort verschwand der Glanz aus seinen Augen.

»Oh nein, ich gehörte zu den Jägerstämmen. Aber ich war sehr jung, als ich wegging. Ich erinnere mich kaum daran.«

»Auch nicht an deine Eltern?«

Faun zuckte mit den Schultern. »Wenn ich träume, höre ich ihre Gesänge. Und wenn ich in einem Wald bin, dann ist es, als würde ich nach Hause kommen. Bist du gern im Wald?«

Jade stutzte. »Ich? Im Wald?«

»Vor der Stadt gibt es doch Wälder. Willst du behaupten, du warst nie dort?«

»Nie. Die Lady jagt dort und es ist gefährlich. Das Erste, was ein Kind in der Stadt lernt, ist, in der Stadt zu bleiben, in Sicherheit.«

»Sicherheit!«, meinte Faun spöttisch. »Die Freiheit ist nie sicher. Wenn ich an deiner Stelle wäre, würde ich noch heute die Stadt verlassen.«

»Und wenn ich du wäre, würde ich Tam zum Teufel schicken«, entgegnete sie scharf. Faun antwortete nicht. Eine Weile schwiegen sie. »Wohin werdet ihr reisen, wenn die Lady euch nicht mehr braucht?«, fragte sie ihn schließlich.

Er seufzte. »Ich weiß nicht, wohin Tam gerufen wird. Viele Könige, Stadtherren und Herrscher bezahlen ihm ein Vermögen für seine Arbeit. Er ist ein Suchender. Er gibt niemals auf, bevor er die Beute erlegt hat. Und es gibt immer etwas, das gefunden werden muss.«

»Auch dich hat er gefunden«, sagte Jade vorsichtig. »In der Schlucht. Er hat dir das Leben gerettet. Bist du ihm deshalb verpflichtet?« Fauns Hand, die über ihre Schulter strich, verharrte. So oft hatte sie versucht, eine Antwort auf diese Frage hervorzulocken, und auch diesmal gelang es ihr nicht. Er lächelte nur traurig und versuchte, sie zu küssen, doch diesmal wich sie ihm aus und schob ihn weg.

»Antworte mir gefälligst!«

Faun rückte von ihr ab und seufzte. Dann verschränkte er die Hände hinter dem Kopf und schien nachzudenken.

»Verpflichtet. Ja, vielleicht«, sagte er nach einer Weile.

»Ich erinnere mich kaum an diese Zeit. Nur an einige wenige Dinge… an ein Ritual… aus der Zeit beim Jägerstamm.«

Jade setzte sich auf. »Was für ein Ritual?«, fragte sie atemlos.

»Wenn ein Mann aus dem Nordwald eine Frau liebt«, sagte Faun ernst, »dann jagt er für sie und schenkt ihr das Herz einer Raubkatze. Aber wenn die Frau ihn nicht küssen will, tut es auch eine glitschige, rohe Fischhaut.«

Seine Augen blitzten, und beim Blick in ihr verblüfftes Gesicht musste er sich auf die Lippen beißen, um nicht in schallendes Gelächter auszubrechen.

»Du ziehst mich auf?«, zischte sie. Sie versetzte ihm einen Schlag, den er im letzten Moment parierte, und wollte aus dem Bett springen. Doch Faun packte sie am Handgelenk und hielt sie zurück.

»Sei mir nicht böse«, bat er. »Das Ritual gibt es wirklich – so ungefähr jedenfalls.«

»Lass mich los oder du hast gleich ein paar Narben mehr. Und diesmal im Gesicht!« Es hatte zornig klingen sollen, doch dafür war es zu spät. Längst hatte Faun sie mit seinem Lachen angesteckt. Das war das Verwirrendste an diesen Nächten: diese Momente der Unbeschwertheit, in denen Jade alles vergaß und lachte und einfach nur glücklich war.

Nur widerwillig ließ er sie los und hob die Hände.

»Friede!«, meinte er versöhnlich. »Ab jetzt sage ich nur noch die Wahrheiten, die du hören möchtest. Frag mich was anderes!«

Jade schluckte. *Lass es*, dachte sie. *Er wird dir nichts sagen. Und er hat recht damit, einer Spionin nicht zu vertrauen. Selbst wenn die Spionin alles dafür tun wird, um sein Leben zu schützen.*

»Du hast mir erzählt, dass Tam jemanden sucht, der sich in der Stadt versteckt«, begann sie vorsichtig. »Und auf dem Markt gibt es ... diese Gerüchte. Über einen Prinzen. Sucht ihr ihn immer noch?«

Fauns Atmen war kaum hörbar. Er schloss die Augen und schwieg. So ruhig hatte sie ihn noch nie erlebt.

»Für das, was ich dir jetzt sage, könnte Tam mich töten«, sagte er nach einer viel zu langen Weile. »Die Gerüchte sind wahr. Den Prinzen gibt es tatsächlich. Die Lady nimmt an, dass er während des Winterkriegs aus der Stadt gebracht wurde und nun zurückgekehrt ist. Aber er verbirgt sich gut. Es gab Hinweise, dass er sich in der toten Stadt aufhielt, weil von dort auch einige der Echos kamen. Aber er ist den Jägern entwischt.«

Als sie nicht antwortete, stützte er den Kopf auf seiner Hand auf und sah sie ernst an.

»Die Lady wird in den nächsten Tagen weiter nach ihm suchen.«

»Ich weiß«, erwiderte Jade.

»Komm ihr nicht in die Quere«, bat er leise. »Ich … könnte den Gedanken nicht ertragen, dass dir etwas zustößt.«

Jade wich seinem Blick aus und nickte nur stumm.

totentanz

Hatte Jade bisher nur die Oberflächen und Fassaden der Stadt wahrgenommen, tauchte sie nun in den Untergrund ein und lernte das Adernetz von Gängen kennen, das sich darunter verbarg, ein verwobenes System an Kammern, Schlupfwinkeln und Fluchtwegen. Sie führten durch Keller mit durchbrochenen Wänden und an Kanälen entlang, durch Wohnungen und hohle Mauern. Nach und nach lernte sie, die Zeichen zu lesen – hier eine Tonscherbe auf einer Fensterbank, die nach Norden deutete, dort ein rotes Band an einem abgebrochenen Stück Holz, das aus einer Wand ragte. Es war gefährlich und erregend wie ein Rausch, mit Tanía im Palastviertel vor einer Patrouille wegzutauchen oder am Rand einer Gasse einen Diener aus einem Adelspalast zu erblicken, der ihr zunickte und wie beiläufig eine Spiegelscherbe in der Hand aufblitzen ließ. Sie kannte nur wenige Namen, und dennoch spürte sie, wie sie ein fester Teil des Netzes wurde, das sich über die ganze Stadt spannte. Nur von den Echos und dem Prinzen fehlte immer noch jede Spur.

»Zwei Echos wurden vor dem Goldenen Tor gesehen!«, berichtete Tanía bei einer Versammlung im Schlachthof. »Und Ben sagt, vier weitere verstecken sich in der Nähe der Schädelstätte. Sie sind da! Sie warten nur darauf, zuschlagen zu können! Schätze, wir müssen uns etwas einfallen lassen, um die Jäger für eine Weile abzulenken.«

Sie lachte bei diesen Worten und ihre Augen funkelten in einer wilden Entschlossenheit. In solchen Augenblicken wusste Jade nicht, ob sie Tanía für ihren Mut bewundern oder ihre Verrücktheit fürchten sollte. Für sie war dieser Krieg tatsächlich ein Strategiespiel, für das sie so sehr brannte wie Jade für ihren Traum von der Ferne.

Öfter als nötig hielt Jade sich in der Nähe des Hafens auf und hielt nach Arifs Fähre Ausschau. Meistens sah sie das Schiff nur aus der Ferne, aber einmal hatte sie Glück und kam in dem Moment, als es gerade abgelegt hatte und flussaufwärts fuhr. Selten war Jade so nervös gewesen wie in dem Augenblick, als sie Martyn entdeckte. Er stand am Heck und sortierte Seile. Auf ihren Pfiff hin zuckte er zusammen und sah zu ihr herüber. Seine Miene hatte nichts von einem Sonnenlächeln, eher von einem Gewitter mit tödlichen Blitzen. Jade winkte ihm zu und bedeutete ihm mit den Zeichen, die sie seit der Kindheit verwendeten, dass sie mit ihm reden musste. Aber Martyn kniff nur die Lippen zusammen, wandte sich ab und verschwand in Richtung Bug aus ihrem Blickfeld. Jade blieb mit zu Fäusten geballten Händen und einem Kloß in der Kehle zurück. Und obgleich seine Reaktion sie mehr verletzte als jeder Streit, den sie miteinander ausgefochten hatten, musste sie zugeben, dass sie an seiner Stelle ganz genauso reagiert hätte.

Den Echos begegnete Jade nicht, obwohl sie jeden Kanal und jedes unbewachte Gebäude absuchte, aber einige Tage nach der Versammlung fand sie zumindest Ben wieder. Er hockte in der Nähe des Palasts, direkt neben dem Seitentor der gläsernen Kirche. Durch das graue Rauchglas strahlte das Licht des heiligen Styx, das im Inneren auf dem Altar brannte. Von außen gesehen, schien es direkt über Bens Kopf zu schweben wie ein Heiligenschein.

»Kenne ich dich?«, fragte er, sobald er Jade entdeckte.

Jade sah sich um und ging vor dem Alten in die Hocke.

»Wo warst du?«, wisperte sie ihm zu.

»Bei den Galgen zu Besuch«, lachte Ben. »Ich muss üben für den Totentanz. Lang dauert es nicht mehr, hundert Jahre sind mehr als genug.«

Jade holte ein Stück Brot aus ihrer Tasche, das er

sich schnappte und gierig in den Mund stopfte. Irgendwo in der Nähe ertönte ein schriller Vogelschrei, wie von einem Ara oder einem Kakadu.

»Richte Tanía aus, dass sie morgen von den Straßen verschwinden sollen«, flüsterte Jade Ben zu. »Es wird wieder eine Treibjagd geben, diesmal im östlichen Teil der Stadt und in der Nähe des Hafens. Und soweit ich rauskriegen konnte, sind weitere Verhaftungen geplant.«

»Ich weiß zwar nicht, wovon du redest«, nuschelte Ben mit vollem Mund. »Aber ich merke es mir. Vielleicht wird ja dem Mann da drüben deine Information nützen.« Er deutete auf einen Lastenträger, der mit einem Bündel auf dem Kopf in Richtung des Zehnthauses eilte.

Jade nickte und fügte das Gesicht des Mannes in ihre Galerie der Verbündeten ein.

»Hoch mit mir!«, rief Ben munter und streckte ihr die Hand hin. Jade ergriff sie und half dem Greis vorsichtig auf die Beine. Schon hatte er sich bei ihr eingehakt und zog sie zu einem Seitentor der Kirche. »Komm, wir besuchen den Heiligen!«

»Du weißt genau, dass das nicht geht«, flüsterte Jade. »Selbst wenn das Tor nicht verschlossen wäre, dürfen nur Leute aus den Palästen in die Kirche.«

»Keine Lords da«, sagte Ben lakonisch und trat gegen die Tür. Sie schwang auf! Und jetzt sah Jade auch, dass das Schloss zerbrochen war. »Wer war das? Tanías Leute?«

Im selben Moment ertönten aufgeregte Rufe in der Nähe, dann erhoben sich vier riesige Papageien über die Dächer eines Adelspalasts und flohen in Richtung Fluss. Ein schriller Schrei zerschnitt die Luft – und dann hörte Jade Schläge wie von mächtigen Tritten gegen eine Tür. Ehe sie sich von ihrer Überraschung erholen konnte, hatte Ben sie schon durch die Tür in die Kirche gezogen. Draußen war es drückend warm gewesen, hier aber war es so kühl, dass Jade auf der Stelle eine Gänsehaut bekam. Die Straße und der Platz vor der Kirche schimmerten bleigrau und schemenhaft durch das Rauchglas.

»Was geht hier vor, Ben?« In der Kirche hallte sogar der Atem.

»Passwort?«, murmelte Ben und spähte besorgt zum Tor eines Adelshauses.

Im ersten Augenblick wollte Jade ihn zurechtweisen, sich die Verrücktheiten zu sparen, aber die Art, wie Ben die Augen zusammenkniff und die Straße betrachtete, wirkte plötzlich merkwürdig klar und vernünftig.

»*Elf der Lords*«, erwiderte sie leise. »Warum?«

»Irrtum!«, sagte Ben und tippte mit dem Fingernagel an die Glaswand. »*Zehn der Lords!*«

Im selben Augenblick brach das Tor zum Innenhof

des Stadtpalasts auf. Das Kreischen der Scharniere und das Splittern von Holz konnte Jade nur gedämpft hören, aber durch das Glas sah sie, wie zwei schwarze Stiere mit vergoldeten Hörnern direkt an der Kirche vorbeistürmten. Selbst der Kirchenboden schien unter den Tritten der harten Hufe zu beben. Instinktiv riss Jade auch Ben zu Boden und lehnte sich von innen gegen die Tür. »Lord Norem!«, flüsterte Ben und rieb sich ächzend das Knie, das er sich angeschlagen hatte. »Hat die gefährlichsten Tiere und ist so stolz darauf. Stiere aus den östlichen Steppen, Tiger aus den Eiswüsten von Limara, Bären aus den Nordwäldern...«

»Das ist Tanías Werk, nicht wahr? Wusstest du, dass sie eine Menagerie aufbrechen würden?«

Sie schauderte beim Gedanken daran, dass sie nur zehn Minuten später den Stieren direkt entgegengelaufen wäre. Und noch ein Gedanke fuhr ihr durch den Kopf: Martyn und die Feynals. Hoffentlich waren sie auf dem Wasser!

»Muss was schiefgelaufen sein«, bemerkte Ben nur trocken. »Sie wollten die Tiere in die andere Richtung treiben.«

Jade fluchte und versuchte, durch das Glas zu erkennen, was draußen vorging. Inzwischen war der Lärm so laut geworden, dass er deutlich in die Kirche drang. Hundegebell und Knurren erklangen, dann Schüsse. Ein Tumult war im Gange. Jäger stürzten die

Straße entlang. *Hoffentlich entdecken sie uns nicht in der Kirche,* betete Jade und zog Ben am Arm, damit er sich duckte. Auf der Suche nach einem möglichen Versteck warf sie einen hastigen Blick über die Schulter. Der dumpfe Widerhall der Schüsse wurde von den glatten Wänden verstärkt und füllte den hohen Raum. Jade erhaschte einen Blick auf das Mosaik des heiligen Styx hinter dem Altar. Zum ersten Mal sah sie es ohne den Filter von Glas und Weihrauch. Der Heilige, eine dünne Kadavergestalt mit einem Ibisschädel in der einen und der Eisenlilie in der anderen Hand, starrte sie aus strengen silberfarbenen Mosaikaugen drohend an. Jade senkte unwillkürlich den Blick.

Eine weitere Patrouille war eingetroffen und der Platz begann zu kochen. Jade kauerte sich instinktiv zusammen, als sie Tigergebrüll hörte. Sie sah gerade noch, wie ein auffälliger Schachbrettmantel am Rand der Szenerie auftauchte und im Gewühl verschwand.

»Moira!«, flüsterte sie und dachte im selben Moment: *Faun!*

Ben starrte sie verblüfft an, als sie aufsprang.

»Bleib hier«, befahl sie ihm.

Es war vollkommener Wahnsinn, aber die Vorstellung, Faun könnte von einem Stier niedergetrampelt werden, ließ sie ihre Furcht vergessen.

»Was machst du?«, fragte Ben mit großen Augen.

»Dafür sorgen, dass jemand seinen Fluchtweg findet,

bevor er durch Tanías Dummheit umkommt!«, gab Jade zurück.

Sie wartete, bis sie sicher sein konnte, dass kein Raubtier in unmittelbarer Nähe der Tür war, dann schlüpfte sie hinaus und rannte los. Die Hitze traf sie wie eine warme Wand und trieb ihr sofort den Schweiß auf die Stirn. Von allen Seiten stürzte Lärm auf sie ein. Stampfen von Hufen, weitere Schüsse, gebrüllte Befehle. Offenbar trieben die Jäger auch in den Nebenstraßen die Tiere zusammen. Faun war nirgendwo zu sehen, nicht einmal einen Blauhäher entdeckte sie. Dafür aber Moira, die ihren Hund von der Leine ließ und ein Kommando rief. Die Jägerin war heute allein! Jade atmete erleichtert auf und flüchtete sich hinter das Geländer einer Marmortreppe. Sie erschrak fast zu Tode, als sich eine Hand um ihren Fußknöchel schloss, und schrie auf.

»So schreckhaft, Prinzessin?«, höhnte eine wohlbekannte Stimme.

Tanía schlüpfte flink unter der Treppe hervor und grinste. Jade wollte etwas sagen, als ein Laut ertönte, der ihr die Haare vor Entsetzen zu Berge stehen ließ: Bärengebrüll. Viel zu nah.

»Zeit zu gehen«, sagte Tanía.

*

Sie wichen jeder Begegnung mit Jägern und den flüchtenden Tieren aus. Jade war völlig außer Atem, als Tanía schließlich durch einen Hinterhof rannte und vor einem Eingang stehen blieb. Auf ihr Klopfzeichen hin öffnete sich die Tür und Tanía tauchte ins Dunkel. Jade japste noch einmal nach Luft und folgte ihr.

»Rauf in den ersten Stock und nach links!«, flüsterte ihr eine Männerstimme zu. »Durch die zweite Tür kommt ihr ins Nebenhaus.«

Mit wackligen Knien gehorchte Jade und hetzte die Treppen hinauf. Der Raum war eine winzige Kammer mit zwei Türen, in der nicht viel mehr als ein Tisch und eine Bank stand. Eine Weinkaraffe und mehrere halb gefüllte Gläser deuteten darauf hin, dass auch andere Verbündete ihn als Unterschlupf nutzten. Tanía stürzte nicht zur zweiten Tür, sondern rannte zum Fenster und winkte Jade heran.

»Seid ihr verrückt?«, zischte Jade. »Da draußen laufen jede Menge Leute herum, die nichts mit den Jägern zu tun haben! Nehmt ihr jetzt schon jedes Menschenleben in Kauf?«

»Risiko«, antwortete Tanía trocken. »Mach dir nicht immer so viele Sorgen um andere. Die Bestien stiften ein wenig Verwirrung und lenken die Jäger ab, das ist alles.«

Es war ganz und gar kein gutes Gefühl, an das zu denken, was draußen vorgehen mochte.

»Von wem lenken sie ab? Lord Norem?«

»Komm schon her!«, sagte Tanía ungeduldig. Zögernd trat Jade zu der Rebellin und blickte ebenfalls aus dem Fenster. Es gab den Blick frei auf eine Sackgasse. Unrat türmte sich hier, es stank nach gärenden Abfällen. Mochte sich dahinter auch ein neues Adelshaus mit glänzender Fassade erheben, auf der Hinterseite bröckelte von den Gebäuden, die die blinde Gasse säumten, der Putz ab. Die Überreste einer Steinfigur unter dem Fenster zeugten davon, dass auch dieses Haus aus der Zeit der Könige stammte. Die Figur hatte einst einen Mann dargestellt, aber nun waren von ihm nur noch die muskulösen Beine und ein Teil der Hüfte übrig.

Von links erklang das Stampfen von Stiefeln. Hundegebell schwoll an. Jade und Tanía zuckten beide zurück, als sie die Jäger auf der Straße vorbeistürmen sahen. Raubtiergeruch wehte zu dem Fenster hoch, und Jade glaubte, im Getümmel das weiße Fell einer Schneekatze aufblitzen zu sehen. Einem Schuss und einem Fauchen folgte Triumphgebrüll aus einem Dutzend Kehlen.

»Das hätte sich Lord Norem auch nicht träumen lassen«, feixte Tanía. »Seine kostbare Menagerie – Jagdbeute für die Jäger und Galgos.«

Jade konnte darüber nicht lachen. »Hast du ihn getötet?«, fragte sie leise.

Tanía wurde ernst und schüttelte den Kopf. »Lord Norem? Nein, ich habe lediglich herausbekommen, wann er täglich in den Winterpalast geht, über einen Schleichweg, verkleidet mit einem groben Umhang. Mit etwas Glück hat Ruk ihn vorhin auf diesem Weg abgepasst, während die Jäger damit beschäftigt waren, seinen Zoo in Schach zu halten. Wenn ihn seine eigenen Bestien nicht vorher schon selbst erwischt haben.« Ein humorloses Lächeln gab ihren Zügen einen harten Ausdruck. »Nun, den Geschmack von Menschenblut sind sie ja gewohnt.«

»Heißt das...«

Tanía nickte. »Habt ihr die Schreie gestern nicht bis ins Larimar gehört? Warum, glaubst du, sind die Galgen immer noch leer? Nun, nach dem, was wir jetzt wissen, werden sie auch leer bleiben. Wieso gutes Menschenfleisch in der Sonne verrotten lassen, wenn man sich und den Bestien damit in der Menagerie einen vergnüglichen Nachmittag gönnen kann?«

Bisher war Jade nur flau im Magen gewesen, aber jetzt war ihr plötzlich schrecklich schlecht.

Tanía schlug ihr auf die Schulter. »Komm, Prinzessin«, sagte sie versöhnlich. »Zurück in den Untergrund!«

Ihre Worte gingen in einem Jaulen unter, dem eine Gewehrsalve folgte. Jade zuckte zusammen. Anstatt zur Tür zu rennen wie Tanía, warf sie einen vorsichtigen

Blick zur Straße. Es waren die Stiere. Staubwolken wirbelten hoch, als eines der Tiere ausrutschte und fiel. Es zuckte wie im Krampf und lag dann still.

»Jade!«, mahnte Tanía von der Tür.

Ein Mantel wirbelte im Staub, Schüsse knallten, ein Galgo hetzte in die Gasse. Und eine Jägerin, dicht gefolgt von dem zweiten Stier.

Moira.

Es war einer dieser Augenblicke, in denen tausend Eindrücke und Gedanken in einer einzigen Sekunde zusammenfließen. Jade nahm wahr, dass die vergoldeten Hörner des Stieres rot verschmiert waren und dass der Koloss aus mehreren Wunden blutete, was ihn nur noch mehr zur Raserei trieb. Sie sah, wie Moira erkannte, dass sie in die Falle gelaufen war. Wie sie sich umdrehte und zielte und ihr Gewehr nur noch nutzlos klickte. Wie sich das Begreifen in ihrem Gesicht abzeichnete, dass sie sterben würde. In einer Sackgasse. Zwischen Abfall und Steinstaub. *Sie ist eine Jägerin*, sagte eine Stimme in Jades Kopf. Und dieselbe Stimme schrie zur gleichen Zeit: *Sie wird gleich von Hörnern durchbohrt!*

Die Gläser und die Karaffe zerschellten, als Jade das Tuch vom Tisch riss. Sie konnte nur hoffen, dass es Moiras Gewicht tragen würde. Das Letzte, was sie sah, bevor sie die Beine über das Fensterbrett schwang und aus dem Fenster kletterte, war Tanías verblüffte Miene.

Der Stier hatte Moira in die Ecke getrieben. Keuchend stand sie mit dem Rücken zur Wand, das Gewehr am Lauf gepackt, um wenigstens eine Schlagwaffe zu haben. Ihr Gesicht war ganz und gar beherrschte Konzentration, aber sie war totenblass. Jade kam auf der schräg abfallenden Bruchkante der Steinfigur auf und wand das Tuch blitzschnell zu einer Art Seil, das sie an einem Steinvorsprung festzurrte. In diesem Augenblick griff der Stier an. Jade schrie auf und kniff reflexartig die Augen zu. Der scharfe Gestank nach schweißgetränktem Fell drang ihr in die Nase. Sie hörte Stöhnen und ein dumpfes Geräusch, wie von einem aufschlagenden Körper. *Bitte nicht*, betete sie. Sie zwang sich dazu, die Augen wieder zu öffnen. Auf den ersten Blick sah sie nur ein Durcheinander von Hufen und Gliedmaßen, dann begriff sie, dass sie Zeugin eines bizarren Tanzes wurde. Moira entwand sich dem Stier, sie kroch und sprang, sie trat nach dem schaumverschmierten Maul und kam wieder auf die Beine. Der Gewehrkolben krachte gegen die Stirn des Stiers, dann rollte sich die Jägerin blitzschnell herum, im verzweifelten Versuch, den Hörnern auszuweichen. Ihr Hund schoss auf die Hinterbeine des Stiers zu und verbiss sich in einer Sehne. Der Koloss wirbelte herum. Blut spritzte von einem Horn und malte ein bizarres Muster auf die Hauswand, das an das Gekrakel eines Verrückten erinnerte.

»Moira! Hier!«, schrie Jade. Die Jägerin blickte zu ihr hoch. Und wieder staunte Jade darüber, wie schnell sie die Situation erfasste. Ohne zu zögern, warf sie das Gewehr auf den Boden, hechtete zu dem improvisierten Seil, das auf ihrer Augenhöhe endete, sprang hoch und packte es. Jade hielt mit ihrem ganzen Gewicht dagegen. Das Tuch rutschte, dann verkeilte es sich endgültig zwischen den steinernen Bruchkanten. Der Stier schnaubte, Hufe stampften über den Boden. Ein Jaulen ertönte, dann nahm der Stier den Hund schon auf die Hörner und schleuderte ihn gegen die Wand. Das Tier fiel mit einem Ächzen und blieb mit gebrochenem Rücken reglos liegen.

Schweißperlen rannen über Moiras Stirn, als sie sich mühsam nach oben zog. Ihr linker Ärmel hing in Fetzen herunter, und Jade sah mit einem Schaudern, dass auf ihrem Oberarm eine Wunde klaffte. Sie stützte sich so gut es ging mit dem linken Fuß ab und streckte Moira die Hand hin. Der Stier senkte den Kopf und donnerte heran.

»Die Beine!«, brüllte Jade im selben Moment, in dem Moiras Finger sich wie Eisenklammern um ihre Handgelenke schlossen. Um ein Haar hätte Jade das Gleichgewicht verloren, aber dann fing sie sich, biss die Zähne zusammen und lehnte sich mit aller Kraft gegen das Gewicht. Sie hätte schwören können, dass die Hauswand erzitterte, als der Stier sich gegen die Stelle warf, an der sich gerade eben noch Moiras Beine befunden hatten. In der nächsten Sekunde kauerte die Jägerin schon auf dem schrägen Steinvorsprung neben Jade. Einen Herzschlag lang sahen sie sich in die Augen, und Jade überschwemmte eine so jähe Welle von Erleichterung und Freude, dass sie die Jägerin anlächelte. Und Moira erwiderte das Lächeln für einen flüchtigen Augenblick. Dann starrten sie beide schweigend und völlig erschöpft in die Gasse. Jeder Muskel in Jades Körper schien zu pulsieren, und ihr Mund war so trocken, dass ihre Zunge wie ein Stück Leder an ihrem Gaumen klebte. Jetzt erst fiel ihr ein, dass Moira sie fragen würde, was sie in diesem Haus verloren hatte. Die Jäger würden das Haus durchsuchen und die Spuren der Rebellen finden. Sie würden auch Jade auf die Gefängnisinsel bringen und verhören und…

»Verdammt«, murmelte Moira. »Das war mein bester Hund.«

Blut färbte den Boden, der Galgo starrte mit bereits trüben Augen in den Himmel.

Muskeln zuckten unter dem schweißglänzenden Fell des Stiers. Er scharrte mit dem Vorderhuf und starrte zu ihnen hinauf. *Menschentöter*, dachte Jade beklommen. Die Vorstellung, dass an diesen Hörnern Blut von Gefangenen klebte, die vom Kerker direkt in die Hölle gestoßen worden waren, ließ wieder eine Welle von Übelkeit in ihr aufsteigen.

Ein scharfer Knall ließ sie zusammenzucken, dann sah sie, wie der Stier in die Knie ging. Er schwankte noch, doch dann, als ein zweiter Schuss ihn traf, brach er ächzend zusammen. Das Hinterbein kickte noch dreimal in die Luft, dann lag er still. Moira atmete auf.

An der Straße standen zwei Jägerinnen und senkten gleichzeitig die Gewehre. »Alles klar, Moira?«

»Ja!«, rief sie. Nur Jade hörte, dass ihre Stimme ein wenig zitterte. Die Jägerin fluchte über ihren schmerzenden Arm, doch sie hangelte sich, ohne zu zögern, zum Tuch, schlang die Beine darum und ließ sich hinuntergleiten. Mit einem Sprung kam sie auf dem Boden auf und ging um den Stier herum zu ihrem Hund. Sie blickte nicht einmal zurück. Jade konnte es nicht fassen. Kein Dankeswort, kein Abschied, nichts!

Oder ist das ihre Art, mich laufen zu lassen?

Jade rappelte sich mit weichen Knien auf, hielt sich am Fensterrahmen fest und kletterte dann, so schnell sie konnte, in das leere Zimmer zurück.

*

Es dauerte mehrere Stunden, bis sie sich aus ihrem Versteck wagte. Wie Tanía war auch sie durch die zweite Tür gegangen, war dem Pfad von Geheimzeichen in ein anderes Haus gefolgt und in ein Kohlelager gelangt, in dem nur noch die schwarzen Spuren an Wänden und Boden an seinen früheren Zweck erinnerten. Erst in der Abenddämmerung kletterte sie aus einem Kellerfenster und stellte fest, dass sie ein ganzes Stück vom Palastviertel entfernt war. Zur Kirche zurückzugehen und Ben zu suchen, wagte sie nicht, also schlich sie in größtmöglichem Bogen in Richtung Fluss. Jakub würde vor Sorge darüber, wo sie blieb, sicher schon halb wahnsinnig sein. Immer noch kribbelte ihr ganzer Rücken beim Gedanken daran, dass ein Tiger oder ein Bär der Jagd entkommen sein könnte. Und wenn sie stehen blieb und lauschte, meinte sie zu hören, wie ein anderer Schritt mit einer Verzögerung verharrte. Ein leichterer Schritt, der ganz sicher nicht von einem Tier stammte. Jade trat der Schweiß auf die Stirn. Mit nervösen Fingern holte sie ihre Spiegelscherbe hervor. Ganz von selbst wurde sie schneller, und einmal, als sie in eine Gasse einbog und dabei einen Blick über die Schulter warf, war sie für einen bangen Herzschlag lang völlig sicher, etwas zu sehen, eine gleitende, unmenschlich flinke Bewegung, vielleicht sogar den Umriss einer Gestalt.

Bleib stehen!, befahl sie sich. *Du hast das Echo gerufen und gesucht. Jetzt tritt ihm gegenüber!*

Ihre Beine und ihr feiges Hasenherz schienen anderer Meinung zu sein und auch die Spiegelscherbe in ihrer Hand war plötzlich nichts weiter als ein nutzloses Stück beschichtetes Glas. *Und wenn es gar nicht stimmt?*, dachte sie. *Wenn die Echos den Spiegel gar nicht erkennen?*

Dennoch blieb sie stehen und wandte sich langsam um. Schritt für Schritt ging sie auf die Straßenecke zu. Es kostete sie mehr Mut, als sie gebraucht hatte, um den Schutz der Glaskirche zu verlassen, um jetzt einen Blick auf die Straße zu werfen. Doch dort, wo eben noch kochende Dunkelheit gelauert hatte, war nur noch leerer Schatten.

Jade atmete auf und drehte sich um. Vor Schreck machte sie einen Satz nach hinten. An der Hauswand lehnte mit verschränkten Armen Tanía.

»Auch schon auf dem Heimweg?«, bemerkte sie mit einem trockenen Lächeln.

Jade hoffte, die Rebellin würde nicht bemerken, dass ihr Puls immer noch panisch pochte.

»Ja. Und?«, erwiderte sie so ruhig wie möglich.

Tanía zuckte mit den Schultern. »Ruk war erfolgreich.«

Zehn der Lords. Jade schloss für einen Moment die Augen. Wieder übermannte sie das Gefühl, auf einem schwankenden Floß zu stehen, krampfhaft darum bemüht, nicht in die Tiefe gerissen zu werden. Als sie die Augen wieder aufschlug, musterte Tanía sie immer noch. Und zum ersten Mal gestand Jade sich ein, dass sie dasselbe fühlte, was sich in Tanías

Miene nur zu deutlich abzeichnete: der Anflug von Feindseligkeit.

»Was?«, fuhr Jade sie an.

»Nichts«, gab Tanía spitz zurück. »Ich überlege nur, ob du noch weißt, wo links und wo rechts ist.«

»Kommt ganz darauf an, von welcher Seite des Flusses man es betrachtet«, antwortete Jade kühl. »Aber auf jeder Seite leben Menschen, nicht wahr?«

Tanía schüttelte mit einem mitleidigen Lächeln den Kopf. »Du bist wirklich ein hoffnungsloser Fall, Prinzessin Larimar.« Sie drehte sich um und verschwand im Dunkeln.

prinzen und narren

In dieser Nacht kamen die Echos zu ihr. Sie wusste, dass es ein Traum war, dicht unter der Oberfläche des Schlafs spürte sie, wie sie versuchte wegzulaufen, doch ihr Körper zuckte nur, und der Schrei, den sie auszustoßen glaubte, war nur ein Stöhnen im Schlaf. Es waren vier. Sie waren in Lumpen gehüllt, die ihnen nicht passten. Zufällig zusammengeklaubte Fetzen, Stücke von Planen und Netzen, und darunter Samt, gestohlen von einem Lord. Die Gestalten kreisten sie ein, glitten und wirbelten um sie herum. Und Jade drehte sich atemlos um sich selbst, die Scherbe in der Faust.

»Ich bin es doch«, rief sie immer wieder. »Ich bin auf eurer Seite!« Sie rückten so nahe an sie heran, dass sie ihren Geruch wahrnehmen konnte: Bitter war er, und alt. Ein wenig erinnerte er an das nasse Stierfell. Und als die Gestalten stehen blieben und die Lappen und Tücher, die ihre Gesichter verbargen, heruntergezogen, blickte Jade viermal in die gleiche Dämonenfratze.

Schwarze Haut und bleiche Augäpfel, scheinbar blind, aber tückisch und glühend vor Mordlust. Von einem der scharfen Fänge tropfte Geifer. In Panik riss sie die Spiegelscherbe hoch. »Ich bin es!«, rief sie. Staunend sah sie, wie die Scherbe in ihrer Hand zu leuchten begann. Der rautenförmige Lichtfleck huschte über die Wesen, während Jade sich drehte. Das Splittermuster brannte sich in die schwarze Haut ein. Die Fratzen veränderten sich, glätteten sich und begannen zu leuchten und Jade blickte in vier identische weiße Gesichter. Zart waren sie, streng und schön. Grüne Augen funkelten sie an. Sie konnte nicht sagen, ob es Männer oder Frauen waren. Dann legten alle vier den Kopf in den Nacken, öffneten die Münder, holten tief Luft – und schrien. Jade zuckte unter dem schrillen, kreischenden Ton zusammen. Sie verzog das Gesicht und krümmte sich, die Hände auf die Ohren gepresst. Der Ton vibrierte durch jede Faser ihres Körpers und brachte sie zum Weinen.

Schweißgebadet fuhr sie aus dem Schlaf hoch und fand sich zitternd und völlig verstört in ihrem Bett wieder. *Faun!* Noch nie hatte sie sich so sehr danach gesehnt, sich in seine Arme zu flüchten. Sie tastete zur anderen Bettseite, doch ihre Finger fanden nur unberührtes Tuch. Sie blinzelte in der Dunkelheit die Tränen weg und schniefte. Regenfinger klopften gegen die Fensterläden. Und dem Geruch nasser Wolle nach zu urteilen, war das Wasser bereits durch das glaslose Fenster gedrungen und tränkte den Teppich. Niedergeschlagen setzte Jade sich auf und rieb sich die Augen. Dann schwang sie die Beine aus dem Bett und stand auf.

Vor ihr verschob sich die Dunkelheit. Es war nur die Ahnung einer Bewegung, doch sie jagte ihr einen glühend heißen Schauer durch die Adern. Ihr Körper reagierte ganz von selbst: Sie machte einen Satz zurück ins Bett und brachte sich auf der gegenüberliegenden Seite in Sicherheit. Im nächsten Augenblick hatte sie schon ihr Messer in der Hand. *Zeig ihm die Scherbe, nicht das Messer, du Idiotin!*, war ihr erster Gedanke. *Wie ist es ins Larimar gekommen?*, ihr zweiter. Die Vorstellung, dass sie im Schlaf beobachtet worden war, machte sie ängstlich und zornig zugleich. Jetzt erkannte sie es deutlicher: eine hoch gewachsene Gestalt, direkt neben ihrem Bett. Atem. Dann eine Bewegung zur Tür. Das war nicht das flinke Gleiten eines Echos, sondern der katzenhafte Gang, den sie unter Tausenden erkannt hätte.

»Faun!«, brachte sie mit erstickter Stimme hervor. Sie legte das Messer hin und lief um das Bett. »Warum sagst du nichts? Du hast mich zu Tode erschreckt!« Doch als sie die Arme nach ihm ausstreckte, wich er zurück. Regennasser Stoff rutschte durch ihre Finger.

»Fass mich nicht an!«, sagte Faun leise.

»Was hast du?«

»Nichts. Ich ... muss gehen.«

Seine Stimme klang heiser, ablehnend. Das war der Faun, den sie nur bei Tageslicht kannte.

»Ist etwas passiert?«

Er verharrte, angespannt, als würde er nur auf eine Gelegenheit zur Flucht warten. Dann wandte er sich brüsk ab und sprang zur Tür. Jades Verwirrung verschwand auf der Stelle, mühelos gewann die Wut die Oberhand.

»Hey!«, fauchte sie und stürzte zu ihm. Es polterte, als er ihr wieder ausweichen wollte.

»Jade, lass mich!«, presste er zwischen den Zähnen hervor.

»Ganz bestimmt nicht!«, zischte sie. »Glaubst du, du kannst ohne eine Erklärung abhauen?«

Er war kalt und er zitterte am ganzen Körper. Gerade wollte sie den Mund aufmachen und etwas sagen, als er sich ihr mit solcher Kraft entwand, dass sie gegen das Bett stieß, ein abwehrender Arm traf schmerzhaft ihr Kinn. Aber diesmal ließ sie nicht zu, dass er sich ihr entzog. Ein paar Sekunden rangen sie stumm miteinander, dann verlor Jade das Gleichgewicht und riss ihn mit. Im nächsten Augenblick lag sie, nach Luft schnappend, auf dem Rücken, Teppichstaub kitzelte in ihrer Nase, ihre Arme waren fest um Fauns Taille geschlungen. Sein Gewicht lag schwer auf ihrem Körper.

»Ich lasse dich nicht gehen!«, flüsterte sie. »Nicht bevor ich weiß, was los ist! Geht es um Tam?«

Oder geht es darum, dass du mich nicht mehr liebst und dich einfach davonstehlen wolltest?

Anstatt ihr zu antworten, packte er ihre Arme. Nur aus Überraschung ließ sie los. Im nächsten Augenblick schlossen sich eiskalte Finger um ihre Handgelenke. Noch nie hatte er sie auf diese Weise berührt. Obwohl er sie festhielt, schien es, als wollte er sie auf Abstand halten. Nah – und dennoch Meilen entfernt. Der Gedanke, dass er im Dunkeln ihr Gesicht sah, während sie nur das Glänzen von Augen erahnen konnte, behagte ihr überhaupt nicht. Sie spürte, wie er krampfhaft tief einatmete. Sein Atem zerschellte an ihrem Schlüsselbein. Dann waren plötzlich seine Lippen auf ihrer Haut und sie fuhr zurück.

»Lass sofort los!«, sagte sie warnend.

Er strich mit den Lippen über ihren Hals nach oben und über das Kinn. Jade ballte die Hände zu Fäusten.

»Ich liebe dich!«, flüsterte er. Dann küsste er sie, als wäre er ein Verdurstender an einer Quelle. Seine Lippen waren kalt vom Regen und so fordernd, dass sie befremdet von dieser Gier und Heftigkeit zurückzuckte. Schmerzhaft stießen seine Zähne gegen ihre Lippen. Das reichte! Jade bäumte sich auf und wehrte sich mit aller Kraft. Seine Lippen lösten sich von ihren, sie riss ihr Handgelenk aus seiner Umklammerung. Dann holte sie aus und schlug mit aller Kraft zu. Die Ohrfeige ließ ihn zur Seite zucken, dann war sie frei und sprang auf.

»Was sollte das? Spinnst du?«

Sie fühlte jeden Pulsschlag ihres rasenden Herzens in ihrer pochenden Handfläche. Ihn und eine glatte, geschmeidige Nässe.

Tränen, war ihr erster Gedanke. Aber natürlich wusste sie es besser.

»Nicht«, sagte Faun leise, als er das Klappern von Streichhölzern hörte. Jade entzündete das Öllicht und drehte sich um. Das flackernde Licht zeigte einen Faun, der im jähen Licht blinzelte und die Helligkeit mit der Hand abschirmte. Er war blass und völlig erschöpft. Das nasse Haar klebte an seiner Stirn. Ganz offensichtlich kam er aus dem Regen. Seine Augen glänzten fiebrig und über seine Wange zog sich ein hässlicher Kratzer. Durch die Ohrfeige hatte die bereits verschorfte Wunde wieder angefangen zu bluten.

»Es tut mir leid«, sagte er beschämt und senkte den Arm. »Ich wollte nicht... Ich habe plötzlich gedacht, ich könnte es nicht ertragen, dich zu verlieren.«

»Und deshalb erschreckst du mich zu Tode und fällst über mich her?«

Seine Augen glommen und wirkten in seinem blassen Gesicht wie schwarze Flecken. Er gab keine Antwort. Jade stand reglos neben dem Bett und umklammerte den hölzernen Bettpfosten, während in ihr zwei Seelen miteinander rangen. *Er ist verletzt*, rief die Jade der Nacht. *Schick ihn fort*, beharrte die vernünftige Jade, die sie am Tag war.

»Fass mich nie wieder auf diese Weise an«, sagte sie schließlich mit fester Stimme. »Das ist der beste Weg, mich zu verlieren.«

»Es tut mir leid«, wiederholte er zerknirscht. »Ich ... weiß nicht, was in mich gefahren ist.«

»Wer hat dich verletzt?«

»Eine Schneekatze«, antwortete er und wischte sich mit seinem nassen Ärmel die Wange ab. »Mitten in der toten Stadt, ob du es glaubst oder nicht.«

»Ein Tier aus Lord Norems Menagerie. Doch, das glaube ich dir sofort.«

Es war das erste Mal, dass Jade Tanía aus vollem Herzen hasste. Faun hob den Kopf. »Du weißt von Lord Norems Ermordung?«

»In der Stadt spricht sich so etwas schnell herum.«

»Du warst heute draußen? Obwohl ich dich gebeten hatte, dich von den Leuten der Lady fernzuhalten?«

»Du kennst mich doch inzwischen gut genug. Niemand sagt mir, wohin ich gehen und wo ich bleiben soll«, erwiderte Jade ruhig. »Die Nächte gehören uns beiden, aber die Tage sind immer noch mein Eigentum. Jeder lebt für sich.«

Er lächelte traurig. »Unsere Nächte«, sagte er leise. »Sie sind kostbarer als alles andere.«

Die Worte berührten etwas in ihr, das sie in diesem Moment lieber nicht gefühlt hätte: Wehmut und die Angst, auch die Nächte zu verlieren.

»Was habt ihr in der toten Stadt gemacht?«

»Jemanden gefunden«, sagte er tonlos und rieb sich die Stirn, als würde ihm schon die Erinnerung daran Kopfschmerzen bereiten. Jade hatte plötzlich das Gefühl, ersticken zu müssen.

»Ihn?«, flüsterte sie. »Den Prinzen?«

Faun schlug die Augen auf und musterte nachdenklich ihr Gesicht. *Er weiß es*, fuhr es ihr durch den Kopf. *Er weiß, dass ich auf der anderen Seite stehe.*

Doch dann nickte er. Es sprach kein Stolz aus dieser Geste.

Jade musste sich setzen.

»Seid ihr sicher?«, fragte sie mit zitternder Stimme.

»Der Junge sah aus wie ein Tandraj«, erwiderte Faun. »Jedenfalls erkannte einer der Wächter, der im Winterkrieg gekämpft hatte, seine Ähnlichkeit mit den Königsbrüdern.«

Junge. Sah aus.

»Also ist er... tot?« Sie wünschte, ihre Stimme würde nicht so verräterisch dünn und hoch klingen.

»Die Lady macht keine Gefangenen«, erwiderte Faun lakonisch.

Es war wie ein Fall ins Bodenlose, einem harten Grund entgegen, ohne eine Chance, dem Aufprall zu entgehen.

Alles umsonst, dachte sie erschüttert. *Die Rebellen können nicht siegen.*

»Er überlebte den Krieg, weil jemand ihn damals aus der Stadt geschafft hatte«, sprach Faun weiter. »Vielleicht hat er danach in den Wäldern gelebt. Er wusste nicht, woher er kam und wer er war. Nicht einmal sprechen konnte er. Vermutlich hat ihn nur ein unglückliches Geschick wieder in seine Heimatstadt verschlagen.«

»Wie konnte er sich so lange vor Tams Spähern verstecken?«

»Den Narren hilft das Glück«, sagte Faun mit belegter Stimme. »Er trieb sich in der toten Stadt herum. Vor einigen Monaten muss er seine Fähigkeit entdeckt haben. Ich weiß nicht, ob ihm bewusst war, was er tat. Er rief die Echos, wahrscheinlich ist der arme Kerl selbst erschrocken, als sie in der Stadt auftauchten. Und als wir ihn heute fanden...« Ein Schatten huschte über sein Gesicht.

Vielleicht war er es ja gar nicht, versuchte Jade sich zu beruhigen. *Kein Narr könnte sich so lange verbergen.* Dieser Gedanke fühlte sich besser an.

»Warst du deshalb so wütend? Weil du mit ansehen musstest, wie er ermordet wurde?«

»Er war jung«, erwiderte Faun leise. »Höchstens so alt wie du.«

»Wie ist er gestorben?«

»Lachend«, sagte Faun kaum hörbar. »Er hat tatsächlich gelacht!«

Jade stand mit weichen Knien auf und ging zu ihm. Sie umarmte ihn, küsste seine Augenlider und seine Stirn. Faun rührte sich nicht, erst als sie sein Gesicht mit den Händen umfasste – vorsichtig, ohne die Wunde zu berühren –, erwiderte er ihren Kuss so sanft, dass Jade die Augen schloss. Danach saßen sie nur schweigend da, eng umschlungen, und lauschten dem Regen. Bilder wirbelten in Jades Kopf: die Echos aus dem Traum, Moiras Gesicht, Tanía und die anderen Rebellen. Und immer wieder der Narr – oder doch der Winterprinz? Genügte eine Ähnlichkeit als Beweis? *Nein*, entschied sie. *Mir genügt es nicht. Es gibt immer noch Hoffnung.* Sie musste zu Ben! Gleich morgen.

»Tams Aufgabe wird bald erfüllt sein«, sagte Faun nach einer Weile. »Sobald die letzten Echos aufgespürt sind, gibt es für ihn keinen Grund mehr, in der Stadt zu bleiben.«

Sie hatten gemeinsam gelacht, von Reisen geträumt und dabei nie ausgesprochen, dass ihre heimlichen

Begegnungen ein Pakt waren, der nur die Gegenwart kannte. Aber nun übertrat Jade diese Grenze.

»Was heißt das?«, fragte sie. »Wirst du mit ihm fortgehen?«

Es fühlte sich seltsam an, über die Zukunft zu sprechen, so als hätte sie einen Schleier vor einem Gesicht weggezogen und würde zum ersten Mal den Menschen dahinter genau betrachten können.

»Vielleicht«, sagte Faun.

»Vielleicht?«, brauste sie auf. »Was hält dich bei ihm? Hast du ihm nicht lange genug gedient?«

»Es ... ist nicht so einfach, Jade.«

»Das ist es nie«, erwiderte sie sarkastisch. »Wo zum Henker finde ich dich wieder, wenn du mir verloren gehst?«

Faun lächelte, und endlich erkannte sie ganz und gar den Faun wieder, den sie liebte. »Ich finde *dich*. Wo du auch bist, ich komme zurück. Ich lasse dich nicht allein.«

Das war ein Versprechen, sie spürte es. Aber sie schaffte es nicht, sein Lächeln zu erwidern.

»Vertraust du mir nicht?«, wollte er wissen.

»Vertrauen ist ein anderes Wort für Kennen. Das hast du zu mir gesagt, erinnerst du dich? Aber manchmal denke ich, ich kenne dich überhaupt nicht – oder nur einen winzigen Teil.«

»Kenne ich dich etwa besser?«, fragte Faun. Ertappt

senkte sie den Blick. *Das wäre der Moment, ihm die Wahrheit zu sagen,* dachte sie. Doch der Moment ging vorbei, ohne dass sie sich dazu überwinden konnte.

Faun lächelte ihr zu und strich ihr eine Locke aus dem Gesicht. »Ich weiß, dass du dir nichts befehlen lässt, aber vielleicht hörst du ja wenigstens auf meine Bitte. Geh wenigstens morgen nicht in die Stadt. Die Lady wird wieder eine Jagd veranstalten. Und es wird Verhaftungen geben.«

»Die Rebellen«, sagte sie mehr zu sich selbst als zu Faun.

Er nickte. »Lady Mar hat beschlossen, ihre Stadt bald wieder ganz unter ihrer Kontrolle zu haben.«

Ihre Stadt.

Jade kniff die Lippen zusammen, doch sie erwiderte nichts darauf.

Keine Sorge, beruhigte sie sich. *Ihnen wird nichts geschehen, sie werden sich die nächsten Tage verbergen, schließlich sind sie nicht dumm. Selbst Tania wird sich davor hüten, morgen ihr Versteck zu verlassen.*

*

Als hätten sie erst in dieser Nacht die wirkliche Welt betreten, liebten sie sich zum ersten Mal im Licht der Öllampe. Es war neu und beinahe ein wenig gespenstisch. Im Gegensatz zu Faun, der sie auch im Dunkeln erkennen konnte, sah Jade ihn zum ersten Mal – nicht nur flüchtig im schattigen Morgengrauen, sondern ganz und gar. Staunend fuhr sie mit ihren Fingern die Linie seines Rippenbogens nach und sah, wie sich die Härchen auf seiner Haut bei dieser Berührung aufstellten. Er war schön, die Muskeln zeichneten sich unter seiner Haut ab, und als Jade ihre Handfläche an seine legte, sah es tatsächlich so aus, als würden Silber und Gold zusammenfließen. Das Einzige, was ihr nicht gefiel, war das Tattoo auf seiner Brust, aber auch davor verschloss sie heute nicht die Augen. Sie bedeckte es nicht mit der Hand, sondern betrachtete es ebenso genau wie seinen Körper. Sie trank mit den Augen die Farben seiner Haut, das leichte Lächeln um seine Lippen und den Ausdruck in seinen Augen, der wärmer und glühender wurde, als sie ihn küsste und sich an ihn schmiegte. Auch er schloss die Augen beim Kuss nicht, und Jade fragte sich, ob er sie in ihren gemeinsamen Nächten stets so intensiv betrachtet hatte. Es war erregend und fremd zugleich, sich auf diese neue Art zu umarmen. Als hätte er Angst, ihr noch einmal zu nahezutreten, berührte Faun sie besonders zart und achtsam, und nun war es Jade, die ihn so fordernd und heftig küsste, dass er aufstöhnte. Sie waren sich näher denn je, und jede Berührung fühlte sich an, als würde sich Haut an Haut entzünden. Erst viel später, als das Licht schwächer wurde und zu flackern begann, schmiegte Jade ihre Wange in die warme Grube über seinem Schlüsselbein und schloss die Augen.

✻

Diesmal war es kein Albtraum, der sie weckte, sondern die Gewissheit, allein zu sein. Fauns Platz neben ihr war leer. Das Öllicht war erloschen und Jade war froh um die Dunkelheit. Ein bisschen war es wie das Erwachen aus einem Rausch. Das Gefühl des Verlusts übermannte sie, als sie an Faun dachte. Und dann stürzte auch das andere wieder auf sie ein. Ruckartig setzte sie sich im Bett auf und stützte die Ellenbogen auf die Knie. *Was, wenn er wirklich tot ist? Was, wenn die Rebellen ohne die Hilfe der Echos ins Verderben rennen?*

Erst als sie diesen Satz in Gedanken ausgesprochen hatte, fiel ihr ein, dass sie selbst zu ihnen gehörte. Wie würde es sein, weiterzuleben, als wäre nichts gewesen? Könnte sie es ertragen? Oder hätte sie den Mut, trotzdem um ihre Freiheit zu kämpfen?

Sie kroch aus dem Bett und tastete nach dem Stuhl, über dem ihre Jacke hing. Sie konnte das Foto ihrer Mutter im Dunkeln nicht sehen, aber es tröstete sie, über die glatte Oberfläche ihres unsichtbaren Lachens zu streichen. »Was soll ich tun?«, flüsterte sie. »Ich liebe meinen Feind und habe Angst vor meinen eigenen Verbündeten. Was ist, wenn es stimmt, was Faun sagt?«

Als sie ein Geräusch wahrnahm, drückte sie das Bild schützend an ihre Brust. Angespannt lauschte sie. Es war ein Klang, der vom Flur her gedämpft ins Zimmer drang. Und er war so ungewöhnlich, dass sie ihn in den ersten Augenblicken nicht einordnen konnte. Auf Zehenspitzen schlich sie aus dem Zimmer, den Flur entlang zur Treppe. Erst da erkannte sie es: Musik! Sie hallte gedämpft durch den Fahrstuhlschacht. Offenbar kam sie aus einem der unteren Stockwerke.

Es war eine langsame, schwingende Melodie, doch sie war unter so viel Kratzen und Schleifgeräuschen verborgen, dass es sich anhörte, als würden alle Geister des Larimar versuchen, das Lied zum Verstummen zu bringen. Mit jeder Treppenstufe, die Jade nach unten ging, wurde die Musik deutlicher. Sie hörte Geigentöne und den weichen Klang eines Klaviers heraus, und dann entdeckte sie einen schmalen Lichtstreif, der aus dem Spalt einer angelehnten Tür im ersten Stock in den Flur fiel. Dielen knarzten rhythmisch im Takt langsamer Schritte. Jade stieß mit einem Finger die Tür auf und spähte durch den Spalt.

Mitten auf dem fleckigen Parkett eines alten Salonzimmers standen Jakub und Lilinn. Sie hatten die Möbel zur Seite geschoben und tanzten eng umschlungen zu der Melodie einer alten Schallplatte, die sich eiernd auf einem verwitterten Grammofon drehte.

Ihren Vater erkannte Jade kaum wieder. Er trug nicht länger sein speckiges Lederhemd, sondern war in den festlichen taubenblauen Samtmantel gekleidet, den er erst ein einziges Mal in seinem Leben getragen hatte. Und… *Lilinn!* Jade blieb der Mund offen stehen. Die schöne Köchin hatte ihr Haar gelöst und kümmerte sich nicht im Geringsten darum, dass es ihre Brüste eher betonte als verbarg. Um die Hüften hatte sie sich ein rotes Seidentuch geschlungen, das bei jeder Bewegung um ihre Beine schwang.

So tanzten sie mit einer Hingabe und Versunkenheit, die Jade das Gefühl gab, etwas Verbotenes zu betrachten. Das Foto ihrer Mutter schien in ihrer Hand zu glühen, und sie presste es noch fester an sich, als müsste sie versuchen, die Vergangenheit festzuhalten, die ihr in diesen Augenblicken endgültig und unwiderruflich entglitt. Tausendmal hatte sie sich diesen Augenblick vorgestellt, oft gefürchtet, aber manchmal auch herbeigesehnt, und jetzt, als sie von dem Bild ihrer Eltern als Paar endgültig Abschied nehmen musste, spürte sie nur eine wehmütige Leere. Ja, es fühlte sich an wie Verrat, aber sie musste dennoch zugeben, dass sie sich ihrem Vater so nahe fühlte wie noch nie zuvor. Die beiden Tänzer hatten keine Affäre mehr und sie waren nicht länger nur ihr Vater und die Köchin. Sie waren einfach nur Liebende. Jostan Larimar und seine Fee.

asche im wasser

Tam und Faun waren schon zeitig aufgebrochen. In der Küche war es dunkel – nicht nur, weil es noch früh am Morgen war, sondern vor allem, weil Jakub am Vorabend das Küchenfenster mit einer dicken Bretterwand vernagelt hatte, damit keine verirrte Kugel in den Raum dringen konnte. Das Licht flackerte, als wäre es nur eine Frage der Zeit, bis der Strom wieder ausfallen würde. Jade drehte in der Küche nervös die Kaffeetasse in ihren Händen und versuchte, sich keine Sorgen um Faun, um die Feynals und die Rebellen zu machen. Natürlich gelang es ihr nicht, und auch die Tatsache, dass Lilinn in Seelenruhe Fleisch zerteilte und beim Kochen sang, während draußen die ersten Schüsse fielen, verbesserte ihre Laune um keinen Deut. Lilinn hatte ihr Haar heute unter einem fest gebundenen Tuch verborgen und trug ein hochgeschlossenes Kleid. Nur wenig erinnerte noch an die tanzende Fee. Jakub saß am Tisch und schraubte an einem Scharnier herum. Ab und zu nur warf er einen verstohlenen Blick zu Lilinn. Dann wurde sein Gesicht ganz weich und sehnsuchtsvoll und um seine Mundwinkel spielte ein Lächeln. Und Jade ertappte sich dabei, dass sie Lilinn und Jakub darum beneidete, dass sie einfach sein durften, sich umarmen durften, ohne Heimlichkeiten und ohne die Aussicht, sich trennen zu müssen.

»Draußen geht die Welt unter und du singst«, fuhr sie Lilinn an.

»Die Welt geht nicht unter«, erwiderte Lilinn ungerührt. »Sie zittert und schwankt, aber danach wird sie umso fester stehen.«

Jade blickte zu Jakub. Früher hätten sie sich nun mit einem stummen Blick darüber verständigt, ob sie derselben Meinung waren, aber heute beugte sich ihr Vater nur tiefer über das Scharnier.

»Ich hoffe, dass es bald vorbei ist«, brummte er nur. »Und wir wieder leben können wie bisher.«

Jade hatte plötzlich einen bitteren Geschmack im Mund. »Wie bisher?«, sagte sie verächtlich. Keiner von beiden reagierte. Der Wind kam von Osten und trug jeden Schrei und jeden Schuss in solcher Deutlichkeit ins Larimar, dass Jade die Hände auf die Ohren presste. *Hoffentlich halten sich die Rebellen zurück!*, wiederholte sie in Gedanken ihr Stoßgebet. *Hoffentlich ist Faun nicht in Gefahr. Hoffentlich liegt die Fähre außer Schussweite!*

»Gibt es etwas Neues über den Lord?«, fragte sie nach einer Weile.

Jakub hörte auf zu schrauben und sah sie endlich an. Aber Lilinn summte weiter. *Was ist hier los?*, dachte Jade erbost.

»Vier mutmaßliche Rebellen verhaftet«, sagte Jakub. »Drei davon erschossen. Einer verletzt.« Jade zuckte zusammen. Gesichter erschienen vor ihrem inneren Auge, flackerten auf und verschwanden. Und dann kroch die Angst wieder in ihrem Magen hoch. *Wen haben sie verhaftet? Was, wenn er unsere Namen verrät?* In ihrem Kopf machte sich ein dumpfer Schmerz breit, und sie verzog das Gesicht, als das schrille Kreischen aus ihrem Traum in ihren Gedanken widerhallte.

»Damit muss man rechnen, wenn man sich mit der Lady anlegt«, bemerkte Lilinn.

»Was soll das heißen?«, fragte Jade. »Billigst du diesen Wahnsinn da draußen? Tun dir die Menschen nicht leid? Wusstest du, dass die Lords die Gefangenen an ihre Tiere verfüttern?«

Lilinn verzog den Mund zu einem ironischen Lächeln und hob resigniert die Hände. »Es sind Lords. So sind die Machtverhältnisse eben in dieser Stadt und wir müssen damit zurechtkommen. Für das Leben eines Lords wäre ein gnädiger Tod am Galgen ganz sicher keine Sühne.«

»Du scheinst deine Meinungen ja ebenso schnell zu ändern wie deine Liebhaber«, sagte Jade spitz. An der Art, wie Lilinn herumfuhr und sie aus ihren blauen Raubvogelaugen anfunkelte, merkte sie, dass sie gut getroffen hatte.

»Es gibt einen wichtigen Unterschied zwischen Liebe und Krieg«, antwortete Lilinn mit mühsam beherrschtem Zorn. »An Liebesschwüren und einem gebrochenen Herzen ist noch nie jemand gestorben, aber im Krieg kann schon ein falsches Wort tödlich sein. Also hüte deine Zunge.«

»Du befiehlst mir ganz sicher nicht, wann ich zu schweigen habe«, sagte Jade ruhig. »Schon gar nicht hier im Larimar.«

»Lilinn hat recht«, sagte Jakub. »Bitte bring dich nicht selbst in Gefahr. Wir sind Lady Mars Untertanen, so ist es nun mal, und solange wir uns aus ihren Angelegenheiten raushalten, haben wir nichts zu befürchten.«

Etwas lief hier falsch. Ganz entschieden falsch. »Du weißt genau, dass das eine Lüge ist!«, rief Jade. »Was für ein Spiel spielt ihr beiden plötzlich? Werdet ihr beide vom Hof bezahlt, um euch vor der Lady in den Staub zu werfen?«

Der Jakub, den Jade kannte, wäre spätestens jetzt explodiert. Aber der Mann mit dem glatt rasierten Kinn antwortete ihr nicht, sondern wechselte einen vielsagenden Blick mit Lilinn. Und Jade erkannte, dass sich tatsächlich etwas ganz Entscheidendes verändert hatte.

»Nun, der Knebel scheint euch ja gut zu schmecken«, meinte sie sarkastisch, knallte die Tasse auf den Tisch und stand auf. Jakub sah sie betreten an, aber er hielt sie nicht zurück, als sie die Küche verließ. Und die Köchin, die früher einmal ihre Freundin gewesen war, wandte sich ab und summte weiter ihr Lied.

*

Die letzten Schüsse verhallten erst am Nachmittag, ungefähr zur selben Zeit, als der Strom im Hotel komplett ausfiel. Der Fahrstuhl blieb zwischen den Stockwerken stecken, und Jakub fluchte und machte sich daran, die Kabine mit der Hand mühsam ins Erdgeschoss zu kurbeln.

Jade nutzte den Moment, um aus dem Haus zu schlüpfen. Heute hinterließ sie keine Nachricht auf der Kreidetafel, viel zu wütend war sie auf Jakub. Sie wusste, dass es noch zu gefährlich war, zur Schädelstätte zu gehen und Ben zu kontaktieren. Aber um Nell zu finden, musste sie nicht weit laufen. Sie hatte sich in einem Keller in der Nähe der Greifenbrücke versteckt und erschrak fast zu Tode, als Jade durch die durchbrochene Wand auf sie zukroch.

»Ist es vorbei?«, flüsterte sie, als sie sich etwas erholt hatte.

Jade schüttelte den Kopf. »Sie sind im anderen Teil der Stadt. War Tanía heute hier?«

Nell nickte. »Sie kommt wieder, sie macht eine Erkundungsrunde. Ich habe sie gebeten zu bleiben, aber...« Sie schüttelte resignierend den Kopf.

Jade stöhnte auf. Typisch Tanía. *Sie wird uns noch alle verraten, wenn sie in die Hände der Jäger fällt,* dachte sie verärgert.

»Hör gut zu, ich habe Neuigkeiten«, flüsterte sie. »Es ist wichtig, dass du sie Tanía ausrichtest. Und falls du Ben siehst, sag es ihm auch. Sag es allen, versprichst du mir das?«

Nell nickte.

Jade holte Luft und begann zu erzählen. Nell wurde blass, ihr Mund klappte vor Entsetzen auf. Nackt und leer glänzte ihr rosiges Zahnfleisch im dämmrigen Licht.

»Er ist tot?«, nuschelte sie. »Der Winterprinz?«

»Das sagen die Nordländer, ja. Und bevor wir Gewissheit haben, ob das wirklich wahr ist, müssen wir uns zurückhalten! Kein Risiko, keine Angriffe. Sag es den anderen. Sie sollen im Untergrund verschwinden, bis wir mehr wissen. Verstanden?«

Nell nickte heftig, doch sie brachte kein Wort mehr heraus. Jade klopfte ihr auf die Schulter. »Nicht gleich verzweifeln, Nell. Noch ist nicht alles verloren«, sagte sie und kam sich vor wie ein Schauspieler vor leeren Rängen. Dann kroch sie wieder ans Tageslicht. Bevor sie auf die Straße trat, vergewisserte sie sich, dass niemand sie beobachtete, dann schob sie noch eine zusätzliche Nachricht unter einen losen Ziegelstein in der Mauer, dorthin, wo Tanía oder ein anderer Rebell sie finden würde.

*

Schwarzer Rauch lag über der Stadt und strafte den Sonnenhimmel Lügen. Es roch nach dem Pulverdampf der Explosionen, und als Jade einen Blick zur anderen Seite des Flusses warf, entdeckte sie neue Ruinen. Die Fassaden der Häuser am Fluss waren zerstört worden. Eine Mauer war in den Fluss gerutscht, Wirbel bildeten sich an dem Staudamm aus zerbrochenen Marmortrümmern. Gerade als Jade sich mit schwerem Herzen von diesem Anblick abwenden wollte, sah sie in der Ferne einen wohlvertrauten Umriss auf dem Wasser. Die Feynals! Sie fuhren flussaufwärts, genau auf die Greifenbrücke zu. Jades Herz begann zu rasen.

Lass es, redete ihre vernünftige Stimme ihr ein. *Geh zurück ins Larimar. Am Ufer stehen sicher Posten.*

Aber dann spähte sie auf die Uferstraße und huschte

in Richtung Greifenbrücke. Sie wusste, dass sie einen Fehler gemacht hatte, als sie es hinter sich klicken hörte.

»Stehen bleiben!«, rief eine warnende Stimme. Jade erstarrte auf der Stelle.

»Hände hoch. Umdrehen!«

Sie gehorchte, obwohl ihr die Knie zu versagen drohten. Es gab schlimme Zufälle. Und es gab Katastrophen. Das hier gehörte eindeutig zu Letzteren. Vor ihr stand der Jäger mit der vernarbten Augenbraue. Der Kerl, der Jakub sein Gewehr gegen die Schläfe gedrückt hatte. Eine Jägerin, die Jade noch nie gesehen hatte, stand neben ihm. Jade versuchte, normal zu atmen, doch es gelang ihr nicht besonders gut. Blitzartig spielte sie alle Möglichkeiten durch. Erkannte der Kerl mit der Narbe sie? Würde er sie gleich erschießen? *Dann hätte ich zumindest keine Möglichkeit mehr, die anderen zu verraten.* Oder – und diese Möglichkeit trieb ihr den Schweiß auf die Stirn – würde sie in einer Menagerie landen?

Der Narbige senkte das Gewehr und betrachtete sie abschätzig. »Was suchst du hier?«, bellte er.

»Ich will zu den Flussleuten«, brachte Jade mit einiger Mühe heraus. Der Narbige sah sich um und spähte zum Fluss. Die Fähre war inzwischen auf Rufweite herangekommen. Jade konnte Arif erkennen, der vorne am Bug stand.

»Aha, und wer bist du?«, fragte die Jägerin scharf, das Gewehr immer noch im Anschlag.

»Jade Livonius. Hotel Larimar. Ich helfe oft bei den Flussleuten auf dem Schiff aus. Sie kennen mich.«

»Livonius?«, sagte die Jägerin und senkte zu Jades Überraschung das Gewehr.

»Jetzt weiß ich, woher ich deine Fratze kenne«, sagte der Narbige. »Du treibst dich ja öfter in der Nähe der Kirche herum, was?«

Jade hielt die Luft an. Die Möglichkeit, davonzukommen, erschien ihr so ungeheuerlich und unmöglich, dass sie überzeugt war zu träumen. Erst als der Narbige tatsächlich sein Gewehr neben seinem Stiefel aufstützte und mit einem Rucken des Kinns zur Greifenbrücke deutete, begriff sie, dass Moiras Einfluss weiter reichte, als sie je vermutet hätte.

»Hau schon ab!«, knurrte der Jäger. »Und lass dich hier nicht mehr blicken.«

Das ließ sich Jade nicht zweimal sagen. Sie machte kehrt und rannte auf die Greifenbrücke. Als sie schwer atmend genau am Scheitelpunkt ankam, konnte sie sehen, dass die Jäger sie immer noch beobachteten.

Zum Glück hatte Arif sie bereits entdeckt, denn einen Pfiff hätte sie nun sicher nicht zustande bekommen. Die Fähre schob sich auf die Brücke zu, die hölzerne Spitze in einem silbergrünen V, das in Wellen zu den beiden Ufern zerfloss.

Jade wartete, bis die Fähre unter die Brücke glitt, dann schwang sie sich über das steinerne Brückengeländer und sprang.

Der Aufprall war härter, als sie vermutet hatte, aber als sie auf der schwimmenden Insel angekommen war, fiel ihr ein Stein vom Herzen. Sicherheit!

»Was suchst du denn hier?« Arif stand mit verschränkten Armen vor ihr.

»Patrouille«, japste Jade. »Sie haben mich angehalten. Und ich habe ihnen gesagt, dass ich bei euch aushelfe.«

Die Jäger wurden kleiner und kleiner, und auch die Stadt entfernte sich, als die Fähre dem sanften Bogen des Flusses folgte. Die anderen Flussleute hatten sich um sie geschart. Martyn war nicht darunter und auch nach Elanor suchte Jade vergeblich.

»Ist Martyn nicht an Bord?«

Arif sah sich um. »Martyn!«, rief er.

Jades Mund wurde ganz trocken. Ihr Herz schlug bis zum Hals, als sie ihren Freund zögernd herantreten sah. Sein Gesicht war hager geworden und seine Miene war härter denn je. Zum ersten Mal, seit sie die Brüder kannte, sahen sie sich wirklich ähnlich.

»Und Elanor?«, fragte Jade. Irgendetwas stimmte nicht. Niemand grinste, niemand machte eine spöttische Bemerkung. Und bei der Erwähnung von Elanors Namen tauschten sie nur stumme Blicke. »Ist etwas passiert?«

Nama, eine Taucherin mit glatten schwarzen Haaren, antwortete ihr schließlich. »Was soll passiert sein? Elanor ist noch beim Präfekten.«

»Immer noch?«, fragte Jade. »Beim Verhör?« Das klang nicht gut.

»Bei der Befragung«, korrigierte Arif sie. »Wir sind schließlich keine Verdächtigen. Vermutlich ist sie dort geblieben, bis die Treibjagd vorbei ist. Ist vielleicht besser so. Die Turbinen im östlichen Teil des Flusses sind lahmgelegt worden. Wir müssen sie zum Laufen bekommen. Und mit ihrer verletzten Hand hätte Elanor uns ohnehin nicht helfen können.« Sein Gesichtsausdruck hellte sich ein wenig auf. »Du kommst also gerade richtig.«

Jade blickte zurück. Sie war schon viel zu weit entfernt, um einigermaßen sicher zum Larimar zurückzukommen. Vielleicht war es wirklich das Beste, den Tag bei den Feynals zu verbringen.

»Gut. Was soll ich tun?«

»Wir kommen gut ohne sie klar«, sagte Martyn.

»Wer hier bleibt, bestimme auf diesem Schiff immer noch ich«, erwiderte Arif. Martyn schnaubte, aber auf ein Zeichen seines Bruders hin ging er voraus zu einem Bündel Seile und reichte Jade Haken und Gurte. »Irgendwann wirst du mit mir reden müssen«, sagte Jade.

»Da täuschst du dich gewaltig«, antwortete Martyn. »Hilf von mir aus an der Winde aus. Und dann geh zurück in Fauns Bett.«

*

Wie ernst Martyn es diesmal meinte, bekam Jade zu spüren, als sie über den Turbinen anlegten. Das Schiff wurde zusätzlich zum Anker auch noch mit Seilen am Ufer vertäut. Der eiserne Schlitten, der die Taucher wie ein Fahrstuhl in die Tiefe befördern würde, stand an Deck. Jade und Martyn schnallten die Gurte fest und prüften die Leinen. Es war ein eingespielter Tanz, den sie schon Hunderte von Malen gemeinsam ausgeführt hatten, aber selbst hier wich Martyn ihren Blicken aus und antwortete nur einsilbig, wenn er nicht darum herumkam, sich mit ihr über das Werkzeug zu verständigen.

Als alles bereit war, war Jade völlig niedergeschlagen und mit ihren Nerven am Ende. Es war eine Sache, ihren Vater an eine Frau zu verlieren – das hatte sie erwartet, früher oder später. Und wenn es nicht gerade die doppelgesichtige Lilinn gewesen wäre, hätte sie sich sogar darüber freuen können. Aber die Zurückweisung ihres besten Freundes zu spüren, war etwas ganz anderes. Und das Schlimmste war, dass sie es ihm nicht einmal verübeln konnte.

Es war bereits spät geworden. Eine rot glühende Sonne tauchte das Wasser in Rubinglanz. Für die Taucher machte es keinen Unterschied, ob sie bei Tag oder am Abend die Turbinen reparierten. Dort unten, zwischen den Felsen, war es immer Mitternacht. Jade ließ das Seil nach und knotete es an einem Haken an der Bordwand fest. Der mit Steinen beschwerte Eisenschlitten wurde über einen Flaschenzug zu Wasser gelassen. Die Fähre neigte sich unter dem Gewicht leicht zur Seite. Nama und ein anderer Taucher, ein gedrungener Mann namens Cal, kletterten von Bord und stellten sich Rücken an Rücken auf das Gefährt. Nama zurrte ihren Gürtel mit den Gerätschaften fester: Messer, ein Blockierholz für die Turbinenblätter und Haken, um in den Felsen Halt zu finden. Cal überprüfte seine Harpune. Jade musste an die Flussmuräne denken, die Martyn vor einiger Zeit erbeutet hatte, und schauderte. Die Taucherin nahm die Lampe vom Schlitten. Jade konnte sehen, wie weiß Namas Knöchel wurden, so fest umklammerte sie das Gerät.

»Drei Minuten«, befahl sie.

Martyn stieß einen Pfiff aus, die Taucher holten Luft. Der Schlitten durchbrach mit einem Platschen die Oberfläche und sauste, von den Gewichten gezogen, im Wasser nach unten, ein verschwommener Fleck, den die Dunkelheit des Flusses verschluckte. Jade hielt unwillkürlich ebenfalls die Luft an.

Seile sirrten durch Winden, Fäuste schlossen sich um die Sicherungsseile. »Grund«, rief Martyn. Die Seile verloren an Spannung. Dann hieß es warten. Die Uhr tickte. An Arifs Stirn traten die Adern hervor. Konzentriert hielt er das dünne Seidenseil, um beim kleinsten Rucken den Befehl zum Hochholen zu geben.

Eine Minute verging, Jade musste Luft holen. Zwei Minuten. Die Leute wurden unruhig, Martyn kaute nervös auf seiner Unterlippe herum. Jade wandte den Blick von ihm ab und starrte ins Wasser. Spiegelungen waberten übereinander, fanden sich und trennten sich wieder. Hypnotische Muster aus rötlichen Lichtreflexen und der Dunkelheit des beginnenden Abends. Und mitten darin: ihr besorgtes Gesicht auf der glänzenden Haut des Flusses. Augen, die blinzelten, ein Mund, der sich öffnete, Arme, die ihr zuwinkten! Im ersten Augenblick erschrak sie, doch dann hätte sie vor Erleichterung und Freude am liebsten aufgeschrien.

»Du bist wieder da!«, flüsterte sie. Es war, als wäre ein lang vermisster Teil ihrer selbst zurückgekehrt.

»Zweieinhalb Minuten!«, rief Martyn. »Hoch mit ihnen!«

Die Winde quietschte, Seile schleiften, der Schlitten tauchte erst als Ahnung, dann als Schemen und schließlich ganz klar sichtbar aus dem Wasser auf. Die Taucher schnappten nach Luft und hielten triumphierend zerschnittene Seile in die Höhe. Jade sah nicht hin, viel zu sehr machte sie sich Sorgen darum, die Wasserbewegung und die Wellen könnten das Spiegelbild vertreiben. Doch das Mädchen war noch da. Es lachte und streckte die Hand nach ihr aus. Dann berührten sich ihre und Jades Fingerspitzen schon an der Grenze zwischen Wasser und Luft.

»Jade, nein!«, hörte sie jemanden rufen.

Hand lag an Hand und das Bild lächelte. *Wie kalt es ist!*, dachte Jade erstaunt.

Eisige Finger packten sie so fest am Handgelenk, dass sie vor Überraschung aufschrie, dann verlor sie schon den Halt. Kopfüber stürzte sie in die Wila. Der Schock lähmte sie, Nässe drang durch ihre Kleidung, Wasser brannte in ihren Augen, aber sie riss sie auf, während sie mit aller Kraft versuchte, nach oben zu rudern. Und da waren plötzlich auch andere Hände, sie spürte es ganz deutlich: Sie zupften an ihren Ärmeln, sie drehten sie im Strudel. Verschwommene, transparente Gesichter wirbelten um sie herum. Spätestens jetzt hätte Jade in Panik geraten müssen, aber seltsamerweise war sie nur verwundert. Sie versuchte, die Gesichter zu erkennen. Luftblasen kitzelten an ihrem Hals. Erst als ein Arm sie um die Taille packte und ihr die Luft abschnürte, begann sie, sich zu wehren und um sich zu treten. Ihre Hand traf auf eine Taucherbrille, und sie begriff, dass einer der Taucher sie nach oben gezogen hatte.

»Hör auf!«, schrie Cal ihr ins Ohr. Sofort gab sie ihren Widerstand auf. Diesmal waren es reale Hände, die sie packten und hochzogen. Ihre Rippen schrappten über Holz, dann saß sie hustend an Deck. Cal wollte ihr auf die Beine helfen, doch Martyn stieß ihn zur Seite. Er war blass, aber seine Augen glommen vor Wut. »Du bist doch kein Anfänger!«, polterte er los. »Du weißt, dass du das Wasser nicht berühren darfst! Und hier, über den Abgründen, ist es besonders gefährlich. Hier wimmelt es von Vipern. Und sogar die Muränen kommen an dieser Stelle an die Oberfläche.«

»Ich weiß«, schrie Jade zurück und würgte noch mehr Wasser heraus. »Aber da waren keine Vipern. Da waren Hände!«

Martyn schüttelte den Kopf. »Das war nur die Strömung. Es gibt Wirbel hier. Wenn sie stark sind, fühlt es sich an, als ob tausend Hände nach dir greifen.«

»Es waren Hände!«, beharrte sie.

Doch die Taucher sahen sich nur ratlos an.

*

Der Sommerabend war lau und windstill. Jade konnte sich nicht erklären, warum sie immer noch fror. Sie war mit dem schwarzen Beiboot zum Larimar zurückgefahren und hatte es in der Nähe des Hotels vertäut. Morgen früh würde sie es zurückbringen. Und während sie die letzten Meter nach Hause lief, barfuß, mit dem Schuh, den sie nicht im Wasser verloren hatte, in der Hand, klapperten ihre Zähne. Die Kleider klebten unangenehm auf der Haut. Die Lichter im vierten Stock brannten wieder, doch die Blauhäher waren nirgends zu sehen. Jade wollte schon auf die Tür zustürzen, doch dann zögerte sie. Sie konnte und wollte Jakub nicht gegenübertreten. Nicht jetzt, frierend und nass. Und auf Lilinns Kommentare konnte sie ohnehin verzichten. Also schlich sie um das Haus herum bis zum Rohr, das auf der Westseite des Hauses zur Dachrinne führte. Sie steckte sich den Schuh in den Gürtel und kletterte zu dem winzigen Fenster im ersten Stock. Es war nicht schwer, das Glas, das sie für genau solche Notfälle nur lose befestigt hatte, einzudrücken und das Fenster aufzumachen.

Heute ging sie nicht in ihren Raum mit dem Ebenholzbett, sondern schlich zum Zimmer mit dem Marmorbad. Als sie auf Zehenspitzen den zerschlissenen Teppich im Flur entlangging, hörte sie von unten ein Heulen, das gedämpft durch mehrere Wände drang und vom Fahrstuhlschacht verstärkt wurde. *Jay*. Er war allein. Das Heulen wurde zu einem Laut, der einem Knurren entfernt ähnelte, und es polterte, als würde die Bestie gegen Wände anrennen. Jade begann zu rennen und atmete erst wieder auf, als sie das Zimmer erreicht und die Tür hinter sich verschlossen hatte.

Im Zimmer war es dunkel, doch Jade machte kein Licht, sondern ließ sich einfach dort, wo sie stand, zu Boden sinken und schlang die Arme um die Beine. Nach einer Weile beruhigte sich ihr Atem und sie, konnte wieder klarer denken. Mit aller Kraft versuchte sie, sich an die Gesichter im Wasser zu erinnern. Doch sie waren so verschwommen, dass nur helle Flecken in ihren Gedanken auftauchten. Ob sie sich doch getäuscht hatte? Waren es doch nur Spiegelungen gewesen? Jade schüttelte den Kopf, dann schälte sie die Jacke vom Körper. Schlimm war, dass die Fotografie nass geworden war. Jade ertastete durchweichtes Papier. Sie sprang auf und tappte in das fensterlose Marmorbad. Seit einem Kabelbrand roch es hier stechend nach verschmorten Leitungen. Dort, wo die Lampe hätte sein sollen, ragten nur zwei Kabel aus der Wand, also entzündete Jade die Kerze, die auf einem Berg von geronnenen Wachstropfen neben dem zerbrochenen Spiegel thronte.

Dann zog sie behutsam das Bild aus der Tasche. Es war noch erkennbar, zum Glück! Sie legte es auf ein Bord neben der Tür und strich es glatt, damit es trocknen konnte.

Dann fiel ihr Blick auf die Wanne. Die Kälte steckte ihr immer noch in den Knochen, als hätte sie den Fluss mit sich genommen. Ihre Lippen fühlten sich taub an, und als sie ihre Hände ansah, fiel ihr auf, dass die Fingernägel bläulich verfärbt waren.

Der verrostete Hahn spuckte rotbraune Brühe aus. Jade wollte die Hoffnung schon aufgeben, als plötzlich frisches Wasser in die geschwärzte Wanne schoss. Dampf stieg auf. Heißes Wasser! Schlotternd beobachtete sie, wie die Wanne halb voll lief. Es kostete sie Überwindung, bevor sie sich traute, auf die Oberfläche zu sehen. *Ob ich auch Asche ins Wasser streuen soll wie die Lady in ihren Wein?*, dachte sie. *Damit es zu trüb für eine Spiegelung wird?*

Doch diesmal war es nur sie selbst mit blau gefrorenen Lippen und nassem Haar. Aufatmend stieg sie in die Wanne. Die Hitze umfloss sie wie ein Seidenmantel. Jade schloss die Augen und fühlte, wie das Leben in ihre Gliedmaßen zurückströmte. Das Blut begann, in ihren Fingerspitzen und Lippen zu prickeln, und sie tauchte unter und genoss die Wärme, die das Eiswasser von ihrem Kopf spülte. Lilinn und Jakub, der Winterprinz und die Rebellen – für einen wohltuenden Moment waren sie alle unendlich weit entfernt. Unter Wasser hörte sie plötzlich das dumpfe Zuschlagen einer Tür. *Tam und Faun sind zurück*, dachte sie. Hatte Jay gespürt, dass Faun wiederkam, und deshalb in seinem Käfig gewütet? *Faun!* Am liebsten wäre sie aus der Wanne gesprungen und zu ihm gelaufen. Sie tauchte auf und rieb sich das Wasser aus den Augen.

Ihre Spiegelung trieb vor ihr, strich sich ebenfalls das Wasser aus den Haaren. Alles so, wie es sein sollte.

Oder doch nicht? Jade runzelte irritiert die Stirn. Etwas stimmte nicht. Das Bild war irgendwie verdreht.

Im Erdgeschoss fiel eine weitere Tür zu. Jay heulte auf und verstummte dann abrupt. Und vor Jade bewegte sich das Wasser. Ihr Spiegelbild glitt zum Wannenrand, wurde länger und... tauchte auf! Jade schrie auf und stieß mit dem Rücken gegen die Stirnwand der Wanne. Entsetzt starrte sie das Unfassbare an: Wasser sprudelte vor ihr, dehnte sich aus und nahm Form an. Eine Gestalt erhob sich aus dem Wasser, ein Kopf, Schultern, transparente Arme und Brüste.

Eine fließende Skulptur saß ihr gegenüber – ihr Ebenbild.

Die Kerzenflamme flackerte, und Jade durchzuckte die Panik, sie würde gleich im Dunkeln sitzen, dem Wesen aus Wasser ausgeliefert. Tam rief etwas, das Jade nicht verstand. Nur dass es ein Befehl war, hörte sie. Schnelle, schwere Schritte erklangen.

Das Spiegelbild beugte sich vor und würgte einen Schwall Wasser aus dem Mund. Jedes Haar an Jades Rücken sträubte sich. Es gurgelte, als das Mädchen mühsam versuchte, etwas zu sagen. Verzweiflung verzerrte die Züge.

»Rufer«, sprudelte sie kaum verständlich heraus. Das heißt, sie hatte das Wort gar nicht gesagt. Es war unmöglich: Wasser floss aus ihren gläsernen Nasenlöchern, sie hustete und spuckte. Ihre Stimme – oder eher die Ahnung einer Stimme – hörte Jade nur wie einen Widerhall in ihrem Kopf.

»Der Prinz?« Vor Entsetzen brachte Jade nicht mehr als ein heiseres Wispern heraus. »Der Winterprinz?«

Ihr Spiegelbild nickte.

»Man sagt, er sei tot«, flüsterte Jade. »Ermordet in der toten Stadt.«

Doch das Mädchen schüttelte den Kopf. »Lebt!« Ihre Stimme war Rauschen, Schwall um Schwall floss das Wasser aus dem vor Anstrengung verzerrten Mund. »...Kein Körper... kein Blut...«

Sie verstummte wieder.

»Du bist ein Echo, nicht wahr?«, flüsterte Jade. Das gläserne Gesicht verzerrte sich wieder, und Jade vergaß alles um sich herum, sogar ihren Schreck, und wollte nur noch eines: das Mädchen berühren. Als wäre ein Damm gebrochen, überschwemmte sie plötzlich eine wilde Zärtlichkeit für das Wesen, das ihr gegenübersaß, die Sehnsucht danach, sie in die Arme zu nehmen, in ihrem Leid zu trösten und zu wiegen wie ein Kind.

»Es tut mir so leid«, flüsterte sie, ohne zu wissen, was ihre Worte bedeuten sollten.

Gepolter ertönte draußen, ein abgehackter Schrei. Im selben Augenblick warf sich etwas Schweres gegen die Badezimmertür. Jade schrie auf und kauerte sich in den äußersten Winkel der Wanne. Da war Tams Stimme – und ein Kratzen an der Tür. *Jay!*, war alles, was Jade in dieser panikdurchleuchteten Sekunde noch denken konnte. Die Tür brach im selben Moment, als das Mädchen in das Wasser zurückfiel. Kurz bevor ein Tropfenschauer die Kerze auslöschte, erhaschte Jade im Spiegel einen flüchtigen Blick auf eine Reihe blitzender Fänge. Jay griff sie an.

Jade spürte kaum, wie sie aus der Wanne sprang und ausrutschte. Ein grober Stoß erwischte sie und sie schrie auf und stürzte. Das Bad war glatt wie Eis, kalte Luft traf ihre Haut, das Splittern des Spiegels zerschellte an ihren Ohren. Jay schnellte auf sie zu, sie konnte es spüren. Dann ein weiterer Stoß, ein stechender Schmerz, der durch ihren Oberarm schoss. Es war nicht mehr sie selbst, die nun handelte. Jade saß in einem Winkel ihres Bewusstseins, zusammengerollt, wimmernd vor Panik. Das, was jetzt reagierte, war reiner Überlebenswille, Reflexe, schneller als Gedanken. Sie dachte nicht mehr, sie handelte nur noch wie ein Tier, das um sein Leben kämpfte. Sie brüllte und trat zu, traf etwas erschreckend Nahes. Vielleicht Rippen? Heißer Atem streifte ihre Kehle. Sie duckte sich, warf sich zur Seite und hörte Zähne ins Leere klacken – Schmerz an ihrer Hand, eine Scherbe, die sie hochriss. Wasser schwappte, als die Wannenfüße mit einem metallischen Kreischen über die Fliesen geschoben wurden. Tam donnerte: »Zurück!«

Schleifen und Handgemenge. Jade kroch, so weit

sie konnte, hinter die metallene Wanne, die Scherbe wie einen Dolch in der Hand. Sie wusste nicht, wie lange sie so saß, eingehüllt in Dunkelheit, entschlossen, jeden zu töten, der in ihre Nähe kam. Dann ein schwaches, schwankendes Licht, das sofort wieder verlosch – sich entfernende Schritte, Stille. *Er ist weg*, dachte Jade benommen. Die Scherbe fiel ihr aus der Hand. Und dann war da nur noch Schwärze.

※

»Jade!« Jakubs Stimme, die aus weiter Ferne zu ihr drang, bebte. »Jade, sieh mich an!«

Raue Hände umfassten ihr Gesicht und sie öffnete die Augen.

»Sie muss im Fluss gewesen sein.« Das war Tams Stimme. »Ihre Kleider sind nass und es hängt Tang daran.«

»Sag ihm, dass er verschwinden soll!«, flüsterte Jade.

Ein schwankendes Licht schälte Jakubs erleichterte Züge aus dem Dunkel. »Dem Styx und allen Geistern der Wila sei Dank!«, stieß er aus tiefster Seele hervor. Er riss sich die Jacke von den Schultern und legte sie über Jade. Dann zog er sie in seine Arme.

Und Jade klammerte sich an seinen Hals wie eine Ertrinkende. Für diesen Moment war sie wieder ein

Kind und ihr Vater hob sie aus der Teertonne und trug sie aus der Zerstörung in die Sicherheit.

Tam stand neben der Tür. Seine Miene war ausdruckslos. »Halte dich vom Bankettsaal fern«, sagte er. »Ich weiß nicht, ob ich das nächste Mal rechtzeitig da bin, um dein Leben zu retten.«

Jakubs Griff verhärtete sich. »Komm du mit deiner Bestie noch einmal in ihre Nähe und du lernst mich richtig kennen!«, herrschte er Tam an.

Der Nordländer lächelte nur verächtlich. »Setz dein Hotel besser nicht aufs Spiel«, sagte er mit diesem melodischen, freundlichen Tonfall, den Jade inzwischen an ihm hasste. Dann drehte er sich um und ging.

*

Es war lange her, seit Jade in Jakubs Quartier gewesen war. Ihr Vater hatte die Angewohnheit, alles um sich zu verändern wie ein Magnet, der bestimmte Dinge anzog und andere abstieß. Stühle und andere Möbel standen wie eine Herde, die sich verschreckt zusammendrängte, in einer Ecke. Der Teppich warf Falten wie ein Bergmassiv, das man auf dem Weg zum Bett erklimmen musste. Und an den Wänden aufgereiht standen die Kostbarkeiten, die Jakub hütete wie einen Schatz: Drei kunstvoll verglaste Fenster, die er, um sie vor Schüssen und Explosionen zu schützen, ausgehängt und in seinem Zimmer in Sicherheit gebracht hatte. Jade sah sich selbst im Glas – drei blasse junge Frauen, deren Augen wie im Fieber leuchteten. Dichte, nasse Locken umrahmten die Gesichter und ließen sie noch schmaler erscheinen. Und sie sah dreimal ihren Vater, der die Kratzwunde an ihrem Arm, ein Halbrund wie ein rotes Lächeln, mit einem nassen Tuch reinigte. Die Hand, die sie sich an der Scherbe verletzt hatte, pochte unter dem Tuch, das Jakub ihr als Verband umgebunden hatte. Der Schock wirkte nach, richtige Schmerzen spürte sie noch nicht.

»Es ist nur ein Kratzer«, murmelte er. »Und morgen gehe ich zum Präfekten der Lady und sorge dafür, dass Tam und seine Bestie nie mehr in deine Nähe…«

»Hör auf damit«, sagte Jade leise. Zu ihrer Überraschung verstummte Jakub.

»Stimmt es, was Tam vermutet?«, fragte er nach einer Weile. »Du warst im Fluss?«

Jade nickte. Und dann sprudelte die ganze Geschichte aus ihr heraus: Sie erzählte von ihrem Spiegelbild, das ihr, solange sie denken konnte, zuwinkte. Von den Händen in der Strömung und von ihrem Ebenbild.

»Ich dachte so viele Jahre, das sei ich«, sagte sie schließlich. »Aber ich bin es gar nicht! Es ist jemand anderes.«

Ihr Vater sah sie mit großen Augen an, dann senkte er hastig den Kopf und schlug die Hand über die Augen. Sein Mund verzerrte sich, und Jade brauchte eine ganze Weile, bis sie verstand, was hier geschah. Und als sie es begriff, erschütterte es sie mehr als alles, was sie an diesem Tag erlebt hatte. Noch nie hatte sie ihren starken, jähzornigen Vater weinen gesehen. Seine breiten Schultern bebten unter lautlosem Schluchzen. Tränen rannen über sein glatt rasiertes Kinn und hinterließen dunkle Flecken auf seinem Lederhemd.

»Großer Gott«, presste er zwischen den Zähnen hervor. »Warum hast du mir nie etwas gesagt?!«

Jade war es, als könnte sie die Kälte der Wila wieder fühlen. »Du weißt, wer sie ist, Jakub?«

»Nur dein Spiegelbild«, gab er gepresst zurück. »Aber du hast völlig recht. Du selbst bist es nicht.«

»Sondern ... ein Echo?«

Er nickte und wischte sich mit dem Ärmel über die Augen. »Sie können sich dein Spiegelbild leihen«, sagte er heiser. »Sie nutzen die Magie der tiefen Strömungen, ganz unten im Fluss. Deshalb ist die Wila gefährlich.« Er schluckte schwer. »Tam hat recht. Du hast sie berührt. Und dann hast du mit dem Strömungswasser ihre Fährte in das Larimar gebracht. Tams Bestie hat sie gewittert.«

Seine Stimme hallte wie aus großer Entfernung in ihrem Bewusstsein. Sie versuchte zu verstehen, was seine Worte bedeuteten, aber im Augenblick kristallisierte sich nur eine Erkenntnis heraus: Ihr Vater, dem sie mehr vertraute als jedem anderen, hatte sie jahrelang belogen.

»Du hast die ganze Zeit über die Echos Bescheid gewusst«, sagte sie tonlos. Jakub wischte sich die Tränen ab und senkte schuldbewusst den Blick. Sein Arm schloss sich um ihre Schultern, aber er starrte dabei so grimmig in den Spiegel, als würde er etwas sehen, das Jade verborgen blieb.

»Du hast behauptet, du würdest dich an nichts erinnern«, rief Jade und machte sich heftig aus seiner Umarmung los. »Du hast mir als Kind eingebläut, niemals im Fluss zu schwimmen und nicht einmal das offene Wasser zu berühren, und wusstest die ganze Zeit, dass die Echos mitten unter uns sind!«

»Ich wünschte, ich hätte sie wirklich vergessen!«, rief Jakub leidenschaftlich. »Und glaub mir, ich habe es versucht. Aber sie kamen wieder. In meinen Albträumen, jede Nacht. Sie sind... Geister. Unglücksboten. Damals im Winterkrieg hat die Lady sie in den Fluss gejagt. Ihre Körper starben, aber ihre Seelen konnte sie nicht töten. Sie lauern darauf, herausgerufen zu werden. Nur wenige können sie sehen, Jade. Ich sehe sie nicht, und ich wusste nicht, dass du sie wahrnimmst.«

Noch nie hatte Jade sich so betrogen gefühlt. Da

hatte sie ihre Erklärung, auf die sie so lange gewartet hatte. Sie hätte erleichtert sein müssen, aber stattdessen waren da nur diese Leere und ein Zorn, der sogar die Begegnung mit Jay in den Hintergrund schob.

»Warum weinst du?«, fuhr sie Jakub an.

»Warum wohl? Weil sie dich beinahe getötet hätte!«

Jade dachte an das gläserne Gesicht und schüttelte den Kopf. »Sie wollte mich nicht töten, ganz sicher nicht.«

Jakub packte sie an den Schultern. Seine Augen waren lodernde Sonnen. »Fürchte sie, Jade«, sagte er beschwörend. »Fürchte sie mehr als den Tod! Sie sind Ungeheuer, sie haben deine Mutter ermordet.«

Da war es wieder: das Zittern. Ihre Zähne begannen wieder zu klappern. Und der Kloß in ihrem Hals fühlte sich an wie ein Eisklumpen. »Meine Mutter?«

Jakub nickte.

»Das glaube ich nicht!«, schrie sie. »Ich glaube dir kein Wort!«

»Sie sind wie Raubtiere, Jade!«

»Du hast mir immer erzählt, sie starb im Winterkrieg!«

»Sie starb kurz davor«, antwortete Jakub mit gebrochener Stimme. »Einige Monate, bevor die Lady die Stadt stürmte.«

Jade schloss die Augen. Jetzt ergab es einen Sinn. Die Erinnerung an den Duft von Herbstlaub. Der Sturm auf den Palast und der Tod ihrer Mutter – zwei Ereignisse, Monate dazwischen. Jade suchte nach weiteren Bildern, doch hinter ihren geschlossenen Lidern fand sie nur Leere. Und dennoch – sie konnte sich nicht vorstellen, dass ihre Mutter ein Opfer der Echos geworden war. Es fühlte sich verkehrt an. Zum ersten Mal in ihrem Leben betrachtete sie ihren Vater mit den Augen einer Fremden. *Er hat mich schon einmal belogen. Und er würde alles tun, damit ich mich von den Echos fernhalte.*

»Warum glaube ich dir nur nicht?«, sagte sie und rückte von ihm ab, bis sie ganz am Rand des Bettes saß. »Lilinn sagte einmal, sie würde sich nur in Lügner verlieben. Und langsam denke ich, du bist der größte Lügner von allen.«

Schmerz huschte über Jakubs Gesicht. Es war, als könnte sie sein verwundetes Herz sehen, aber heute ließ sie es nicht zu, dass das Mitleid sie blendete.

»Was hätte es geändert, wenn ich dir von den Echos erzählt hätte?«, erwiderte er mit harter Stimme. »Die Wahrheit, die wir heute kennen, ist nur ein schöner Mantel über einer hässlichen Geschichte. Unsere ganze Geschichte ist ein Märchen, Jade. Die Lady musste die Stadt nicht erobern. Sie hatte leichtes Spiel. Denn in der Stadt gab es bereits Kämpfe. Die Könige bekriegten sich gegenseitig, die Echos und die Menschen waren Feinde. Wir müssen der Lady dankbar sein, wenn das letzte Echo am Grund des Flusses liegt.«

»Ein echter Getreuer der Lady«, erwiderte Jade bitter. »Ich erkenne dich nicht wieder. Wo ist der Jakub, der sich lieber mit den Jägern anlegte, als dem Befehl der Lady zu gehorchen?«

»Die Lady und die Jäger sind zwei verschiedene Dinge.«

»Du weißt, dass das nicht stimmt!«

»Immerhin lebe ich noch«, brauste er auf. »Und auch du hast immer davon profitiert, dass ich meine Kontakte zum Hof gehalten habe. Wir hätten untergehen können, Jade, wie so viele andere. Aber ich habe es nicht zugelassen. Und wir leben vielleicht nicht gut in dieser Stadt, aber auch nicht schlechter als andere. Du hattest ein Dach über dem Kopf. Wir haben das Hotel bekommen und du konntest ein Leben führen ohne Krieg.«

»Ein Leben in Angst. Die Lady ist eine Tyrannin!«

»Und wenn schon!«, donnerte Jakub mit wutblitzenden Augen. »Denkst du, die Könige von den Inseln waren gnädiger als sie? Willst du nicht wissen, ob sie auch Mörder waren? Ja, sie waren es. Es ändern sich die Gesichter, nicht die Verhältnisse. Die Könige, die die Lady besiegt hat, waren nur andere Herren, nicht besser, nicht schlechter.« Er räusperte sich und fuhr etwas ruhiger fort: »Manchmal ist die einzige Freiheit, die man hat, die Wahl zwischen zwei Tyrannen. Und ich habe meine Wahl getroffen.«

Für einen Augenblick wollte Jade ihm glauben. Sie dachte an das Echo hinter dem Fenster und wollte glauben, dass die Echos ihre Feinde waren und der vertraute Käfig besser als eine unbekannte Freiheit. Wie einfach wäre es, das Knie vor der Lady zu beugen und sich im Larimar zu verkriechen! Doch dann sah sie ihr verzweifeltes Wassermädchen vor sich und wusste mit einem Mal, dass sie sich endgültig für ihre Seite des Flusses entschieden hatte.

»Wo ist nur mein hitzköpfiger, rebellischer Vater geblieben?«, sagte sie. »Der Jakub, den ich kannte, hätte nie freiwillig sein Knie gebeugt – weder vor der Lady noch vor Lilinn.«

»Dinge ändern sich«, murmelte Jakub. »Auch du hast dich verändert, glaube mir.« Und als er ihrem Blick auswich und wieder die Fenster anstarrte – Meilen entfernt von ihr –, wurde ihr schmerzlich bewusst, dass es von nun an nur noch ihre und seine Welt geben würde. Und keinen gemeinsamen Ort mehr.

»Bleib bei deinen Märchen«, sagte sie bitter und stand aus dem Bett auf. »Werde ein treuer, feiger Untertan und rede deiner ladytreuen Geliebten nach dem Mund. Tanz mit ihr und küss sie und bilde dir ein, dass die Lady deine Dienste schätzt. Behalt deine Geheimnisse für dich – ich werde meine auch ohne dich ergründen.«

Jakub schluckte schwer und blinzelte, zu stolz, um weitere Tränen zu weinen, zu wütend, um Jade anzuschreien. Und Jade liebte ihn so sehr wie noch nie zuvor. »Was zum Teufel starrst du da im Fensterglas an?«, rief sie verzweifelt.

»Dich und mich«, sagte er mit zornbebender Stimme. »Du bist erwachsen geworden, vielleicht habe ich das tatsächlich nicht bemerkt. Und ja, ich hätte dir erzählen müssen, wie es um mich und Lilinn steht, aber jetzt ist es ohnehin zu spät. Ich kann dir nicht befehlen, was du glauben sollst. Aber überlege gut, was du tust. Wenn es das ist, was ich befürchte, Jade, dann werden wir auf verschiedenen Seiten stehen.«

»Tun wir das nicht längst?«, erwiderte Jade.

die seele der flammen

Im Augenblick war es leicht, auf Jakub nur zornig zu sein. Noch spürte sie den Verlust nicht in seinem ganzen Ausmaß. Dafür schmerzten ihre Hand und ihr verletzter Arm inzwischen so sehr, dass sie bei jeder Bewegung fluchte. Sie hatte die Fensterläden aufgestoßen und in dem nächtlichen Fluss nach diesem anderen Gesicht gesucht. Aber das Mädchen blieb verschwunden und hatte Jade mit nichts als ihrer Spiegelung zurückgelassen. Am liebsten wäre sie sofort zu Faun gegangen, aber sie wagte sich weniger denn je in das Erdgeschoss zum Bankettsaal. War er überhaupt im Haus? Eines sprach dafür: Jay verhielt sich ruhig, aber Jade bekam eine Gänsehaut, wenn sie daran dachte, dass er lauernd in seinem Käfig saß und in der Luft witternd ihre Spur suchte.

Sie zog ihren Rucksack unter dem Bett hervor und begann zu packen. Sie würde das Haus heimlich verlassen. Wenn Jakub bemerkte, was sie vorhatte, würde er alles tun, um sie zurückzuhalten. Doch sie hatte ihre Entscheidung getroffen, und es erschreckte sie beinahe, wie unausweichlich und logisch ihr dieser Schritt erschien. So als hätte sie in ihrem Inneren schon längst gewusst, dass dieser Tag kommen würde.

Die Schnitte brannten, und es war mühsam, ihre Habseligkeiten mit der verletzten Hand in den Rucksack zu stopfen. Sie brauchte nicht viel Platz für ihre Sachen: einige ihrer Schätze, Kleidung, ein zweites Paar Schuhe und ein Messer. Und natürlich das Foto, das Jakub aus dem Badezimmer geholt hatte. Es war noch feucht und wellte sich an den Rändern. Jade setzte sich auf das Ebenholzbett und schlug das zerfledderte Tagebuch auf. Im hinteren Drittel fanden sich unbeschriebene Blätter, zwischen die sie die Fotografie legte. Einem Impuls folgend, blätterte sie die erste Seite auf und las die Zeilen in geschwungener Handschrift:

Du sagst, es gibt nichts Schlimmeres als den Tod, Laurin, aber das ist nicht wahr. Die Liebe ist das schlimmste Gift von allen.

Rasch klappte sie das Buch zu und schob es ganz unten in den Rucksack. Sie wartete eine ganze Weile auf Faun, bei Kerzenlicht, da sie die Dunkelheit nicht ertrug. Angestrengt lauschte sie jedem Geräusch, hin-

und hergerissen zwischen Schreck und Hoffnung. Schließlich hielt sie es nicht länger aus und riss die Tür auf, um zur Treppe zu gehen.

Eine schattige Bewegung an der Wand ließ sie zusammenfahren. *Jay?* Doch dann glänzte im Kerzenlicht, das in den Flur fiel, helles Haar auf. Erleichterung ließ sie ganz schwach werden. »Faun! Wo warst du so lange?«, flüsterte sie.

Er saß mit dem Rücken an die Wand gelehnt, die Ellenbogen auf die Knie gestützt, die Hände im Haar vergraben. Jetzt hob er ruckartig den Kopf. Seine Augen waren rot, als hätte er geweint. Jade stürzte zu ihm und kroch ganz in seine Umarmung. Er küsste ihre Stirn, ihr Haar, und sie kümmerte sich nicht darum, dass die Wunde am Arm höllisch brannte, als er sie an sich drückte. Zum ersten Mal fühlte sie sich wieder sicher und geborgen.

»Jay hat versucht, mich zu töten«, sagte sie, nachdem sie mit Faun ins Zimmer getreten war und die Tür geschlossen hatte. Er stürzte zu ihr und umarmte sie. Sein Kinn strich über ihr Haar. »Es war meine Schuld. Ich... war nicht da. Ich war nicht da, um dich zu beschützen.« Das Stocken in seiner Stimme kannte sie nicht. Unwillkürlich begann sie wieder zu zittern.

»Ist er wieder im Käfig?«

Ein Nicken. Sie hatte erwartet, dass er etwas sagen würde, doch er hielt sie nur fest und schwieg. Jade schloss die Augen. Sie wusste nicht, ob sie Jakub jemals wieder glauben konnte, aber es war leichter denn je, Faun zu vertrauen.

»Die Echos kommen aus dem Fluss. Hast du das gewusst?«, fragte sie.

Faun lockerte seinen Griff und ließ sie schließlich zögernd los. »Seit gestern, ja. Tam hat es herausgefunden. Die Lady wollte deshalb alle Kanäle in der Stadt zuschütten und die Ufer bewachen lassen.«

»Wollte?«

»Der, der sie aus den Tiefen herbeigerufen hat, ist tot. Ohne ihn sind sie schwach – Tam sagt, im Fluss sind sie nicht viel mehr als ein Widerhall aus der Vergangenheit.«

Bis zu der Erwähnung von Tams Namen hatte Jade vorgehabt, Faun von den Händen und dem Mädchen zu erzählen. Nun aber besann sie sich wieder darauf, dass Faun und sie immer noch in verschiedenen Lagern kämpften.

»Sie werden an Kraft verlieren und in den Tiefen verschwinden.« Seine Stimme klang seltsam tonlos, und als sie den Kopf hob und ihn ansah, oszillierten seine Augen in diesem seltsamen Zwischenton aus Schwärze und Honigrot.

»Du gehst?«, fragte er mit einem Blick auf ihren Rucksack.

Jade nickte und trat einen Schritt zurück. Für das,

was sie nun sagen würde, brauchte sie nicht nur ihren ganzen Mut, sondern auch etwas Abstand.

»Ich bleibe nicht im Larimar«, sagte sie mit fester Stimme. »Nicht mit Jay. Und auch nicht mit Tam. Wenn es sein muss, gehe ich allein, aber... in dem Boot ist auch Platz für zwei Leute.«

Die Frage hing bleischwer im Raum. Faun biss sich auf die Lippen und betrachtete den Rucksack. »Ich weiß, wo wir Unterschlupf finden«, fügte Jade hinzu. Inzwischen raste ihr Herz so sehr, dass sie meinte, ihr Blut rauschen zu hören. Und dann gab ihr Faun – ihr Faun, dem sie vertraute – eine Antwort, die ihr den Boden unter den Füßen wegzog.

»Es ist besser, wenn du gehst«, sagte er. »Eigentlich war ich nur hier, um mich... von dir zu verabschieden. Wir sollten es beenden, Jade.«

Ihr Körper begriff, was die Worte bedeuteten, denn ihre Hand suchte Halt an dem Bettrahmen. Ihr Verstand aber wollte es nicht glauben.

»Das... verstehe ich nicht«, flüsterte sie. »Gestern sagtest du, du würdest zurückkommen. Du würdest mich überall finden.«

Er wich ihrem Blick nicht aus, sondern hob das Kinn und straffte die Schultern. »Gestern dachte ich noch, ich könnte dich beschützen.«

»Ich will keinen Beschützer!«, fuhr sie ihn an. »Ich will nur, dass du mir erklärst, was das soll.«

»Ich habe lange darüber nachgedacht, Jade. Und die Geschichte mit uns ... hat keine Zukunft.«

»Die *Geschichte*? Wir sind nichts weiter als eine *Geschichte*?« Längst achtete sie nicht mehr darauf, ob ihre Stimme auf den Flur hallte. *Das passiert nicht wirklich*, dachte sie benommen. *Nicht mir, oh nein, es ist ein Traum.*

Faun schluckte zwar, aber der harte Ausdruck in seinen Augen ließ ihn kühl und unnahbar wirken, wie bei ihrer ersten Begegnung.

»Wir werden uns nicht mehr sehen müssen«, sagte er mit einer Sachlichkeit, die Jade wie ein Hieb in den Magen traf. »Tam und ich verlassen morgen das Larimar. Bis der Hafen wieder für die Handelsschiffe freigegeben wird und wir abreisen können, werden wir in einem der Adelspaläste bleiben.«

»Es ist also wegen Tam? Bist du sein Sklave? Hat er dir befohlen, dich von mir fernzuhalten?«

Die Muskeln an seinem Unterkiefer arbeiteten. Die Tatsache, dass sie ihn an seiner wunden Stelle getroffen hatte, erfüllte sie mit einer grimmigen, verzweifelten Zufriedenheit.

»Nein«, antwortete er. »Es ist wegen Jay.«

Jade klappte die Kinnlade nach unten.

»Er hätte mich beinahe getötet!«, rief sie. »Ist dir das gleichgültig? Kannst du zu ihm zurückgehen und so tun, als wäre nichts geschehen? Er ist ein Monster!«

»Das ist er nicht!«, fuhr Faun sie an. Dann senkte er den Kopf und setzte leise hinzu: »Er ist mein Bruder, Jade.«

Jetzt konnte sie nicht anders, als zu lachen. Doch Faun reagierte nicht und ihr Lachen verhallte in der Totenstille des Zimmers. »Ich hätte es dir früher sagen müssen«, sagte Faun und strich sich unbehaglich über das Zeichen des schwarzen Feuers.

»Was soll das heißen?«, fragte Jade. »Dass Jay ein Mensch ist? Das kann nicht sein! Ich habe Fänge gesehen. Und er hat mich angegriffen – und nach mir geschnappt.« Sie spürte, wie die Erinnerung sie einholte und ihr das Blut aus den Wangen wich. Ihr wurde schwindelig.

Faun schüttelte den Kopf. »Nein, kein Mensch.« Er leckte sich nervös über die Lippen, bevor er weitersprach. »Bei meinem Stamm gibt es ein Ritual. Wenn ein Kind geboren wird, rufen seine Eltern mit einem Gesang seinen Zwilling aus dem Wald herbei. Es kann Tage dauern, bis ein Tier auftaucht, das bereit ist, seine Seele mit der eines Menschen zu teilen. Sobald es erscheint und das Feuer schwarz wird, bis vor dem Nachthimmel nur noch die blaue Seele der Flammen zu sehen ist, gilt der Pakt als besiegelt. Bei mir war es Jay, der das schwarze Feuer rief. Er blieb in meiner Nähe, während ich heranwuchs. Er passte auf mich auf, er ließ einen Teil der Beute für mich zurück, nachdem er gejagt hatte.« Jade konnte die Sanftheit in seiner Stimme kaum ertragen. »Und als ich sechs Jahre alt war, verließ ich meine Familie und folgte ihm in den Wald. Es war die Zeit der dunklen Sonne. Manchmal träume ich heute noch davon.«

»Die Kinder müssen die Eltern verlassen? Um mit einem Tier zu leben?« Faun schien die Verachtung in ihrer Stimme nicht wahrzunehmen.

»Wir lernen voneinander«, erklärte er. »Wir lernen, mit dem anderen zu fühlen, zu jagen. Und wir bleiben miteinander verbunden, bis der Zwilling stirbt.«

Jade musste die Augen schließen. Ihre Gedanken wirbelten durcheinander. *Er ist wahnsinnig! Oder bin ich es, die verrückt wird?* Es kränkte sie, dass sie zum ersten Mal begriff, wie wenig sie tatsächlich von Faun wusste. Erst jetzt verstand sie seine Verschlossenheit, das Misstrauen und seinen Zorn, als sie ihn gefragt hatte, ob er ein Mensch war. Wie musste es sich anfühlen, an ein Tier gekettet zu sein?

»Wie kann er noch dein Bruder sein, nach dem, was er mir angetan hat?«, fragte sie nach einer Weile.

»Er kann nichts dafür. Er ist wie ein Schlafwandler«, erwiderte Faun.

»Du verteidigst ihn auch noch?«

»Wer ist schuldig? Der, der den Abzug einer Waffe drückt, oder die Waffe selbst? Jay gehorcht Tams Befehlen, so wie die Blauhäher und die anderen Wesen, die er mit seiner Stimme in seinem Bann hält. Tam hat ihn eingefangen, indem er ihn in eine Falle lockte, in einer Schlucht. Und sobald Jay seine Stimme hörte, hat er sich nicht mehr gegen das Netz gewehrt.«

»Aber du hast dich gewehrt.«

»Ja, die Narben an Tams Handgelenken stammen von mir«, erwiderte er trocken. »Ich versuchte, Jay zu befreien. Aber ich war zu schwach. Ich war erst elf Jahre alt.«

»Warum bist du nicht später mit Jay geflohen?«

»Weil er mir nicht folgen würde. Und was glaubst du, warum Tam den Käfig so gut verschließt? Ich kann ihn nicht allein lassen. Wir sind unlösbar miteinander verbunden. Aber dich würde er töten, jetzt kennt er deine Witterung. Und deshalb ist es besser, wenn wir ... es beenden.«

»Du verlässt mich also wegen eines Tiers. Wegen ... was? Einer Schneekatze?«

Faun verschränkte die Arme. »Du hast ihn gesehen.«

Beinahe hätte sie wieder gelacht. Für einen Moment sah sie die Fänge, die Dämonenfratze, die schwarze Haut. »Die Bestie am Fenster war also kein Echo.«

»Ich wollte einfach, dass du dich von Tam fernhältst«, erklärte Faun. »Und auch von den Echos. Und als du ihn am Fenster gesehen hast, dachte ich ...«

»... es ist einfacher, mich anzulügen.« Sie lachte bitter.

Faun hob den Blick und sah sie ernst an. »Hättest du mich lieben können, wenn ich dir von ihm erzählt hätte? Oder hättest du mich so angesehen wie jetzt? Als wäre ich ... selbst ein Tier?«

Zum ersten Mal erlebte sie, wie hauchfein die Grenze zwischen Liebe und Hass war. Und es war einfacher, viel einfacher, selbst zu verletzen, als den Schmerz zu spüren.

»Tier oder Sklave, wo ist der Unterschied, Faun? Du hast die Stirn, auf mich und Jakub herabzuschauen, weil wir, wie du sagst, Sklaven einer Tyrannin sind. Dabei trägst du selbst Tams Brandzeichen auf der Brust.«

Faun ballte die Hände zu Fäusten. »Verlasse die Stadt, solange noch Zeit ist«, sagte er mit mühsamer Beherrschung. »Es ist nicht dein Krieg, Jade.«

»Und es ist nicht mehr deine Angelegenheit, wohin ich gehe oder nicht«, zischte sie.

»Du gehst zu ihm, nicht wahr? Zu deinem Freund vom Boot.«

Jade nahm ihren Rucksack und ging zur Tür. Als sie schon die Klinke in der Hand hatte, blickte sie noch einmal zurück und warf Faun einen vernichtenden Blick zu. »Auch das geht dich nichts mehr an. Obwohl Martyn der einzige Mensch zu sein scheint, der mich nicht belügt.«

Faun erstarrte. Voller Genugtuung sah sie, wie sehr

ihre Worte ihn trafen. Seine Mitternachtsaugen glommen in diesem gefährlichen Licht auf, sein Mund wurde zu einem harten Strich.

»Wenn ich frei wäre...«, sagte er mit dieser absoluten Aufrichtigkeit, die ihr jetzt ins Herz schnitt wie ein vergiftetes Messer, »würde ich mit dir gehen, wohin du willst.«

»Du bist aber nicht frei«, gab Jade unbarmherzig zurück. »Du bist jemand, dem eine Bestie wichtiger ist als ich. Bleib mir vom Leib, Faun. Und komm nie wieder in meine Nähe.«

Sie wandte sich ab und riss die Tür auf. *Du bist es nicht*, dachte sie, während sie zum letzten Mal den Flur entlangging. *Ich habe einen anderen Faun geliebt.*

*

Gespenstisch hallten ihre Schritte auf der Straße, und Jade war froh, dass sie schon nach wenigen Metern den Uferkies betreten konnte. Die Wila schien sie aus tausend Augen zu betrachten, als sie in das Boot kletterte und sich mit dem Ruder abstieß. Sie wagte nicht, den Motor anzuwerfen, stattdessen ließ sie sich ein Stück flussabwärts treiben. Sobald sie außer Sichtweite des Hotels war, manövrierte sie das Boot in ein Feld voller Flussblüten. Der Duft von Zimt und Algen hüllte sie ein. Hier war das Wasser ruhig, nur ein Trauerschwan, der an der Uferböschung schlief, hob den Kopf und betrachtete den ungebetenen Gast argwöhnisch.

Nie hätte Jade gedacht, dass ein Gefühl körperlich so wehtun konnte. Das Brennen in der Brust war unerträglich, und dazu kamen eine endlose Leere und das Gefühl, nie wieder richtig Luft zu bekommen.

Sie schloss die Augen, krümmte sich zusammen und presste ihre Stirn an ihre Knie. Ihre Gedanken wirbelten in ihrem Kopf. Bizarre Bilder, Traumfetzen, Fauns Lachen, der Winterprinz, Jakub. Und Jay. Immer wieder die Minuten im Badezimmer und das Splittern des Spiegels.

Der Spiegel.

Jade schniefte und tastete nach der Scherbe. Sie zu berühren, fühlte sich tröstlich an und gab ihr ein wenig Sicherheit zurück. Es war ungewohnt, zum ersten Mal seit Monaten keine Angst vor den Echos zu haben. Im Gegenteil: Voller Sehnsucht blickte sie in das Wasser, doch das Mädchen war nicht da. Sie entdeckte nur ein blasses Schimmern, das ein anderes Gesicht sein mochte.

»Seid ihr da?«, flüsterte sie und streckte die Hand aus. Um ein Haar hätte die Viper, die aus dem Wasser schoss, sie in die Hand gebissen. Das Boot schwankte, als Jade heftig zurückwich. Mit aufgerissenen Augen starrte sie dem Reptil hinterher, das mit schlängelnden Schwimmbewegungen das Weite suchte – eine weißliche Schlange, deren schwarze Fleckenzeichnung Jade unter Wasser irrtümlich an Augen erinnert hatte. Jade nahm mit zitternden Händen ein Ruder und schob sich hastig aus dem betäubend duftenden Meer geschlossener Blüten.

Sie überlegte nur kurz, dann beschloss sie, das Risiko einzugehen, und startete den kleinen Motor. Das ratternde Geräusch durchbrach die Stille der Nacht. Vögel flatterten erschrocken aus dem Uferdickicht auf und von weit her ertönte Hundegebell. Jade duckte sich so tief wie möglich und lenkte das Boot stromaufwärts.

Sie versuchte, nicht hinzusehen, als sie dicht am Südufer das Larimar passierte. Licht drang durch die Fensterritzen im vierten Stock, und als sie doch genauer hinschaute, erkannte sie mit einem jähen Gefühl des Hasses einige Blauhäher, die am runden Fenster ihres blauen Zimmers saßen und sie beobachteten. Als hätten sie ihre Abneigung gespürt, sprangen sie vom Fensterbrett und ließen sich in die Tiefe fallen. Jade fürchtete schon, sie wollten sie angreifen, und fasste nach dem Ruder, aber Tams Spione schwirrten nur dicht über der Wasseroberfläche entlang und umflatterten das Boot. So folgten sie Jade ein ganzes Stück flussaufwärts. Erst als die Greifenbrücke in Sicht kam, drehten sie ab und jagten zurück in Richtung Hotel.

*

Die Feynals hatten ein ganzes Stück hinter der Greifenbrücke angelegt. Ein Kranz von Fackeln beleuchtete das Deck der Fähre. Die Flussleute saßen im Kreis. Eine Brise trug Jade den Duft von gebratenem Aal zu. Heute übertönte kein Lachen den tuckernden Motor. Selbst von hier aus konnte Jade deutlich spüren, dass die Erschöpfung über der Gruppe lag. Am Heck wartete der Schlitten auf den nächsten Einsatz. Jades Herz begann, schneller zu schlagen, als sie Martyn entdeckte. Bevor sie auch nur winken konnte, sah er sich schon nach dem Motorgeräusch um und sprang erstaunt auf. Die Flussleute reckten die Hälse. Mit zwei großen Schritten war Martyn an der Reling.

Jade machte den Motor aus und ruderte das Boot die letzten Meter zur Fähre. Martyn warf ihr ein Seil zu und sie ergriff es und vertäute das Boot damit an der Reling. Doch sie stieg nicht aus, und Martyn machte keine Anstalten, zu ihr hinunterzuklettern. Im Gegenteil: Er stand vor dem Durchgang der Reling, als wolle er ihr den Zutritt zum Deck verwehren.

»Wieso bringst du das Boot mitten in der Nacht zurück?«, rief er verärgert. »Nachts schießen die Patrouillen gerade auf alles, was sich bewegt!«

»Na, Jade? Noch eine Runde Schwimmen im Mondschein?«, rief Cal mit gutmütigem Spott, doch Martyn brachte ihn mit einer unwilligen Geste zum Schweigen.

»Ich weiß, du bist wütend auf mich«, brachte Jade atemlos hervor. »Aber ich muss mit dir reden...«

»Reden?«, fragte er und verschränkte die Arme. »Warum nicht? Sag, was du zu sagen hast!«

»Können wir das allein besprechen?«

»Ich habe nichts vor den anderen zu verbergen. Du etwa?«

Jade seufzte. Das sah Martyn ähnlich!

»Wie du willst«, sagte sie leise. »Aber es geht nicht um uns. Sondern um den Fluss und die Echos.« Ihr Blick wanderte über die Gesichter der Flussleute, die inzwischen zur Reling getreten waren und zum Boot hinunterschauten. Sie stutzte. »Ist Elanor immer noch nicht zurück?«

Arif schüttelte stumm den Kopf. Er sah sehr besorgt aus, das konnte sie sogar im Fackelschein erkennen.

»Warum nicht?«

»Wartet noch beim Präfekten«, antwortete Arif und ging zum Feuer zurück.

»Ist nicht dein Problem«, sagte Martyn zu Jade.

»Nicht mein Problem?«, fauchte Jade. »Ganz egal was zwischen dir und mir ist, Elanor ist mir wichtig! Und auch du und ich waren lange Zeit Freunde, hast du das schon vergessen?«

»Anscheinend hast *du* es vergessen«, erwiderte er frostig.

Jade konnte den Schmerz ertragen und Jakubs Tränen, aber wie eine Bittstellerin in einem schwankenden Boot zu stehen, war endgültig zu viel.

»Ich habe dir nie etwas versprochen, Martyn! Wir haben es miteinander versucht und uns getrennt. Also hör endlich auf, den betrogenen Mann zu spielen.«

»*Du* hast dich von *mir* getrennt!«, fuhr er sie an. »Und ich verstehe bis heute nicht, warum. Vermutlich war ich einfach zu leicht zu haben.«

Cal stieß einen Pfiff aus. »Dicke Luft«, meinte er und winkte den anderen zu. Endlich löste die Versammlung an der Reling sich auf. Die Flussleute gingen zu ihren Tellern zurück, aber Jade wusste, dass sie natürlich jedes Wort gespannt mithören würden. Trotzdem senkte sie die Stimme, als sie weitersprach.

»Vielleicht war es das«, sagte sie. »Ich weiß es nicht. Vielleicht kannten wir uns schon zu lange.«

»Vielleicht, vielleicht! Ist das alles, was du mir dazu sagen kannst?«

»Was willst du denn noch hören?«, platzte sie heraus. »Dass ich manchmal das Gefühl hatte, meinen Bruder zu küssen? Dass es schön war, mit dir zu schlafen, aber dass mich die Sehnsucht danach nie bis in meine Träume verfolgt hat? Dass ich nie das Gefühl hatte, im Fieber zu brennen, wenn wir uns wiedersahen? Ich habe dich geliebt, Martyn, auf diese andere Weise, und es tut mir leid, dass ich dich damit verletzt habe. Und auf dieselbe Weise liebe ich dich noch heute und werde nie damit aufhören, gleichgültig ob du mir jemals verzeihst oder nicht.«

Martyn holte tief Luft. Jade biss sich auf die Unterlippe. Sie hatte angenommen, dass sie sich nicht elender hätte fühlen können, aber nun stellte sie fest, dass sie sich geirrt hatte.

»Wow«, sagte er heiser und räusperte sich. Sie konnte ihn nur schemenhaft sehen, fast wie ein Schattenriss stand er genau vor einer Fackel. Jade senkte den Kopf. Ihre Wangen brannten. *Bravo, Jade*, dachte sie. *Und du beschwerst dich darüber, dass andere dir wehtun.*

Aber Martyn wirkte nicht traurig, stattdessen schüttelte er den Kopf und fluchte aus vollem Herzen.

»Es wäre für mich verdammt noch mal sehr viel einfacher gewesen, hättest du mir nur ein einziges Mal so deutlich wie eben gesagt, was los ist«, sagte er dann mit mühsam unterdrückter Wut.

»Schon gut«, murmelte Jade. »Ich habe heute offenbar den Holzhammer in der Hand. Am besten ich steige einfach aus und gehe. Ich binde das Boot am Ufer an. Da könnt ihr es morgen holen.«

Sie wollte gerade das Seil von der Leiter lösen, als Martyn sie mit einem leisen Pfiff zurückhielt. Er stützte sich auf der Reling auf, schwang sich einfach darüber und landete sicher und ohne balancieren zu müssen direkt vor ihr im schwankenden Boot. Seine

Haut duftete nicht nach Winter und Moos, sondern nach Salzluft und Sonne. Und zum ersten Mal war er ihr so fremd, dass sie völlig verunsichert war.

Er musterte sie lange, und sie fragte sich, wo der Junge geblieben war, den sie so gut zu kennen glaubte. *Nun, die alte Jade ist ja ebenfalls verschwunden. Ein Mann mit Mitternachtsaugen hat sie mir gestohlen.*

»Du weinst«, stellte Martyn fest. Wie immer schaffte er es, mit einem einzigen Satz ihre ganze Verteidigung zum Einsturz zu bringen. Ihre Wut auf sich selbst wich einem jähen Gefühl der Leere und plötzlich war sie nur noch unendlich müde. *Wem mache ich hier etwas vor?*, dachte sie niedergeschlagen.

»Es ist vorbei«, sagte sie leise. »Ich habe ihn geküsst, ja, und mehr als das. Ich habe ihn geliebt. Aber es ist vorbei.« Der ganze Kummer stürzte auf sie zurück, ein gallebitterer Geschmack nach Niederlage im Mund, und dazu auch noch ein heißer Stein in ihrer Kehle, der ihr das Atmen fast unmöglich machte.

Martyn seufzte. »Tja«, meinte er trocken. »Dann weißt du ja jetzt wenigstens, wie es sich anfühlt.«

Die Könige der Stadt

Die Erschöpfung war schnell zu kalten Schauern geworden und die Schauer rissen sie in ein Tal verstörender Träume. Gesprächsfetzen tauchten auf und Martyns ungläubiges Kopfschütteln, als sie ihm von den Echos berichtet hatte. *»Warum siehst nur du sie im Fluss?«*, hallte seine Frage in ihrem Kopf nach. *»Und das Mädchen hat wirklich zu dir gesprochen?«* Sie fürchtete, ihm auch von den Rebellen erzählt zu haben, und schreckte aus ihrem Dämmerzustand hoch. Doch als sie erkannte, dass sie in Elanors Hängematte lag, umgeben vom wohlig-vertrauten Geräusch des Wassers, das mit leisem Schlag gegen die Bordwand schwappte, sank sie in einen Schlaf, der eher einer Ohnmacht glich. Es war nicht gut aufzuwachen, denn dann erschien sofort Fauns Gesicht vor ihr, und der ganze Kummer kehrte mit solcher Wucht zurück, dass ihre Zähne klapperten wie im Fieber.

»Na, dich hat die Liebe aber wirklich krank gemacht«, hörte sie irgendwann Namas Stimme und fühlte eine flusskalte Hand auf ihrer Stirn. Jade blinzelte. Ihre Kehle brannte vor Durst, und natürlich traf die Wirklichkeit sie auch diesmal so unmittelbar, als hätte ihr jemand einen Trog mit schmutzigem Waschwasser ins Gesicht geschüttet. Und als sie sich vorsichtig streckte, stöhnte sie unwillkürlich auf. Kein Knochen schien mehr am richtigen Platz zu sitzen und die Muskeln brannten bei der kleinsten Regung.

»Blaue Flecken und Prellungen, was?«, sagte Nama mitfühlend. »Und du bewegst dich, als hättest du dir eine Menge Muskeln gezerrt. Ehrlich gesagt siehst du aus, als hätte dich jemand die Treppe hinuntergeworfen.«

»So ähnlich war es auch«, sagte Jade niedergeschlagen und nahm die bauchige Lederflasche mit Wasser entgegen, die die Taucherin ihr anbot. Erst jetzt fiel ihr auf, dass Tageslicht durch die Luke fiel und die anderen Hängematten leer waren.

»Schon so spät?«, murmelte sie. Immer noch fühlte ihr Kopf sich an, als sei er mit glimmenden Sägespänen gefüllt. Sie drückte die Handballen fest gegen die Augenhöhlen, bis zumindest der pochende Kopfschmerz etwas nachließ. Dafür tat ihr die verletzte Hand wieder weh.

Nama strich sich das Wasser aus dem glatten Haar. »Spät? In zwei Stunden geht die Sonne schon wieder unter – du hast den ganzen Tag geschlafen.«

Den ganzen Tag? Jade setzte sich hastig auf und schwang die Beine aus der Hängematte. »Ist Elanor wieder da?«

Die Taucherin schüttelte bekümmert den Kopf. »Arif war heute Morgen beim Präfekten. Von dort aus hat man ihn zum Zehnthaus geschickt. Die Leute, die auf eine Befragung warten, sind im Lager des Zehnthauses untergebracht worden und dürfen noch nicht gehen, für den Fall, dass sie aufgerufen werden. Aber sicher kommt Elanor morgen wieder zurück.«

Jade bekam auf der Stelle ein ungutes Gefühl, aber sie erwiderte nichts.

»Was ist nun?«, fragte Nama betont munter. »Hast du vor, hier noch länger deine Wunden zu lecken? Oder leistest du uns an Deck Gesellschaft? Martyn und Arif warten schon auf dich.«

*

Martyn hatte offenbar nicht viel besser geschlafen als sie. Fast erwartete sie, dass er sich bei ihrem Anblick wieder abwenden würde, aber er schaffte es, ihr sogar flüchtig zuzulächeln.

»Genug geschlafen, Jade?«, fragte er. Früher hätte er sie Fee genannt, doch auf manchen Wegen, das hatte Jade seit gestern begriffen, gab es kein Zurück mehr, und der Weg nach vorne war unbequem und voller Schlaglöcher. Aber immerhin schien Martyn trotz seines verletzten Stolzes entschlossen zu sein, ihn mit ihr gemeinsam zu gehen. Nach den vergangenen zwei Tagen war das wie ein unerwartetes, unendlich kostbares Geschenk.

Es hatte Nachteile, auf der Fähre keine Privatsphäre zu haben. Aber an Tagen wie diesen hatte es auch Vorteile. Da ohnehin jeder wusste, wie es um Jade und Martyn stand, mussten sie niemandem etwas vormachen. Es gab keine Kommentare und keine bedeutungsvollen Blicke. Niemand verurteilte Jade, niemand stellte sich auf Martyns Seite. Arif teilte Jade lediglich ihre Aufgaben zu, dann machten sie sich alle wieder an die Arbeit, als wäre nichts gewesen.

Es war ein wenig so, wie nach Hause zu kommen, und Jade stellte fest, dass es tatsächlich möglich war, die quälende Erinnerung an Faun zumindest zu ertragen, indem sie sich mit aller Kraft darauf konzentrierte, nur an den nächsten Handgriff zu denken.

Immer wieder blickte sie verstohlen zum Wasser und versuchte, die Gesichter von Echos darin zu entdecken. Stärker denn je spürte sie heute die Verbindung zu dem Mädchen. Und als ihr Spiegelbild ihr einmal kurz zunickte, fühlte sie sich ein wenig getröstet.

So vertraut und eingespielt die Zusammenarbeit mit Martyn auch war, so unsicher war Jade, wie weit sie mit dem, was sie zu ihm sagte, gehen durfte. Als er eine seiner ironischen Bemerkungen machte und sie mit gerunzelter Stirn darüber nachgrübelte, ob sie kontern sollte oder nicht, begannen Cal und Nama zu grinsen. »Nicht so viel denken, Jade!«, rief Nama ihr zu. »Im Wasser hätte dich jetzt längst die Muräne geschnappt!«

Nur Arif, der seine Sorge um Elanor keine Sekunde lang vergessen konnte, lachte nicht mit, sondern warf einen besorgten Blick zu den Jägern, die die Fähre vom Ufer aus beobachteten.

*

Die Strömung wurde stärker und machte es den Tauchern schließlich unmöglich, zum Grund zu gelangen. Der Schlitten wurde trotz seines Gewichts abgetrieben, und die Seile, die die Fähre an Ort und Stelle hielten, strafften sich, bis das Boot ächzte. Schließlich gab Arif entnervt das Zeichen, die Tauchgänge zu beenden. Die Stimmung war düster, selbst Cal war an diesem Abend nicht nach Scherzen zumute. Erschöpft legte er sich in seine Hängematte und schlief auf der Stelle ein. Jade hatte gehofft, dass Martyn sich zu ihr setzen würde, aber er gab ihr nur ein kurzes Zeichen, nicht auf ihn zu warten, und verschwand im Lagerraum. Während die anderen sich daranmachten, Ersatzteile zurechtzufeilen und einzufetten, hockte Jade sich am Bug unter die Laterne und starrte ins Wasser. Die Spiegelungen waren dunkel, sich selbst konnte sie nur als Umriss sehen, also schloss sie die Augen und spürte den Echos nach. Sie rief sich die Gesichter aus ihrem Traum ins Gedächtnis. *Kein Körper*, flüsterte die Stimme des Mädchens, und der misstönende Schrei der vier Echos schien wieder in Jades Kopf zu hallen. Seufzend tastete sie nach der Spiegelscherbe. Das Muster der feinen Risse in der Oberfläche, beinahe wie ein Spinnennetz – irgendwo hatte sie es schon einmal gesehen. Nachdenklich fing sie das Licht der Lampe mit der Scherbe ein und betrachtete das Blitzen in ihrer Handfläche.

Holz knarrte, als jemand an sie herantrat. Sofort verbarg sie die Scherbe in der Hand. Im ersten Augenblick hoffte sie, Martyn habe es sich überlegt und würde ihr doch noch Gesellschaft leisten, aber zu ihrer Überraschung war es Arif.

»Suchst du immer noch nach Echos, Jade?«, fragte er und setzte sich neben sie. »Martyn hat mir erzählt, dass du ihnen begegnet bist.«

Jade versteifte sich unwillkürlich. Natürlich sprachen die beiden Brüder über alles, warum fühlte sie sich also so unbehaglich dabei, dass Martyn dieses Gespräch nicht für sich behalten hatte? *Oder habe ich mich so sehr daran gewöhnt, Geheimnisse zu hüten, dass es mir schon seltsam vorkommt, Vertrauen zu haben?*, dachte sie.

»Ja, manchmal glaube ich, sie zu sehen«, erwiderte sie. »Dort!« Sie deutete auf eine Reflexion neben der Ankerleine. Waren es nicht schemenhafte Züge und gläserne Hände? Gestalten, die wie Ertrunkene weit unter der Wasseroberfläche dahintrieben?

»Warum sehen wir sie nicht?« Arif sprach so leise, dass seine Stimme nicht mehr als ein Raunen war. »Und auch die Taucher haben noch nie etwas im Wasser bemerkt. Ich habe sie danach gefragt, und sie sagten mir, es sei nur die Strömung, die an ihnen zieht.«

Jade sah zum Ufer, doch dort standen keine Jäger mehr. Trotzdem senkte sie die Stimme. »Ich weiß es nicht. Zwischen mir und den Echos besteht irgendeine Verbindung. Sonst hätte das Mädchen nicht zu mir sprechen können.«

Arif sah sie von der Seite an. Im Halbschatten der Lampe wirkte seine Miene noch düsterer als sonst. In diesem Augenblick machte ihr die Vorstellung, dass sie zu den Leuten gehörte, die die Turbinen beschädigten, mehr denn je zu schaffen.

»Hast du heute wenigstens mit Elanor reden können?«, fragte sie.

Arif zeigte seine Gefühle niemals, aber Jade bemerkte sehr wohl, dass seine Schultern nach unten sanken, als würde er sich innerlich vor Schmerz krümmen. »Sie lassen niemanden vor.«

»Dann muss Jakub euch helfen! Er hat gute Kontakte zum Präfekturbüro.«

Arif räusperte sich. »Ich habe ihn schon darum gebeten. Auf dem Rückweg vom Zehnthaus bin ich zum Larimar gegangen. Er konnte heute nichts mehr tun, aber er hat mir versprochen, morgen früh zum Präfekten zu gehen. Vielleicht richtet er ja etwas aus.«

Es klang nicht sehr hoffnungsvoll. Jade schloss die Finger fester um die Scherbe. »Wie steht es im Larimar? Geht es... Jakub gut?«

»Was glaubst du wohl?«, fragte Arif. »Er hat getobt, als er sah, dass du das Hotel verlassen hast. Er hätte die ganze Stadt abgesucht. Als ich ihm sagte, dass du bei uns bist, war er zwar beruhigt, aber wütend ist er immer noch.«

»Und... die Nordleute?«

Arif zuckte mit den Schultern. »Fort«, sagte er knapp und starrte ins Wasser.

Jade stellte sich mit Unbehagen vor, wie ihr Vater die Verwüstung im vierten Stock entdeckte. Der Hass auf Tam schäumte in ihr hoch und half ihr, das Bild von Faun zu verdrängen. Das war das Schlimmste von allem: Sie konnte Faun in Gedanken so oft verlassen, wie sie wollte, doch die Gefühle für ihn ließen sich nicht so einfach ersticken oder wie eine Flussblüte in der Hand zerdrücken. Obwohl sie sich selbst für ihre Schwäche hasste, konnte sie nichts dagegen tun, dass sie sich nach seiner Nähe, seinem Lachen sehnte.

Eine Weile schwiegen sie unbehaglich, jeder in seinen Kummer versunken. Jade rang mit sich, ob sie Arif die Frage stellen sollte, die alle auf der Fähre schlecht schlafen ließ. *Aber einer muss es ja aussprechen*, dachte sie und nahm ihren ganzen Mut zusammen.

»Arif? Hast du nie daran gedacht, dass die Lady euch ihre Gunst vielleicht entziehen könnte?«

Arif wandte nicht einmal den Blick vom Wasser. Nur seine Kiefermuskeln zuckten. Jade spürte, wie schwer es dem verschlossenen, stolzen Mann fiel, ihr eine Antwort zu geben.

»Um ehrlich zu sein, darüber grübele ich Tag und Nacht nach«, sagte er leise. »Aber das wäre mehr als nur Verrat. Wir folgen der Lady seit Generationen von Stadt zu Stadt. In jedem Reich, das sie erobert hat, vertraute sie uns den Fluss an. Unsere Eltern starben für sie im Winterkrieg.«

»Ich weiß«, sagte Jade. »Martyn erzählt oft von ihnen.«

»Aber ihren Auftrag haben sie ausgeführt, obwohl er sie das Leben kostete«, fuhr Arif nicht ohne Stolz fort. »Und auch Martyn und ich haben Lady Mar immer gedient.«

»Ich habe mich oft gefragt, warum ihr euch nie beklagt«, sagte Jade vorsichtig. »Ihr habt eure Privilegien, ja, aber trotzdem braucht ihr Genehmigungen und müsst Tributzahlungen leisten. Die Beamten der Lady nennen euch Flussgesindel.«

Arif lächelte düster. »Aber auf dem Fluss«, sagte er mit Nachdruck, »sind wir frei. Was schert es mich da, was irgendwelche Beamte sagen? Das ist unser Pakt mit der Lady: ihr die Stadt und uns den Fluss.«

Ein Stör kam an die Wasseroberfläche und zupfte an einem mit Algen bewachsenen Seil. *Spiegelbild und Wirklichkeit*, dachte Jade, *wo fängt das echte Seil an, wo hört die Täuschung auf?*

»Arif? Eure Eltern haben der Lady geholfen, den Palast zu erstürmen.«

»So kann man es sagen, ja.«

»Und nachdem die Lady den Thron bestiegen hatte, warst du im Palast?«

Arif zog die Brauen zusammen und sah Jade scharf an. »Natürlich. Nach dem Sieg. Ich war kaum dreizehn Jahre alt, und die Tracht meines Vaters, die ich zu seinen Ehren trug, war mir viel zu groß. Ich habe anstelle unserer Eltern die Genehmigung bekommen, auf dem Fluss zu leben und das Boot zu führen. Das war der Lohn für den Krieg.«

»Aber die Könige hast du nie gesehen?«

»Wir waren während des Sturms auf dem Wasser, Jade«, sagte Arif unwillig. »Hinter dem Delta, nordwärts vom Palast. Wir sahen die Stadt von der Ferne brennen und fallen, aber unsere Aufgabe war es, die Wasserversorgung des Palastes zu kappen. Nun, die Stadt war uns fremd, und dass die Strömung bei den Pumpen besonders gefährlich war, wussten wir damals noch nicht. Hätten wir es gewusst, würden unsere Eltern vielleicht noch leben.«

Wasser. Ein warmer Wind hatte sich erhoben, doch Jade fror plötzlich. Sie war einen Schritt von der Lösung entfernt, das spürte sie. Und dennoch fehlte noch ein winziges Stück zum ganzen Bild, eine Scherbe, vielleicht auch nur ein Splitter.

»Gab es Brunnen im Palast?«, fragte sie auf gut Glück.

»Warum willst du das wissen?«

»Weil es heute kein klares Wasser mehr dort gibt. Ich glaube, das hat etwas mit den Echos zu tun.«

Arif sah nicht so aus, als würde ihn diese Erklärung überzeugen, aber immerhin antwortete er. »Es war viel zerstört damals. Die Außenmauern waren stark beschädigt. Aber im Inneren des Palastes sah man noch, wie prächtig die Räume vor dem Sturm gewesen sein müssen. Die Böden waren poliert, und – ja – sicher gab es dort auch Brunnen. Zumindest habe ich in einer Wand die Reste eines verborgenen Aquädukts gesehen. Möglicherweise mochten die Könige Wasserspiele. Aber was soll das mit den Echos zu tun haben?«

»Ich weiß es nicht«, murmelte Jade. Arif musterte sie. Jade spürte, dass ihn nicht nur die Ungewissheit, was mit Elanor geschah, bedrückte.

»Wenn es um die Lady geht«, sagte er nach einer weiteren Ewigkeit, in der sie angespannt geschwiegen hatten, »gibt es nur Leben oder Tod, die richtige oder die falsche Seite. Und die Echos und alles, was mit ihnen zu tun hat – gehören zu der gefährlichen Seite.«

Die Warnung war deutlich genug, doch Jade hatte keine Furcht mehr, sondern sah Arif in die Augen. »Und was, wenn die Lady euch den Fluss nimmt? Was, wenn sie nicht nur gegen die Echos Krieg führt, sondern Verrat wittert, wo gar keiner ist? Was, wenn … Elanor auch morgen nicht zurückkehrt?«

Arifs Augen verengten sich. Jade war überrascht, wie schnell er diesmal antwortete. »Wenn sie das tut«, sagte er drohend. »Dann gibt es Krieg.«

Mit diesen Worten stand er auf und ging ohne einen Abschiedsgruß über das Deck davon.

*

Die Sommernacht war warm genug, um an Deck zu schlafen, und Jade breitete eine Decke am Bug aus. Die Nähe der Wila gab ihr Halt und machte die Unruhe, die sie auch nach Stunden nicht schlafen ließ, etwas erträglicher. Es musste die Erschöpfung sein, die sie schließlich doch in einen wirren Traum hinübergleiten ließ. Diesmal waren es nicht nur Fauns Gesicht und die Sehnsucht nach seiner Berührung, die sie quälten, sondern vor allem ein anderes Bild: das tote Echo an der Katzenbuckel-Brücke. Jade stand wieder dort, blickte in die grünen Augen und betrachtete die Verästelungen, die sich wie Risse in einem alten Gemälde über die Wangen zogen. *Kein Körper*, flüsterte das Mädchen ihr zu. Wasserblut rann aus der Wunde. *Kein Blut.*

Und als Jade mitten aus tiefstem Schlaf mit rasendem Herzen hochfuhr und hellwach auf den Fluss starrte, fand auch das letzte Bruchstück seinen Platz und zeigte ihr ein stechend scharfes Bild.

*

Es war riskant, aber Jade durfte keine einzige Sekunde verlieren. Mit Kreide hinterließ sie eine Nachricht auf den Planken, gleich neben der Luke, wo Martyn sie auf jeden Fall entdecken würde. Dann kletterte sie in das Beiboot und tauchte das Ruder ins Wasser. Die Vögel sangen bereits, und dem Helligkeitsgrad des Himmels nach zu urteilen, war es etwa fünf Uhr morgens.

Einen Augenblick überlegte sie, ob sie zuerst zu Jakub gehen sollte, aber dann schlug sie den Schleichweg in westlicher Richtung ein, wo sich, wenn sie richtig vermutete, Späher der Rebellen verbargen. Sie musste sich beherrschen, damit sie vor Ungeduld nicht jede Vorsicht vergaß. Und sie ertappte sich dabei, wie sie am liebsten gelacht hätte, so vertraut und richtig erschien ihr die Lösung.

Auf ihrem Weg begegnete sie nur zwei Jägern, die ohne Galgos an einer Straßenecke Wache hielten. Ihnen wich sie durch das Kanalsystem aus und kroch auf Knien und Händen ein ganzes Stück unterirdisch weiter. Als sie wieder auftauchte, sah sie mit Holzlatten verbarrikadierte Fenster und zerschossene Fassaden. Der Kellereingang, den sie gesucht hatte, war ebenfalls vernagelt. Jade schlich zu einem Kellerfenster, nahm ein Stück Mauerstein, das wie zufällig dort lag, und schickte damit ein Klopfzeichen durch ein Rohr, das sie durch das Fenster erreichen konnte. Kaum zehn Minuten später hörte sie im Nebenhaus eine Tür klappen. Es war Leja. Sie winkte Jade hektisch zu. Kurze Zeit später standen sie Schulter an Schulter in einem schmalen Durchgang zwischen zwei Hauswänden, unsichtbar für die Bewohner und auch von der Straße aus nicht zu entdecken. Leja zog sich den grünen Mantel eng um den Körper. »Was machst du denn hier?«, wisperte sie. »Wir dachten, du bist bei den Flussleuten!«

»Das war ich auch, aber ich muss so schnell wie möglich zu Tanía und den anderen!«

Leja schüttelte den Kopf. »Keine gute Idee. Sie ist gerade nicht gut auf dich zu sprechen. Sie haben Ruk verhaftet.«

»Ruk?« Jade erinnerte sich an den kräftigen Taucher mit der knarrenden Stimme und musste schlucken. Ruk hatte sie trotz seiner mürrischen Art gemocht.

Leja nickte bedrückt. »Sie haben ihn verhört und er muss einige Namen verraten haben. Deshalb haben Tanía und die anderen das Versteck gewechselt.«

Jade wurde auf der Stelle heiß. Sie wusste, dass ihr Leben auf Messers Schneide stand, aber so deutlich hatte sie es noch nie gespürt. *Noch war mein Name nicht darunter*, sagte sie sich. *Sonst hätten die Jäger mich längst verhaftet.*

»Und Nell?«, fragte sie mit banger Stimme. »Ben? Geht es ihnen gut?«

»Nell ist auf Erkundungstour«, sagte Leja. »Und Ben ist bei uns.«

Jade atmete auf. Wenigstens eine gute Nachricht. »Bring mich zu ihnen.«

Leja kaute unschlüssig auf ihrer Unterlippe herum. Jade verlor auch den letzten Rest von Geduld und packte sie bei den Schultern. »Wir haben keine Zeit für Zweifel. Bring mich zu ihnen. Ich weiß, wo der Winterprinz ist!«

*

Als neuer Unterschlupf diente ein zugemauerter, nur durch eine durchbrochene Wand zugänglicher Tiefkeller. Zwanzig Leute konnte Jade im Schein einer Kerze erkennen, aber in der Dunkelheit mochten noch einige mehr ihr Lager aufgeschlagen haben. Es roch nach verbrauchtem Atem und Angst, nach Kleidung, die seit Tagen nicht gewechselt worden war, und nach Essensresten. Verschlafen blinzelten ihr die Menschen entgegen, als Leja Jade in den Raum führte. Es war ein seltsames Gefühl, den Rebellen zu begegnen. Irgendetwas hatte sich verändert. Die Blicke waren kühl, keiner begrüßte sie, alle blickten sie nur misstrauisch an.

»Sieh an, Prinzessin Larimar verlässt ihre sichere Insel im Fluss und beehrt uns!«

Jade spähte nach rechts und entdeckte Tanía. Sie kauerte auf einem Nachtlager aus alten Mänteln. Und gleich neben ihr, wach und aufrecht, saß Ben!

»Allerdings, und ich habe Neuigkeiten!«, sagte Jade. Hier klang auch ihre Stimme dumpf und hohl. Sie stieg über liegende Körper und drückte sich an der Wand entlang, bis sie vor Tanía stand. Die Anführerin musterte sie immer noch ohne ein Lächeln. Lediglich Ben machte den kühlen Empfang dadurch wett, dass er sie angrinste. Jade kniete sich vor Tanía auf den festgestampften Lehmboden.

»Neuigkeiten, so?«, meinte Tanía trocken. »Nun, vielleicht kennen wir sie ja schon?«

Jade seufzte. »Leja hat mir von Ruk erzählt. Und von den anderen, die erschossen wurden. Es tut mir so leid.«

Ein flüchtiger Schmerz huschte über Tanías Gesicht.

»Alle Echos tot«, flüsterte Ben bekümmert. »Gestern das letzte von ihnen erschossen. Und der Winterprinz auch. Die Lady feiert ein Blutfest und triumphiert über ihre Feinde.«

»Alle Echos? Woher wollt ihr das wissen?«, fragte Jade.

»Du bist nicht die einzige Spionin, die Kontakte zum Hof hat«, erwiderte Tanía. »Wir haben überall Verbündete, und sie haben uns bestätigt, dass es wahr ist. Es ist kein einziges Echo mehr in der Stadt.« Jade wollte widersprechen, aber Tanía hob die Hand und gebot ihr mit einer herrischen Geste zu schweigen. »Sie sind besiegt. Also brauchen wir einen neuen Plan.«

Jetzt erkannte Jade, was in der veränderten Stimmung und der Feindseligkeit mitschwang: Hoffnungslosigkeit.

»Es ist nichts verloren«, rief sie. »Ich weiß jetzt, dass...«

»Bring sie endlich zum Schweigen!«, schrie einer der Rebellen. »Es ist vorbei, jetzt können wir uns nur noch auf uns selbst verlassen.«

Jade sprang auf und wandte sich um. »Nichts ist vorbei! Der Winterprinz lebt. Und ich weiß auch, wo er auf uns wartet!«

Sie holte Luft und sortierte ihre Gedanken. Wo sollte sie beginnen? Schließlich fing sie mit ihrem Spiegelbild an, das ihr aus dem Fluss zugewinkt hatte. Misstrauen huschte über die Gesichter, dann Unglauben, Erstaunen – und schließlich Fassungslosigkeit. Als Jade geendet hatte, herrschte eine ganze Weile lang Stille. Nur Ben wiegte sich vor und zurück und summte eine leise Melodie.

Tanía stand auf und trat mit verschränkten Armen vor Jade hin. »Du meinst wirklich, sie erstehen aus Spiegelungen?«

Jade nickte. »Ich habe es lange nicht verstanden. Das Echo unter der Brücke hatte ein Rissmuster auf der Wange – als hätte es in einen zerschmetterten Spiegel geblickt und diese Gestalt angenommen. Wie viele Scherben liegen noch am Grund des Flusses? Der Winterprinz hat die Macht, diese Reflexionen zu rufen.«

»Und sobald sie die Gestalt angenommen haben, können sie getötet werden wie Menschen?«, fragte Tanía zweifelnd. »Und was soll das heißen: Der Prinz lebt – bedeutet das, die Jäger haben sich geirrt?«

»Der Mann, den sie erschossen haben, kann nicht der Prinz gewesen sein.«

Tanías scharfer Blick fiel auf Jades Hände, die sie

vor Nervosität ineinander verkrampft hatte. Jade ließ ertappt los und versuchte, ruhiger zu werden. Das, was sie nun sagen würde, war so ungeheuerlich und unglaublich, dass sie all ihren Mut zusammennehmen musste. »Der Prinz hat keinen Körper und kein Blut. Er ist kein Mensch.« Sie ließ den Blick über die angespannten Gesichter schweifen. »Er ist ein Echo, und er wartet selbst darauf, aus seiner Zuflucht zu treten, um die anderen zu rufen.«

Die Stille, die nun eintrat, schmerzte beinahe in den Ohren.

»Aber... er ist der Sohn von einem der Tandraj-Könige«, sagte Tanía nach einer Weile. Jade nickte nur.

Der Gedanke, der so ungeheuerlich war, schien seinen Weg nur mühsam in die Köpfe der Rebellen zu finden. Sie wehrten sich gegen ihn, sie runzelten die Stirn und schnaubten so verächtlich, als wollte Jade ihnen verkaufen, dass der Himmel grün sei.

»Du willst hier tatsächlich behaupten, dass die Könige Echos waren?«, fragte ein Mann.

»Das waren sie«, erwiderte Jade. »Und der Prinz lebt – aber nicht in der toten Stadt oder im Fluss. Sondern im Winterpalast.«

»Woher willst du das wissen?«, fuhr Tanía sie an.

Jade leckte sich nervös über die Lippen. Sie wünschte, Ben würde sie wenigstens ansehen, aber der Alte betrachtete den Lehmboden und summte immer noch sein verrücktes, kleines Lied, als ginge ihn die ganze Versammlung nichts an. *Na wunderbar*, dachte Jade. *Lass du mich auch noch damit allein!*

»Keiner der Wächter wurde in der toten Stadt oder bei der Schädelstätte ermordet«, erklärte sie. »Sondern nur am Goldenen Tor und in der Nähe des Palasts. Selbst der Mann, den wir im Fluss gefunden haben, hatte beim Kanal neben dem Palast Wache gehalten. Ich glaube, die Echos strebten immer zum Palast – weil der Prinz sich dort befindet.«

»Und warum ist er nicht stark genug, alle Echos zu rufen?«, wollte Leja nun wissen.

»Er ist eine körperlose Reflexion. Aber ihm fehlt die Spiegelung, in der er Gestalt annehmen kann. Früher gab es Wasser im Palast. Arif hat erzählt, dass die Lady vor ihrem Sturm die Wasserversorgung kappen ließ. Es gab Brunnen und viele Spiegel. Überlegt doch: Warum sonst sollte die Lady die Spiegel aus dem Palast verbannen? Und dazu alles, was glänzt – sogar das Gold, das ja ebenfalls Spiegelungen hervorrufen kann? Sie wollte von Anfang an sicher sein, dass kein Echo in ihrem Palast auftauchen kann. Nur deshalb trinkt sie sogar Wein, der mit Asche vermischt ist, damit er trüb wird. Die Lady besiegte die Echokönige und ließ alles auslöschen, was an sie erinnerte. Nach dem Winterkrieg tötete sie die menschlichen Bewohner der Stadt bis auf einige wenige. Die Kinder, die sich nicht an die Könige erinnern würden, verschonte sie und ließ sie mit Schauermärchen über die Echos aufwachsen.«

Tanía hatte die Lippen zu einem wütenden Strich zusammengepresst. Ihr Gesicht war blass und schien mit der flackernden Kerze heller und dunkler zu werden. Plötzlich wirbelte sie herum und packte Ben am Kragen. Der Alte ächzte, als sie ihn auf die Beine zog.

»Du! Du hast sie gekannt! Ist es wahr? Gehörten die Tandraj-Könige zu ihnen?«

»Alte Mörder, neues Blut«, sagte Ben kleinlaut.

Jade sprang hinzu und legte ihm schützend die Hand auf die Schulter. »Lass ihn!«, zischte sie Tanía zu. Dann drehte sie Ben zu sich und sah ihm in die graugelben Augen. »Ben, erinnere dich! Sie waren die Herrscher der Stadt, nicht wahr?«

Ben sah an Jade vorbei, als würde er ein Bild aus längst vergangener Zeit betrachten. »Lady Tod«, murmelte er ängstlich. »Die ganze Stadt brannte und die Wila war voller Menschenblut. Die Fische vergifteten sich daran und trieben tot ins Meer.«

»Die Könige!«, beharrte Jade. »Die Könige waren keine Menschen, sondern Echos?«

Ben sah sie an, als würde er von einem fernen Ort heimkehren und sich freuen, ein bekanntes Gesicht zu entdecken. Dann wurde er plötzlich wieder ernst und sagte mit absolut klarer Stimme: »Zwei Echokönige, Zwillinge, streng und aufbrausend, ja, ich erinnere mich.«

Etwas zu ahnen, war eine Sache, aber die Bestätigung zu hören etwas ganz anderes. Jade ließ Ben los und stand wie benommen da. Das Triumphgefühl wallte wieder in ihr hoch und die Freude, das Rätsel gelöst zu haben. Am liebsten hätte sie gelacht.

»Das kann nicht sein!«, schrie einer der Rebellen. »Das glaube ich nicht! Wir kämpfen für den Thron, auf dem *Echos* saßen?«

Plötzlich redeten und schrien alle durcheinander. Die Rebellen sprangen auf. Tanía fluchte, wandte sich ab und hieb mit der Faust gegen die Wand.

»Du lügst doch, du Wahnsinniger!«, schrie eine Frau Ben an. »Oder hast du es die ganze Zeit gewusst und uns zum Narren gehalten?«

Tanía war mit drei Schritten bei ihr und riss die Frau an der Schulter zurück. »Ruhe!«, donnerte sie. Auf ihren Befehl hin verstummten die Rebellen sofort.

»Ist dir klar, was es bedeutet, wenn du recht hast?«, fragte Tanía mit eisiger Stimme.

Jade straffte sich und hob das Kinn. »Ihr wart bereit, euch mit dem Prinzen zu verbünden, als ihr noch dachtet, er sei ein Mensch. Was hat sich geändert?«

»Alles«, sagte Tanía. »Einfach alles. Wenn es uns gelingt, die Lady vom Thron zu stoßen – sollen wir dann den Echos dienen?«

»Wer spricht von dienen? Wer sagt, dass sie euch unterwerfen wollen? Und wer sagt euch, dass ein Menschenprinz euch nicht nur benutzt hätte, um die Macht an sich zu reißen?«

»Mit Menschen lässt sich verhandeln«, antwortete Tanía kühl. »Einen Menschen können wir besiegen, wenn seine Dankbarkeit in Machtgier umschlägt.«

»Das war also dein Plan?«, sagte Jade spöttisch. »Als Mittel zum Zweck waren die Echos gut genug? Aber als Verbündete traut ihr ihnen nicht?«

»Wer bist du? Die Verteidigerin der Echos?«

»Was bist du selbst, Tanía, eine Kämpferin gegen die Tyrannei? Oder jemand, der nicht besser ist als die Lords, die ihren Verbündeten, ohne zu zögern, ein Messer in den Rücken stoßen, sobald sie ihre Dienste nicht mehr benötigen?«

Noch während sie den Satz aussprach, wusste sie, dass ihr Jähzorn auch in diesem Fall kein guter Ratgeber war. Selbst Leja hatte die Augen zusammengekniffen und musterte sie voller Misstrauen.

»Ihr schafft es nicht ohne die Hilfe der Echos«, beschwor Jade die Gruppe. »Und auch mit den Echos lässt sich verhandeln – zu mir hat eines davon gesprochen. Fallt doch nicht auf die Schauergeschichten herein, die die Lady über sie verbreiten ließ.«

Tanía zog die Brauen hoch, und Jade fiel siedend heiß im selben Moment auf, was sie da unbewusst ausgesprochen hatte: *Ihr* und nicht länger *wir*. Sie biss sich auf die Zunge und verfluchte ihre Ungeschicklichkeit. Die Rebellen wechselten einen vielsagenden Blick.

Tanía lächelte nur kühl. »Wir schaffen es allein, verlass dich drauf.« Mit einer nachlässigen Geste zog sie ihre Spiegelscherbe hervor und warf sie auf den Lehmboden. Ein erstauntes Raunen ging durch die Gruppe, als ihre Anführerin mit voller Wucht auf die Scherbe trat. Das Knirschen von berstendem Glas ließ Jade zusammenzucken.

»Bist du wahnsinnig?«, fuhr sie Tanía an. »Das bedeutet, ihr geht mit offenen Augen in den Tod! Ihr habt weder genug Waffen noch genug Leute, um den Palast zu stürmen. Das hast du selbst gesagt.«

»Habe ich das?« Für einen Augenblick erkannte Jade hinter der harten Fassade die verzweifelte junge Frau, die um das Leben ihrer Schwester bangte.

»Du weißt nicht alles, Prinzessin«, sagte Tanía. »Wir haben mehr Verbündete, als du ahnst. Und oft genug entscheiden nicht die über den Ausgang einer Schlacht, die besser gerüstet sind, sondern die, die ihre Waffen entschlossener einsetzen.«

Im Raum war es so still geworden, dass Jade nicht einmal mehr ein Atmen hörte. Und sie begriff, dass es zumindest bei diesen Rebellen tatsächlich nicht auf die Zahl der Waffen ankommen würde, sondern vor allem darauf, wie sehr sie sich von Tanías Entschlossenheit mitreißen ließen. »Also?«, fragte Tanía in die Runde. »Die Echos sind tot! Worauf wartet ihr noch?«

Hände verschwanden in Taschen, Rockfalten, Westen und Stiefeln, dann prasselten die Spiegelsplitter auf den Boden. Unregelmäßig geformte Lichtflecken huschten über die Wände. Im schwachen Licht der Kerze schienen die Scherben auf dem Boden zu glühen. Jade musste krampfhaft schlucken, um die Tränen der Enttäuschung zurückzuhalten.

»Ihr werdet sterben«, versuchte sie, Tanía noch einmal umzustimmen.

»Vielleicht«, erwiderte Tanía ernst. »Vielleicht aber auch nicht. Und gleichgültig wie es ausgeht, wir werden den Thron ganz sicher nicht einem Echo überlassen.«

Jade ließ den Blick über die Gesichter wandern. Viele der Rebellen wirkten ebenso entschlossen wie Tanía, andere hatten immer noch die Scherben in der Hand, unschlüssig, ob sie sich davon trennen sollten. *Zu wenige*, dachte Jade. *Hier richte ich nichts mehr aus. Nicht heute.*

Niemand hielt sie auf, als sie sich abwandte und auf das Loch in der Mauer zuging. Beinahe wäre sie gegen Nell gestoßen, die völlig außer Atem in den Raum stürzte. Sie schreckte vor Jade zurück, doch offenbar war sie viel zu sehr außer sich, um sie im Halbdunkel zu erkennen.

»Die Lady!«, japste sie. »Sie lässt die Gefangenen auf den Kirchplatz treiben! Überall Verhaftungen! Und wir müssen sofort von hier verschwinden, die Jäger brechen im Nachbarhaus die Fenster auf!«

Kirche und Kerker

Wie immer wenn die Rebellen fliehen mussten, zerstreuten sie sich wie ein Fischschwarm in alle Richtungen, kein Ziel mehr bietend, jeder einem anderen Versteck zustrebend. Das Letzte, was Jade von Tanía sah, als die Rebellin vor ihr aus einem Tunnel kroch, war ein Spiegelsplitter, der in der Sohle ihres Schuhs steckte. Kaum standen sie im Winkel eines Hinterhofs, suchte Jade besorgt nach Ben, aber der Alte war verschwunden, als wäre er davongeflogen.

Nell hatte die Lage richtig eingeschätzt: Die Stadt kochte. Als hätte das Kommando eben erst richtig begonnen, fanden in vielen Häusern Verhaftungen statt, Käfigwagen rumpelten durch die Gassen, Menschen wehrten sich lautstark und mit Händen und Füßen dagegen, abgeführt zu werden.

In diesem Teil der Stadt gab es für Jade genug Möglichkeiten, den Jägern auszuweichen: zahlreiche Nischen und Vorsprünge. Sie hangelte sich auf eine Steinbrücke, die sich über eine Straße spannte. Dort atmete sie im Sichtschutz einer Schwelle durch und versuchte, ihre Gedanken zu ordnen. Immer noch brannte ihr Atem in den Lungen, so schnell war sie das letzte Wegstück gerannt. *Tania ist eine von vielen*, beruhigte sie sich. *Sie kann nicht alle Rebellen überzeugen. Ich muss mit Nell reden und den Anführern der anderen Gruppen.*

Der Wind drehte plötzlich und trug statt Straßenstaub nun den Geschmack von Salzluft mit sich und Geräusche und Rufe aus dem Palastviertel. Jade duckte sich unwillkürlich, als ein tiefer, vibrierender Ton erklang. Ein Jagdhorn? Es kam aus der Richtung der Kirche. Als hätte er die Bestien geweckt, erhob sich das Gebrüll aus den Menagerien. Hunde antworteten den Raubtieren und auch Kommandos hallten in der klaren Morgenluft. Beim Gedanken an Ruk und die anderen Gefangenen wurde Jade vor Mitleid ganz elend zumute. Sie wagte nicht, sich vorzustellen, was sie auf dem Kirchplatz erwartete. Und da war noch eine Sorge, die immer deutlicher in ihrer Brust pochte: Jakub. Ging es ihm gut? Hatten die Jäger das Larimar verschont? Jade zögerte noch eine Minute, dann kletterte sie kurzentschlossen von der Brücke und machte sich auf den Weg. *Nur ein Blick*, sagte sie sich. *Nur sehen, dass alles in Ordnung ist.*

*

Dieses Mal versuchte sie, die letzten Meter ganz bewusst langsam zu gehen, aber kurz vor den letzten Biegungen hielt sie es nicht mehr aus. Sie rannte über Pflastersteine und Marmor, und sie rannte immer noch, als längst Uferkies unter ihren Sohlen knirschte. Das Erste, was sie sah, waren die weit geöffneten Fenster. Krachen und Splittern erklangen. Einige Läden hingen schief in den Angeln und im Fluss trieb ein zertrümmerter Schrank. Jade schlug die Hand vor den Mund, um einen Schrei zu unterdrücken. Ihr Zuhause! Tränen stiegen ihr in die Augen, als müsste sie mitansehen, wie ein geliebter Mensch misshandelt wird.

Die Hintertür stand offen, Jäger und Wächter hatten sich darum geschart. Und nur wenige Schritte weiter wartete ein vergitterter Wagen. Gefangene saßen darin, doch durch die Gitter konnte sie niemanden erkennen, nur dass ein kräftiger Mann darunter war, sah sie. Auf der Stelle vergaß sie auch den letzten Rest von Vorsicht. »Jakub!«, schrie sie und rannte los.

Gesichter wandten sich ihr zu und pressten sich an die Gitter. Doch Jakub war nicht unter ihnen und auch von den anderen Gefangenen kannte sie keinen. Im nächsten Augenblick hatten zwei Jäger ihr bereits den Weg versperrt und packten sie an den Armen.

»Hier darf keiner durch.«

»Ich wohne hier!«, fauchte Jade sie an. »Ich muss zu meinem Vater! Jakub Livonius!«

Die Jäger sahen sich vielsagend an, aber sie ließen sie nicht los. »Dann halt die Klappe, bis die Hausdurchsuchung vorbei ist, und führ dich nicht so auf«, knurrte der Jüngere. »Um Livonius geht es hier gar nicht. Der ist nicht mal da.«

Das nahm Jade allen Wind aus den Segeln. Blitzartig fiel ihr ein, dass Jakub an diesem Morgen beim Präfekten vorsprechen wollte. Die Jäger schienen ihre Erleichterung zu spüren, denn sie schubsten sie nach hinten und traten vor sie, um die Linie wieder zu schließen. Jade musste über ihre Schultern spähen, um die Tür im Auge zu behalten. Eben traten zwei Träger aus dem Haus. Mit vor Anstrengung verzerrten Gesichtern schleppten sie einen flachen, mit einem Tuch verhüllten Gegenstand auf die Straße zu einem zweiten Wagen. Es blitzte, als der Wind ein Stück Leintuch anhob und die Sonne sich in einem runden, blanken Spiegel fing. Kein Zierspiegel aus Bronze, sondern Silber! Jade kniff die Augen zusammen. Den Spiegel hatte sie noch nie im Larimar gesehen. Am unteren Rand des Rahmens, der unter dem verrutschten Tuch hervorlugte, entdeckte sie ein Zeichen: ein Wappen mit zwei Kronen, die wie Original und Spiegelbild an einer senkrechten Linie angeordnet waren. *Tandraj?*, schoss es ihr durch den Kopf. *Zwei Könige, zwei Kronen.* Ein Raunen ging durch die Reihen der Jäger. Und auch die Schaulustigen, die sich längst am Rand der Straße eingefunden hatten, reckten die Hälse.

»Lasst meinen Spiegel!«, schrie eine Frauenstimme aus dem Hausinneren. Sie klang hoch und verzerrt. Jade konnte nicht fassen, was sie nun sah. Es ging wirklich nicht um Jakub. Und auch nicht um das Larimar. Es ging um Lilinn.

Sie wehrte sich mit aller Kraft, als zwei Jäger sie aus dem Haus zerrten. Ein stummer, erbitterter Kampf, den Lilinn mit erstaunlicher Routine führte. Jade schnappte nach Luft, als einer der Jäger der Köchin schließlich den Arm auf den Rücken drehte. Lilinn biss die Zähne zusammen, aber sie gab keinen Laut von sich. Hass funkelte in ihrem Blick, als der zweite Jäger das Messer zückte und ihren Verband mit einem schnellen Schnitt auftrennte. Ein Triumphschrei hallte aus einem Dutzend Kehlen, als er Lilinns Arm hochriss, damit die Umstehenden es sehen konnten: Über das linke Handgelenk zogen sich drei parallele, schon fast verheilte Schnitte.

Jade sprang zu den Jägern vor. »Das könnt ihr nicht machen! Sie ist unsere Köchin! Warum wird sie verhaftet?«

Der Ältere warf ihr über die Schulter einen geringschätzigen Blick zu. »Ihr hattet ein Kuckucksei im Nest. Feiner Plan, sich direkt vor der Nase der Lady zu verstecken.« Er grinste. »Siehst du die Wunde? Die stammt von Lord Minems Drilling. Sein Schwert mit den drei Klingen. Sieht so aus, als hätten wir hier ein Mitglied der Rebellengruppe, die Lord Minem ermordet hat.«

»Dabei hätten der Spiegel und die Karten, die sie im Keller versteckt hatte, schon für mehr als eine Hinrichtung gereicht«, fügte der andere Jäger hinzu.

Jade stolperte zurück. Sie spürte ihre Beine kaum mehr und musste sich an einer Hauswand abstützen, um nicht zu fallen. Sie sah den blutigen Brunnen vor sich und versuchte, sich vorzustellen, wie Lilinn mit einem Messer vor den Lord trat, aber ihr Verstand weigerte sich, das Bild zu vollenden.

Ein Strom flüchtiger Erinnerungen zog an ihr vorbei. Lilinn, wie sie in der Küche das Messer warf. Ihre betonte Freundlichkeit gegenüber Tam und Faun. Ihr Bemühen um Jakub und ihre ladytreuen Parolen, um jeden Verdacht zu zerstreuen. Und sie sah auch eine Lilinn, die in der toten Stadt versuchte, in der Nähe der Katzenbuckel-Brücke zwei Echos vor den Jägern zu warnen. All das kristallisierte sich zu einer Erkenntnis, die Jade ebenso sprachlos wie wütend machte: dass die besten Spione sich als Freunde tarnten. *Verraten und verkauft*, schoss es ihr durch den Kopf. *Tania hat nicht gelogen: Ich weiß nicht alles. Genauer gesagt weiß ich nicht einmal einen Bruchteil.* Ob Nell eingeweiht gewesen war?

Doch dann dämmerte ihr, dass etwas an dieser glatten Geschichte ganz und gar nicht stimmte.

Was bedeutete es, dass Lilinn einen Spiegel der Tandraj-Könige im Larimar versteckte? Hatte sie von der Natur der Echos gewusst, aber Tanía und den anderen nichts davon gesagt? Und noch etwas passte nicht. *Spiegel und Karten im Keller.* Der Keller war überflutet, für Karten aus Papier oder Leder wäre kein Raum trocken genug gewesen. Zumindest nicht die Räume, zu denen Jade Zutritt hatte. Und sie konnte sich beim besten Willen nicht vorstellen, dass Jakub seiner Geliebten den Schlüssel zu dem sorgfältig gehüteten blinden Raum gegeben hatte.

»Wo bringt ihr sie hin?«, rief Jade, als Lilinn gefesselt und zum Wagen geschleppt wurde.

»Zu den anderen«, erwiderte der ältere Jäger.

*

Von Weitem sah es aus, als wäre der Markt vor der Kirche wieder zum Leben erwacht, so viele Menschen trieben sich auf dem Platz herum. Wagen wurden ausgeladen, Lastenträger traten sich im Gewühl auf die Zehen. Es war ein trügerisches Bild von Normalität, das nur die unzähligen Gewehre und die Kommandos, die über den Platz gellten, Lügen straften. Jade wollte sich eben zwischen einigen Schaulustigen nach vorne drängen, als eine Hand sie an der Schulter packte. Sie fuhr herum und blickte in Manus verschwollenes Gesicht. Jemand musste ihm mit der Faust gegen das Jochbein geschlagen haben.

»Geh da bloß nicht näher ran«, sagte er warnend.

»Was ist denn mit dir passiert?«, flüsterte sie ihm zu.

Manu versuchte, lässig auszuspucken, was ihm nicht besonders gut gelang.

»Sie haben mich verprügelt, als ich in die Nähe der Käfige kam. Sieh dir die Schande an!«

Jade stellte sich auf die Zehenspitzen und blickte in die Richtung, in die er deutete. Eisenkäfige. Mindestens fünfzig davon standen vor dem Portal der Kirche. Die meisten von ihnen waren kaum groß genug für einen Galgo.

»Sie haben Simon vom Schwarzmarkt verhaftet«, knurrte Manu und tastete vorsichtig an seiner geschundenen Wange herum. »Dabei ist er nur ein armer Trottel! Wenn er betrunken ist, schwingt er große Reden, aber er gehört nicht zu der Verschwörung, dafür lege ich meine Hand ins Feuer. Aber sie haben mich verdroschen, als ich zu ihm wollte.«

Jade blickte mit Unbehagen zum gläsernen Kirchturm. Er wirkte wie ein Gefesselter, so viele Seile mit Eisenhaken hingen bereits von den Vorsprüngen und auch von den Glaszinnen des länglichen Dachs des Kirchenschiffs. Direkt neben der Kirche wurden Wagen abgeladen und Seile über Flaschenzüge gespannt. Es wirkte wie ein gut geprobtes Schauspiel. Nicht weit von ihr wurden zwei Gefangene aus einem Wagen geführt. Sie waren ausgemergelt und konnten sich kaum auf den Beinen halten. Ihre Haut war so blass, als hätten sie seit Monaten kein Tageslicht gesehen. Sie blinzelten verwirrt in der Sonne und wehrten sich vor Schwäche kaum, als sie in einen Käfig gepfercht wurden. Jade bemerkte, dass die kleinere Gestalt eine Frau mit mausbraunen Haarstoppeln und doppelt durchstochenen Ohrläppchen war. Über das Lilienzeichen an ihrem Unterarm war ein schwarzes Gittermuster tätowiert worden – das Zeichen, das alle Verurteilten bekamen, sobald sie die Gefängnisinsel betraten. Die eiserne Tür des Käfigs fiel zu, dann straffte sich auf den Wink eines Jägers das Seil und der Käfig wurde in schnellen Rucken nach oben gezogen. Dann kam schon der nächste Gefangenentransport. Immer wieder schrien Leute in der Menge auf und begannen zu weinen und zu rufen, als sie in den Gefangenen tot geglaubte Freunde und Familienmitglieder wiedererkannten.

»Sie hängen sie an der Kirche auf«, zischte Manu und spuckte aus. »Ohne Wasser und Nahrung, der prallen Sonne ausgesetzt. Die halten höchstens drei Tage durch. Verdammte Barbarei!«

»Das ist also die Frist«, sagte Jade mehr zu sich selbst als zu Manu. Sie hätte verängstigt sein müssen und vor Empörung außer sich, aber seltsamerweise war sie mit einem Mal völlig ruhig. Sie fühlte nur noch zwei Dinge: kalte, überlegte Entschlossenheit und einen verzehrenden, heißen Zorn.

»He, was hast du vor?« Manu packte Jade am Arm. »Geh da nicht hin! Sie treiben die Leute zusammen und...«

»Lass mich, Manu! Ich muss jemanden finden!«

Ohne auf sein Fluchen zu achten, tauchte sie in der Menge unter und schob sich in Richtung Kirche.

Noch nie hatte sie so viele Bewaffnete gesehen. Ständig kamen neue Wagen auf den Platz gefahren. Inzwischen hatten die Jäger eine Front aus Körpern um die Käfige und die Kirche gebildet. Ihre Gewehre und die Galgos, die von den Leinen gelassen worden waren, hielten die Leute auf Abstand. Jade wartete, bis eine Jägerin den Blick wachsam über die Menge schweifen ließ, dann machte sie mit einem Winken auf sich aufmerksam. »Ich bin Jade Livonius!«, rief sie mit fester, ruhiger Stimme. »Ich habe eine Nachricht für Moira!«

Vielleicht kannte die Jägerin wirklich ihren Namen, möglicherweise beeindruckte sie auch nur die Selbstsicherheit, mit der Jade auftrat, jedenfalls nickte die Frau knapp. »Beim Kettenwagen hinter der Kirche«, rief sie unwillig. *Gut geblufft*, dachte Jade mit stillem Triumph.

Es war nicht einfach, die Kirche in gebührendem Abstand zu umrunden. Zu groß war inzwischen die Zahl der Leute, die von dem Jagdhorn herbeigerufen worden waren. Jade sah Menschen, die barfuß waren. Sie hatten sich nur einen Mantel über die Nachtkleidung geworfen und hielten nun verzweifelt nach dem verhafteten Mann, dem Bruder, der Mutter Ausschau. Jade wurde mehrmals abgedrängt, bis sie endlich Moira entdeckte. Ihr Arm war verbunden, sie stand neben einem Wagen und überprüfte mit der unverletzten Rechten die Haken, bevor die Gehilfen die Ketten aus dem Wagen hoben und zur Kirche trugen.

»Moira!«, brüllte Jade gegen den Lärm an. Die Jägerin hielt in ihrer Arbeit inne und wandte sich um. Irrte sich Jade oder hellte sich ihre Miene ein wenig auf? Sie gab ihr mit einer Geste zu verstehen, ein paar Schritte weiter an der Straße auf sie zu warten. Jade nickte und zog sich zurück. Sie musste fast eine halbe Stunde ausharren, die ihr wie ein ganzes Jahr erschien. Auch an der Längsseite der Kirche wurde inzwischen Käfig um Käfig aufgehängt – nicht so tief, dass jemand die Gefangenen erreichen konnte, aber tief genug, damit man jedes Gesicht noch gut erkennen konnte. Endlich winkte ihr Moira zu. Zwei Jäger traten zur Seite, um Jade durch die Lücke schlüpfen zu lassen. Es war ein gespenstisches Gefühl, die Menge hinter sich zu lassen und auf den freien Platz in der Mitte zu treten.

»Hast du es so eilig, wieder in Schwierigkeiten zu kommen?«, rief Moira ihr zu.

»Diesmal ist Lilinn in Schwierigkeiten!«, gab Jade ohne Umschweife zurück. »Sie wurde verhaftet.«

Moira sah nicht sonderlich überrascht aus. »Habe es schon gehört. Bist du deshalb hier? Du kannst ihr nicht mehr helfen, Jade. Geh nach Hause.«

»Das werde ich ganz sicher nicht tun! Ich muss sie sehen! Nur einen Moment, nur ein Wort.« Sie versuchte, in den seidengrauen Augen zu lesen, aber wie immer gab Moira keine Regung preis.

»Bitte, Moira!«, setzte sie hinzu. »Du kannst mich doch zu den Käfigen bringen?« Sie ballte vor Nervosität die Hände zu Fäusten und machte sich schon auf eine Diskussion gefasst, als die Jägerin endlich nickte.

»Tja«, meinte sie trocken. »Ich schätze, das bin ich dir nach dem Tanz mit dem Stier wohl schuldig.«

Im inneren Kreis hatte Jade zum ersten Mal das Gefühl gehabt, wieder Luft zu bekommen. Umso beklemmender war es, an Moiras Seite die Kirche zu umrunden und in die Nähe der Käfige zu kommen. Am liebsten hätte sie den Blick abgewandt, aber sie musste nach Lilinn Ausschau halten. Moira trat zu einem Mann am Flaschenzug. Auf ihre Frage hin entspann sich ein heftiger Streit. Jade entdeckte das erste bekannte Gesicht. Lilinn war es nicht, sondern einer der Rebellen, der in der Menagerie eines Lords gearbeitet hatte. Und auch andere Menschen waren ihr vertraut: Leute vom Schwarzmarkt, Verkäufer, Fremde, die sie nur vom Sehen kannte, und Verbündete. *Meine Zeit läuft ebenfalls ab*, dachte sie mit einem kribbelnden Anflug von Furcht. *Einer von ihnen wird auch meinen Namen verraten.*

»He, Jade!« Moiras Stimme riss sie aus ihren Gedanken. »Los!«

Jade musste beinahe rennen, um mit der Jägerin Schritt zu halten. Gemeinsam passierten sie einige Wächter an einem Seiteneingang der Kirche und traten in den Altarraum.

Hier war es kühl und beinahe verstörend still. Räucherwerk brannte und entließ tanzende Schlieren in die Luft. Es roch nach schwerem, süßlichem Weihrauch. Jade kam sich vor, als würde sie sich durch einen Traum bewegen – unwirklich und darauf hoffend, jeden Moment aufzuwachen.

»Moira?«, flüsterte sie. »Wir steigen doch nicht etwa auf den Turm?«

Die Jägerin warf einen Blick über die Schulter. »Wohin sonst? Der Käfig hängt schon oben.«

Die Stufen der Wendeltreppe waren zerkratzt und beinahe blind. Moira nahm zwei Treppenstufen auf einmal und lehnte sich bei jedem Fenster weit hinaus, um Ausschau zu halten. Beim vierten Fenster wurde sie fündig und winkte Jade heran.

»Glück gehabt«, meinte sie und trat zur Seite. »Mach's kurz, ich habe nicht viel Zeit.«

Jade nickte und stürzte zum Fenster. Ein Windstoß ließ sie blinzeln. Doch gleich darauf riss sie die Augen auf. Noch nie hatte sie die Stadt aus dieser Perspektive gesehen. Hunderte von Menschen starrten zu den Käfigen hoch. In dem Meer von Gesichtern entdeckte Jade die Rebellen. Nell stand dort unten neben Manu, und sie sah auch Leute, die sie vor weniger als einer Stunde noch zu überzeugen versucht hatte. Die düsteren, gefährlich ruhigen Mienen der Rebellen ähnelten sich so sehr, dass Jade fürchtete, die Jäger müssten sie ohne Mühe in der Menge erkennen. Tanía spielte das gefährlichste Spiel von allen. Ohne darauf zu achten, dass sie von jemandem erspäht und verraten werden könnte, hatte sie sich in die vorderste Reihe gedrängt und starrte auf einen Käfig. Jade konnte nur erraten, dass sie ihre verschollene Schwester gefunden hatte. Und als sie sich entschlossen abwandte und sich zielstrebig einen Weg durch das Gewühl suchte, wusste Jade, dass es zu spät dafür war, die Rebellen von ihrem Plan abzubringen. Die Lady holte zu ihrem Gegenschlag aus. Und Tanía würde die Herausforderung annehmen. In Anbetracht der Käfige würde sie die anderen Rebellenführer mühelos überzeugen. Es gab kein Zurück. Jade fluchte leise.

»Siehst du sie nicht?«, fragte Moira. »Oben rechts!«

Jade wandte den Kopf, als ihr aus dem Augenwinkel eine andere Gefangene auffiel, die eben zu einem Käfig gebracht wurde. Rotes kurzes Haar leuchtete in einem Sonnenstrahl auf. Die Frau hielt den Kopf stolz erhoben und blickte weder nach links noch nach rechts. Als ein Wächter ihr befahl, in den Käfig zu kriechen, spuckte sie ihm ins Gesicht. Im nächsten Moment war schon ein Handgemenge im Gange. Jade schloss die Augen. Die Flussleute. Elanor. Also doch. *Wie sage ich es Arif?*, dachte sie, während das Mitleid für ihre Freundin von der Fähre ihr ins Herz schnitt.

»Jade?«, fragte eine Stimme ungläubig. Lilinn kauerte in einem Käfig, der ein ganzes Stück über dem Fenster hing, und klammerte sich an die Gitterstäbe. Ihre Augen wirkten wie hartes blaues Glas. »Was machst du hier?«, zischte sie. Ihre Grobheit verbarg die Angst nur schlecht. Eben war Jade noch zornig auf die Köchin gewesen, nun aber war ihr nichts wichtiger, als in ihre Nähe zu kommen. Sie streckte die Hand aus und Lilinn reagierte sofort und schob den Arm durch die Gitter. Ihr Mund verzerrte sich vor Anstrengung zu einem gefletschten Lächeln, der Käfig pendelte leicht, doch ihre Fingerspitzen berührten sich nur flüchtig.

»Verzweifle nicht!«, rief Jade ihr zu. »Wir werden Himmel und Hölle in Bewegung setzen, um dir zu helfen!«

Doch Lilinn schüttelte resigniert den Kopf, zog die Hand zurück und krümmte sich zu einem Häuflein Elend zusammen. Im Käfig konnte sie kaum gerade sitzen. Ihr Ruf klang so hoffnungslos wie eine Klage. »Geh zu Jakub!«

Jakub wird dir nicht helfen können, hätte Jade beinahe zurückgerufen, aber dann erkannte sie, dass Lilinn sich gar nicht um sich selbst sorgte. »Verschwinde schon!«, schrie Lilinn.

Jade schüttelte den Kopf. »Den Teufel werde ich tun!«

»He!«, rief Moira empört, als Jade sich mit dem Knie auf dem Fenstersims aufstützte. Flink kletterte sie auf das Sims und von dort aus nach draußen am Fensterkreuz hoch, bis sie mit Lilinn auf Augenhöhe war. Bisher hatte sie sich noch beherrscht, aber nun merkte sie, dass sie in mancher Hinsicht ganz und gar Jakubs Tochter war.

»Was hast du dir dabei gedacht?«, schalt sie Lilinn. »War alles nur gelogen? Hast du dich mit mir nur angefreundet, um in das Larimar zu kommen? Was zum Teufel soll ich Jakub erzählen?«

»Livonius!«, herrschte Moira sie vom Fenster aus an. »Runter da! Es reicht!«

Die Köchin sah Jade an, als wäre sie verrückt geworden, und warf einen warnenden Blick in Moiras Richtung. »Es tut mir leid«, sagte sie laut. »Ich wurde bei euch eingeschleust, ja. Aber ich wollte euch nie in Gefahr bringen. Und ich weiß, das habe ich getan, als ich meinen Spiegel und die Karten in eurem Keller versteckt habe.«

Sie nickte Jade unmerklich zu. Ein Schweißtropfen rann ihr über die Schläfe, und die Hände, die die Gitter umklammerten, waren weiß wie Marmor. Jade verstand und erwiderte das Nicken.

»Aber warum?«, fragte sie leise. »Warum Lord Minem? Bist du wirklich seine Mörderin?«

»Mörderin?« Lilinn lachte bitter, ballte die Hand zur Faust und zeigte ihr die drei Schnitte. »Lord Minem hatte eine Chance. Mein Bruder und meine Mutter hatten keine, als er sie seinen Tigern vorgeworfen hat.«

Jade biss sich auf die Unterlippe. Lilinns Familie. Nie hatte sie von ihnen gesprochen. Die Köchin schluckte und wandte sich ab.

»Livonius!«, brüllte Moira. »Komm runter oder ich erschieße dich auf der Stelle!«

Jade beeilte sich, zum Fenster zurückzukommen. Kaum stand sie auf sicherem Boden, packte Moira sie am Kragen und stieß sie gegen die Wand.

»Verrückt geworden?«, fuhr sie sie an. »Sei froh, dass keiner der Jäger von unten auf dich geschossen hat.«

Jade rutschte an der Glaswand hinunter, bis sie auf dem Boden saß.

»Tut mir leid«, murmelte sie nur. Sie hatte keine Kraft mehr zu streiten. *Lilinn und Elanor. Und der Krieg, der jetzt begonnen hat.* Das war mehr, als sie heute ertragen konnte.

Moira seufzte und setzte sich auf die Treppe. Sie sah müde aus und sicher machte ihre Wunde ihr zu schaffen. »Und? War es das jetzt wert?«, meinte sie. »Eure Köchin wird sterben, so oder so.«

»Hast du keinen Funken Mitleid?«, brauste Jade auf.

»Haben die Rebellen Mitleid?«, konterte Moira. »Frag meinen besten Freund, der schwer verletzt in seinem Quartier liegt und nicht weiß, ob er die nächste Nacht überlebt. Weißt du, wie hart es ist, den einzigen Freund zu verlieren? Oder frag Lord Minem. Ach nein, warte mal, der kann ja ohne Kopf gar nicht antworten.«

Jade hatte schon eine Erwiderung parat, aber sie biss sich gerade noch rechtzeitig auf die Zunge. »Macht dir das da draußen nichts aus?«, fragte sie stattdessen leise. »Gar nichts? Ich meine, du bist doch ...«

»Hey!«, unterbrach Moira sie scharf. »Glaubst du, es ist einfach für mich, Leute aus meiner Truppe sterben zu sehen? Denkst du, ich finde alles in Ordnung, was ich sehe? Und trotzdem: Euer blondes Gift da draußen mag ein schweres Schicksal gehabt haben, na und? Wir Jäger sind lebende Tributzahlungen an die

Lords. Unsere Familien gaben uns fort, als wir kaum laufen konnten, und viele überstehen nicht einmal die Ausbildung, bis sie erwachsen sind. Es gibt grausame Lords, ja, aber einige von ihnen haben mich mehr als einmal vor einem schlimmeren Los bewahrt. Sieh dich um, Jade. Sieh dir die Leute genauer an, und du wirst sehen, dass jeder Einzelne in dieser verdammten Stadt einen Grund zum Töten hätte. Aber nicht jeder greift zum Messer.«

Jade starrte die Jägerin völlig verdattert an. »Warum dienst du dann den Lords?«, wagte sie zu fragen.

Moira verzog den Mund zu einem humorlosen Lächeln. »Es geht nicht ums Dienen, Jade. Die Freiheit ist nichts weiter als ein schöner Traum vom einfachen Leben. Glaub mir, Herren und Diener gibt es überall, auch wenn sie sich anders nennen. Und alles, was du bist und hast in dieser Stadt, ist das Ergebnis von Verhandlungen und Kämpfen, jeden Tag, jede Stunde. Manchmal ist es nicht leicht, das Gleichgewicht zu halten. Also: Wie soll ich selbst handeln? Sage ich mir: Lohnt es sich, jeden Tag zu kämpfen, für das Gleichgewicht, für meine Truppe, für einen der weniger grausamen Lords, in dessen Diensten ich stehe – oder einfach nur für mich, weil ich leben kann? Oder fange ich an, für eine wirre Idee blindlings zu morden?«

Jade sah sie mit großen Augen an. Und sie musste sich eingestehen, dass sie sich wünschte, die Jägerin und sie hätten sich in einer anderen Stadt getroffen und in einer anderen Zeit – dort, wo sie nur zwei Frauen sein könnten, die sich begegneten und zulächelten.

Moira schien bewusst zu werden, dass sie zu viel gesagt hatte. Sie wich Jades Blick aus, stand auf und wandte sich zur Treppe.

Jade stand auf und folgte ihr. Sie dachte, Moira würde sicher kein Wort mehr mit ihr reden, aber die Jägerin überraschte sie, als sie sich vor der Tür noch einmal umdrehte und Jade ein spöttisches Lächeln schenkte.

»Du bist sentimental und verrückt, Livonius, und hitzköpfig dazu. Aber irgendwie gefällst du mir.« Das Lächeln wurde zu einem Grinsen. »Kein Wunder, dass Faun vor lauter Liebeskummer nicht mehr zu gebrauchen ist, seit er nicht mehr im Larimar lebt.«

Hinter den Spiegeln

Das Larimar lag am Ufer wie ein erlegtes Tier. Wind zog durch die offene Tür und die Fenster, aus einem hing ein Vorhang und schabte raschelnd über die Fassade. Auf Zehenspitzen betrat Jade das, was bis gestern noch ihr Heim gewesen war. Staubige Stiefeltritte und Abdrücke von Hundepfoten fanden sich auf den Gängen, Möbel waren beiseitegetreten und zertrümmert worden. Jade kam es vor, als wäre sie so körperlos wie die Gespenster, deren geraunte Klagen durch die Gänge wehten. Frühere Bewohner hatten hier getanzt, gelacht und auch gelitten, nun aber war alles Vergangenheit. Sie mussten Lilinn wirklich überrascht haben. Die Küche zeigte alle Spuren eines Kampfes. Der Boden war mit Scherben übersät, der Ofen strahlte sogar noch Wärme ab. Eine Krebsschere ragte aus einem Topf, als würde das Tier darin um Hilfe winken.

»Jakub?«, rief Jade in den Flur und in den Fahrstuhlschacht. Niemand antwortete.

Das Wasser im Keller war trüber denn je. Stiefel hatten den feinen Schlamm, der sich auf dem überfluteten Kellerboden abgesetzt hatte, aufgewirbelt. Jade watete beklommen durch die Räume. Überall fand sie aufgebrochene Schlösser und eingeschlagene Türen, durch die sie in Gewölbe blicken konnte. Weinregale hatten sich längst in Bruthöhlen verwandelt, blinde weißliche Grottenolme flohen vor der Erschütterung ihrer Schritte. Die Tür zu Jakubs Kammer war halb geöffnet. Dort, wo das stabile Schloss gewesen war, gähnte eine Scharte von einem Axthieb.

Jade zog die Tür behutsam auf, hob die Öllampe und spähte mit angehaltenem Atem hinein. Sie hatte erwartet, einen überfluteten Raum zu sehen, eine Höhle, einen See. Aber es war ein Lagerraum. Leere Kartoffelsäcke häuften sich in einer Ecke. Jakub hatte ganze Arbeit geleistet. Eine kniehohe Mauer direkt hinter der Tür hielt das Flusswasser ab. Ihr Vater musste viel Zeit darauf verwendet haben, das Gewölbe trockenzulegen. Sand und Backsteine füllten den Raum bis zur Höhe des obersten Mauersteins. Darüber bildeten Holzplanken einen erhöhten Boden. Eine mit Sand und Wachspapier ausgekleidete Truhe stand darin. Ein guter Ort, um Karten und den Spiegel der Tandraj-Könige zu verstecken. *Hast du den Königen gedient?*, fragte sich Jade im flackernden Lichtschein. *Gehörst du auch zu uns und hast dich sogar deiner Tochter gegenüber so gut verstellt?*

Rasch watete sie zurück und floh die Treppen hinauf. Erst vor dem Zimmer im zweiten Stock blieb sie stehen. Die Leute der Lady hatten auch hier gewütet, Schubladen herausgerissen, Truhen und Schränke geöffnet und ausgeräumt. Aber das Ebenholzbett war noch beinahe so, wie sie es verlassen hatte – das Laken war verrutscht, die Dinge, die sie aussortiert hatte, lagen darauf verstreut. Jade ließ sich auf das Bett sinken, schloss erschöpft die Augen und vergrub das Gesicht tief im rauen Segeltuch. Sie ertappte sich dabei, wie sie nach Fauns Gegenwart suchte, nach einer Ahnung von Moos, dem Duft nach Wald und Schnee, aber Faun war ebenso verschwunden wie ihre Jahre im Larimar.

*

Das Mädchen war wieder da. Es hatte gläserne Arme, die sich weich und tröstend um Jade schlossen. Wasser floss wie ein Streicheln über Jades Haut, als sie ihre Wange an die Schulter ihres Ebenbilds lehnte. »Ich muss Lilinn und Elanor retten«, sagte Jade. »Und den Prinzen finden. Ohne ihn sterben die Rebellen und wir sind alle verloren.« Das Mädchen antwortete nicht, aber als Jade die Augen wieder öffnete, blickte sie plötzlich in das Gesicht des Winterprinzen und fuhr erschrocken zurück. Sein Mund war fest verschlossen, als versuche er, ein Wort wie ein Goldstück auf seiner Zunge zu bewahren.

»Ich helfe dir!«, flüsterte Jade. »Ich zeige dir den Weg aus den Spiegeln.« Auffordernd streckte er ihr die Hände hin. Und als Jade sie zögernd ergriff und sich wie in einem Wasserstrudel zu drehen begann, sah sie staunend, dass sie ein Kleid aus Wasser trug. Ihr nackter Körper schimmerte hindurch. Musik umfloss sie – das Musikstück, zu dem Lilinn und Jakub getanzt hatten, doch als der Winterprinz den Mund öffnete, wurden die Geigen zu einem schrillen Schrei. Noch im Traum fühlte sie, wie sie das Gesicht verzog und die Hände auf die Ohren presste. Und dann waren da plötzlich andere Hände, schwielig und hart und doch so vertraut, dass sie voller Erleichterung lächelte, die Arme um einen Körper schlang und in eine feste Umarmung sank.

»Mein Mädchen«, murmelte Jakub in ihr Haar. »Meine Kleine. Ich dachte, ich würde dich nie wiedersehen.«

Jade ließ es zu, dass er sie in seinen Armen wiegte wie damals, als sie kaum zwei Jahre alt gewesen war, heimatlos und müde. Erst nach einer ganzen Weile lösten sie sich voneinander, doch sie blieben sich so nah, dass Jade die fiebrige Wärme spüren konnte, die von ihm ausging.

»Ich war beim Präfekten«, sagte Jakub heiser. »Und

danach beim Zehnthaus. Aber ich konnte nichts für Elanor tun.« Seine Stimme bekam den zornigen Klang, den Jade so gut an ihm kannte, und brachte die ganzen Bilder dieses Tages zurück. »Und dann habe ich das Horn gehört.«

Jade suchte nach Worten, nach einem Trost vielleicht, aber Jakubs undurchdringliche Miene verunsicherte sie. Verfluchte er Lilinn? Fühlte er sich betrogen?

»Ich habe mit ihr gesprochen«, sagte sie schließlich leise. »Sie hat vor den Leuten der Lady behauptet, der Spiegel und die Karten, die du im Keller versteckt hattest, würden ihr gehören. Sie hat deinen Kopf gerettet, Jakub.«

Wieder irritierte es sie, dass er kaum reagierte. Nur seine Hände waren zu Fäusten geballt.

»Sag doch etwas!«, rief sie. »Liebst du sie noch? Machst du dir Sorgen? Bist du gar nicht überrascht?«

»Ja und nein«, sagte Jakub mit mühsam beherrschter Stimme. »Bevor ich jemanden ins Larimar lasse, stelle ich Nachforschungen an. Ich hatte schnell herausgefunden, was mit ihrer Familie passiert ist. Ihr war es gelungen, aus dem Palast zu fliehen. Sie nahm ihren neuen Namen an, lebte im Untergrund und verliebte sich in einen Mann, der ihr übel mitgespielt hat. So weit ist es eine ganz gewöhnliche Geschichte. Ich habe geschwiegen, weil ich dachte, sie will ein neues Leben beginnen, im Verborgenen, bei uns. Aber sie spielte ihre Rolle so gut, dass ich nicht einmal geahnt habe, dass Rache ihr wichtiger ist als alles andere.«

»Die Liebe zu dir war keine Rolle«, entgegnete Jade.

Jakub schluckte schwer. »Du warst im Keller?«

Jade nickte. »Zeit, auch unsere Masken abzulegen, Jakub. Ich weiß von deinem Spiegel und den Echo-Königen. Ich kenne die wahre Gestalt der Echos und alle Lügen, die du mir mein Leben lang aufgetischt hast. Aber jetzt will ich endlich die Wahrheit hören! Ich weiß, ich …« Sie zögerte und holte Luft, um ihr rasendes Herz zu beruhigen. Es fühlte sich nicht gut an, ihre schlimmste Befürchtung auszusprechen. »… Ich habe eine Verbindung zu den Echos. Ich bin die Einzige, die ihre Spiegelbilder sehen kann. Und manchmal höre ich sie im Traum.«

Jakub seufzte und blickte seine Fäuste an. »Sie haben dich also gefunden.«

»Gib mir endlich eine Antwort!«, schrie Jade.

»Stell mir die richtige Frage«, gab Jakub plötzlich ebenso zornig zurück. »Stell sie mir … noch einmal«, fügte er dann leiser hinzu. »Die Frage, die ich dir nie beantwortet habe.«

Jade schnaubte. »Also gut: Wer hat damals geweint?«

Jakub schloss die Augen. »Das Mädchen, das du im Wasser siehst«, sagte er. »Deine Schwester.«

Jade war nicht fähig, etwas darauf zu erwidern. Sie hatte das Gefühl, mit einem Mal alles in einer kristallinen, schneidenden Schärfe wahrzunehmen. Jeder Ton sirrte, jede Farbe leuchtete so grell, dass sie die Augen zumachen wollte.

»Aber ... das ist unmöglich ... ich habe kein Wasserblut«, stammelte sie.

»Du bist meine Tochter«, sagte Jakub. »Ich bin ein Mensch. Aber deine Mutter – Tishma –, sie gehörte zu den Echos.«

Jade griff hastig zu der Tasche, in der das Foto verborgen war.

»Ich weiß«, sagte Jakub. »Du siehst eine Menschenfrau auf dem Bild. Aber so einfach ist es nicht. Dieses Aussehen hat sie gewählt, weil sie sich den Menschen nahe fühlte. Sie war eine Mittlerin und diente den Tandraj-Königen. Sie glaubte immer daran, dass Echos und Menschen dieselbe Sprache sprechen können und sich nicht misstrauen müssen.«

»Sie ... war tatsächlich ein Echo?«, flüsterte Jade. »Aber wie kann das sein?«

Jakub lächelte ratlos. »Wie ist es möglich, dass Wesen sich verlieben und manche Seelen sich kennen, gleichgültig in welcher Gestalt sie leben? Ich weiß es nicht. Ich habe es einfach nur erlebt. Aber du hast recht mit dem, was du über die Echos herausgefunden hast. Im Winterkrieg wurden unzählige von ihnen getötet, aber viele haben ihre Körper rechtzeitig aufgegeben und verbergen sich seither in anderen Sphären – im Fluss, in den Spiegeln und an Orten, von denen auch ich nichts weiß. Meistens sind sie den Menschen ähnlich, sie können sogar wählen, ob sie in dieser Gestalt männlich oder weiblich sind. Sie können ihren Körper verlassen und aus Reflexionen neu erstehen, wenn ihre Könige sie rufen. Aber wenn sie in dem Körper, den sie angenommen haben, angegriffen werden, sind sie verwundbar und sterben.«

»Wie ... Tishma?«

Jakub nickte. »Sie kann nicht wiederkehren. Sie ist tot.«

Jade brauchte eine Weile, um diese Worte ganz an sich heranzulassen. *Ich gehöre zu ihnen, aber das kann nicht sein, ich fühle nicht wie sie, ich ...*

»Sie liebte die Menschen«, murmelte Jakub. »Aber von allen Menschen liebte sie am meisten mich.« Er lächelte bei der Erinnerung an einen anderen Tanz. »Wir waren beide sehr jung. Ich arbeitete in einer Spiegelwerkstatt – eines der wenigen Gewerbe, die Menschen betreiben durften. Wir fanden zusammen, obwohl es den Echos streng verboten war, mit uns Beziehungen und Freundschaften zu knüpfen. Die Könige waren keine gnädigen Herrscher. Tishma und ich, wir lebten heimlich zusammen, immer in Gefahr, entdeckt zu werden, doch jung genug, um diese Liebe nicht aufzugeben. Und dann... geschah das Unbegreifliche.«

»Wir«, flüsterte Jade. »Meine Schwester und ich. Kinder eines Echos und eines Menschen.«

»Wir glaubten es selbst nicht«, fuhr Jakub fort. »Ein Kind hätte ich vielleicht noch verbergen können, aber Tishma sagte mir, dass Echos nur Zwillinge bekommen – das ist Teil ihrer doppelten Natur. Alles an ihnen ist Spiegelung. Sie brachte euch heimlich zur Welt. Doch ihr wart keine Ebenbilder eurer selbst, sondern so unterschiedlich wie Feuer und Wasser. Tishma gab euch Menschennamen – Jade und Amber. Wir verbargen uns in der toten Stadt, die damals nur von Menschen bewohnt wurde. Ich versteckte euch. Über ein Jahr ging es gut, doch dann kamen die Echos uns auf die Spur. Es war einer der Spiegelmacher, der uns an die Tandraj verraten hat.«

Jade spürte kaum, wie ihr die Tränen über die Wangen liefen. Die Schüsse – das andere Weinen... Sie schloss die Augen. »Es war niemals ein Traum. Die andere Stimme – das war sie!« *Amber*, formte Jade in Gedanken den Namen. Ihn auszusprechen, wagte sie noch nicht.

Jakub nickte. »Sie schossen auf uns und trieben uns mit Fackeln hinter einer Lagerhalle in die Enge. Es gab nur einen Ausweg – über das Dach. Doch

Tishma war verletzt und nicht fähig zu klettern. Und ich wusste, ich konnte euch nicht beide halten, wenn ich auf das Dach gelangen wollte. ›Rette wenigstens eine‹, sagte sie zu mir.« Er rieb sich über die Augen und schwieg einige Minuten und Jade drängte ihn nicht. »Ich musste mich entscheiden«, sagte er dann mit brüchiger Stimme. »Sie hätten euch beide getötet. Ihr seid nur zum Teil Echos. Ihr konntet eure Körper nicht verlassen und euch in die Spiegel flüchten. Und Tishma hätte keine von euch zurückgelassen, um sich selbst zu retten. Es gab nur einen Ausweg. Also nahm ich ihr ein Kind aus den Armen und floh.«

Jade öffnete die Augen. Sie sah ihren Vater nur verschwommen. »Warum ich?«

»Ich würde so gerne behaupten, dass es Zufall war. Aber das wäre eine Lüge. Amber war viel mehr Echo als du, ihr Aussehen hat sie verraten. Man sah es an jeder ihrer Bewegungen, in ihren Zügen, in ihren Augen. Und sie hatte das helle Blut ihrer Mutter geerbt, Kristallblut. Ich weiß, ein Vater darf so etwas nicht sagen, aber ich dachte… wenn es mir gelingt, dass wenigstens du dem Tod entgehst, dann wirst du unter Menschen leben können. Unerkannt und ohne Gefahr. Sie dagegen wäre weder unter Echos noch unter Menschen jemals sicher gewesen.«

»Dann hast du doch die Wahrheit gesagt«, murmelte Jade. »Meine Mutter wurde von Echos getötet.«

»Deine Mutter und deine Schwester auch. Amber spiegelt sich nur in dir, Jade, ein Echo der Vergangenheit. Nie wieder wird sie zurückkehren. Aber wenn meine Seele eines Tages über den Fluss geht, dann, Styx steh mir bei, wird sie mich erwarten.«

Es war seltsam. Der flammende Knoten in ihrer Brust pulsierte schwächer und schwächer. Jade wusste, sie hätte unendlich wütend und schockiert sein müssen, aber stattdessen fühlte sie nur grenzenlose Erleichterung.

»Du kennst noch nicht die ganze Geschichte«, fuhr Jakub mit belegter Stimme fort. »Ich floh mit dir in die Wälder. Wir lebten wie Wilde, immer in der Angst, die Echos könnten uns doch noch aufspüren. Denn sie suchten uns, das wusste ich. Eines Tages liefen wir Spähern in die Arme. Ich dachte, es seien Echos, aber dann erkannte ich, dass es Menschen waren – Soldaten aus einem anderen Land, Fremdländer, Spähtrupps mit Spürhunden. Sie nahmen uns mit in ein Lager. Und dort wurde ich verhört.«

»Die Lady!«

Er nickte. »Ich kann Lilinn besser verstehen, als du denkst. Ich war verzweifelt und trug die Rache im Herzen wie eine giftige Blüte, die nur darauf wartete aufzugehen. Ich hatte Tishmas Pläne vom Winterpalast gesehen, ich kannte die Sprache der Echos und viele ihrer Geheimnisse. Ich wusste, dass die Königsbrüder sich uneins waren, dass die Fehden im Palast sie davon ablenkten, die Anzeichen zu erkennen. Lady Mar sammelte ihre Truppen und wartete auf ihre Gelegenheit. Und als ich begriff, dass ich die Möglichkeit hatte, Tishmas Tod zu rächen, da nahm ich sie wahr.«

»Du hast die Könige verraten!«, sagte Jade fassungslos.

»Ich wusste, du würdest nicht lange mit mir in den Wäldern überleben können. Es ist meine Stadt, und ich wollte, dass du darin unter Menschen lebst, als eine von uns. Niemand erkannte dich, niemand ahnte, welche Geschichte sich hinter unserem Schicksal verbarg. Also half ich Lady Mar. Ich sagte ihr, sie solle dafür sorgen, dass kein Wasser mehr in den Palast floss. Ich gab die Hintertüren und Geheimgänge preis, die Schwachstellen und die Natur der Echos.«

Das also war der Blick in Jakubs verborgenste Kammer. Jade verstand plötzlich alles – das Dunkle, das zwischen ihr und ihrem Vater gestanden hatte. Jakubs Albträume und seine Angst vor den Echos. Und sie fühlte sich zerrissener denn je.

»Und ist es das Leben, das du für uns gewollt hast?«, fragte sie.

»Wir Menschen waren stets Sklaven, auf die eine oder die andere Weise«, erwiderte Jakub. »Doch in der Tandraj-Stadt waren wir in der Minderheit. Unter Lady Mars Herrschaft achtete ich darauf, ihre Gunst nicht auf die Probe zu stellen. Ich sorgte dafür, dass wir Kontakte zu den Flussleuten hatten, denn sie stehen der Lady nahe. Ich sprach beim Präfekten vor und die Lady zeigte sich dankbar. Wir mussten uns verstecken, bis auch die letzten Echos besiegt waren und die Stadt nicht mehr im Chaos versank. Nach dem Winterkrieg wurden alle Spiegel zerschmettert. Nur einen habe ich heimlich beiseitegeschafft. Halte mich für verrückt, aber lange Zeit hatte ich gehofft, ich würde darin ein bekanntes Gesicht entdecken. Und auch die Karten, die ich aus dem Gedächtnis gezeichnet hatte, hob ich auf.

Nun, es war eine harte Zeit, aber schließlich erwies Lady Mar uns ihren Dank. Der einzige Grund, warum wir zwei heute nicht in einem Käfig am Kirchturm hängen, ist die Tatsache, dass die Lady mir vertraut. Und dass sie nicht weiß, wer du in Wirklichkeit bist.«

»*Sinahe*...«, sagte Jade.

Jakub lächelte traurig. »In der Sprache der Echos bedeutet es ›*Eine von uns*‹. Menschen lassen sich vom Äußeren täuschen, aber die Echos haben dich sofort erkannt, als sie dich sahen.«

Jade vergrub den Kopf in den Händen und versuchte, ihre Gedanken zu ordnen. Noch nie hatte sie sich so müde und leer gefühlt, aber es war eine gute Leere, die Leere eines verbrannten Feldes, auf dem endlich Neues wachsen konnte. *Amber,* dachte sie. *Und ich.*

Zwillinge. Es sind immer Zwillinge. Zwei Kronen. Sie hob den Kopf und sah Jakub überrascht an. Am liebsten hätte sie gelacht.

»Die Könige!«, rief sie. »Tam hat tatsächlich den Prinzen aufgespürt. Die Geschichte ist wahr. Er hat den Winterkrieg überlebt und wurde aus der Stadt geschafft. Aber sein Bruder hatte damals noch im Palast seine Gestalt verlassen und sich in eine Spiegelung geflüchtet.«

Und noch eine Erkenntnis schickte ihr einen siedend heißen Schauer durch die Adern. Faun! Er hatte gewusst, dass der Prinz ein Echo war, doch er hatte es ihr verheimlicht. Und er hatte mit aller Macht versucht, Jade von Jay fernzuhalten. Jay, der Echoblut witterte. *Er hat gewusst, was ich bin! Aber er hat mich nicht an Tam verraten, sondern alles dafür getan, mich vor dem Sucher zu schützen. Dafür hat er mich sogar verlassen.* Die Nächte zogen an ihr vorbei und erschienen in einem ganz neuen Licht. Und der letzte Funken von Hass verflog.

»Warum lächelst du?«, fragte Jakub erstaunt.

Jade schüttelte den Kopf und wurde ernst. »Dann ist es jetzt wohl an der Zeit, dass du meine Wahrheit erfährst.«

Jakub wurde nicht zornig, er war nicht entsetzt und viel weniger überrascht, als sie angenommen hatte. »Die Lady legt es auf den offenen Kampf an«, schloss sie nach einer ganzen Weile. »Die Rebellen werden sich in einem sinnlosen Krieg aufreiben. Ich habe also nicht viel Zeit.«

Jakubs Miene war düsterer denn je. Seine Augen glommen wie im Fieber. »Du willst wirklich in den Palast?«

»Manchmal hat man nur eine Wahl«, erwiderte sie mit harter Stimme. »Und ich habe meine Wahl getroffen. Ich kann die Lady nicht besiegen, nein, aber ich kann den Echos eine Chance geben. Ich werde in den Palast kommen, irgendwie, mithilfe einer Jägerin vielleicht. Und ich muss Arif und Martyn überzeugen, mir zu helfen. Wenn ich den Prinzen nicht zum Fluss bringen kann, muss die Wila eben zu ihm in den Palast kommen. Kristallblut, so nennst du es doch?«

Jakub ließ sich nicht mitreißen. Er stand auf und wandte ihr den Rücken zu, als müsse er ganz allein für sich nachdenken.

»Und wenn du den Prinzen gefunden hast? Wenn er die Echos ruft? Was dann, Jade? Vielleicht werden sie sich tatsächlich mit den Menschen verbünden, aber was ist mit dir? Du bist ein Halbblut, sie werden dich töten.«

»Wer sagt das?«, brauste Jade auf. »Sie haben mich längst gefunden! Sie hätten genug Gelegenheiten gehabt, mich zu töten, aber stattdessen nannten sie mich *Sinahe*. Die Könige mögen grausam und launisch gewesen sein, aber Tishma war es nicht! Dinge können sich ändern und wir müssen sie ändern! Sonst stirbt Lilinn in spätestens drei Tagen – und Elanor und viele andere mit ihr.«

Jakub antwortete nicht.

»Was ist?«, rief Jade. »Willst du mir nicht helfen oder bist du zu feige? Ich weiß, was ich zu tun habe, und ich werde es auch ohne dich durchführen. Aber ich brauche die Karten, Jakub, und du musst mir alles erzählen, was du über die Echos weißt.«

»Was für ein Dilemma«, murmelte er. »Zwei Wege, zwei Abgründe. Die Leute der Lady töten mich, wenn sie erfahren, dass du Echoblut hast. Doch wenn die Echos siegen, werden sie sich für meinen Verrat rächen.«

»Wenn die Echos nicht siegen, sterben Lilinn, Elanor und die Rebellen«, erwiderte Jade unbarmherzig. »Du hast schon Tishma verloren, jetzt liegt es an dir, ob die Angst um dein eigenes Leben schwerer wiegt als die Liebe zu Lilinn.«

Es schnitt ihr ins Herz, Jakub so zu bedrängen, aber als ihr Vater sich langsam zu ihr umdrehte, erkannte sie, dass der Mann, von dem sie so viele Jahre gedacht hatte, ihn beschützen zu müssen, stark war. Seine Augen funkelten und zeigten einen Ausdruck, den sie noch nie gesehen hatte.

»Du hältst mich also für einen Feigling«, knurrte

er. »Aber wir werden ganz sicher nicht wie Feiglinge durch eine Seitentür in den Palast schleichen.« Er lächelte grimmig, und Jade liebte ihn so sehr, dass es schmerzte. »Wir gehen auf dem direkten Weg durch das Goldene Tor. Die Lady lässt ihren Verräter sicher gerne vor, wenn er ihr Neuigkeiten bringt. Und vorher wirst du die Flussleute davon überzeugen, die Pumpen wieder in Gang zu bringen, ich zeichne euch den Aquäduktplan und die Kanäle auf – dann müssen wir nur noch beten, dass zumindest ein Teil der Rohre unversehrt ist.«

»Danke!«, sagte Jade aus vollem Herzen.

Jakub schüttelte den Kopf. »Danke mir nicht zu früh, Jade. Ich warne dich: Die Echos sind nicht nur die Guten. Sie sind ein kriegerisches Volk.«

Jade lachte. »Das weiß ich. Schließlich bin ich eine von ihnen.«

Die Entscheidung

Im Schutz der Dunkelheit waren Arif, Martyn und Jade mit dem kleinen Boot flussabwärts geglitten, bis zur Wassertreppe des Larimar. Die Flügeltüren zum Bankettsaal waren weit geöffnet. Um keine Aufmerksamkeit zu erregen, hatten sie das Boot über die Treppe in den dunklen Saal getragen und vor den Blicken von Patrouillen geschützt.

Nun saßen sie zu viert bei geschlossenen Fenstern und Läden in Jakubs Zimmer. Jakubs Zeichnungen lagen überall auf dem Boden herum, doch im Augenblick starrten die beiden Brüder nur Tishmas Bild an. Der Wein, den Martyn verschüttet hatte, glühte dunkelrot im Licht der einzigen Kerze.

Es war eine seltsame Stimmung, bedrückt und vorsichtig, als wären Jade und die Brüder sich plötzlich fremd geworden. Jade bemerkte, wie Martyn sie mit einer gewissen Scheu musterte. Seine rechte Gesichtshälfte lag im Dunkeln, über die linke flackerte der

Schein der kleinen Kerze und ließ seine ausgebleichten Locken leuchten wie Flammen.

»Deine Mutter sieht wirklich aus wie ein Mensch«, sagte Arif. Jade konnte die unausgesprochenen Gedanken beinahe hören. *Jade von den Flussleuten oder Jade das Echo?*

Wie so oft an diesem Abend strich sich Arif gedankenverloren über seine geschundene Braue. Bei einer Auseinandersetzung vor der Kirche hatte er ein blaues Auge davongetragen, denn natürlich hatte er sich mit den Jägern angelegt, um in Elanors Nähe zu kommen.

»Ich weiß nicht, was ich weniger glauben kann«, knurrte er. »Dass du zu ihnen gehörst oder dass du den Rebellen geholfen hast.«

Der vibrierende Zorn in seiner Stimme schüchterte sogar Jade ein. Sie dachte an Elanor, die in ihrem Käfig Hunger und Durst litt, und spürte wieder diesen Stich der Scham.

»Es ist, wie es ist«, sagte Jakub trocken. »Jemanden schuldig zu sprechen, hilft uns jetzt nicht weiter. Die Zeit läuft, auch für Elanor. Wenn wir Ben glauben dürfen, sammeln die Rebellen bereits ihre Waffen.«

Jade begegnete Martyns Blick. Zum ersten Mal ahnte sie nicht einmal, was er dachte. Nachdenklich sah er ihr in die Augen, bis sie rot wurde und wegschaute.

»Elanor wurde *in Gewahrsam genommen*«, sagte Jakub mit Nachdruck. »*Gewahrsam!* Das sagten sie mir, als ich heute beim Präfekten war. Sie sei lediglich ein Pfand, damit ihr schneller und sorgfältiger arbeitet. Na, wie klingt das? Sobald alle Turbinen wieder laufen, lassen sie Elanor frei.«

»Ein Bluthandel!«, brauste Martyn auf. »Wir brauchen noch mindestens zehn Tage. Und selbst wenn sie Elanor Wasser geben und sie so lange überlebt, glaube ich nicht mehr an die Versprechungen.«

Jade atmete auf. Am liebsten hätte sie Martyn umarmt. Doch Arif schnaubte verächtlich und schob zwei von Jakubs Skizzen zur Seite.

»Wie stellt ihr euch das vor? Was, wenn die Pumpen nicht mehr funktionieren? Oder wenn die Strömung sich geändert hat? Die Jäger beobachten uns – wir können nicht einfach die Fähre nehmen, ohne aufzufallen. Und selbst wenn wir die Pumpen in Gang bekommen, wer sagt, dass der Plan gelingt? Wer sagt, dass der Prinz mit dem Wasserblut erstehen kann?«

»Niemand!«, rief Jade. »Aber eines wird ganz sicher eintreffen, wenn wir es nicht wenigstens versuchen: Die Lady nimmt euch den Fluss. Und Elanor wird nicht die Einzige sein, die leidet.«

Der harte Zug um Arifs Mund vertiefte sich. »Und wenn die Echos zurückkehren? Ertränken sie uns dann im Fluss wie einst die Lady ihre Feinde?«

Das darf nicht wahr sein!, schrie es in Jades Kopf. »Wie kannst du zögern! Elanor wird sterben, hast du das noch nicht begriffen?«

Jakub gab ihr mit einer warnenden Geste zu verstehen, dass sie sich zurückhalten sollte, und sie fuhr mühsam beherrscht fort: »Es geht nicht darum, dem Prinzen wieder zum Thron zu verhelfen, sondern darum, ihn der Lady zu nehmen. Nichts ist, wie es früher war. Damals waren die Echos die Herren der Stadt, aber heute gehört sie den Menschen.«

»Nichts ist, wie es früher war«, murmelte Arif. Es klang bitter und resigniert, und Jade konnte nur ahnen, dass er an seine Eltern dachte und an die Generationen vor ihnen, die der Lady Fluss für Fluss gefolgt waren.

Martyn musterte seinen Bruder von der Seite, Jade merkte ihm an, dass er ebenfalls vor Ungeduld bebte. Sie wusste, als jüngerer Bruder musste er abwarten, was der Ältere entschied, aber in dieser Nacht galten offenbar auch für die Flussleute andere Gesetze.

»Wir können es schaffen«, sagte Martyn. Doch er wandte sich dabei nicht an seinen Bruder, sondern an Jade. »Wenn Arif sich dagegen entscheidet, schön. Dann werde ich mir etwas einfallen lassen. Ich denke nicht daran, der Lady auch nur ein Leben freiwillig zu überlassen.«

Jade und Jakub hielten den Atem an. Arif starrte seinen Bruder an, als hätte er ihn noch nie gesehen.

»Bestimmst du jetzt, was ich zu tun habe?«, donnerte er und stand drohend auf.

Martyn sprang auf und verschränkte die Arme. »Ich sage dir, was ich tun werde. Ich werde mir die Pläne genau ansehen und ein Boot besorgen, das nicht auffällt. Bei den roten Felsen liegt unser Ersatzboot für die kleinere Ladung. Wenn Jakubs Pläne und Beschreibungen stimmen, halten die Leitungen hundert Jahre. Und hier...«, er hob ein Blatt auf und deutete auf einen der Kanäle, »... ist sogar ein Zugang zu zusätzlichen Schleusen.«

»Du warst damals kaum ein Jahr alt«, sagte Arif düster. »Du erinnerst dich nicht daran. Du musstest nicht zusehen, wie die Taucher versucht haben, unsere Eltern rechtzeitig zu bergen.«

Jades Hände waren ineinander verkrampft, und auch Jakub war so angespannt, dass seine Zornesfalte wie eine tiefe Furche seine Stirn teilte. Die Brüder standen sich gegenüber, Sonne und Mond, unversöhnlich und meilenweit voneinander entfernt.

Martyn war blass geworden. »Du hast recht«, sagte er leise, aber energisch. »Natürlich hast du recht. Und trotzdem, Arif: Ich werde mich nicht an die Vergangenheit klammern. Wenn nur die geringste Chance besteht, muss ich es versuchen.«

Jade hätte schwören können, dass Arif Martyn jeden Augenblick anschreien oder ohrfeigen würde, doch dann zeigte sich auf dem Gesicht des harten Mannes ein mürrisches Lächeln. »Du denkst, du kannst das schaffen? Nicht den Hauch einer Chance hast du! Du kennst die Strömungen nicht, Grünschnabel. Dafür werden wir Nama brauchen.«

Jade und Martyn begannen gleichzeitig zu strahlen.

»Wie lange?«, fragte Jakub nüchtern.

»Mindestens einen halben Tag«, sagte Arif ohne einen Funken von Zuversicht. »Wenn es überhaupt möglich ist.«

das fest

Den Gefangenen ging es schlecht, das sah Jade schon von Weitem, als sie an Jakubs Seite am Kirchplatz vorbei in Richtung Palast ging. Wenigstens milderten die Regenwolken, die an einem azurblauen Abendhimmel über der Stadt hingen, die Hitze etwas ab. Trotzdem schrien viele der Menschen vor Durst, andere lagen reglos zusammengekauert in den Käfigen. Jade und Jakub waren unwillkürlich langsamer geworden, und Jade wusste, dass auch ihr Vater versuchte, Lilinns Käfig zu erspähen. Sie konnte ihn nicht entdecken, aber vielleicht lag es auch daran, dass sie zu weit entfernt waren.

»Komm weiter«, flüsterte sie ihm energisch zu. Jakub schluckte schwer, dann beschleunigte er seine Schritte.

Die Straßen vor dem Palastviertel waren wie leer gefegt. Jade ließ den Blick verstohlen über verbarrikadierte Fensterläden schweifen und fragte sich, ob die Rebellen sie wohl beobachteten. Das taubenblaue

Kleid, das sie von Staub befreit hatte, raschelte bei jedem Schritt. Die Haare hatte sie sich aus dem Gesicht gekämmt und im Nacken mit einer Seidenschnur gebändigt. Keiner der Gürtel, die sie besaß, schien ihr festlich genug, also hatte sie kurzerhand eine fliederfarbene Borte von einem Vorhang abgetrennt. *Ob Tanía mich so überhaupt erkennen würde?*, dachte sie. *Oder würde sie mich ohnehin erschießen, wenn sie sähe, dass ich zur Lady gehe?* Das unangenehme Kribbeln im Nacken kehrte zurück, als sie sich Gewehrläufe vorstellte, die jedem ihrer Schritte folgten wie wachsame Hunde. *Bitte nicht jetzt*, betete sie im Stillen. *Bitte nicht in der nächsten Stunde, lass die Rebellen noch lange genug mit dem Angriff warten!*

Und noch eine weitere Sorge machte ihr zu schaffen: In den wenigen Stunden unruhigen Schlafs war kein Ruf des Prinzen zu ihr gedrungen. *Er lebt*, beruhigte sie sich. *Amber hat es mir gesagt und ich habe ihn selbst gehört.*

»Mach ein etwas freundlicheres Gesicht«, ermahnte Jakub sie. »Wir gehen nicht zum Galgen, sondern freuen uns auf die Ehre, unsere Köchin und ihre Mitstreiter verraten zu dürfen, schon vergessen?«

Jade lächelte ihrem Vater nervös zu und nickte. Seine Sicherheit strahlte etwas Tröstliches aus. Und sie musste zugeben, dass sie unendlich stolz auf ihn war. Er hatte sich rasiert und den blauen Samtmantel und helle Hosen angezogen. Jade fand, er sah aus wie ein König, und er trug ein Selbstbewusstsein zur Schau, das sie staunen ließ.

Drohend erhob sich die glatte Palastmauer vor ihnen. Eine Front von Wächtern versperrte den Weg in den inneren Bezirk. Jakub trat, ohne zu zögern, an den ersten Torwächter heran und zückte die Genehmigung mit dem Liliensiegel.

»Jakub Livonius«, sagte er gelassen. »Meine Tochter und ich werden im Palast erwartet.«

Der Wächter brach das Siegel und studierte so lange Jades Gesicht, bis ihr höfliches Lächeln sich wie eine starre Maske anfühlte.

»Durchsuchen!«, bellte der Wächter. Zwei Männer traten vor und tasteten Jakub und Jade nach Waffen ab. Sie durchsuchten sogar Jades Rock und befühlten den Saum, um eingenähte Gegenstände aufzuspüren. Jade war darauf vorbereitet gewesen, aber als ihr jetzt ein Wächter auch noch grob in die Haare griff, musste sie sich beherrschen, still dazustehen und den Mund zu halten. Ihr wurde siedend heiß, als sie daran dachte, dass sie tatsächlich überlegt hatte, die Spiegelscherbe mitzunehmen.

»Weiter!«, rief der Wächter endlich.

Die erste Überraschung war das Goldene Tor. Aus der Nähe betrachtet, war es nicht golden, sondern von einem schmutzigen Gelb. Es schien sie mit einem

Grinsen aus gefletschten Gittern zu erwarten, und Jade schauderte, als sie es durchschritt und in den schattigen kleinen Innenhof trat. *Innerer Bezirk, erster Innenhof, Gang, zweiter Innenhof, Treppe, Audienzräume*, betete sie in Gedanken die vor wenigen Stunden auswendig gelernte Litanei herunter, während sie neben Jakub herging.

Und noch etwas beschäftigte sie, obwohl sie den Gedanken bisher erfolgreich verdrängt hatte: Hoffentlich war Faun nicht im Palast. Die Vorstellung, ihm könnte etwas zustoßen, machte sie fahrig und nervös. *Der Prinz!*, ermahnte sie sich. *Denk nur an den Prinzen.* Sie konzentrierte sich darauf zu lauschen, nach seinem Ruf zu suchen, und wurde sofort ruhiger.

Der Palastbezirk war eine andere Welt. Im Inneren des kleinen Hofes, den sie nun durchschritten, schienen sich sogar die Geräusche zu verändern. Draußen auf dem Markt hallte jedes Wort klar wider, hier dagegen war alles weich und dumpf. Hinter verschleierten Fenstern konnte Jade Bewegungen nur erahnen. Bogengänge waren zu sehen, steinerne Galerien, die zu den Festräumen führten.

»So sah der ganze Palast früher aus«, murmelte Jakub ihr zu. »Hinter den Bogengängen im großen Innenhof befinden sich die alten Räume.«

Jade legte den Kopf in den Nacken und zählte fünf Stockwerke. Irgendwo hinter diesen Mauern befand sich der Prinz, doch als sie sah, wie groß der Palast war, sank ihr Mut. *Wird das Wasser genügen? Und was, wenn Martyn und Arif es nicht schaffen?*

An einer schmalen Tür zeigte Jakub seine Genehmigung noch einmal vor und sie wurden eingelassen und mussten warten. Endlich erschien ein alter Diener und bat sie, ihm zu folgen.

Jade hatte erwartet, Musik zu hören oder Menschenstimmen, doch im Palast war es still wie in einer Gruft. Es gab keine Aufzüge, ihre Schritte hallten auf der Treppe. Die Gänge waren lang und grau, nichts wirkte prächtig. Alles war stumpf und warf kein Licht zurück, die einst spiegelnden Wände und Böden waren aufgeraut worden, die Decken schwarz gestrichen, die Schleier vor den Fenstern milchig weiß.

»Wartet hier«, sagte der Diener und wies auf eine hohe Flügeltür. Jakub nickte und der Mann verschwand eilig. Der Klang seiner Schritte wurde rasch von den Wänden verschluckt. Jade schloss die Augen. Kein Zeichen, sie hörte und spürte nichts. Im Geiste sah sie die Uhr ticken und wurde nervös. Die wattedichte Stille, die sie umgab, machte es noch schlimmer. Als hätten ihre Befürchtungen nur auf einen ruhigen Moment gewartet, erhoben sie gleichzeitig die Stimme zu einer misstönenden Aufzählung aller möglichen Katastrophen.

»Was ist, wenn sie uns doch zusammen befragen?«, flüsterte Jade.

»Das wäre das erste Mal«, erwiderte Jakub. »Mich kennen sie, natürlich werden sie mich hereinrufen. Ich werde versuchen, sie mindestens eine halbe Stunde hinzuhalten. Aber mehr Zeit werden wir nicht haben. Lass uns beten, dass Arif und Martyn es schaffen.« Die Besorgnis in seiner Stimme steckte sie an. Vorsichtig sah er sich um und beugte sich so weit zu ihr, dass sie seinen Atem an ihrem Ohr spürte. »Hör genau hin. Ist er wirklich hier? Ruft er dich?«

Jade biss sich auf die Unterlippe. »Ich weiß nicht«, antwortete sie vage.

Sie wollte ihm noch so viel sagen, aber Jakub legte mahnend den Zeigefinger über die Lippen. Jetzt hörte sie es auch: harte Stiefelsohlen, die im Gleichtakt auf dem Boden aufschlugen.

Es waren vier Lords, gefolgt von einer Gruppe von Jägern. Sie kamen den Gang entlang wie ein Trauerzug, der allerdings viel zu schnell lief. Ihre schwarzen Gewänder hoben sich kaum von den Wänden ab, nur die Gesichter wirkten hell wie Masken. Die Einzige, die tatsächlich eine Maske trug, war die Lady in ihrer Mitte.

Jade bekam auf der Stelle weiche Knie. *Es passiert. Jetzt gibt es kein Zurück mehr.*

Sie hatte die Lady unzählige Male in ihren Albträumen gesehen und von Weitem auf der goldenen Barke. Dort hatte sie groß und furchteinflößend gewirkt, umso überraschter war Jade nun, eine schlanke Frau mit dem geschmeidigen, schnellen Schritt einer Jägerin zu sehen. Rotes Haar floss über schwarzen Stoff und umrahmte die eiserne Maske. *Wie eine Totenmaske*, dachte Jade.

»Eine halbe Stunde«, raunte Jakub ihr zu. Ihre Hände fanden sich für eine Sekunde zu einem kurzen, ermutigenden Händedruck, dann ließen sie einander los. Jakub verbeugte sich, und auch Jade sank in den Knicks, den sie noch am Nachmittag mit Jakub geübt hatte. Inmitten ihrer Eskorte von Lords rauschte die Herrscherin an ihnen vorbei, ohne sie eines Blickes zu würdigen. Als Jade den Kopf demütig senkte, entdeckte sie, dass die Lady sogar schwarze Handschuhe trug. Kein Stückchen Haut schimmerte durch die Gewänder. Die schwarze Hand zuckte nach oben und die Eskorte blieb auf der Stelle stehen.

»Erhebt euch«, befahl ein Lord.

Jade richtete sich zögernd auf und erstarrte. Die Lady musterte sie aus Augen, grau wie Rauchquarz, und mit einem Blick, der scharf und geschliffen wie ein Edelstein war. Jetzt lief Jade doch ein Schauer über den Rücken.

»Jakub!«, sagte die Lady. »Von allen meinen Verrätern der amüsanteste.« Ihre Stimme war wohlklingend und voll, und es hörte sich beinahe so an, als ob sie hinter der Maske lächelte. Die Luft schien in einem dumpfen Ton nachzuvibrieren; die Härchen an Jades Unterarm sträubten sich. Plötzlich schien die Lady vor ihnen aufzuragen und die Aura von gleißender Dunkelheit zog jedes Wort und jedes Geräusch an sich. *Und warum klingt ihre Stimme hinter der Maske nicht gedämpft und undeutlich?*, fragte Jade sich irritiert.

Wenn Jakub Angst hatte, ließ er es sich nicht anmerken. »Mylady«, sagte er mit einer weiteren Verbeugung. »Ich danke Euch für die Ehre, vor Euch sprechen zu dürfen.«

Die Lady wandte ruckartig den Kopf. Die kalten grauen Augen fixierten wieder Jade. Jades Herz machte einen Satz. Für eine Sekunde war sie überzeugt, dass man sie als Erste in den Audienzsaal befehlen würde. Doch dann wandte die Lady sich ab. Die schwarze Hand gab dem Lord ein kaum merkliches Zeichen.

»Mitkommen«, befahl er. Und an Jade gewandt, fügte er hinzu: »Nur er, du nicht.«

Jakub warf ihr einen auffordernden Blick zu, und Jade sank gehorsam in einem weiteren Knicks zusammen und murmelte: »Sehr wohl, Mylord.« Wie Jakub es ihr eingeschärft hatte, blieb sie mit gesenktem Kopf in dieser Position. Es war eine Geduldsprobe, so lange stillzuhalten, sie zitterte vor Anspannung. Die Flügeltüren brauchten eine Ewigkeit, bis sie endlich zufielen. Kaum war das Schloss eingeschnappt, sprang sie auf und rannte zum Ende des Flurs. Hier, wo sich mehrere Gänge kreuzten, verharrte sie und lauschte. Die Stille zerrte an ihren Nerven. Was, wenn sie sich doch geirrt hatte? Nach weiteren fünf Minuten hielt sie es nicht länger aus. *Wo würde ich mich verbergen?*, dachte sie. *Im alten Thronsaal vielleicht? Auf jeden Fall in den Räumen, in denen ich früher gelebt habe.* Sie rief sich den Plan ins Gedächtnis und rechnete fieberhaft nach. Noch vier Gänge bis zum Gebäude mit dem marmornen Innenhof, der das Herz des Palasts bildete. Die Gänge auf Jakubs Plan aufgezeichnet zu sehen, war die eine Sache, aber sie tatsächlich bewältigen zu müssen, eine ganz andere. Jade keuchte, als sie den zweiten Gang erreichte. Sie hielt inne und versuchte mit allen Sinnen, eine Schwingung aufzufangen, aber der Ruf des Prinzen war verstummt, als hätte es ihn nie gegeben. »Wo bist du?«, flüsterte sie. Noch war ihr niemand begegnet, aber sie hörte Stimmen und Gelächter und sogar Fetzen von Musik. Die Stimmen wurden lauter, etwas polterte in der Nähe. Eine Festgesellschaft! Fieberhaft suchte sie nach einer Ausweichmöglichkeit, raffte den Rock und fegte um die Ecke. Erst als die Tür direkt neben ihr aufging, begriff sie, dass ihr die Akustik in diesem seltsamen Gebäude einen Streich gespielt hatte. Gelächter brach in den stillen Flur, dann stürzte eine Gruppe von maskierten Menschen aus der Tür. Glanzlose, aufgeraute Seide raschelte. Eine Adelige schrie auf, als sie gegen

Jade stieß und stolperte. Jade zuckte zurück und wollte fliehen, aber es war zu spät. Ein Arm packte sie um die Taille.

»Wen haben wir denn hier? Die blaue Blume der Sehnsucht!« Atem, der nach Asche und Wein roch, schlug ihr ins Gesicht, als der Maskierte über seinen eigenen Scherz lachte. Daran, wie gehorsam die Gesellschaft in sein Lachen einfiel, erkannte Jade, dass er der Herr war.

»Warum bist du noch nicht beim Fest?« Er wirbelte Jade herum, als würden sie tanzen, und ließ sie mitten im Schwung los. Ein anderer Mann fing sie auf.

»Lass sie, Davan!«, sagte er mürrisch. *Davan!* Der Maskierte war einer der Lords! Von Weitem hatte sie ihn oft auf seinem Prachtwagen gesehen. Und jetzt erkannte sie ihn auch trotz seiner Maske wieder: die gedrungene Gestalt und kurz geschnittenes Haar, dunkel und ölig wie Otterfell.

Als sie schwieg, verflog seine Freundlichkeit sofort. »Ich will eine Antwort!«, herrschte er sie an.

»Ich bin nicht geladen, Mylord«, antwortete Jade so unterwürfig wie möglich. »Ich warte auf meinen Vater, der bei einer Audienz...«

»Dann wird dein Vater eben auf dich warten!«, rief der Lord. »Nehmt sie mit! Ich will sie tanzen sehen!« Jade hätte beinahe laut geflucht, aber sie hatte keine Wahl. Im nächsten Augenblick war sie von der Gesellschaft umringt und wurde mitgerissen. Hände packten sie und schubsten sie unsanft herum, die adeligen Damen machten sich über ihr Kleid lustig und zerrten an ihrem Gürtel. Jade sah sich nach dem Mann um, der sie aufgefangen hatte, und erkannte in ihm zu ihrer Überraschung einen der anderen Lords. Er hieß Lomar, erinnerte sie sich. Er ließ sich kaum in der Stadt sehen, aber durch die Tatsache, dass er bei einem Fechtkampf mit der Lady ein Auge verloren hatte, kannte ihn jeder. Inmitten der betrunkenen Festgesellschaft war er der Einzige, der ernst und überlegt wirkte.

Es war die falsche Richtung und sie waren noch mindestens zwei Gänge entfernt von den alten Sälen. Jade überlegte fieberhaft. Sie musste den richtigen Zeitpunkt abpassen und fliehen. Musik erklang, hohe, beinahe schrille Flöten und dumpfe Pauken. Im nächsten Augenblick wurde Jade in einen taghell erleuchteten Saal gestoßen. Kerzen brannten hier, aber auch mattierte Lampen waren auf die langen Banketttische gerichtet. Es duftete nach Safran, Honig und gebratenem Fleisch, doch es war ein bizarres Festmahl. Keine der sorgfältig zerkratzten Silberplatten glänzte, kein Weinglas funkelte im Kerzenlicht auf.

»Na, Blume?«, brüllte Lord Davan und lachte. »Hier wirst du tanzen!«

Jade sah sich um. Abendwind kühlte ihre heißen Wangen und sie entdeckte hohe Fenster und durchbrochene Flügeltüren ohne Scheiben. Das erklärte, warum der Saal auf den ersten Blick so leer wirkte: Die Gesellschaft befand sich draußen auf den Galeriegängen. Eine Möglichkeit schimmerte in dem Chaos auf. *Vielleicht kann ich über die Galerie in einen der Nebenräume entkommen.*

»He!«, rief Lord Davan einem Diener zu. »Wein!«

Die dunkle Flüssigkeit schwappte kühl über Jades Haut, als einer der Adeligen ihr grob den Becher in die Hand drückte. Der Lord starrte sie an, ihr blieb nichts anderes übrig, als zu gehorchen. Wie lange hatte sie noch, bis Martyn die Schleusen öffnete? Fünfzehn Minuten? Zwanzig? *Wenn es überhaupt klappt.* Die Angst um Martyn flirrte in ihrem Magen und sie setzte rasch den Becher an die Lippen und nahm einen Schluck. Ascheflocken schmeckten trocken und ein wenig bitter, doch der Wein lag wie schweres, süßes Öl auf ihrer Zunge. Das Aroma von Weihrauch und Himbeeren stieg ihr in die Nase.

»Was ist das für ein Fest, Mylord?«, fragte sie laut.

Alle starrten sie an und der Lord verschluckte sich. *Nur antworten, niemals fragen*, erinnerte sie sich an Jakubs Ermahnung. Sie war sicher, der Lord würde sie nun verhaften lassen, aber er lachte brüllend los, als hätte er einen großartigen Witz gehört. »Vorlaut ist sie auch noch! Na los, sieh dir an, was für ein Fest wir heute feiern werden!«

Jade betrat noch vor dem Lord den Galeriegang und sah sich sofort nach einer Fluchtmöglichkeit um. Alles war voller Menschen, die sich an der steinernen Balustrade drängten und in den Innenhof schauten. Zu viele, um sich unbemerkt zwischen ihnen durchzudrängen.

Lord Davan packte Jade am Handgelenk und zog sie zur Brüstung. Ehrfürchtig machten die Adeligen ihm Platz.

»Das da unten«, sagte er mit funkelnden Augen, »ist das Fest der Rache.«

Jade folgte seinem Blick und erstarrte. Fackeln beleuchteten den Innenhof. Papageien saßen auf meterhohen Pfählen wie bunte Zierblumen und sträubten vor Nervosität das Gefieder. Löwengebrüll, Knurren und das Fauchen von Schneekatzen klangen hier so laut, dass Jade unbehaglich zumute wurde. Das Schlimmste aber waren die Käfige. Fünf an der Zahl. Und die Gefangenen darin drängten sich an die Gitter. Jetzt wusste Jade, warum sie Lilinns Käfig nicht an der Kirche entdeckt hatte. Blondes Nixenhaar glänzte im Licht einer Fackel. *Ich muss sofort hier raus*, schrie eine Stimme in Jades Kopf. *Es läuft verkehrt! Alles läuft schief!*

»Das ist die Arena.« Lord Davan umfasste mit einer Geste den ganzen Hof. »Und da unten kriegen die Mörder, was sie verdienen. Verdursten wäre zu gut für sie. Wer wie eine Bestie tötet, soll durch die Bestien umkommen.«

Jade musste sich von den Käfigen abwenden. Dabei fielen ihr die Adeligen auf, die auf der gegenüberliegenden Galerie standen. Nur ein Einziger trug keine Maske. Und er sah nicht in die Arena, sondern starrte fassungslos zu Jade herüber. Jade hatte mit einem Mal das Gefühl zu fallen, endlos und unwiderruflich.

Faun!

Er war schmaler geworden, hagerer, was seine herbe Schönheit noch betonte. Einen magischen Moment lang sahen sie sich über den Hof hinweg an. Es war, als würden Feuer und Eis Jade gleichzeitig berühren: Verzweiflung, Liebe und Sorge – und die strategische, beherrschte Entscheidung zu handeln, koste es, was es wolle.

Lord Davans Stimme schleuderte sie in die Wirklichkeit zurück: »Betet, ihr Mörder!«, schrie er in den Hof. »Und zählt eure letzten Minuten!«

Jade taumelte zurück und schnappte nach Luft. *Ruhig bleiben*, befahl sie sich. *Denk nicht an Lilinn. Der Winterprinz, nur der Winterprinz ist wichtig.* Lord Davan beugte sich weit über die Balustrade und hielt nach den Raubtieren Ausschau. Jade nutzte den Moment der Ablenkung, wandte sich um und rannte in den Saal zurück. Im Vorbeilaufen packte sie eines der Messer vom Tisch und stürzte auf die Tür zu. Erst dachte sie, der Aufschrei hinter ihr gelte den Bestien, aber dann hörte sie den ersten Schuss.

Jade wollte zur Tür stürzen, als eine Eskorte von Jägern in den Raum stürmte. Rußspuren auf der Haut ließen die Truppe aussehen wie Dämonen. Der scharfe Geruch von verbranntem Leder breitete sich aus. Jade schluckte. Tanía hatte also bereits zugeschlagen! Dann erkannte sie die Anführerin der Jäger. Graue Augen weiteten sich vor Überraschung, als Moira auch sie erkannte, doch die Jägerin zögerte keine Sekunde, sondern rannte an ihr vorbei in den Saal. »Verräter in den eigenen Reihen!«, rief sie den Lords zu. »Die Rebellen dringen über die Menagerie in den Palast ein. Weg von den Galerien!«

In diesem Augenblick fiel der zweite Schuss. Die Festgesellschaft verstummte und wich zurück. Nur einer der Adeligen, der eine Fuchsmaske trug, blieb stehen. Er drehte sich langsam zu Moira um und griff sich an die Brust. Blut färbte seine Finger. Er klappte den Mund auf, als ob er etwas sagen wollte, dann brach er zusammen. Triumphgebrüll aus der Arena übertönte die Löwen. Dann brach das Chaos aus. Die Adeligen strömten in den Saal zurück, Jäger und Wächter drängten aus dem Flur hinein zur Galerie.

»Runter!« Moira versetzte Jade einen Stoß. Jade ging in Deckung und kroch zu einem der Festtische und von dort aus zu einer der schmaleren Galerietüren an der Seite.

Sie zuckte zusammen, als ihre Hand in etwas Nasses griff. Verschütteter Wein? Jade sah ihre Hand an und hätte vor Erleichterung am liebsten aufgeschrien. Martyn hatte es geschafft! Sie hob den Kopf. Tatsächlich: Wasser floss über eine der Wände und kroch über den Boden. Die anderen drei Wände waren noch trocken, aber auch dort fing es an: erst als dunkler gezackter Rand – Flecken auf dem Stein, als würden Schattenfinger aus der Ritze zwischen Decke und Wand in den Raum tasten. Die Finger wurden länger und länger und verbreiterten sich zu Strömen. Das waren also die Brunnen der Könige gewesen: Wände aus Wasser, in denen sie sich spiegeln konnten! Beinahe hätte sie gelacht, so einfach war die Lösung.

Doch im selben Augenblick durchzuckte sie ein schneidender, sirrender Ton, der in ihren Ohren schmerzte. *Der Ruf!* Eine Bewegung ließ sie zusammenzucken. Dann musste sie unwillkürlich lächeln. Amber. In Jades Gestalt lächelte sie ihr zu und deutete in die Richtung der alten Säle. »Danke!«, flüsterte Jade.

In diesem Augenblick erschütterte eine dumpfe Detonation den Boden. Irgendwo im Schloss war etwas explodiert. Staub quoll durch die Tür. Jade sprang auf und rannte geduckt zur Galerie. Vielleicht würde sie ein Stück klettern müssen, aber es war der einzige Ausweg.

Auf der Galerie hatte niemand die Explosion bemerkt, der Kampf war in vollem Gang. Jade prallte zurück, als ein Rebell das Geländer erklomm und aus nächster Nähe auf einen Jäger schoss. Der Mann fiel gegen die Balustrade und fasste sich an die Seite. Von einer Sekunde zur nächsten wich alle Farbe aus seinem verzerrten Gesicht, doch er hielt sich immer noch auf den Beinen. Im nächsten Moment schrie der Rebell auf und riss die Arme hoch. Seine Pistole glitt ihm aus der Hand und schlitterte über den Boden bis vor Jades Füße. Dann fiel er zurück in die Arena. Moira senkte die Waffe. Jade packte kurzentschlossen die Pistole und sprang zur Balustrade. Sie sah, wie Moira zur gleichen Zeit nach vorne stürzte, um den verletzten Jäger aus der Schussweite zu ziehen, aber Lord Davan kam ihr zuvor. Er lachte und stieß den Mann vor Moiras Augen einfach über das Geländer. Der entsetzte Schrei des Fallenden ging Jade durch und durch. Abrupt brach der Schrei ab. »Keine Verlierer!«, knurrte Lord Davan. »Wir kämpfen bis zum letzten Jäger.«

Schüsse hallten Jade in den Ohren, als sie über das Geländer kletterte und sich nach oben zum nächsten Saal hangelte. Unter ihr kochte die Arena. Jade sah aus Fleischerhaken geschmiedete Anker, die die Seile an den Galerien hielten. Wie Piraten, die ein Schiff enterten, kletterten die Rebellen affenschnell nach oben. Tanía hatte nicht gelogen. Es mussten weit über dreihundert Rebellen sein, und sie kämpften mit allem, was ihnen zur Verfügung stand. Sie hatten Messer, Gewehre, Schwerter und sogar Pfeile. Aber dennoch: So zahlreich und entschlossen die Rebellen auch waren, sie hatten schon jetzt einen schweren Stand gegen die nachrückenden Patrouillen.

Plötzlich tauchte in Jades Nähe ein bekanntes Gesicht auf. Die Rebellin schnaufte, während sie das Geländer erklomm, ihr Gesicht glühte vor Entschlossenheit. Sie bemerkte nicht, dass ein Jäger sie bereits entdeckt hatte. Dann ging alles ganz schnell. Jade verkantete das rechte Bein zwischen den Säulen des steinernen Geländers. Mit der nun freien Hand riss sie das Messer aus dem Gürtel und schleuderte es mit aller Kraft. Es war mörderisches Glück, dass sie traf. *Lilinn wäre stolz auf mich,* dachte sie grimmig. Der Jäger zuckte zur Seite, als die Klinge sich in seinen Ärmel bohrte. Der Schuss verhallte.

»Nell!«, brüllte Jade. »Hierher!«

Der Rebellin klappte der Mund auf, als sie Jade sah, aber sie reagierte erstaunlich flink und griff nach ihrer Hand. Mit aller Kraft zog Jade sie über die Balustrade und sie liefen die letzten Meter zum nächsten Raum.

»Sie gehört zu ihnen!«, hörte sie Lord Davans gellende Stimme. Dann pfiffen ihnen Schüsse um die Ohren, Steinsplitter prasselten auf sie herunter, eine Kugel zerfetzte ihren Rock. Ein stechender Schmerz zuckte durch ihre Schulter, dann warf sie sich schon gemeinsam mit Nell auf den Boden und kroch durch eine Wasserlache aus der Schusslinie.

»Hat es dich erwischt?«, rief Nell. Jades Schulter brannte, aber sie biss die Zähne zusammen und schüttelte den Kopf. »Los, komm mit!«, fauchte sie und stand auf. Nell klappte den Mund zu und gehorchte.

»Ruft den Sucher!«, befahl eine dunkle Frauenstimme, die Jade einen Schauer über den Rücken schickte. Die Lady!

Hoffentlich hat Jakub sich in Sicherheit gebracht, flehte sie. *Hoffentlich wird Faun nicht getötet!*

Im Laufen tauschte sie einen gehetzten Blick mit Nell. Dann verdoppelten sie ihre Anstrengungen. Das Wasser spritzte hoch auf, als sie durch die überschwemmten Flure rannten. Jade hörte Schüsse und Rufe und splitterndes Glas. Hinter den Schleiervorhängen blitzten Lichter auf, Mündungsfeuer vielleicht. Oder das flackernde Licht von Flammen. Hatten die Rebellen den Palast in Brand gesteckt?

»Da laufen sie!«, donnerte Lord Davans Stimme.

Jade packte die schnaufende Nell am Handgelenk und zog sie mit sich. In halsbrecherischem Tempo fegten sie um die Ecke in den nächsten Flur. Zumindest eine kurze Atempause! Gleich darauf ließ eine weitere Explosion Jade stolpern. Das Wasser kräuselte sich unter der Druckwelle.

»Was zum Teufel habt ihr vor?«, zischte sie Nell zu.

Die Rebellin sah sie mit weit aufgerissenen Augen an. »Der Sprengmeister ist auf unserer Seite. Tanía will den Zugang über die Mauer. Die Menagerie war nur ein Ablenkungsmanöver.«

Und du bist Tanías Kanonenfutter?, ergänzte Jade wütend.

Der Flur war leer, nur ein Plätschern war zu hören. Wasser auf rauem Stein. Es schwoll an und kam näher, setzte sich über die Wände fort und füllte schließlich den ganzen Raum aus.

»Da drüben!«, flüsterte Nell und deutete auf eine breite Tür. Jade ging in Gedanken den Palastplan durch und nickte. Der alte Thronsaal!

Gemeinsam rannten sie los. Sie kamen keine Sekunde zu früh. Das Letzte, was Jade durch den Türspalt sah, bevor sie und Nell die Flügel mit einem donnernden Hall schlossen und mit dem hölzernen Sperrriegel verrammelten, war eine Gruppe von heranstürmenden Jägern und Lords. Die Tür war so dick, dass sie unter den wütenden Tritten kaum erzitterte.

Jade fuhr herum und sah sich um. Wasser rann von der Wand und breitete sich als spiegelnde Fläche auf dem Boden aus. Die Vorhänge bauschten sich im Sog der kalten Flüssigkeit in der sommerheißen Luft.

Doch etwas lief hier schief. Das Wasser der Wila floss durch die Räume, aber immer noch tat sich nichts. Jade starrte ratlos auf den Boden, kein Bild, kein Echo, keine Spiegelungen. Nicht einmal Amber war hier, stattdessen sah sie nur eine erschreckend fremde, blasse Jade.

Die Tür erzitterte heftiger.

»Wo bist du?«, schrie Jade. Ihre Schulter pochte, und sie fühlte sich plötzlich so schwach und mutlos, dass sie auf die Knie sank. Sie schloss die Augen und horchte. Schüsse klangen gedämpft in den Raum.

»Sie werden reinkommen«, sagte Nell mit einer Stimme, die vor Entsetzen ganz hoch war. »Los, weiter! Da vorne ist noch eine Tür.«

»Scht!«, zischte Jade. Wie unter Wasser nahm sie nur ein Rauschen wahr. Und ein Ziehen in ihrer Brust, aber keinen Ruf. Jade verzog das Gesicht, stand auf und taumelte mit geschlossenen Augen zur Seite. Das Ziehen wurde stärker, ein Stechen wie von einer Nadel an ihrer Schläfe, und sie keuchte auf und wandte den Kopf ab. Und dann spürte sie ein sachtes Zerren an ihren Schultern, an ihren Beinen, als würde sie in der Wila schwimmen und eine Strömung hätte sie ergriffen. Jade widerstand verwirrt, doch dann gab sie auf und ließ sich von dem Ruf tragen. Er führte sie aus dem Thronsaal hinaus!

Sie stolperte und verlor den Kontakt, fand ihn wieder. Sie hörte kaum, wie Nell auch die zweite Tür hinter ihnen verschloss und auf sie einredete. Sie ging mit fest zusammengepressten Lidern, schneller und schneller, und mit einem Mal betrat sie das Zentrum des unsichtbaren Strudels. In der Erwartung, ein Echo zu sehen, öffnete sie die Augen und wurde enttäuscht. Es war ein breiter Flur, sonst nichts. Offenbar wurde er nicht mehr benutzt. An den Seiten stapelten sich verzierte Säulen und Holzpfähle und Reste von Möbeln, die zu Brennholz zerhackt worden waren. Verbogene Schürhaken und Stangen bildeten in einer Ecke einen wirren Haufen. Von dem Prinzen keine Spur.

Ratlos blickte Jade nach oben. Ein eiskalter Tropfen zerplatzte auf ihrer Stirn. Und noch einer. Sie blinzelte und sah genauer hin. Ein nasser Bogen hing von der Decke! Stoff, der sich vollgesogen hatte. Jetzt sah sie es deutlicher: Die gesamte Decke war mit dunklem Stoff bespannt worden.

Jade warf einen prüfenden Blick auf die Befestigung der Gardinen, dann stopfte sie den Rocksaum in ihren Gürtel, sodass ihre Beine frei waren, packte den Schleierstoff und drehte ihn so lange, bis sie einen gewundenen seilartigen Wulst in den Händen hatte.

»Was hast du vor?«, rief Nell.

»Behalte die Tür im Auge!«, rief Jade, riss die Pistole aus ihrem Gürtel und warf sie der Rebellin zu. Dann begann sie zu klettern. Sie schnappte nach Luft, ihre Schulter schmerzte höllisch, aber sie gab nicht auf und zog sich Hand über Hand nach oben, bis sie dicht unter der Decke hing. Sie schlang die Beine noch fester um ihr provisorisches Seil und fischte mit der Hand nach dem Stoff. Er glitt ihr durch die Finger. Jade fluchte laut. Die Schläge gegen die Tür am Ende des Flurs wurden immer härter, das Holz bebte und ächzte.

»Jade!«, brüllte Nell. »Was auch immer du vorhast, beeil dich!«

Jade schluckte, dann rutschte sie ein Stück nach unten und stieß sich mit aller Kraft von der Wand ab. Mit beiden Händen packte sie den Stoff, so fest sie konnte. Sie spürte, wie zwei Fingernägel abbrachen, dann zerrte ihr eigenes Gewicht sie nach unten. Das Seiltuch schwang ohne sie zurück und drehte und entfaltete sich wie eine anmutige Tänzerin. Einen Augenblick zappelte Jade verzweifelt über der Tiefe, während der Stoff sich spannte und ihre Finger abzurutschen drohten. Sie biss mit aller Kraft die Zähne zusammen und gab ihren Beinen noch mehr Schwung – und endlich riss der Stoff mit einem scharfen Ratschen auf. Eiskaltes Wilawasser durchnässte sie, drang in ihre Nase und schmeckte bitter auf ihrer Zunge. Mit der reißenden Stoffbahn in den Händen sauste sie dem Boden so schnell entgegen, dass sie aufschrie. Sie hörte noch Nells entsetztes Keuchen, dann nahm der

Aufprall ihr die Luft. Schmerzhaft landete sie, überschlug sich und blieb direkt neben einem Holzstapel auf dem Rücken liegen. Wellen leckten an ihren Schultern und krochen in ihr Haar. *Das war es,* dachte sie. *Ich bin tot.*

Über ihr schwebte ein steinerner Himmel. Er leuchtete durch den breiten Riss im Stoff wie eine Verheißung. Unwillkürlich musste sie lächeln. Die Tandraj-Könige waren eitle Herrscher gewesen. Das, was der Stoff verhüllt hatte, was ein Deckenfresko. Silberbeschichtete, glänzende Wolken bauschten sich darauf. Das grüne Band der Wila zog sich über die ganze Länge des Raums. Und mitten auf dem Strom, auf Thronen aus Flussblüten und Treibholz, waren zwei gekrönte Männer abgebildet. Nein, nicht Männer, nur menschenähnliche, helle Gestalten. Echos. »Tandraj«, flüsterte Jade. Und auf einem weiteren Thron hielten die zukünftigen Könige sich an den Händen: Zwillinge, kaum ein Jahr alt. Allen Figuren hatte der Künstler Augen aus spiegelndem, poliertem Gold gegeben. Die Zeit hatte an dem Gemälde genagt. Der rechte Prinz war verwittert und nur ein totes Abbild. Der linke aber schien Jade aus goldenen Augen zu mustern.

Benommen setzte sie sich auf. Wasser floss aus ihren Haaren wie ein Sturzbach. Das Spiegelbild des Gemäldes waberte auf dem Boden und hielt dann still. Die Echozwillinge schienen mit den Bewegungen des Wassers mal zu lächeln und mal grimmig dreinzublicken. Und dann stand die Reflexion still. Nichts passierte, alles veränderte sich. Die Luft war weicher und dichter, Jades Haut kribbelte wie von einem elektrischen Impuls. Es war wie ein umgekehrtes Atemholen, als würde alles eingesogen und ihre Brust leer zurückgelassen. Das Wasser verharrte wie eingefroren. Ein Pulsschlag stand still. Etwas atmete aus.

Und es begann.

wasserblut

Es war die Gestalt eines Kindes, die sich nicht weit von Jade aus dem nassen Spiegel erhob. Erst eine Schulter, dann der Kopf, Arme, die länger wurden und schlanker. Die Jahre flossen mit jedem Atemholen weiter durch die Gestalt hindurch. Staunend beobachtete Jade, wie das Gesicht seine Unschuld verlor und markanter wurde, erwachsener. Und in dieser einen fließenden Bewegung, mit der der Winterprinz sich erhob und tief Luft holte, hatte er achtzehn Jahre überbrückt. Ein junger Mann mit flussgrünen Augen und weißer Haut stand vor Jade. Die Kälte der Strömung strahlte von ihm ab, doch Jade fror nicht nur deshalb so sehr, dass ihre Zähne aufeinanderschlugen. Jakubs Ermahnung fiel ihr wieder ein: *Ein kriegerisches Volk.* Achtzehn Jahre Zorn standen in diesen Augen. Als der Prinz einen Schritt auf sie zuging, kroch sie hastig zurück. Der Prinz musterte sie feindselig, und sie wusste, dass er sie erkannt hatte. Halb Echo, halb Mensch – würde er sie töten?

»Wir sind keine Feinde«, flüsterte sie. Sie wusste nicht, ob er sie verstand, aber sie fühlte wieder das Ziehen, Gedanken, die sich wie unsichtbare Finger nach ihr ausstreckten. Dann schnellte er vor. Jade fiel mit einem Schrei zurück und riss die Arme schützend vors Gesicht. Sie hörte Nells Stimme und ein Krachen, aber sie selbst fühlte keinen Schlag. Als sie zu blinzeln wagte, sah sie, dass der Prinz nur eine Eisenstange aufgehoben hatte, die neben ihr lag. Während sie noch starr vor Schreck auf die Waffe starrte, nickte er ihr zu und rannte mit dem gleitenden geschmeidigen Gang der Echos zur Mitte des Flurs. In Jades Träumen war sein Ruf ein misstönender Klang gewesen, doch als der Prinz nun den Kopf in den Nacken legte und den Mund öffnete, war der Ton klar und schneidend und so laut, dass das Wasser sich kräuselte. Jade schloss die Augen und spürte der Gänsehaut auf ihrem Herzen nach. *Sinahe*, dachte sie und war einen Wimpernschlag lang einfach nur glücklich.

Knirschen und Splittern rissen sie aus dem schwebenden Gefühl. Sofort rappelte sie sich auf und sprang auf die Beine. Das Wasser um sie herum kochte wie in einem Sturm. Gestalten wuchsen aus dem Wasser, verloren ihre Transparenz und bekamen Gesichtszüge und grüne Augen, die vor Wut blitzten. Sie sahen menschenähnlich aus, aber die Flinkheit ihrer Bewegungen verriet sie. Im selben Augenblick, als die Jäger durch die Tür brachen und in den Raum stürmten, waren die Echos endgültig in ihr Leben zurückgekehrt. Einer der Jäger stolperte vor Verblüffung, und selbst die fünf Lords, die ihnen mit gezückten Schwertern folgten, zögerten.

Sie standen einer Armee von weißen Kriegerinnen und Kriegern gegenüber, bewaffnet mit Stangen und Holzpfählen. Erkennen huschte über die Züge der Echos, und auch die Lords, das sah Jade, wussten, dass der Krieg, der vor achtzehn Jahren begonnen hatte, noch längst nicht vorbei war. Nur einer Person sah man ihre Gedanken nicht an. Das starre Eisengesicht der Lady war ein seltsamer Gegensatz zu ihrer herrischen Geste und ihrer Stimme. »Tötet sie!«

Jade hob eine abgebrochene Stange auf, die früher einmal ein Schürhaken gewesen sein mochte. Gerade als sie wieder hochfuhr, flog ein Schwarm Vögel dicht über ihrem Kopf hinweg. Tams Blauhäher.

Faun!

Der Hass von vielen Jahren brach sich Bahn, als wären seit dem Ansturm auf den Palast der Echo-Könige nur Minuten vergangen. Jade konnte ihnen mit den Augen kaum folgen, so schnell sprangen die Echos ihre Gegner an. Schüsse krachten, Glas splitterte und von außen wehte schwarzer Rauch in den Saal und vernebelte die Sicht. Mitten im Kampfgetümmel entdeckte Jade für einen Augenblick Tams Gesicht. Ein Wächter hob das Schwert und Jade riss gerade noch rechtzeitig die Stange hoch. Der Aufprall zuckte durch ihre Handgelenke bis in die Arme. Dann kam ein Echo ihr zu Hilfe und sprang zwischen sie und den Wächter. Jade duckte sich und rannte in Richtung Tür. Sie hörte kaum den Lärm und das Schlagen von Eisen, so laut rauschte ihr das Blut in den Ohren. Sie stieß mit dem Fuß gegen etwas Weiches und fiel über eine lang ausgestreckte Gestalt. Die leblosen Augen waren weit aufgerissen und schienen erstaunt das Gemälde an der Decke zu betrachten.

»Nell!«, rief Jade mit erstickter Stimme. Ein Schluchzen schüttelte sie, ohne dass sie etwas dagegen tun konnte.

Plötzlich veränderte sich etwas, es wurde ruhiger, die Rufe verschmolzen zu einem einzigen entsetzten Atemholen. Nur ein Klirren und ein metallisches Schleifen waren zu hören. Jade sah, wie nicht weit von ihr die Eisenmaske gegen die Wand stieß, im Wasser zweimal hin und her schaukelte und dann reglos liegen blieb.

Benommen stand Jade auf und blickte zur Mitte des Raumes. Die Szene hatte etwas Unwirkliches, und sie war kaum überrascht, Moira zu entdecken. Die Jägerin war blass, das konnte Jade trotz der Rußstreifen auf ihren Wangen erkennen. Zwischen den Körpern von Kämpfenden erhaschte sie einen Blick auf völlig verstörte Mienen, Jäger stolperten zurück, Lords brüllten ihnen zu, weiterzukämpfen. Selbst die Echos zögerten. Und dann sah Jade es auch.

Vielleicht war die Lady wirklich eine Gottheit, wie das Gesetz es befahl. Ein Mensch war sie jedenfalls nicht. Ihre Haut war so durchsichtig, dass man die Knochen durchscheinen sehen konnte. Zähne schimmerten durch die Oberlippe, Wangenknochen unter der transparenten, blutleeren Haut. *Lady Tod*, dachte Jade voller Grauen. *Ben hatte recht.* Einige der Jäger wichen zurück. Dann fiel ein Schuss. Die Lady zuckte zusammen, doch sie stürzte nicht. Ihr Gewand war an der Schulter zerfetzt, aber es floss kein Blut. Asche rieselte auf das Wasser.

Der erste Jäger schrie auf, stolperte zurück und ließ sein Gewehr fallen. »Kämpft, ihr Feiglinge!«, brüllte ein Lord. Dann nahm eine Rauchwolke, die durch die Tür quoll, Jade die Sicht.

*

Sie wusste nicht mehr, wie sie zum nächsten Flur gekommen war. Ihre Augen tränten von der beißenden Luft. Sie sah die Blauhäher, die mit ihrem Flügelschlag den Rauch verwirbelten, kaum. Echos schnellten an ihr vorbei und irgendwo in der Menge der Kämpfenden sah sie auch eine wütende Tanía und weitere Rebellen.

Es gelang ihr, einen Angreifer abzuwehren und unter einem Schwerthieb hindurchzutauchen. Doch als sie japsend zur Seite sprang, blickte sie plötzlich in ein vor Hass verzerrtes Gesicht. Lord Davan trug keine Maske mehr. Er stand nur drei Schritte von ihr entfernt und umklammerte mit beiden Händen eine Pistole. Jade hörte den Schuss, bevor sie begriff, was geschehen war. Ihre Ohren waren für mehrere Sekunden taub. Sie sah Münder, die auf und zu klappten, und Waffen, die lautlos aufeinandertrafen. *Vorbei*, dachte sie und blickte ungläubig an sich herunter. Keine Wunde, kein Schmerz. Noch weniger begriff sie, dass es Lord Davan war, der fiel. Die Geräusche kehrten mit einer Wucht zurück, die sie beinahe umwarf.

Mit offenem Mund sah sie sich um. Links neben ihr stand Moira, das Gewehr, das sie nur mit ihrem unverletzten Arm hielt, noch im Anschlag.

»Um deine Frage von gestern zu beantworten«, knurrte sie. »Es macht mir was aus. Es macht mir verdammt noch mal viel aus.«

»Danke«, brachte Jade hervor.

Moira nickte nur und wischte sich mit dem Ärmel über die Stirn. Sie sah so erschöpft und niedergeschlagen aus wie ein Mensch, der enttäuscht worden war. *Wie muss man sich fühlen, wenn man feststellt, dass man dem Tod gedient hat?*, dachte Jade.

»Los, bring dich in Sicherheit«, sagte Moira. Jade

stürzte los, rannte an Lord Davan vorbei und wollte eben um die Ecke biegen, aber Moiras scharfer Pfiff hielt sie noch einmal zurück. Die Jägerin trat nach etwas, das auf dem Boden lag. Wasser spritzte auf und Lord Davans Pistole schlitterte bis vor Jades Fuß. Jade hob sie auf. Die Waffe eines Lords, mit Griffschalen aus Elfenbein. Sie nickte, sicherte die Waffe und schob sich sich in den Gürtel. Ein Flügel streifte ihre Schläfe, ein Schnabel hackte nach ihrem Haar und sie duckte sich und lief zum Seitengang. Als sie sich dort nach dem Vogel umsah, entdeckte sie Faun.

Nie hatte sie gewusst, was für ein kostbares Geschenk es war, jemanden einfach nur lebend wiederzusehen. Vor Erleichterung wäre sie am liebsten zu ihm gestürzt, aber ihr gelang nur ein schiefes Lächeln.

Faun hatte einen schweren Kampf hinter sich, sein Wams war zerfetzt und über seinen Hals zogen sich vier Kratzer. Er hätte sich freuen sollen, sie zu sehen, stattdessen duckte er sich leicht, eine Bewegung, die so katzenhaft war, dass Jade verstört die Stirn runzelte. Irgendetwas war nicht so, wie es sein sollte. Ein dunkles Licht schien in seinen Augen aufzuglühen. Sein Gesicht hatte sich verändert, es war härter, fremder, als läge ein Schatten darauf. *Dunkle Engel sehen so aus*, dachte sie und machte einen Schritt zurück. Ohne dass sie es wollte, kroch die Furcht in ihr hoch. *Racheengel.*

»Faun?«, fragte sie zaghaft.

»Geh!«, schrie er. Seine Wut war wie eine Druckwelle, die sie zurückzustoßen drohte. Sein Gesicht zuckte, als versuche er, sich mühsam zu beherrschen. Er drehte sich um und wollte davonstürzen, als eine Handbewegung ihn zum Stehen brachte. Tam trat aus dem Schatten einer Nische. Wie immer begleitete ihn einer der Hunde. *Und Jay?*, dachte Jade alarmiert. Einer der Blauhäher landete auf Tams Schulter, legte den Kopf schief und betrachtete Jade aus bösartigen schwarzen Augen.

»Und du, mein Freund, hast es die ganze Zeit gewusst«, sagte der Nordländer zu Faun.

»Lass ihn gehen!«, rief Jade. Diesmal war ihre Wut kristallklar und kühl. Hinter ihrem Rücken tastete sie nach der Waffe im Gürtel.

Tam lächelte spöttisch. »Das fordert wer? Ein Echo?«

Faun stöhnte auf und ballte die Hände zu Fäusten. Die Bewegung spiegelte sich in Jades Augenwinkeln. Sie wandte den Kopf zur Wasserwand. Immer noch umklammerte sie den Griff der Waffe, aber der jähe Schock lähmte sie wie ein Eisschauer.

Dort stand eine junge Frau in einem nassen, zerrissenen Kleid. Schwarze Haare hingen ihr wirr in das weiße Gesicht. Sie war ein Mensch, aber nun leuchtete auch das Echo in ihr so deutlich, dass sie sich fragte, warum niemand es je bemerkt hatte. Kaum zehn Schritte von ihr entfernt stand Faun, der sich ihr nun langsam wieder zuwandte. Nur dass sein Spiegelbild nicht Faun war. Sondern Jay. Schwarze Haut und weiß glühende Augen, Klauen ...

Das Wesen, das in Wirklichkeit nicht vor dem Fenster gestanden hatte, sondern, wie Jade in diesem gefrorenen Moment des Entsetzens begriff, nur eine Reflexion im Glas gewesen war. Fauns Spiegelbild. Er war das Ungeheuer, das sie beinahe umgebracht hätte, das Raubtier, das auf Echoblut reagierte und den Prinzenzwilling in der toten Stadt aufgespürt hatte. Ihr Feind.

Sie konnte den Anblick von Fauns dunkler Gestalt nicht mehr ertragen und sah in sein Gesicht. Verzweiflung lag in den Zügen, aber auch eine Grausamkeit, die sie schaudern ließ.

»Nein«, flüsterte sie.

»Worauf wartest du?«, rief Tam mit der hypnotischen, warmen Stimme. »Du bist ein Blutjäger. Also töte sie!« Dieser Befehl peitschte durch den Raum und ließ Faun zusammenzucken.

Jades Echoblut erwachte wie eine Erinnerung, die Essenz aus vielen, längst verflossenen Leben. In dem Moment, als in Fauns Augen auch der letzte helle Funke erlosch, spannte sie die Muskeln an, drehte sich um und lief. Sie nahm kaum wahr, wie schnell die

Wand an ihr vorbeiflog, sie hörte nur, wie Faun näher kam. Er war dicht hinter ihr, viel zu dicht, und dann hörte sie plötzlich keine Schritte mehr. Sie wusste, dass der Stoß kommen würde, und im selben Moment, als Faun sie ansprang, gab sie instinktiv nach, ließ sich fallen und rollte sich ab. Ineinander verkrallt kamen sie auf dem Boden auf.

Panik pochte heiß durch ihre Adern. Jades Wahrnehmung verschmolz zu schemenhaften Flecken, so schnell waren ihre Bewegungen. Zähne strichen über ihren Hals, bekamen sie aber nicht zu fassen. Sie wehrte sich mit aller Kraft, wand sich mit der Gewandtheit der Echos aus der Umklammerung, packte Fauns Haar und biss in seine Schulter. Blitzschnell zog sie das Bein an und trat ihm gegen die Hüfte. Er schrie auf, voller Wut, aber es gelang ihr, sich ihm endgültig zu entwinden. Ohne nachzudenken, fasste sie nach der Stange, die ihr beim Sturz entglitten war, und schlug zu. *Das kann nicht sein!*, flüsterte eine hysterische, verzweifelte Stimme in ihr. *Wir können ... wir dürfen uns nicht verletzen!*

Zu sehen, wie Faun zu Boden ging, tat ihr selbst weh. Sie schluchzte auf, warf die Stange zu Boden und floh.

Der Rauch war so schlimm, dass sie husten musste. Im Rennen blickte sie über die Schulter zurück und sah, wie Faun wieder auf die Beine kam und ihr nachsetzte. Sie biss die Zähne zusammen und jagte zum

Ende des Flurs, der eine Biegung nach rechts machte. Heißer Abendwind strich ihr über das Gesicht. Gerade noch rechtzeitig reagierte sie, um nicht zu stolpern, und sprang über eine Lawine von Steinbrocken. Flammenschein zuckte über die Reste einer Wand. Und vor ihr erstreckte sich das nachtblaue Meer. Jade kam schlitternd zum Stehen. Das Wasser auf dem Boden spritzte auf, dann schwappte es über den Rand des Trümmerlochs und ergoss sich wie ein Wasserfall an der Palastmauer in die Tiefe. Die Rebellen hatten den halben Gang weggesprengt. Haken und Seile staken in den Mauerresten und zeigten, wo Tanías Leute in den Palast eingedrungen waren. Der Rest des Ganges war zum Teil ein gähnendes Loch und zum Teil von einem Steinhaufen verschüttet. Und Jade wurde voller Grauen klar, dass sie in der Falle saß.

Schwer atmend drehte sie sich um. Hinter sich den Abgrund und das Meer, vor sich Faun, der eben um die Biegung kam. Er schwankte und schüttelte den Kopf, als sei er immer noch von ihrem Schlag betäubt.

Jade tastete mit zitternden Fingern nach der Waffe. *Das tust du nicht*, dachte sie benommen. *Aber du bist ein Echo*, hielt ihre vernünftige Stimme dagegen. *Er riecht dein Blut, er wird dich töten!*

»Geh zurück!«, schrie sie.

Faun ging weiter.

Sie schluckte und hob die Waffe. Mit dem Daumen

schob sie den Hebel nach unten, der die Waffe entsicherte. Ihr Blut klopfte in ihren Schläfen und plötzlich spürte sie auch ihre verletzte Schulter wieder.

Vielleicht war Faun nicht bewusst, was die Pistole bedeutete, jedenfalls hatte er keine Angst davor.

Das ist Wahnsinn!

»Ich will dich nicht töten«, flüsterte sie. »Bitte, Faun!«

Ihr Zeigefinger zitterte am Abzug. Er blieb vier Schritte vor ihr stehen, doch er sah nicht auf die Waffe, sondern in ihr Gesicht. Sein Mund war verzerrt und sein Brustkorb hob und senkte sich wie unter großer Anstrengung. Sie sah den stummen Kampf in seinen Augen und erkannte darin dieselbe Verzweiflung, die sie selbst spürte. Ihre Arme sanken nach unten.

Tams Hund erschien wie aus dem Nichts. Vögel umflatterten sie. Und Tams kaltes Lächeln schien im Halbdunkel zu schweben.

»Töte sie endlich!«

Faun stöhnte auf, dann schloss er die Augen … und breitete die Arme aus. Sein zerrissenes Wams klaffte an seiner Brust auf und entblößte das Blauhäher-Tattoo.

Jade riss die Waffe hoch, zielte und drückte ab. Die Blauhäher flatterten erschreckt auf und schossen davon. Der Hund wich winselnd zurück, schüttelte irritiert den Kopf und lief zu seinem Herrn.

Faun gab keinen Laut von sich. Er öffnete die Augen nicht, er wurde einfach nur blass und brach zusammen. Tam taumelte. Er stützte sich mit der Rechten an der Wand ab und sank langsam zu Boden. Fassungslos sah er erst sein zerfetztes Wams an, und dann Jade.

»Bestie«, flüsterte sie mit erstickter Stimme.

Der Nordländer fiel auf die Knie, kippte zur Seite und blieb reglos liegen.

Jade ließ die Pistole fallen. *Mörderin*, dachte sie geschockt. Wasserringe flohen vor der Waffe und brachten Fauns Spiegelbild zum Tanzen.

Fauns Gesicht schmiegte sich an den nassen Boden, es sah aus, als würden das Ungeheuer und er Wange an Wange daliegen. Zum ersten Mal konnte Jade sein anderes Ich in Ruhe betrachten. Die Züge waren strenger und grausamer als bei einem Menschen, und die Haut war in Wirklichkeit nicht schwarz, sondern schimmerte beinahe indigofarben. Schwarzes Haar fiel dem Spiegelbild in die Stirn. *Flieh!*, rief das Echo in ihr.

Ihr war so schwach und elend zumute, dass sie sich kaum auf den Beinen halten konnte. Es kostete sie mehr Überwindung als alles, was sie je getan hatte, zu Faun zu gehen. Jetzt gaben ihre Knie endgültig nach und sie ließ sich neben ihm zu Boden gleiten. Sie drehte ihn vorsichtig auf den Rücken und strich ihm das nasse Haar aus der Stirn. Bei der Berührung bekam sie unwillkürlich eine Gänsehaut. Er war eiskalt.

Ist er tot? Er kann doch nicht tot sein? Sie schluckte und legte die Hand auf seine Brust. Fast erwartete sie, eine Wunde zu fühlen, aber da war nur ein schneller, unregelmäßiger Herzschlag.

Sie schob ihre Hände unter Fauns Schultern und zog ihn an sich. Sein Kopf lag schwer an ihrer Schulter und der Atem strich über ihren Hals. *Was ist, wenn er erwacht und mich tötet?* Sie schauderte, doch sie konnte sich nicht überwinden, ihn wieder loszulassen. Stattdessen blickte sie auf das Meer. Der Widerschein des Feuers gab den Wellen rote Kronen. Und weit draußen glänzte die goldene Barke der Lady auf. *Lady Tod verlässt ihre Stadt*, dachte Jade bitter. *Sie wird schnell neue Lords finden. In einer anderen Stadt, bei anderen Menschen.*

Faun stöhnte und regte sich. Jades Herz begann zu rasen, und ihr Mund war mit einem Mal so trocken, dass ihre Zunge am Gaumen klebte. Furcht ließ sie nach Luft ringen, und sie ertappte sich beim Wunsch, einfach davonzulaufen. Faun schlug die Augen auf. Obsidianschwarz waren sie, beängstigend und weniger menschlich denn je. Dann zuckten seine Mundwinkel und verzogen sich zu einem vorsichtigen Lächeln. Jade schluchzte auf. Es war Faun, ihr Faun.

»Tam ist tot«, sagte sie kläglich. »Ich ... ich habe ihn umgebracht. Du bist frei.«

Faun schluckte mühsam und nickte.

»Du hast es von Anfang an gewusst!«

»Dass du zu den Echos gehörst?«, murmelte er. »Ja, vom ersten Moment an. Aber du wusstest es nicht. Und du hast mich verwirrt. Du hast rotes Blut – und dennoch bist du wie sie.«

»Du sagtest einmal, du seist ebenso menschlich wie ich. Ich hatte damals nicht verstanden, was du meinst.«

»Du bist zum selben Teil menschlich wie ich.« Mühsam stützte er sich auf. Es war immer noch verstörend, in der Spiegelung den anderen Faun zu sehen. Den Dämon.

»Und Jay?«, fragte sie leise. »Gibt es ihn überhaupt?«

Faun lächelte wieder. Die Schatten unter seinen Augen waren so dunkel, dass er beängstigend erschöpft aussah. »Oh ja.«

»Aber er ist kein... Echojäger.«

»Ja und nein. Er ist ein Tier. Nicht mehr und nicht weniger. Aber wir sind verbunden und teilen dadurch manche Fähigkeiten. Da ich Echoblut rieche, wittert er es auch. Und da er unter Tams Bann stand, konnte auch ich mich ihm nur dann widersetzen, wenn er den menschlichen Teil in mir beeinflussen wollte.«

»Hast du nie daran gedacht, Tam... zu töten?«

Faun seufzte und fuhr sich mit den Fingern durch das Haar. »Mehr als einmal. Und Tam wusste es.« Er zeigte auf das Zeichen des Blauhähers. »Hätte ich es getan, wäre das auch mein Tod gewesen.«

Jade versuchte, sich vorzustellen, was die Jahre an Tams Seite für Faun bedeutet haben mochten. Es gelang ihr nicht.

»Du hast mir gesagt, Jay sei dein Bruder. Was lehrt ein solches Tier euch ... Blutjäger wirklich?«, fragte sie vorsichtig.

»Nur wie ein Raubtier zu handeln und zu töten. Ohne Grausamkeit. Die Wildheit zu bezähmen, mit ihr zu leben, ohne sich völlig an sie zu verlieren. Deshalb müssen wir unseren Stamm verlassen und dürfen erst wiederkehren, wenn wir den dunklen Teil von uns bändigen können.«

Jade holte tief Luft. Es kostete sie unendlich viel Überwindung, die Frage zu stellen.

»Und ... hast du es gelernt?«

»Ich weiß es nicht«, erwiderte Faun ernst. »Ich werde es wissen, wenn mein Zwilling stirbt.« Er lächelte traurig. »Du musst mich verlassen. Die Blutjäger und die Echos sind seit jeher Feinde.«

»Aber du und ich nicht.«

»Ich bin, wer ich bin, Jade.«

»Ich auch«, gab sie zurück. »Aber wir haben uns geliebt, erinnerst du dich?«

Draußen erklang ein vielstimmiger Triumphschrei und ließ sie beide zusammenzucken. Schritte kamen eilig auf sie zu. Tams Hund, der nicht von der Seite des Leichnams gewichen war, knurrte. Dann tauchte Moira an der Biegung auf – abgerissen, mit wirrem Haar und einer notdürftig verbundenen Hand. Jade atmete auf. Die Jägerin lebte!

Auch Moira begann zu strahlen, als sie Faun und Jade sah. Mit einem Blick erfasste sie die Lage. »Styx sei Dank!«, sagte sie und wurde sofort wieder ernst. »Der Kampf ist vorbei. Es herrscht Waffenstillstand, im Moment jedenfalls.«

Jade kam mühsam auf die Beine. »Wer hat gewonnen?«, fragte sie mit schwacher Stimme.

Moira spuckte verächtlich aus. »Die Lady ist geflohen. Acht Lords haben bis zum Letzten gekämpft. Lord Lomar und Lord Palas haben sich ergeben, die Jäger, die nicht übergelaufen sind, haben die Waffen niedergelegt. Bleiben also noch die Echos und Rebellen. Im Moment lassen sie die Käfige runter. Und dein Vater spricht mit dem Echoprinzen.« Sie zog die linke Augenbraue hoch. »Der treueste Anhänger der Lady beherrscht ihre Sprache«, meinte sie sarkastisch. »Jede Stadt braucht ihre Verräter, was?«

Jade fiel ein Stein vom Herzen. Moira schritt ohne Umschweife zu Faun, packte ihn am Handgelenk und zog ihn auf die Beine. Er schwankte, doch er richtete sich auf und ließ es zu, dass Moira ihn stützte.

»Los Rebellin!«, rief Moira Jade zu. »Zeit, dass wir

ihn rausschaffen und gut verstecken, bevor die Echos ihren Blutjäger aufspüren. Geschmack an Rache haben sie nämlich!«

Sie wollte loslaufen, doch Faun stemmte sich gegen ihren Griff.

»Der Schlüssel!«, rief er und deutete auf Tam. »Ich brauche den Schlüssel zu Jays Käfig!«

der Glanz der Fremde

Innerhalb weniger Tage hatte sich das Larimar mehr verändert als in all den Jahren zuvor. Mit Manus Hilfe hatte Jakub Tische und Teppiche in den Bankettsaal geschleppt, dazu Stühle, die nicht zerbrochen waren, ein altes Sofa und ein Bett für Ben, da der Alte die steilen Treppen nur schlecht bewältigte. Kein Fenster war mehr mit Holzlatten zugenagelt, stattdessen fiel Licht in alle Räume. Und als Jade nun das Knarren von Schritten über sich hörte, wusste sie, dass es nicht länger die Gespenster waren, sondern Menschen, denen das Larimar seit dem Sieg der Echos und der Rebellen als Unterschlupf und Zuflucht diente. Sie lächelte und zog die Gurte an ihrem Rucksack fest. Es würde noch eine Weile dauern, bis sie ihn tragen konnte, die Wunde von dem Streifschuss an ihrer Schulter begann gerade erst zu verheilen. Und dank Lilinns Pflege heilte sie gut.

»Und du willst es dir wirklich nicht anders überlegen?«, fragte Jakub mürrisch.

Jade drehte sich zu ihrem Vater um, verschränkte die Arme und lächelte statt einer Antwort nur ironisch. Alle Worte dazu waren längst gesagt und auch Jakub nickte schließlich widerwillig. »Alles, was fremd ist, glänzt und lockt, nicht wahr?«, knurrte er. »Du bist Tishma wirklich ähnlich. Wie Elstern, die nicht widerstehen können, wenn sie irgendwo eine Silbermünze im Gras liegen sehen!«

Jade lachte, trat vor und umarmte ihn. »Ich würde dich ja mitnehmen, alter Mann, aber die Echos brauchen ihren Dolmetscher und Lilinn jemanden, der mit den Leuten im zweiten Stock fertig wird.«

»Brauche ich nicht«, widersprach Lilinn und grinste. »Jakub braucht jemanden, der seine schlechte Laune erträgt, wenn er vor Sorge um dich nicht schlafen kann.«

Lilinn sah immer noch mitgenommen aus. Ihre Haut schälte sich vom Sonnenbrand, aber Jade hatte sie noch nie so glücklich erlebt.

»Komm wieder«, murmelte Jakub. »Dinge ändern sich, auch in dieser Stadt, aber das muss ich dir ja wohl nicht sagen.«

Jade nickte nur und schloss die Augen, als ihr Vater sie auf die Wangen und die Stirn küsste, dann verabschiedete sie sich auch von Lilinn. Ben zu umarmen, bereitete ihr den meisten Kummer. Der Alte schien in den vergangenen Tagen noch zerbrechlicher geworden zu sein. *Hundert Jahre*, dachte Jade. *Ob ich ihn wiedersehe?*

»Keine traurigen Gedanken«, rief Ben mit seinem listigen Grinsen und zwinkerte ihr zu. »Lady Tod hat uns doch verlassen.«

Jade schluckte und sah sich ein letztes Mal im Bankettsaal um. Dort, wo Jays Käfig über den Boden geschleift worden war, zeigten sich Kratzer im Marmor.

Martyn wartete schon an der Wassertreppe. Jade reichte ihm den Rucksack, dann sprang sie selbst in das schwarze Boot. Es war ein kühler Morgen, Nebel stieg aus dem Fluss auf, aber sie konnte trotzdem erkennen, wie Amber ihr zuwinkte. Und wieder wünschte sie sich nichts so sehr, wie die wahre Gestalt ihrer Schwester zu sehen. *Ob sie bei mir bleiben wird, wenn ich den Fluss verlasse?*

»Fertig?«, rief Martyn. Jade rang sich ein Lächeln ab und nickte. Bis jetzt hatte sie sich trotz aller Wehmut darauf gefreut, das Larimar zu verlassen, nun aber machte es ihr doch zu schaffen. Sie versuchte, nicht zurückzuschauen, aber als sie die Biegung fast hinter sich gelassen hatten, wandte sie sich doch noch einmal um. Jostan Larimar und die Fee standen immer noch an der Wassertreppe und winkten ihr nach.

*

Das Ufer war verwaist, viele Stadtbewohner zögerten noch, ihre verbarrikadierten Fenster zu öffnen und sich wieder auf den Marktplatz und in die Nähe des Palastviertels zu wagen. Selbst Jade hatte sich unbehaglich gefühlt, als sie gestern mit Ben zur Kirche gegangen war. Die Brände waren längst gelöscht, aber der Geruch von verkohltem Holz und schmorenden Drähten ließ sich nicht so leicht vertreiben. Von zweien der Adelspaläste waren nur noch die Grundmauern übrig und die Kirche war dunkel von Ruß. Die Käfige standen immer noch auf dem Kirchplatz – leer und verlassen, als hätten sogar die Schwarzhändler eine Scheu davor, dieses Eisen zu berühren. Das Ungewöhnlichste aber war, dass alle Türen zum Palast offen standen, obwohl sich noch niemand außer den Rebellen und den Jägern hineinwagte. »Neue Gesichter, neue Herren«, hatte Ben gemurmelt. »Fragt sich nur, ob achtzehn Jahre und zwei Kriege genügen, damit die Menschen schlauer werden.«

»Menschen und Echos«, sagte Jade mit Nachdruck.

»Menschliche Echos«, meinte Ben mit einem zahnlosen Lächeln. Er ging sehr aufrecht, sein Blick war klar, und Jade fragte sich wieder einmal, ob er jemals wirklich verrückt gewesen war.

Und natürlich hatte er mit seiner Klarsicht auch diesmal recht behalten: Es war noch nicht die Zeit, Feste zu feiern. Noch hatte nichts seine endgültige Form gefunden. Würden Echos und Menschen zusammenleben? Würde es Herren und Diener geben oder, wie Jakub hoffte, einen Rat, der aus den verschiedenen Parteien bestand und gemeinsam entschied? Es war immer noch ungewohnt, die Echos in der Stadt zu sehen. *Neue Gesichter*, dachte Jade, als sie zusah, wie zwei Gestalten in Richtung des Goldenen Tores über den Kirchplatz liefen. Weiße Haut schimmerte in der Sonne. Dafür fehlten andere Gesichter in der Stadt umso schmerzlicher: Tanía, Nell, Leja, Ruk und andere, die auf der Schädelstätte begraben worden waren. *Und einem Menschen habe ich das Leben genommen.*

Jade schluckte und wandte den Blick zum Wasser. Ein durchdringender Pfiff und ein heiseres Bellen schreckten sie jedoch gleich wieder auf.

»Noch jemand, der sich verabschieden will«, rief Martyn ihr zu und deutete zum Ufer.

Jade musste blinzeln, und im ersten Moment fuhr ihr der Schreck in die Glieder, als sie zwei riesige graue Hunde sah. *Tams Wächter!*

Doch dann entdeckte sie Moira.

»Ich dachte schon, ich hätte dich verpasst!«, rief sie und grinste. Sie trug nicht länger die Jägertracht, sondern schwarze Leinenhosen und eine Uniformjacke, die einem Offizier gehört haben mochte. Ihr braunes, glattes Haar wehte im Wind. Sie pfiff die Hunde zu sich und folgte dem Boot flussabwärts, bis es endgültig zum Halten kam. Kies knirschte unter dem Kiel. Jade wollte ans Ufer springen, doch die Jägerin winkte ab und verschränkte die Arme.

»Keine Zeit für lange Szenen«, sagte sie. »Ich bin auf dem Weg zum Palast.«

»Wieder eine Versammlung?«, fragte Martyn.

Moira nickte. »Neue Mächte, neue Truppen. Bald werden wir neue Uniformen tragen, für die Menschen, die Echos, oder für beide.«

»Warum tust du das?«, rief Jade. »Du musst keine Jägerin mehr sein. Du könntest gehen und frei sein.«

Moira zog den rechten Mundwinkel spöttisch nach oben. »Gib nicht zu viel auf die Freiheit, Jade«, sagte sie und streckte vorsichtig ihren verletzten Arm, als wolle sie prüfen, wie belastbar er war. »Sie ist hart erkämpft worden, aber das ist nur die halbe Geschichte. Eine solche Freiheit steht immer auf Messers Schneide. Noch herrscht Gleichgewicht. Aber selbst wenn es diesen Rat geben wird, muss jemand dafür sorgen, dass die Balance bestehen bleibt. Nur darum geht es, verstehst du?«

Gern hätte Jade ihr gesagt, wie gut sie sie verstand und wie viel ihr diese seltsam spröde Freundschaft bedeutete, aber sie kannte die Jägerin gut genug, um einfach nur zu nicken.

»Wie geht es deinem Freund?«, fragte sie stattdessen.

Moira zuckte mit den Schultern, doch um ihre Lippen spielte tatsächlich ein Lächeln.

»Kommt zurecht.« Einer von Tams Hunden winselte und sie legte ihm die Hand auf den Kopf. »Wirklich gute Hunde!«, sagte sie anerkennend. Dann winkte sie Jade zu und ging, ohne sich umzuschauen, davon.

*

Die letzten Nebel verwehten, als Martyn das Boot in das Delta lenkte. Sie passierten die Hafenbucht, in der sich alle Fähren versammelt hatten. Martyn warf den Motor an, und Jade genoss die kühle Brise in ihrem Gesicht, als sie am Leuchtturm vorbeifuhren und von dort aus an der Küste entlangschipperten. Das Meerwasser war nicht grün und glatt, sondern rau und von einem tiefen Indigoblau. Wellen ließen das Boot schaukeln.

»Dort hinüber!«, rief Jade Martyn zu und deutete auf eine Reihe von flachen Kalkfelsen. Ihr Freund sah sie skeptisch an. Im Wind flackerten seine windzerzausten Locken wie die Strahlen einer Sonne, und Jade verwahrte diesen Anblick wie ein kostbares Bild tief in ihrer Brust, um es in einsamen, kalten Stunden hervorzuholen und sich daran zu wärmen.

»Aber du wolltest doch zu den roten Felsen?«, rief Martyn ihr über das Motorengeräusch zu. Jade schüttelte den Kopf. »Lass mich da vorne raus, ich gehe den Rest zu Fuß!«

Sie sah ihm an, dass ihm dieser Gedanke überhaupt nicht gefiel, aber er zuckte mit den Schultern und lenkte das Boot zum Ufer. Meereswellen schwappten gegen muschelbewachsenen Kalk. Martyn stellte den Motor ab und brachte das Boot mit dem Ruder seitwärts zu einem der flacheren Felsen.

»Der Rucksack ist schwer«, sagte er. »Ich steige mit aus und bringe dich hin.«

Er stand schon auf, doch Jade legte ihm die Hand auf die Schulter.

»Ich gehe allein«, bestimmte sie.

Martyn schnaubte. »Also schön«, meinte er ungehalten. »Geh zu ihm, wenn du es nicht lassen kannst. Aber du weißt ja, was ich darüber denke.«

»Allerdings«, erwiderte Jade. »In den letzten Tagen hast du es mir ungefähr hundert Mal gesagt.«

»Zweihundert Mal«, konterte Martyn ungerührt. »Aber was will man schon von einem Dickschädel erwarten, der halb von wild gewordenen Flusswesen und halb von Jakub abstammt.«

Es war ein vertrautes Spiel, das ihr einen warmen Schauer der Vertrautheit durch die Brust rieseln ließ. Und Jade musste schlucken, so sehr war ihr plötzlich nach Weinen zumute. Auch Martyn wurde wieder ernst und räusperte sich, doch dann trat er vor und schloss sie fest in die Arme. »Pass auf dich auf und geh Lady Tod aus dem Weg!« Und dann senkte er die Stimme und flüsterte ihr ins Ohr: »Und jetzt raus aus meinem Boot!«

Und Jade musste unter Tränen lachen.

*

Im Morgenlicht wirkten die roten Felsen noch blass. Selten hatte Jade sie von der Landseite aus gesehen, und nun staunte sie, wie weit und blau das Meer sich dahinter erstreckte. Vorsichtig setzte sie den Rucksack ab und dehnte ihre verkrampfte Schulter. Dann holte sie noch einmal Luft, um etwas ruhiger zu werden, und schritt auf die Felsen zu. Sie entdeckte Faun schon von Weitem. Er saß auf dem Felsen, der am weitesten in das Meer hineinragte, und hielt Ausschau. Offenbar wartete er auf ihr Boot. Und natürlich war er nicht allein.

Jade blieb abrupt stehen. Der Wind schien sie weiterziehen zu wollen, aber sie stemmte sich dagegen und verharrte mit klopfendem Herzen.

In den Albträumen der vergangenen Nächte hatte sie sich tausend verschiedene Wesen vorgestellt, eines bedrohlicher und fremdartiger als das andere. Nun hätte sie erleichtert sein müssen, aber seltsamerweise begann ihr Herz bei Jays Anblick trotzdem zu rasen.

Sie war froh, dass sie den Wind im Rücken hatte und das Raubtier sie nicht wittern konnte.

Es war der größte Wolf, den sie je gesehen hatte. Schon im Liegen war er so hoch wie Tams Hunde im Stehen. Faun hatte eine Hand in dem dichten schwarzgrau gestromten Nackenfell vergraben. Sie strahlten eine so intensive Vertrautheit aus, dass es Jade einen Stich gab. *Zwillinge*, dachte sie. *Das sind sie wirklich.*

Jay hätte sie mit seinem Instinkt als Erster bemerken müssen, aber es war Faun, der sich plötzlich umsah. Sofort ließ er Jay los, sprang auf und begann zu strahlen. Plötzlich war alles wieder da: die Nächte, die Küsse und die ziehende, brennende Sehnsucht, das Flirren der Freude, ihn jetzt zu sehen – aber auch das Bedrohliche, das Gefühl von Elfenbein und Eisen in ihrer Hand, der Rückstoß der Pistole und das andere, dunkle Gesicht. *Blutjäger*, dachte Jade und fröstelte.

Atemlos kam Faun bei ihr an. »Ich habe die letzten drei Tage darüber nachgedacht, ob du wirklich kommen würdest«, rief er.

Jay erhob sich mühsam auf dem Felsen und wandte sich ihnen zu.

Faun wollte auf Jade zustürzen, doch ihr leichtes Zurückzucken ließ ihn sofort verharren. Ein Schatten huschte über sein Gesicht. Alles in Jade sehnte sich danach, ihn zu berühren, aber sie schaffte es nicht, den letzten Schritt zu machen.

Jay setzte sich in Bewegung, und Jade sah, dass er eine Art von Wolf war, die sie noch nie gesehen hatte. Schmaler und hochbeiniger, mit einem größeren Brustkorb und Streifen über den Schultern, die auf seiner Brust in einem schwarzen V zusammenliefen. Er war so groß, dass er einem Mann bis zur Hüfte reichte. Langsam, als würden ihm die Schritte noch Konzentration abverlangen, kam er heran und tauchte unter Fauns Hand. Jade blickte in ein hageres, schönes Wolfsgesicht, aus dem Augen, matt wie Perlmuttscheiben, ins Leere starrten. Bestürzt erkannte sie, dass der Wolf blind war. Er war alt, um die Schnauze herum war das Fell bereits weiß und drahtig. Und aus der Nähe betrachtet, war er längst nicht so kräftig, wie das dichte Fell vermuten ließ. Die Rippen stachen hervor. Die Geräusche des Wassers und der Wind schienen ihn zu irritieren.

»Die lange Dunkelheit hat ihn blind gemacht«, sagte Faun leise. »Und nach den Jahren im Käfig wird er noch eine ganze Weile brauchen, um sich zu erholen.«

»Du siehst genug für euch beide im Dunkeln«, sagte sie. Beim Klang ihrer Stimme witterte der Wolf in ihre Richtung und ließ ein misstrauisches Knurren hören. Erschrocken machte sie einen Schritt zurück. Faun biss sich auf die Unterlippe und flüsterte Jay sanft etwas in der Sprache der Nordländer zu.

»Er wird sich an dich gewöhnen«, sagte er entschuldigend. Nervös biss er sich auf die Unterlippe. Furcht flackerte in seinem Blick. »Das heißt, wenn du … wirklich bei mir bleibst.«

Jade nahm ihren ganzen Mut zusammen und streckte die Hand nach Faun aus. Jay verharrte zwar, doch sein Fell sträubte sich. Jade spürte, wie ihr Herz sofort schneller schlug. Aber Faun lächelte erleichtert und trat vorsichtig, als wollte er sie nicht vertreiben, näher. *Moos, Schnee. Und Farne.* Es war, als hätte der Duft etwas in ihr geweckt, etwas Warmes, Sanftes und Geborgenes. Ihre Finger berührten sich. Einen Wimpernschlag lang zögerte Jade noch, dann umarmte sie ihn. Behutsam, um ihre Schulter nicht zu berühren, legte er die Arme um ihre Taille und zog sie zu sich heran. Das honigrote Licht glomm in den Mitternachtsaugen, und Jade fragte sich, ob er in diesem Augenblick das Echo vor sich sah oder die Frau, die er liebte. Sie konnte spüren, dass er ebenso unsicher war wie sie. *Ob es uns gelingen wird?*, dachte sie. *Ganz neu anzufangen?* Dann überschritt sie die letzte Grenze und küsste ihn. Wieder war es wie Fallen und Wärme und ein glühendes Strömen. Sie spürte das Gefährliche an diesem Kuss, doch als Faun sich von ihr löste und ihr in die Augen sah, war es wieder sein Lachen, das sie daran erinnerte, warum sie ihn liebte.

»Und nun?«, fragte er zärtlich. »Zu den Nordwäldern? Oder den Zitadellen?«

»Erst einmal an der Küste entlang«, sagte sie. »Durch die Uferwälder zur nächsten Stadt. Und von dort aus vielleicht über das Meer zu den südlichen Inseln.«

Faun lachte und nickte, dann ließ er sie zögernd los. Gerade wollte er zu den Felsen zurückgehen, um das Bündel mit seinen Sachen zu holen, als Jade ihn noch einmal zurückhielt. »Faun?«, fragte sie leise. »Du duftest nach Schnee und Wald, wusstest du das?«

Er zuckte mit den Schultern und schenkte ihr ein verschmitztes Lächeln, das ihr den Atem nahm. »Und du nach Mond und Wolken«, raunte er ihr zu. »Und ein bisschen auch nach Zimt – wie die Flussblüten.«

Der neue große Fantasy-Roman von Nina Blazon

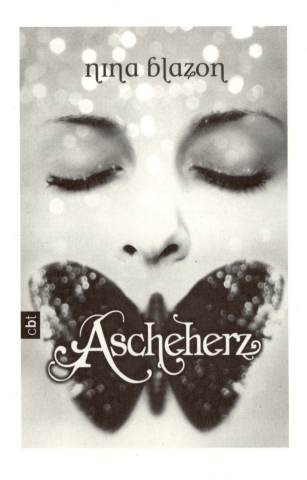

ISBN 978-3-570-16065-7

Leseprobe

katzenleben

Maymara glich einem leichten Mädchen, das tagsüber hochgeschlossene Kleider trug und so tat, als wäre es eine brave, sparsame Kaufmannstochter. Alles in dieser Stadt erfüllte einen Zweck. Die Häuser waren schmucklos, schmal und hoch gebaut, mit winzigen Fenstern und massiven Wänden, die den Sturmfluten im Winter und den Überschwemmungen trotzten. Die Wohnhäuser der Hafenarbeiter waren mit dem billigen, hellen Blau gestrichen, das aus weggeworfenen Muschelschalen gewonnen wurde. Die Häuser der Reichen zierte dagegen die teure Steinfarbe, die sich mit der Temperatur der Luft veränderte – morgens eisblau war, mittags in der Sonnenhitze rotbraun. Geräumige Lagerhallen säumten die inneren Stadtbezirke und den buchtartigen Hafen wie gestrandete Wale.

Aber es gab auch das pulsierende, wilde Herz der Stadt, die nachts ganz anders war, als sie sich tagsüber gab: Auch heute trug das kleine Altstadtviertel am Hafen ein Festgewand aus Laternen und Bannern. Wetten liefen an jeder Ecke. An Ständen gab es geröstete Kalmare, Schnaps – und Perlmuttmasken für die Leute, die lieber nicht in diesem Viertel erkannt werden wollten. Summer und Finn traten zu einer kleinen Gruppe von Musikern, die direkt am Hafenrund unter freiem Himmel aufspielte. Frauen mit Sirenenmasken sangen lauthals und trunken mit, während die Männer den Takt klatschten. Summer sah sich ein letztes Mal beunruhigt um, doch niemand hier beachtete sie, niemand trug Handschuhe, nichts erinnerte sie mehr an ihren Traum.

Es blieb nicht bei einer halben Stunde. Und auch nicht bei einer ganzen. Sie verließen den Hafen erst, nachdem der letzte Musiker seine Gitarre eingepackt hatte. Summers Welt tanzte immer noch und der Nachgeschmack des schweren Weins ließ jeden Atemzug süß schmecken. Finn und sie hielten sich an den Händen. Und seltsamerweise war es in dieser Nacht einfach, sich in diese Vertrautheit fallen zu lassen. Hier und jetzt waren sie nur ein Paar, das durch die Gassen schlenderte – nach Hause vielleicht, oder in ein fremdes Bett, das wenig kostete.

»Wohin jetzt?«, fragte Finn. Je mehr sie sich vom Hafen entfernten, desto leiser sprachen sie, bis sie schließlich flüsterten. Summer deutete nach Süden, wo sich die schäbigen Hochhäuser des äußersten Stadtbezirks vor den Uferbergen erhoben. Finn pfiff leise durch die Zähne. »Du wohnst ja wirklich in einer Gegend, in die nicht mal Mort einen Fuß setzen würde.« Irgendwo hinter ihnen durchstöberten einige streunende Katzen offenbar die Mülleimer, doch diesmal erschrak Summer nicht. Vielleicht lag es am Wein, aber der Traum war zu einem Schatten verblasst, der Mond keine Leichenfratze mehr, eher ein müde lächelnder Mann, der mit sachtem Spott die letzten Nachtschwärmer betrachtete.

»Komm«, raunte Summer Finn zu. »Nehmen wir die Abkürzung. Da ist es sicherer als auf der großen Straße.«

Ihr Schritt war lautlos, als sie in den Schleichweg einbogen, der sie im Bogen zu ihrem Wohnviertel führen würde. Unter ihren Sohlen spürte sie die Rillen, die die Austernkarren in den Asphalt gegraben hatten.

»Ich habe mich immer gefragt, was du gegen Schuhe hast«, flüsterte Finn ihr zu. »Ist es auf den Inseln üblich, barfuß zu gehen?«

»Auf meiner Insel schon. Meine Mutter sagte immer, wer sich in Schuhe zwängen lässt, dem kann man auch einen Maulkorb umbinden, ohne dass er sich beschwert.«

»Das erklärt jedenfalls deine scharfe Zunge. Von welcher Insel stammst du genau?«

»Tuvaló. Die südliche Ecke. Bator Sel fährt den

Hafen an und kauft dort den roten Bernstein für die Schmuckmacher.«

»Roter Bernstein.« Sein Tonfall bekam etwas Versonnenes. »Ein bisschen wie dein Haar, aber deine Augen erinnern eher an Rauchquarz.«

»Das Haar von meiner Mutter, die Augen von meinem Vater, dem Fischhändler.« Obwohl der Wein ihre Gedanken schwer und wolkig werden ließ, musste sie keine Sekunde über die richtigen Antworten nachdenken. So betrunken konnte sie überhaupt nicht sein, dass sie die Details ihrer eigenen Lügen vergaß. Viel zu sehr wünschte sie sich, sie wären wahr.

»Wirklich? Dein Vater ist nur ein einfacher Fischverkäufer? Und ich hätte schwören können, du stammst aus einer reichen Familie.«

»Wie kommst du denn darauf?«

Aus den Augenwinkeln erahnte sie ein schattiges Schulterzucken. »Naja, du hast manchmal eine etwas... direkte Art, mit Leuten zu reden. So, als seist du gewohnt zu befehlen. Außerdem: Es gibt wenige Menschen, die stolz darauf sind, Schauspieler zu sein, so wie du. Die, die es aus Armut werden müssen, beschweren sich darüber. Nur diejenigen, die sich aus freien Stücken dafür entscheiden, lieben es. Und die kommen normalerweise aus reichem Haus und denken, sie hätten nun die Freiheit gefunden.«

Summer lächelte. Es war das einfachste Spiel, die

Bilder zu nehmen, die ihr Gegenüber ihr anbot, und daraus ein Ich zu formen.

»Wer sagt, dass Fischverkäufer arm sein müssen?«, flüsterte sie. »Meine Eltern beschäftigen in der Fischhalle dreißig Arbeiter.«

»Dann habe ich also recht und du bist ein reiches Mädchen?«

»Zumindest war ich es. Geboren in einem Marmorhaus. Ich hätte das Leben einer Vorstadtprinzessin führen können, aber ich liebte schon als Kind das Theater. Also ging ich nach Kanduran, obwohl meine Familie dagegen war.«

Die Gestalt, die sie da beschrieb, schien im Gleichtakt mit ihr den Weg entlangzugehen, in Gesellschaft der vielen anderen Mädchen, die sie ebenfalls schon gewesen war. Nur schemenhaft und kaum vorhanden erkannte sie inmitten dieser Fantasiegeschöpfe sich selbst: die Unbekannte, die ihr völlig fremd war. Blutend, mit Schürfwunden und leerem Blick, mit dieser Furcht im Herzen, die sie von Stadt zu Stadt trieb.

»Wie alt warst du, als du Tuvaló verlassen hast?«, wollte Finn nun wissen.

Summer verlangsamte ihre Schritte. Wenn es um Zahlen ging, hieß es, vorsichtig zu sein. »Warum willst du das wissen?«

»Mort hat dir tatsächlich abgekauft, dass du fünfundzwanzig bist. Aber ich ...«

»So! Du hältst mich also für eine Lügnerin?«

»Psst! Willst du das Ungeziefer anlocken? Nein, aber du bist jemand, der sehr genau weiß, was er will und wie er es bekommt. Das gefällt mir ja so an dir.«

Summer zuckte mit den Schultern. »Mort wollte eine Schauspielerin in Mias Alter. Und ich wollte die Rolle unbedingt haben. Was hättest du getan?«

Finns Hand schmiegte sich fester um ihre, so als hätten sie eben einen Pakt geschlossen. Auch das war etwas, was sie immer wieder von Neuem erstaunte: Dass manchmal das Geständnis einer Lüge besser dazu diente, ihre Glaubwürdigkeit zu untermauern, als wenn sie empört auf ihrer Version bestanden hätte.

»Und... wie alt bist du wirklich?«, fragte er nach einer Weile.

Ein Jahr und vier Monate, Finn. Fünfhundertelf Tage Katzenleben.

»Siebzehn«, antwortete sie. Und vielleicht stimmte das sogar?

»Ja, das passt besser zu dir«, erwiderte er mit einem Lächeln in der Stimme. »Ein Jahr jünger als ich, und ich bin schon sehr früh zur Bühne gegangen. Na ja, meine Familie war so arm, dass sie mich sobald wie möglich wegschicken musste...«

Mit der bedeutungsvollen Pause, die nun folgte, öffnete er ihr die Tür zu seinem Leben. Natürlich erwartete er, dass sie über die Schwelle trat und sich umsah, doch Summer biss sich auf die Unterlippe und schwieg. Jede Frage und jede Antwort schufen ein neues Band und eine Zukunft, die es nicht geben würde. Schon jetzt zählte sie die Schritte, die ihnen noch blieben, bevor sie allein weitergehen würde. Unmerklich wurde sie langsamer, kostete jeden Atemzug seiner Gegenwart aus und kam sich dabei vor wie eine Diebin.

»Und... hast du Mort auch dazu gebracht, zu glauben, dass du wirklich Summer heißt?«, fuhr Finn nach einer Weile fort.

»Ich heiße so! Ich trage immer den Namen meiner Rolle. Das...«

»Aber wie ist dein richtiger Name? Der, den deine Eltern dir gegeben haben?«

Die letzte Wärme des Weins verflog. Es war immer dasselbe. Für einige Wochen vergaß sie ihre Einsamkeit und sogar die Tatsache, dass sie niemand war. Wochen, in denen sie zu jemandem wurde, in denen sie »wir« sagte, als wäre es nichts Besonderes. Bis sie begannen, Fragen zu stellen. Und Fragen stellten sie immer.

»Was ist mit dir? Heißt du wirklich Finn, oder ist das dein Schauspielername?«

Abrupt blieb er stehen und hielt sie zurück. Am Kreuzungspunkt zwischen Gasse und Querstraße verharrten sie.

»Siehst du? So geht es immer.« Plötzlich schwangen Ungeduld und Ärger in seinem Tonfall mit, Regungen, die sie an ihm nicht kannte. »Früher oder später lenkst du ab und bringst die Leute zum Reden, bis sie vergessen, was sie von dir wissen wollten.«

Sie lachte leise. »Die Leute reden nun mal am liebsten über sich.«

»Ich nicht! Wenn ich eine Frage stelle, dann meine ich es ernst. Und bei dir meine ich es ernster als bei allen anderen. Immerhin weiß ich, dass du Wein trinkst, als hättest du ihn noch nie gekostet, und so vorsichtig tanzt, als würdest du nicht wagen, glücklich zu sein. Und ich weiß, dass du Leute wie Mort mehr magst, als du jemals zugeben würdest, auch wenn du dich über alles und jeden lustig machst. Aber deinen Namen weiß ich nicht. Ich meine die Frage also völlig ernst: Wie heißt du?«

»Er klingt ganz ähnlich wie mein ... mein Bühnenname.«

»Sunija? Sumal? Sag schon!«

»Sulamar«, antwortete sie auf gut Glück. Ist das überhaupt ein Inselname?

Doch Finn schien ihr zu glauben. »Sulamar aus Tuvaló also. Und ... was ist dir zugestoßen, Sulamar? Warum hast du das berühmte Theater verlassen, um ausgerechnet nach Maymara zu gehen?«

Sie wollte ihm ihre Hände entziehen, doch er hielt

sie fest – sanft, aber mit Nachdruck. Seine Augen konnte sie nur erahnen: ein nächtliches Meer, unter dessen glatter Oberfläche glänzende Fische schwammen.

»Ich weiß nicht, was du meinst«, fuhr sie ihn an. »Soll das ein Verhör werden? Vielleicht war es nur die Sehnsucht nach einem Abenteuer. Ich konnte ja nicht ahnen, dass ich ausgerechnet bei Mort...«

»Du bist eine Abenteurerin?« Jetzt war es an Finn, spöttisch zu klingen. »Ich sehe etwas anderes, wenn ich dich beobachte: eine junge Frau, die sich häufig umblickt und es selbst nicht bemerkt. Sie scheint ständig auf der Hut zu sein. Sie lässt sich nicht gern berühren und sie hatte heute Angst vor einem Mann mit einem Messer. Ist sie von der Insel geflohen? Vor einem Geliebten? Einem Bräutigam? Einem Mörder?«

Die letzte Schicht der Lüge, an die sie selbst am innigsten glauben wollte, löste sich auf.

»Vielleicht«, sagte sie zögernd. »Vielleicht ist es, wie du sagst, und vielleicht auch ganz anders.« Und ob du es glaubst oder nicht, Finn, das ist zur Abwechslung mal die Wahrheit.

»Sulamar«, flüsterte Finn mit einer Zärtlichkeit, die ihr die Kehle zuschnürte. »Was auch immer dir zugestoßen ist – du sollst wissen, dass du mir vertrauen kannst.«

Bisher hatte Summer sich noch eingeredet, dass sie

Zeit haben würde, sich zu verabschieden. Aber nun erkannte sie, dass sie längst zu weit gegangen war. Sie konnte nicht bleiben. Keine Woche mehr und auch keinen Tag. Die Zeit bei Mort endete für sie hier und heute. Die Einsamkeit unzähliger Nächte und Tage fiel auf sie zurück. Jeder Abschied, jede Minute, in der ihr bewusst geworden war, dass sie verloren war, lebendes Treibgut der Städte. Es war so leicht, jemand zu werden, und so schwer, jemand zu bleiben. Früher oder später zerrannen ihr die eigenen Gestalten zwischen den Fingern. Und zurück blieben Rauch und die Asche einer verbrannten Existenz.

Die Gasse schien dunkler geworden zu sein, schäbiger, die Geräusche nackter. Aber noch hing das Glück der letzten Stunden in der Gasse wie Rauch, kurz davor, zu vergehen. Die letzten Sekunden, in denen sie tatsächlich ein Mädchen aus Tuvaló war, das ins Abenteuer aufgebrochen war und sich hier in einen sanften, aufrichtigen Mann verliebt hatte. Es gehört mir!, begehrte sie mit einem wütenden Trotz auf. Dieser Moment noch!

»Ist... habe ich etwas Falsches gesagt?«, fragte er zaghaft. »Bist du traurig? Willst du...«

»Hör endlich auf zu fragen«, flüsterte sie. Sie trat an ihn heran und legte die Hände um sein Gesicht. Finn holte überrascht Luft, doch er umarmte sie nicht und er drängte sie auch nicht, als sich ihre Lippen seinem

Mund näherten. Er war zwar hoch gewachsen, doch er musste sich nicht zu ihr herunterbeugen, damit sie ihn küssen konnte. Der staubige Duft nach Theaterpuder hing immer noch in seinen Haaren. Sein Atem traf auf ihre Lippen, warm und verlockend, und ihr ganzer Körper sehnte sich nach diesem Kuss. Doch sie konnte nicht anders, als innezuhalten, unfähig, die letzte Distanz zu überbrücken. Aber ich bin doch in ihn verliebt, dachte sie irritiert. Oder nicht?

Mit jeder Faser ihres Körpers wusste sie, dass sie in ihrem Leben schon jemanden (oder vielleicht auch viele?) geküsst hatte. Es war nichts Neues, nichts, wovor sie sich fürchtete, aber warum stolperte ihr Herz dann, als würde die Angst nach ihr greifen? Und warum war ihr plötzlich kalt? Sie konnte Finns Anspannung fühlen, seine Sehnsucht, eine Aura von Wärme und Erwartung. Jeder Herzschlag ein Ruf nach ihr, der in ihrem Körper einen Widerhall fand.

Summer blinzelte. Und in der nächsten Sekunde wusste sie, warum sie zögerte. In der Ruhepause zwischen zwei Herzschlägen stand die Zeit plötzlich still, und in dieser Leere entfaltete sich eine Blüte aus Schatten und… Erinnerung! Angestrengt tastete sie danach. Doch es war ein Wiedererkennen ohne Bilder, ein Splitter nur, ohne Anhaltspunkt, wozu er gehörte. Sie fühlte fremde Lippen auf den ihren, obwohl sie Finns Mund noch gar nicht berührt hatte. Vor langer

Zeit (wie lange?) hatte sie einen Mann geküsst! Aber es war keine romantische Erinnerung. Es war...

Erschrocken zuckte sie zurück und riss die Augen auf. Der Kuss aus der Vergangenheit brannte immer noch auf ihrem Mund. Er schmeckte nach Hitze, nach Rauch und... nach Verlust.

Ein weiterer Eindruck zwischen zwei Herzschlägen: Finns Enttäuschung, die Frage, die sich schon in seinen Gedanken formte.

Fieberhaft suchte sie nach einer Erklärung, die ihn nicht verletzen würde, während ihr Puls raste und ihre Knie nachzugeben drohten. Sie öffnete den Mund, um etwas zu sagen...

Und dann zersplitterte jeder Gedanke.

Finns Gestalt zersprang in Lichtblitze, und zurück blieb grelles, schmerzhaftes Rot. Es blieb ihr nicht einmal Zeit, aufzuschreien. Fast verwundert nahm sie wahr, wie ihr Kopf jäh zur Seite gerissen wurde, ihre Zähne durch die Wucht eines Aufpralls gegeneinanderschlugen. Im Fallen erst blitzte ein stechender Schmerz an ihrer Schläfe auf. *Jemand hat mich erschossen!*, schrie es in ihrem Kopf. Finns erschrockener Ruf gellte in ihren Ohren, während sie stürzte. Hart kam sie auf der Straße auf, ihre Handflächen rieben über den Asphalt.

»Sulamar!« Schon war Finn bei ihr, richtete sie auf und zog sie an sich. Ein grelles Brennen pochte in ihrer Schläfe und etwas Warmes rann über ihr Jochbein. Ein Stein rollte vor ihnen auf der Straße aus, schaukelte einmal und blieb liegen. Benommen tastete sie nach ihrer Stirn und fand nur eine kleine Platzwunde. Es war also kein Schuss aus einer Waffe gewesen. Aber jemand hatte sehr genau gezielt und mit dem Stein gut getroffen. Ganz bestimmt war ihnen der Angreifer schon vom Hafen aus gefolgt: der Frau im festlichen Seidenkleid und dem Mann, der blind vor Verliebtheit und trunken vom Wein war – leichte Beute für jeden, der Geld brauchte und nichts zu verlieren hatte.

Finn legte den Arm um ihre Taille und riss sie hoch, mühsam kam sie auf die Beine. Etwas schepperte, und diesmal waren es keine streunenden Tiere, die Lärm machten. Im Dunkel bewegte sich etwas, eine Gestalt – oder zwei? Und wir sind unbewaffnet!

»Verschwindet!«, brüllte Finn, doch sehr überzeugend klang es nicht. Nun schnappte er sich den Stein vom Boden und schleuderte ihn in die Schatten. Eine Scheibe zerbrach – und ein paar Straßen weiter begann ein Hund zu bellen. Fenster hätten nun aufgehen sollen, Menschen aus den Häusern stürzen, aber dafür war es offenbar der falsche Teil der Stadt.

Finn packte Summer am Arm. »Weg hier!«

Im nächsten Augenblick rannten sie die größere Querstraße entlang. Blitzartig überschlug Summer die Möglichkeiten. Die Leute, die in der Straße wohnten, hielten sich offenbar lieber raus, aber ganz in der Nähe war ein Hotel, das einen bewaffneten Wachmann bezahlte. Sie verlor fast das Gleichgewicht, als sie um die Ecke fegte. Ihr Keuchen hallte in der Gasse wider, aber niemand folgte ihnen, zumindest hörte sie keine anderen Schritte. Doch dann schrie Finn leise auf, etwas Hartes (ein Stock?) traf mit einem unschönen Geräusch auf Haut. Summer warf einen Blick über die Schulter. Zwei Schatten rangen miteinander. Finn und jemand, den sie nicht erkennen konnte. Sie erahnte nur, dass er ein Stück größer als Finn war. Und um ein Vielfaches schneller. »Lass... das Mädchen in Ruhe!«, brachte Finn hervor. »Summer, verdammt, lauf!« Dann traf ihn ein Fausthieb. Das Begreifen lähmte Summer. Finn hält den Kerl zurück! Aber er hat es auf mich abgesehen! Und dabei ging es ganz bestimmt nicht um Geld.

Finn stöhnte auf und sackte unter einem weiteren Schlag zusammen. Die schattige Gestalt richtete sich auf. Und glitt geschmeidig wie eine Raubkatze auf Summer zu. Im Mondlicht leuchtete eine Messerklinge auf. Ein silberner, tödlicher Fisch, der durch die Nacht tauchte – genau auf ihre Kehle zu! Endlich gehorchten ihr die Beine. Sie dachte nicht mehr nach, ihr Körper handelte von selbst: Blitzartig warf sie sich zur Seite. Metall streifte ihre Schulter, dann schabte die Klinge über den Stein der Hauswand hinter ihr.

Der Geruch von Leder und Branntwein jagte ihr den nächsten Panikschauer über den Körper.

Sie stieß einen Schrei aus und stürmte los. Zwei, drei Sekunden lang glaubte sie einen Vorsprung zu haben. Doch ein schmerzhafter Ruck an ihrer Kopfhaut belehrte sie eines Besseren. Eine Hand krallte sich in ihr Haar. Noch während sie strauchelte, brachte ein Tritt gegen ihre linke Kniekehle sie endgültig zu Fall. Sie hörte nur noch ihren Schrei, kehlig und rau diesmal, aus ihrem tiefsten Inneren kommend, dann schnurrte die Welt zu einem wirbelnden Sog zusammen. Und während sie um sich trat und sich mit Zähnen und Nägeln dagegen wehrte, dass ein Arm gegen ihre Kehle drückte, schnippte ihr Bewusstsein ohne Vorwarnung davon.

Mitten in das Bild einer anderen Wirklichkeit.

Es war schlimmer als vor wenigen Stunden auf der Bühne, und viel schlimmer als in den Nächten:

Sie war nicht länger in der Gasse in Maymara. Es war Tag. Und sie wand sich nicht auf Straßenpflaster, sondern auf dem halb gefrorenen Boden einer Wiese. Der Richtplatz! Ihre Handgelenke waren gefesselt. Schnee wehte ihr ins Gesicht und schmolz in ihrem Mund. Eiswind ließ ihre Zähne kalt werden. Diesmal berührte die Schneide des Schwertes ihre Kehle. Noch war es ein kleiner Schmerz, als würde die Klinge ihre Haut erst vorsichtig kosten wollen. Der Atem des

Blutmanns strömte stoßweise durch zusammengebissene Zähne. Verzweifelt verdrehte sie die Augen, versuchte einen Blick auf das Gesicht zu erhaschen, aber eine (schwankende?) Sonne blendete sie. Doch als sie blinzelte, trafen sich in diesem seltsam matten Streiflicht ihre Blicke. Vielleicht hatte sie erwartet, ein Ungeheuer zu sehen, jedenfalls überraschte es sie maßlos, dass er das Gesicht eines Menschen hatte. Allerdings konnte sie ihn nur unscharf erkennen, viel zu nah waren sie sich. Sie erahnte, dass er jung war. Deutlich erkannte sie nur die geraden, klar gezeichneten Brauen, an denen Schneeflocken hafteten, und helle Augen. Graugrün waren sie, schmal vor Hass und lodernd vor Zorn.

Ein ohrenbetäubender Lärm schleuderte sie zurück in die Wirklichkeit. Die Hand löste sich aus ihrem Haar und Summer verlor das Gleichgewicht, prallte gegen die Hauswand und ging zu Boden.